Joseph R. Garber

Im Auge des Wolfes

SERIE PIPER

Zu diesem Buch

Jack Taft, frischgebackener Vizedirektor der Logistikabteilung bei einem großen amerikanischen Unternehmen, erhält den Auftrag, nach Singapur zu reisen, wo er die Führungsetage der asiatischen Niederlassungen auf Vordermann bringen soll. Doch kaum ist er im Hotel angekommen – mit fürchterlichem Jet-lag, den er mit einem Brandy und einer starken Schlaftablette in den Griff zu bekommen versucht –, wird er in eine blutige Schießerei verwickelt. Von dem verhängnisvollen Tabletten-Alkohol-Cocktail noch völlig benebelt, kann er mit Mühe entkommen, hinterläßt aber eine Spur der Verwüstung. Er ahnt nicht, daß die Männer Zivilbeamte der Singapurer Polizei waren, die einen Haftbefehl wegen Drogenschmuggels gegen ihn in der Tasche haben. Außerdem sind die Handlanger des Singapurer Verbrecherfürsten Poh hinter ihm her ... Es kommt zu einer dramatischen Verfolgungsjagd. Ein spannender Thriller über Leidenschaft, Verrat, Geld und Politik, der vorführt, wie wenig dazugehört, um aus einem friedliebenden Menschen ein hemmungsloses und triebgesteuertes Wesen zu machen.

Joseph R. Garber, geboren 1943 in Philadelphia, diente von 1963 bis 1966 in der U.S. Army. Er arbeitete für verschiedene große Wirtschaftsberatungsfirmen, erst in New York, dann in Kalifornien. Heute lebt er als Literaturkritiker und Kolumnist für das Magazin »Forbes« in Woodside/Kalifornien. Auf deutsch erschien 1995 sein Bestseller »Der Schacht«.

Joseph R. Garber

Im Auge des Wolfes

Roman

Aus dem Amerikanischen von
Sonja Hauser

Piper München Zürich

Von Joseph R. Garber liegt in der Serie Piper außerdem vor:
Der Schacht (2476)

*Für Tippi Hedren,
im Roman Olivia,
der man mehr als nur
einen Roman widmen sollte*

Deutsche Erstausgabe
Februar 2000

Titel der englischen Originalausgabe:
»In a Perfect State«, Simon & Schuster UK Ltd.,
London 1999

Zuerst erschienen als Sonderausgabe im Weltbild Verlag, Augsburg 1999
Umschlag: Büro Hamburg
Stefanie Oberbeck, Katrin Hoffmann
Foto Umschlagvorderseite: H + Z Bildagentur / Hans Peter Schmid
Foto Umschlagrückseite: Terry Lorant
Gesamtherstellung: Clausen & Bosse, Leck
Printed in Germany ISBN 3-492-22872-2

Inhalt

Jeder flieht vor sich selbst am schnellsten.
Lucretius, De Rerum Natura

In Büchern lesen wir, daß die Götter die Menschen nach Lust und Laune in Vögel und andere Tiere verwandelten, genau wie die Frauen. Es könnte also gut sein, daß jener Bär früher einmal ein Ritter war, der einst in den Wäldern der Biskaya jagte. Vielleicht hat er damals den Zorn eines Gottes oder einer Göttin erregt, so daß er zur Strafe in einen Bären verwandelt wurde …
Froissart, Chroniques III

Mir ist schon vor langem klar geworden, daß die Chancen im Leben schlecht stehen.
Damon Runyon, A Nice Price

1. Teil

Die Mission

In der Haut eines jeden Geliebten steckt ein Feind.
Dorothy Parker

Sokrates: Meiner Meinung nach denken nur wenige Menschen darüber nach, daß das Böse in anderen sich auch auf sie selbst überträgt.
Platon, Der Staat X

Kapitel 1

Internationaler Flughafen, San Francisco

Ein Sonntagnachmittag im Oktober. Jack Taft saß – nicht ahnend, daß er dem Tode geweiht war – zum ersten Mal in seinem Leben in der Lounge für die First-Class-Passagiere der Singapore Airlines. Sie war weniger üppig eingerichtet, als er erwartet hatte, und erinnerte ihn an das etwas zu teuer ausgestattete Wartezimmer seines New Yorker Zahnarztes. Nur, daß es hier neuere Zeitschriften gab.

Nach dem sechsstündigen Flug vom JFK-Flughafen nach San Francisco International ziemlich zerknittert, nippte er im Hinblick auf seine Taille, an der in seinem Alter jede überflüssige Kalorie hängenzubleiben schien, nur eine Pepsi Light, während er sich mit müdem Blick auf den dicken Ordner auf seinem Schoß zu konzentrieren versuchte.

Aber es gelang ihm nicht. Jack bekam das Reisen nicht; er litt schon jetzt unter Jet-lag. Außerdem waren die Unterlagen, mit denen er sich beschäftigen sollte, mehr als langweilig.

Es handelte sich dabei um die neuesten ITAR-Bestimmungen, direkt aus Washington. Dünnes Papier, winzige Schrift, einhundertdreiunddreißig Seiten ermüdende Bürokratensprache.

Die ITAR-Bestimmungen waren der Fluch eines jeden Exporteurs, ein bürokratisches Überbleibsel aus der Zeit des Kalten Krieges, das die bösen Russen daran hindern sollte, strategisch wichtige Technologien der Amerikaner an sich zu reißen. Mittlerweile war die Sowjetunion von der Landkarte verschwunden, aber die ITAR-Bestimmungen gab es immer noch. Vor seiner Beförderung hatte Jack sich darüber keine Gedanken zu machen brauchen. Als Leiter der Logistikabteilung für Amerika und Europa in der Firma LBTech hatte er sich lediglich mit Ländern befaßt, denen beim Import von elektronischen Geräten keinerlei Beschränkungen auferlegt waren. Jetzt jedoch war er Vizedirektor der gesamten Logistik und verantwortlich für Lieferungen in die ganze Welt. Und hatte die International Trade in Armaments Regulations, kurz ITAR, auf dem Schreibtisch.

Man wußte nie so recht, welche Geräte die Bürokraten diese Woche wieder auf die schwarze Liste setzten oder warum. Am einen Tag war ein Bauteil noch völlig legal, doch am nächsten mußte man schon fünfhunderttausend Dollar Strafe zahlen, wenn man es an bestimmte Länder verkaufte. Zu solchen Artikeln gehörten zum Beispiel Taucherausrüstungen und sogar Pfeil und Bogen. Die durfte man auf keinen Fall an Saddam Hussein verkaufen, schließlich ging es um die Zukunft der freien Welt!

Wie lächerlich. Es gab einen blühenden Schwarzmarkt für die Artikel, die unter die ITAR-Bestimmungen fielen. Dort wurden sie zu sehr viel höheren Preisen verkauft, weil sich natürlich keine gesetzestreuen Händler an den Transaktionen beteiligten. *Wie unlogisch*, dachte Jack. Selbstverständlich gab es – theoretisch legale – Mittel und Wege, die Bestimmungen zu umgehen …

Jack schüttelte den Kopf. Nein, das war nicht sein Stil. Dazu war er einfach zu gewissenhaft, ehrlich und vor allen Dingen rational. Daß er überhaupt an so etwas dachte, war ein sicheres Zeichen dafür, daß er zu müde war, um sich auf seine Arbeit zu konzentrieren. Also klappte er seine schöne neue Aktentasche auf und steckte den ITAR-Ordner hinein. Dann ließ er, ohne sich darum zu scheren, ob die anderen Wartenden ihn dabei beobachteten, die Tasche über seine Wange gleiten. Das Leder war weich, warm und geschmeidig und erinnerte ihn an Gabrielle, die ihm dies teure Geschenk gemacht hatte.

Gabrielle … sie war in New York, mußte selbst einen Flug

erwischen. Jack hatte jetzt schon solche Sehnsucht nach ihr, daß es schmerzte. Sie drei Wochen lang nicht zu sehen würde schrecklich sein. Besonders weil dieser breitschultrige Gorilla Simon sie immer noch behandelte, als gehöre sie ihm. Jack fragte sich, was sie an dem gefunden hatte.

Drei Wochen. Gleich nach seiner Rückkehr würde er sie in die Arme nehmen, sie innig küssen und dann … Tja, er würde einfach sagen: Ich liebe dich. Heirate mich.

So schwierig konnte das doch nicht sein, oder? Er hätte ihr das schon vor Monaten sagen sollen. Er wußte, daß er es schaffen würde.

Dann flüsterte eine nur zu vertraute innere Stimme: *Sie ist zu gut für dich, mein Sohn, zu gut für Leute wie dich.* Und schon spürte Jack, wie sein Selbstvertrauen schwand. *Nur wer sich was traut, verdient eine schöne Frau …*

Kapitel 2
New York

1

Am selben Nachmittag marschierte Gabrielle Dunn, bekleidet mit einem tabakbraunen Kostüm und etwas gewagten Schuhen, drei Zeitzonen weiter östlich durch die Sicherheitskontrollen des LaGuardia-Flughafens. Anders als während der Woche warteten nirgends lange Schlangen, und es gab keine Verzögerungen.

Wahrscheinlich, so vermutete sie, war auch Jack ohne große Zwischenfälle zum Flughafen gekommen, denn um sieben Uhr morgens waren die Straßen von Manhattan noch leer, und auf dem Van Wyck Expressway bildeten sich noch keine Staus. Mit dem Taxi hatte er vermutlich nicht einmal fünfundvierzig Minuten von ihrer Wohnung zum JFK-Flughafen gebraucht.

Erst in drei Wochen würde er von seiner ersten Reise nach Asien zurückkehren – drei Wochen, in denen sie Zeit hätte, sich alles noch einmal zu überlegen, sich darüber klar zu werden, was sie wirklich für ihn empfand.

Ihr irisch rotes Haar wippte auf und ab, und bei dem Gedanken daran, wie Jack sich ganz offensichtlich auf einen Heiratsantrag vorbereitete, mußte sie lächeln. Sie konnte sich schon vorstellen, wie er es anpacken würde: Er würde irgendeinen Blödsinn erzählen – daß sie schließlich keine Teenager mehr seien, sie sei siebenunddreißig und er zweiundvierzig, und sie seien nun schon seit einem Jahr zusammen, und, na ja, Gabrielle …

Am Freitag hätte er ihr den Antrag fast gemacht. Sie hatte es an seinem Blick gesehen. Beim Mittagessen in Morton's Steakhouse in der Nähe der Fifth Avenue – Jack aß gern Fleisch und Kartoffeln – hatte sie ihm anläßlich seiner Beförderung etwas geschenkt: eine unglaublich teure Aktentasche aus weichem schwarzem Leder. Erst hatte er (typisch Jack Taft) gemurmelt, die Tasche sei viel zu gut für ihn. Dann hatte er (wieder typisch für ihn) geschluckt und zu stammeln begonnen, wieviel sie ihm bedeute. Wäre Simon Burton, ihr Vorgesetzter und früherer Liebhaber, nicht an ihren Tisch gekommen, hätte Jack es geschafft. Da war sie sich sicher, genauso sicher, wie sie wußte, daß sie noch nicht bereit war, sich mit einem solchen Heiratsantrag zu befassen.

Jetzt war er weg, und sie war unterwegs nach Boston zu einem Frühstückstreffen mit den Großmoguln von Fidelity Investments. Zusammen mit Simon. Diese Nervensäge hatte darauf bestanden, sie zu begleiten. Sie würde die ganze Reise damit zu tun haben, ihn abzuwimmeln.

Die Story mit Fidelity war reine Routine. Sie würde sie zu Papier bringen, sobald sie wieder zurück war. Tja, und dann gab's da noch eine andere Geschichte, die sie sich genauer ansehen mußte. Jack hatte sie auf die Idee gebracht. Er hatte ihr nur ein Wort gesagt, keine Details. Das tat er nie. Schließlich war sie Wirtschaftsjournalistin und er Führungskraft in einem internationalen Unternehmen, und das konnte zu Interessenskonflikten führen.

Interessenskonflikte? Hatte Jack nähere Details zurückgehalten, weil er Angst vor einem Konflikt hatte? Ließ der Hinweis, den er ihr gegeben hatte, darauf schließen, daß er in seiner Firma auf Unregelmäßigkeiten gestoßen war? Wollte er damit andeuten, daß er um die halbe Welt reiste, weil ihm irgend etwas nicht koscher vorkam? In seiner neuen Position als Vizedirektor der Logistikabteilung von LBTech hatte er vor, die Vertriebszentren seines Unternehmens in Singapur, Malaysia, Thailand, Indonesien, Taiwan und auf den Philippinen zu besuchen. In diesen Ländern herrschte im allgemeinen ein rauher Ton. Wenn dort wirklich etwas faul war, konnte Jacks Mission gefährlich werden.

Aber nein, das war abwegig. Gefahr – das war einfach

kein Wort, das auf Jack paßte! Er war gutmütig und ein großartiger Liebhaber, ausgeglichen, vernünftig und berechenbar. Und genau deshalb, dachte Gabrielle Dunn, als sie das Flugzeug bestieg, brauchte sie drei Wochen, um sich darüber klar zu werden, was aus ihrer Beziehung werden sollte.

2

Taft war weg, und Denise wußte, daß er nicht mehr zurückkommen würde. Dafür würden die Leute in Singapur sorgen. Sie wollte lieber nicht wissen, wie sie das anstellen würden. Das war wie mit dem Kammerjäger: Man rief an, er kam am Morgen, und man selbst kehrte abends in die Wohnung zurück. Die Maus oder was auch immer war verschwunden. Vielleicht war sie tot, vielleicht wurde sie auch in einem Labor gefoltert. Die Einzelheiten wollte man lieber nicht wissen. Wichtig war nur, daß sie nicht mehr da war.

Genau wie Taft.

Es war Sonntagnachmittag und außer Denise Donald niemand auf dem Gelände. Sie saß in einem viel zu kleinen Büro, das ihrer Meinung nach weit unter ihrer Würde war. Sie tippte eine e-mail-Botschaft in ihren Computer – die Nummer von Tafts Flug: Singapore Air 15; die Ankunftszeit: ein Uhr fünfundfünfzig nachts; Unterkunft: Hotel Raffles.

Der Mann, an den sie ihre Nachricht adressierte, wartete schon.

Sie legte den Kopf ein wenig schräg, warf ihre goldenen Locken nach hinten und machte einen Schmollmund. Wie langsam dieser Computer wieder war! Hätte sie die Stelle als Vizedirektor der Logistikabteilung des weltgrößten Elektronikunternehmens bekommen und nicht dieser Schlappschwanz Taft, hätte sie die alten 486er längst durch neue Pentium II-Geräte ersetzt. Doch Jack hatte darauf bestanden, daß niemand in der Abteilung schnellere Computer brauche, man solle sparen und die alten Geräte noch ein Jahr behalten. Das war typisch für ihn. Warum sie so lange mit ihm ins Bett gegangen war, würde ihr ein ewiges Rätsel bleiben.

Auf dem Bildschirm tat sich nichts. Es dauerte ewig, bis der Computer die Zugangsprozedur durchgeführt und den Spruch des Tages aus dem Zweiten Buch der Könige, Kapitel 10, 24 ausgegeben hatte: »Wenn einer der Männer entrinnt, die ich in eure Hände gebe, so soll euer Leben für sein Leben sein!«

Denise lächelte. *Wie passend*, dachte sie. Und dann: *Tschüs, Jack*.

Kapitel 3
Singapur

Wenn es in New York vier Uhr an einem Sonntagnachmittag ist, dann ist es in Singapur fünf Uhr und Montagmorgen – eine Zeit, zu der alle guten Bürger in ihren Betten liegen und schlafen.

Doch Chan Gin war kein guter Bürger.

Gelangweilt und müde schloß er die Tür zu seiner Wohnung auf und schlurfte zum Wohnzimmerfenster. Vom achtzehnten Stock oberhalb der Orchard Road aus beobachtete er schweigend die stillen Straßen des unbarmherzig kapitalistischen Inselstaates, der seine Bürger von der Wiege bis zum Grab verwöhnte und verhätschelte. Die Behörden prahlten, Singapur sei der perfekteste Staat der Welt. Chan schnaubte verächtlich. Wenn Singapur so perfekt war, warum gab es dann dort einen Platz für ihn?

Zwei tiefe Furchen bildeten sich zwischen seinen Augen. Nicht zum erstenmal kam ihm der Gedanke, daß die Singapurer Gesellschaft letztlich nichts anderes war als eine Nation kleiner weißer Mäuse in staatlich subventionierten Käfigen. Aber wo es Mäuse gibt, muß es auch Mäusejäger geben. Chan Gin zählte sich zu den besten von ihnen – ein geborener Räuber, von der Natur erschaffen für die Jagd und das Töten.

2. Teil

Der Einzelkämpfer

Plötzlich wird der Patient ohnmächtig; da aber andere Gehirnfunktionen weiterlaufen, wird er zu einem Automaten. Entweder wandert er verwirrt und ziellos herum, oder er führt einfach die Aktionen weiter, mit denen er beschäftigt war, als die übergeordnete Gehirnfunktion aussetzte ... So kann der Automat zum Beispiel eine belebte Straße überqueren, als sei er sich dessen, was er hört und sieht, völlig bewußt, und ganz normal nach Hause gehen. Aber er ist nicht bei Bewußtsein und zeichnet die Vorgänge deshalb auch nicht in seinem Gedächtnis auf. Ein Polizist, der ihn aufhielte, würde wahrscheinlich meinen, der arme Kerl sei ein Schlafwandler.
Wilder Penfield, The Mystery of the Mind

Adeimantus: Welche Gelüste meint ihr?
Sokrates: Ich meine jene Gelüste, die wach sind, wenn die menschliche Vernunft schläft; dann erhebt sich das wilde Tier in uns, erfrischt durch Essen und Trinken, und wenn es den Schlaf abgeschüttelt hat, macht es sich daran, seine Begierden zu erfüllen. Es gibt keine Torheit und kein Verbrechen ... die ein Mann dann, wenn er von jeglichem Schamgefühl und jeglicher Vernunft verlassen ist, nicht begehen könnte.
Platon, Der Staat IX

Kapitel 1
Singapur

1

Taft befand sich jenseits des Jet-lag, in einer grauen Wattewelt voll gedämpfter Geräusche, verschwommener Farben und blassen Lichts.

Der United Airlines Flug 988 braucht ungefähr sechs Stunden, um die Strecke zwischen New York und San Francisco zu bewältigen. In San Francisco muß man dann drei Stunden auf den zwölfstündigen Flug der Singapore Air nach Seoul warten. Nach zwei Stunden Aufenthalt in Korea startet Flug 15 der Singapore Air nach Singapur, wo er sechs Stunden später landet.

Jack hatte insgesamt ungefähr neunundzwanzig Stunden Flug, fast fünfzehntausend Kilometer und dreizehn Zeitzonen hinter sich. Sein erschöpfter Körper hatte die wichtigsten Systeme schon vor Stunden ausgeschaltet. Die einzigen Gehirnregionen, die noch funktionierten, waren die der Medulla oblongata. Die Medulla oblongata ist das Stammhirn, der Sitz des Instinkts. Es reagiert nur auf drei Impulse: Kampf, Flucht und Fressen. Da Jack im Augenblick mit keinem dieser Impulse konfrontiert war, bewegte er sich wie ein menschlicher Zombie.

Jacks Flugzeug landete am Dienstag um zwei Uhr morgens auf dem Changi Airport von Singapur, zwei Tage nach seinem Abflug vom JFK-Flughafen. Jack schaute durch das Fenster. Die tropische Landschaft des Flughafens war hell erleuchtet und glänzte üppig grün. Doch das nahm Jack nicht wahr. In seinen Augen wirkte alles einfarbig verschwommen.

Eine der Stewardessen öffnete das Fach über Jacks Sitz, um seine Seersucker-Sportjacke herauszuholen. Sie war eine wunderschöne Malaiin Anfang Zwanzig mit bernsteinfarbener Haut. Ein schüchternes Lächeln lag auf ihren vollen Lippen. Ihr schulterlanges Haar war dunkelbraun, fast schwarz, und ihre Taille erstaunlich schmal in dem zweiteiligen Saron kebaya mit dem floralen Batikmuster. Ihr Name war Zaitun. Sie brachte Jack nicht nur die Jacke, sondern half ihm auch beim Hineinschlüpfen. Ihr teures Parfüm stieg ihm verführerisch in die Nase, als sie ihn fragte, ob sie noch irgend etwas für ihn tun könne. Jack wandte zögernd den Kopf und starrte dieses wunderbare Wesen, das ihn nun schon seit achtzehn Stunden umsorgte, an, ohne es zu sehen.

Dann brummte er etwas Unverständliches.

Viele, viele Stunden zuvor waren ihm die Annehmlichkeiten des Reisens als First-Class-Passagier als eines der begehrenswertesten Privilegien vorgekommen, die seine Beförderung mit sich brachten. Lebewohl all den plärrenden Kleinkindern, hatte er sich grinsend gedacht; goodbye dem schalen Bier aus der Dose, für das man auch noch bezahlen mußte; adios den gestreßten Stewardessen, schmutzigen Toiletten und engen Sitzen; ciao den verschwitzten, rotzenden, redseligen fetten Typen, die garantiert immer neben ihm saßen.

Jetzt war Jack Taft leitender Angestellter eines Riesenkonzerns. Da flog man nicht mehr im hinteren Teil des Flugzeugs!

»Dad, ich hab dir und Mom zu eurem Hochzeitstag Opernkarten besorgt. Für den Faust. Beverly Sills und Norman Triegle als Solisten, Julius Rudel dirigiert. Ganz vorn im Parkett.«

»Leute wie wir sitzen nicht da vorne. Unser Platz ist oben im Rang. Bring die Karten zurück und laß dir das Geld zurückgeben.«

Er war bei dem Gedanken an damals – es war nicht der einzige Vorfall dieser Art gewesen – zusammengezuckt und hatte versucht, ihn zu verdrängen. Ein einziges Mal wollte er seinen Erfolg genießen, ohne sich schuldig zu fühlen.

Und Zaitun hatte es ihm so leicht wie möglich gemacht. Sie war so perfekt, daß er bei ihrem Anblick hatte schlucken müssen. Als sie dann zur Essenszeit neben ihm niedergekniet war, um ihm die Appetithäppchen mit jener unwiderstehlichen Hochachtung zu servieren, die heutzutage nur noch Asiatinnen eigen ist, war er tatsächlich errötet. Und er ...

»*Schönheit ist etwas Oberflächliches*«, hörte er eine vertraute Stimme in seinem Kopf sagen.

»*Ja, Dad. Ich weiß, Dad.*«

Jack hatte Schuldgefühle, und er wünschte sich, nicht in der Ersten Klasse zu fliegen, sondern hinten, wo Leute wie er hingehörten.

Zaitun Binte Samsudin, eine intelligente Frau, die längst nicht so schüchtern war, wie sie auf den ersten Blick wirkte, wußte, daß die Chancen, unter den First-Class-Passagieren einen ledigen Mann zu finden, gegen null gingen. Wenn amerikanische Männer eine berufliche Position erreicht hatten, in der sie es sich leisten konnten, Erster Klasse zu fliegen, hatten sie Ehefrauen, Exfrauen und Alimentezahlungen am Hals. Aber der erschöpfte, hohläugige Mr. Taft trug keinen Ring. Außerdem war er (zumindest, bevor der Jet-lag eingesetzt hatte) ein ausgesprochen charmanter Mann gewesen – höflich, bescheiden und geistvoll. Und, das mußte sie sich eingestehen, irgendwie süß. Beinahe knuddelig, wie ein etwas zu dicker Teddybär.

Sie fragte sich, ob Taft tatsächlich ungebunden war. Dabei drückte sie gedankenverloren einen lackierten Fingernagel gegen ihre Unterlippe. Die meisten Männer wären bei einer solchen Geste zerschmolzen wie Butter in der Sonne. Aber Mr. Taft bemerkte sie nicht einmal. Er stolperte an ihr vorbei, die Aktentasche unter dem Arm, als sei sie das Wichtigste auf der Welt, in Richtung Ausgang. »Auf Wiedersehen,

Mr. Taft«, rief sie ihm nach. »Ich würde mich freuen, Sie wieder bei Singapore Airlines willkommen heißen zu können.«

Oder vielleicht anderswo, fügte sie im stillen hinzu.

Zaitun schürzte die Lippen. Bestimmt nicht. Schließlich war sie eine gute Muslimin – zumindest bereute sie es, wenn sie es einmal nicht war. Außerdem verstieß eine *solche* Verhaltensweise eindeutig gegen die Richtlinien ihres Arbeitgebers.

Trotzdem war ihr folgendes klar: Wenn sie der bedrückenden Enge ihres Heimatlandes entfliehen wollte, gab es nur einen Weg: Sie brauchte einen heiratsfähigen Ausländer, der bereit war, sie zu befreien. Zwar verbot der Koran es Musliminnen, Ungläubige zu heiraten, aber zum Glück hatte der Prophet in seiner Weisheit bestimmt, daß sowohl Juden als auch Christen Gläubige und somit praktisch Moslems waren.

Zaitun sah Mr. Taft nach. *Gar nicht so schlecht*, dachte sie ein bißchen verlegen.

Später, während des Verhörs, würde sie immer wieder bestreiten, irgendein Interesse an dem Mann gehabt zu haben.

2

Corporal Kwan Joong Kwan, der eine adrette, hellgrüne Uniformjacke trug, hob den Blick: Die Passagiere der Sing Air 15 näherten sich der Paßkontrolle. Manche von ihnen kamen energischen Schrittes – das waren die Ausgeruhten, die erst in Seoul zugestiegen waren und im blühenden Singapur Geschäfte machen wollten. Andere krochen eher dahin, den Paß und die anderen Dokumente in der einen Hand, das Handgepäck in der anderen. Das waren die vor Erschöpfung schwankenden Passagiere aus den Staaten. *Arme Teufel*, dachte Kwan. *Die sehen aus wie wandelnde Leichen.*

Einer von ihnen stolperte soeben auf Kwans Häuschen zu.

Wie immer musterte er den ersten Reisenden genau und versuchte das zu erraten, was er in seinem Paß und den anderen Dokumenten an Informationen finden würde. *Männlicher Westler. Alter etwa vierzig. Keine besonderen Merkmale. Haare braun, Augen braun. Größe einssiebzig – nein, eher einsachtzig; er ist so erschöpft, daß er vornübergebeugt geht. Gewicht etwa zweiundachtzig Kilo; fünf weniger wären nicht schlecht. Teure Mokassins mit Quasten, zerknitterte Hose, teure Sportjacke, Amerikaner. Mindestens leitender Angestellter; ziemlich sicher im Management. Und sein verwirrter Gesichtsausdruck läßt darauf schließen, daß er das effizienteste Land der Welt zum erstenmal besucht.*

»Willkommen in Singapur, Sir«, begrüßte er ihn. Der Mann ließ sich gegen Kwans Häuschen fallen und schob ihm seinen Paß und die Einreisedokumente hin. Kwan ging sie rasch durch. Seine Mutmaßungen waren alle richtig gewesen. Das waren sie meistens. »Aus welchem Anlaß kommen Sie nach Singapur, Sir?«

»Geschäftlich«, brummte der Mann.

Einen schlimmeren Fall von Jet-lag hatte Corporal Kwan noch nie gesehen. Bei diesem Besucher bestand keinerlei Notwendigkeit, die allwissende Datenbank der Regierung zu befragen.

»Ich hoffe, Sie haben einen angenehmen Aufenthalt, Sir«, sagte Kwan und versah Tafts Paß mit einem Stempel. »Zum Zoll bitte geradeaus.«

Zaitun ging noch einmal durch den mittlerweile leeren Bereich der Ersten Klasse. Offenbar hatte niemand seine Aktentasche vergessen oder seine Jacke oder …

Doch da steckte etwas zwischen der Armstütze und dem Sitz, auf dem bis vor ein paar Minuten noch Mr. Taft gesessen hatte. Etwas Graues. Nur eine kleine Ecke ragte heraus.

Sie klappte die Rückenlehne um und holte das graue Ding heraus. »Oje«, murmelte sie, »der arme Mr. Taft.«

Das graue Ding war ein Psion Series 5, ein Taschencomputer, auf dem sich zweifelsohne Mr. Tafts persönliche Telefonliste, sein Terminkalender und andere wichtige Informationen befanden.

Zaitun preßte ihren lackierten Fingernagel gegen die Unterlippe. Korrekt, dachte sie, wäre es, den Taschencomputer dem Fundbüro der Singapore Airlines zu übergeben. Dort würde man sich darum kümmern, daß er nach New York zurückgeschickt würde.

Doch aus ihrer fünfjährigen Erfahrung als Flugbegleiterin wußte Zaitun, daß amerikanische Geschäftsleute ohne ihre Computer im allgemeinen aufgeschmissen waren. Vielleicht, so dachte sie, wäre es das beste, wenn sie Mr. Taft den Psion selbst zurückgäbe. Wenn sie nur wüßte, wo er wohnte ...

Aber es herauszufinden, war natürlich nicht schwierig. Viele Geschäftsreisende benutzten Psions. Zaitun hatte sie oft genug in der Ersten Klasse gesehen. Sie wußte, wie sie funktionierten.

Sie drückte auf den »On«-Knopf und dann auf die »Agenda«-Funktion. Auf dem Bildschirm erschien die Abbildung eines Terminkalenders, auf dem neben der Uhrzeit »zwei Uhr« folgende Worte eingetragen waren: »Ankunft Singapur. Hotel Raffles, Beach Road 1. Tel. 337-1886. Verspätung garantiert. Bestätigungsnummer 3248-183.«

Wunderbar, dachte sie. Sie kam auf dem Heimweg direkt am Raffles vorbei. Boh meng tui, kein Problem. Vom Foyer aus würde sie Mr. Taft rufen lassen, und dann ...

Sie errötete. Nein, das konnte sie nicht machen. Das wäre viel zu dreist für eine wohlerzogene Muslimin. Aber sie könnte Mr. Tafts Psion an der Rezeption abgeben. Zusammen mit einem Zettel, daß sie ihn gefunden hatte.

Und für den Fall, daß er sie anrufen wollte, um sich bei ihr zu bedanken, könnte sie ihre Telefonnummer auf dem Zettel notieren.

Zu so später Stunde hielten sich nur noch die Passagiere des Flugs mit der Nummer 15 im Changi Airport auf. Jack Taft stolperte am Zoll vorbei durch den Ausgang und hinaus in die tropisch warme Nacht. Dort wartete schon eine ganze Reihe von Taxis.

Jack schwang sein Gepäck in den offenen Kofferraum eines hellblauen Toyota Crowne. Die neue Aktentasche gegen die Brust gepreßt, ließ er sich auf den Rücksitz fallen. Der Fahrer, ein Sikh mit Turban, wandte sich um und fragte: »Wohin soll's gehen, Sir?«

»Ins Hotel.«

Der Fahrer sah Jack an. Jack sah den Fahrer an. Einige Momente quälendes Schweigen. Dann fragte der Fahrer: »War wohl ein langer Flug, Sir?«

Jack nickte schwach.

»Wie heißt Ihr Hotel, Sir?«

Jack dachte nach. »Raffles«, murmelte er nach ein paar Sekunden.

»Die Fahrt dauert etwa zwanzig Minuten, Sir.«

Der Fahrer des grauen, unauffälligen Mitsubishi Lancer GLX mit den getönten Scheiben und dem »QX«-Nummernschild wartete, bis Jacks Taxi an ihm vorbei war, und ordnete sich dann ungefähr fünf Wagen hinter ihm in den fließenden Verkehr ein. Als er beschleunigte, hob sein Beifahrer ein mattschwarzes SPYCTRA-Funkgerät von Motorola ans Ohr und drückte auf den Sendeknopf.

Nachdem er den Zahnstocher aus dem Mund genommen hatte, fragte Chan Gin: »CPS, sind Sie auf Sendung?«

»Ja, auf Sendung. Wo sind Sie?«

»Wir verlassen gerade den Changi Airport. Objekt befindet sich in einem Taxi mit der Zulassungsnummer 2YA490 in westlicher Richtung auf dem East Coast Parkway.«

»Ich bringe das Team in Position.«

»Wie viele Männer?«

»Vier. In dreißig Minuten sind sie so weit.«

»Sagen Sie ihnen, sie sollen sich Zeit lassen. Bei dem Fall gibt's keine Probleme. Chan over.«

3

Während der Fahrt vom Flughafen betrachtete Jack die vorbeihuschenden Gebäude verschlafen und letztlich ohne Neugierde. Die Tatsache, daß diese Gebäude ganz und gar frei von Graffiti und die Straßen frei von jeglichem Abfall waren, hätte Jack unter normalen Umständen vermutlich erstaunt – und in ihm vielleicht die unangenehme Erinnerung geweckt, daß die Androhung von zehn Bambusstockschlägen aufs nackte Hinterteil potentielle Graffiti-Künstler von ihren Aktivitäten abschreckte.

Jack hatte sich auf seine erste Geschäftsreise in seiner neuen Position als Vizedirektor der Logistikabteilung in die sogenannte »Löwenstadt« gefreut und seine Reiseführer verschlungen: Singapur war ein winziger, utopischer Inselstaat mit eigentümlichen Gesetzen – hohe Geldstrafen, wenn man Tauben fütterte, Kaugummi kaute oder vergaß, die Toilettenspülung zu betätigen – und einem charismatischen Führer namens Lee Kuan Yew, der alles, von der Einstellung von Flugbegleiterinnen bis zur nationalen Verteidigung, organisierte. Die Bevölkerung bestand aus drei Millionen Menschen, die meisten davon chinesischer, malaiischer oder indischer Herkunft. Der Stadtstaat war über alle Maßen reich und würde nach allgemeinen Prognosen die Vereinigten Staaten in puncto Pro-Kopf-Vermögen in wenigen Jahren überrunden. Er war bekannt für seine Sauberkeit und Effizienz, seine freundlichen, gesetzestreuen Bürger und dafür, daß es hier weder Schmutz noch Trinkgelder gab.

Das einzige, was Jack während seiner Fahrt wirklich auffiel, war Singapurs Wahrzeichen, das Merlion, eine riesige weiße Statue, halb Löwe, halb Fisch. Jack gefiel es nicht, weil es seiner Meinung nach zwei Seelen besaß, zwei einander ausschließende Welten bewohnte, von denen es keiner richtig angehörte, so daß es ständig mit sich selbst im Hader lag. Es war das passende Symbol, dachte Taft, für diesen Stadtstaat, in dem immer Unsicherheit darüber herrschte, ob er nun eine westliche Demokratie oder ein östliches Patriarchat war.

Das Foyer des Raffles war der Inbegriff britischen Kolonialprunks: der Boden aus Carrara-Marmor, dazu schneeweiße viktorianische Säulen, ein dreistöckiges, teakholzverkleidetes Atrium, träge rotierende Ventilatoren, unter denen bereits Kipling, Conrad und Maugham ihre Rumbowle geschlürft hatten. Ölgemälde von wohlhabenden Briten aus der Kolonialzeit, Topfpalmen, eine leise vor sich hintickende Standuhr von Smith & Sons, die zu einer Zeit hierhergebracht worden war, in der die Schiffe noch durch die Kraft des Windes angetrieben wurden, persische Teppiche, so groß wie Handballfelder, und das alles makellos sauber. Trotz seiner Erschöpfung war Jack sich darüber bewußt, daß ein paar Nächte in diesem Hotel sein Kreditkartenkonto ziemlich belasten würden.

»Willkommen im Raffles, Mr. Taft. Der Page wird Sie in Ihr Zimmer bringen.« Nachdem er Jack ins Gästebuch eingetragen und ihm seinen Schlüssel gegeben hatte, warf der Rezeptionist einen Blick auf den Bildschirm seines Computers. »Ach, und da wäre noch eine Nachricht für Sie. Sie finden sie auf dem Schreibtisch in Ihrem Zimmer.«

Jack brummte etwas Unverständliches. Erst beim dritten Mal war es ihm gelungen, seine Brieftasche in seiner rechten Gesäßtasche zu verstauen. Und jetzt sah er aus den Augenwinkeln, wie sich jemand über sein Gepäck beugte und …

… plötzlich war er nicht mehr er selbst, sondern ein aggressiver Fremder.

Er riß dem verblüfften chinesischen Pagen die Aktentasche – Gabrielles Geschenk – aus der Hand. Mit wütender, tiefer Stimme knurrte er: »Die gehört mir!«

Der Page trat verängstigt einen Schritt zurück. »Ja, Sir«, krächzte er. »Aber natürlich, Sir.«

Jack preßte die Aktentasche gegen seine Brust, wie er auch die Frau gehalten hätte, deren Geschenk sie war. »Ich meine ... die trage ich selber. Wenn es Ihnen nichts ausmacht.«

»Wie Sie wollen, Sir.« Der Page warf dem Mann an der Rezeption einen hilfesuchenden Blick zu. Der formte nur stumm das Wort »Jet-lag«. Der Page nickte. »Folgen Sie mir doch bitte, Sir. Wir sind gleich in Ihrem Zimmer.«

Jack errötete, schockiert über sein Verhalten, und gehorchte.

Als der Neuankömmling außer Hörweite war, nahm der Mann an der Rezeption den Hörer von der Gabel und wählte hastig die Nummer des Zimmerservice. »Der Gast von Suite 201 ist gerade eingetroffen. Bringen Sie ihm was zum Entspannen aufs Zimmer, einen guten Brandy, mit den besten Wünschen von der Hotelleitung.«

Nachdem er aufgelegt hatte, hob er den Blick. Es kamen gerade fünf Männer ins Foyer. Ihr Anführer war Chinese – groß, breitschultrig und trotz einer gewissen Brutalität gutaussehend. Er trug eine leichte Hose, ein weißes, am Kragen offenes Baumwollhemd und eine teure cremefarbene Sportjacke. Das Gesicht kam dem Mann an der Rezeption irgendwie bekannt vor. Vielleicht war er ein Filmstar oder ein Politiker oder ...

Da nahm der Chinese seine zweihundertfünfzig Dollar teure Oakley-Sonnenbrille ab, griff in seine Hemdtasche und zog einen Zahnstocher heraus. Grinsend schob er ihn zwischen die Zähne. Da erkannte ihn der Rezeptionist. Chan Gin. Sein Foto hatte erst eine Woche zuvor die Titelseite der New Paper geziert – direkt neben den Fotos von einigen Toten.

Der Mann an der Rezeption nahm den Hörer von der Gabel und wählte die Nummer des hoteleigenen Sicherheitsdienstes. Nichts, die Leitung war tot. Um die Leitung des Sicherheitsdienstes hatte Chan Gin sich als erstes gekümmert.

Und jetzt wandte er sich seiner zweiten Aufgabe zu.

4

»Brauchen Sie noch irgend etwas, Sir?« fragte der Page.

»Einen Weckruf«, murmelte Jack.

»Um wieviel Uhr, Sir?«

»Halb zehn.« Der Page hatte sein Gepäck auf eine Ablage geschoben, ihn rasch durch seine Suite geführt, das Radio angestellt und sich ansonsten distanziert verhalten. Das war Jack trotz seiner Müdigkeit nicht entgangen.

»Gut, Sir. Ich sage es den Leuten vom Telefondienst.«

»Danke.« Jack holte einen Zwei-Dollar-Schein aus seiner Brieftasche. Singapur-Währung, also mußte er irgendwo einen Travellerscheck eingelöst haben. Wo? Auf dem Flughafen? Im Hotel? Ach, egal.

Der Page nahm das Trinkgeld nicht an. Jack meinte etwas beschämt: »Bitte. Unten im Foyer ... Sie wollten mir ja bloß helfen, und ich ...«

»Sie brauchen sich nicht zu entschuldigen, Sir. Ich wünsche Ihnen einen angenehmen Aufenthalt im Raffles.« Dann ging er und schloß die Tür leise hinter sich.

Schon fast im Halbschlaf sah Jack sich in der Suite um. Sie hatte drei Räume. Von der Tür bis zu dem riesigen Bad waren es sicher sechs Meter; dazu kamen ein kleiner Salon und ein Eßzimmer im vorderen Teil sowie ein Schlafzimmer, das größer war als die gesamte Wohnung von Gabrielle. Teppiche und Möbel waren offenbar echte Antiquitäten, es gab überall frische Blumen und vor allen Dingen ein ausgesprochen einladendes Bett.

Schön. Und teuer – viel zu teuer für die Spesenabrechnung. Eigentlich hatte er im Holiday Inn unterkommen wollen, *das ist gut genug für dich, Sohn*, aber Gabrielle hatte auf dem Raffles bestanden. Schließlich sei er jetzt Vizedirektor, hatte sie argumentiert, und habe das Recht, sich ein paar Tage lang solchen Luxus zu leisten.

Und er hatte sich überreden lassen. Von ihr ließ er sich zu allem überreden. Aber trotzdem hatte er ein schlechtes Gewissen.

Da fiel sein Blick auf den Brandyschwenker. Er nahm ihn in die Hand, führte ihn an die Lippen, atmete das Aroma tief ein, nahm einen kleinen Schluck, ließ ihn auf der Zunge zergehen.

Dann trottete er in den kleinen Salon und starrte hinaus auf den gepflegten Garten. Wenig später ging er wieder ins Schlafzimmer, wo der Schreibtisch stand. Darauf lag ein Brief.

Er war auf dem persönlichen Briefpapier von Rajiv Sethanar getippt, dem General Manager von LBTech Singapur. Als er las, was darauf stand, konnte er fast Rajivs melodiöse Stimme hören:

> Lieber Jack,
> willkommen in Singapur und meine herzlichsten Glückwünsche zu Ihrer wohlverdienten Beförderung. Ich freue mich sehr, Sie als neuen Vorgesetzten zu begrüßen und mit Ihnen zusammenzuarbeiten.
> Ich war sehr überrascht über das Fax, in dem ich von Ihrer baldigen Ankunft erfahren habe. Ich habe keinerlei Vorstellung, warum Ihr Besuch so große Geheimhaltung erfordert. Aber darüber werden Sie mich sicher bei unserem morgendlichen Treffen unterrichten.
> Bis dahin noch einmal herzlichen Glückwunsch und die besten Wünsche von Ihrem Freund und Kollegen
>
> Rajiv Sethanar
> General Manager
> LBTech Singapur

PS: Ich habe diesem Brief ein Schlafmittel beigelegt. Besucher aus Amerika leiden nach einem so langen Flug oft unter Schlafstörungen. Das Schlafmittel wird Ihnen dabei helfen, sich zu entspannen und für den Morgen fit zu sein.

Jack entging, daß Rajiv noch ein paar Anmerkungen auf die Rückseite des Briefes notiert hatte. *Wie nett*, dachte er. Rajiv war ein guter Mann, einer der wenigen Verbündeten, die Jack in Südostasien hatte. Die meisten anderen Manager dort standen ihrem neuen Vorgesetzten feindlich gegenüber. Kein Wunder, denn sie waren alle von Denise Donald persönlich ausgewählt worden.

Doch diese Vormachtstellung, die Denise sich hier aufgebaut hatte, würde Jack am folgenden Morgen beginnen auseinanderzunehmen.

Neue Besen kehren gut, dachte er grinsend. *Ihr werdet hier noch euer blaues Wunder erleben. Wartet nur, ich werde Euch ordentlich Feuer unterm Hintern machen. So leicht, wie Denise meint, lasse ich mich nicht aufs Glatteis führen.*

Wieder führte Jack den Brandyschwenker zum Mund. *Komisch*, dachte er, *leer. Und wo ist die Tablette, die Rajiv mir geschickt hat?* Er gähnte. *Oh, die hab ich wohl geschluckt.*

Jack haßte Medikamente und nahm nur etwas ein, wenn es gar nicht mehr anders ging. Und noch dazu mit hochprozentigem Alkohol ... Er hatte keine Wahl, nun mußte er wohl ins Bett.

Aber zuerst mußte er sich noch vergewissern, daß seine Brieftasche und sein Paß nicht offen herumlagen – obwohl er sich im besten Hotel der am stärksten überwachten Stadt der Welt aufhielt. Er hatte schon zu viele Horrorgeschichten von weitgereisten Kollegen gehört, was passieren konnte, wenn man Paß, Brieftasche, Bargeld und Kreditkarten im Ausland verlor.

Er klopfte auf seine Gesäßtasche. Die Brieftasche steckte darin. Aber was war mit dem Paß? Verschwunden. *Scheiße!* In der Hosentasche? *Nein.* In der Jackentasche? *Nein. Wo zum ...*

Jetzt fiel es ihm wieder ein. Sein Paß war in der Aktentasche. Er liebte diese Aktentasche; er liebte es, wie sie ihn damit überrascht hatte, wie sie ihn angesehen hatte, als sie sie aus der Einkaufstüte zog, und er liebte auch den Zettel, den sie am Griff befestigt hatte: »Damit Du mich nicht vergißt in Singapur ... oder anderswo.«

Als ob er sie jemals vergessen könnte! Doch leider konnte er auch nicht vergessen, mit welch lüsternen Blicken dieser Macho Simon Burton sie anstarrte. Aber der gute Simon hatte keine Chance. Gabrielle hatte sich für den besseren entschieden. Der beste Beweis dafür war ihr Geschenk, diese wunderbare Aktentasche. Und plötzlich war diese Aktentasche, die im Flugzeug auf seinem Schoß gelegen hatte, die er im Taxi an seine Brust gepreßt und dem völlig verschreckten Pagen aus der Hand gerissen hatte, Gabrielle. Wenn er die Tasche in der Hand hielt, fühlte er sich Gabrielle näher. Er konnte sich jetzt damit aufs Bett legen, die Arme darum schlingen und träumen, er halte statt dessen ...

5

Der Text, den Rajiv auf die Rückseite des Briefs geschrieben, den Jack aber nicht bemerkt hatte, lautete folgendermaßen: »Jack, die Tablette ist ziemlich stark. Sie sollten sie erst kurz vor dem Zubettgehen nehmen. Bitte nehmen Sie sie überhaupt nicht, wenn Sie etwas getrunken haben. – Rajiv.«

Bei dem Schlafmittel handelte es sich um Rohypnol, einen besonders starken Tranquilizer aus der Familie der Benzodiazepine, der in den Vereinigten Staaten verboten und auch anderswo nur auf Rezept erhältlich ist.

Das National Institute on Drug Abuse weist darauf hin,

daß Rohypnol »in Verbindung mit Alkohol einen synergistischen Effekt hat. Diese Kombination führt zu Enthemmung und Gedächtnisverlust«. Die Substanz sei zehnmal stärker als Valium und könne in Verbindung mit Alkohol »Blackouts, Desorientierung und ein Gefühl der Waghalsigkeit und Aggressivität auslösen«, das mehrere Stunden lang andauern könne. Wer Rohypnol zusammen mit Alkohol einnimmt, verliert die Selbstkontrolle und die Fähigkeit zu objektiver Wahrnehmung, obwohl er nach außen hin völlig wach erscheint. Medizinisch ausgedrückt leidet er unter einem sogenannten »Automatismus«, verhält sich also ganz ähnlich wie ein Schlafwandler. Verstand und Reflexion sind ausgeschaltet; jemand, der unter diesem »Automatismus« leidet, bewegt sich, ohne sich darüber bewußt zu sein, was er tut; seine Wahrnehmung ist getrübt, seine Urteilsfähigkeit außer Kraft gesetzt; er verhält sich wie ein Roboter, der auf einige wenige überlebenswichtige Funktionen programmiert ist. Alles Menschliche ist betäubt. Es herrscht nur noch das Tier mit seinen Instinkten.

Menschen unter dem Einfluß von Rohypnol sind nicht für ihre Aktionen verantwortlich.

Aber sie sind gefährlich.

6

Abgesehen von ein paar riesigen palastartigen Suiten um das innere Atrium herum besteht das Raffles aus einem Irrgarten von Gängen mit Zimmern auf der einen und üppigen Gärten auf der anderen Seite. Nachdem Chan Gin ein Team am Aufzug postiert hatte, lief er mit den beiden verbliebenen Männern an Türen vorbei, an denen sich Messingplaketten mit den Namen früherer Gäste (Charlie Chaplin, Ava Gardner, André Malraux) befanden, und scheinbar endlose Gänge mit Teakholzboden entlang.

Um diese Zeit war es in Singapur noch ruhiger als sonst.

Und im Innern des Raffles herrschte absolute Stille, weil die dicken Wände, die Palmen und die Frangipani alle Geräusche schluckten. In diesem Hotel herrschte immer noch die Atmosphäre der zwanziger Jahre, das Zeitalter geruhsamen Reisens auf Cunard-Linern und beschaulichen Wohnens in Hotels, in denen Portiers mit Turbanen die Frauen noch höflich mit »Memsahib« begrüßten.

Chan holte die Sigma aus seinem Schulterhalfter. Seine beiden Untergebenen taten es ihm gleich. Chan hielt sie im Gegensatz zu den beiden anderen Männern mit einer Hand, denn so hatte das Opfer eine kleine Chance, und das machte die Sache ein bißchen interessanter. Obwohl an dem heutigen Auftrag wirklich nichts Interessantes war. Das Opfer litt unter Jet-lag und war mit Sicherheit alles andere als wachsam. Es würde schnell vorbei sein.

Chan hielt inne, sah vorsichtig um eine Ecke. Singapur war ein guter Ort für jemanden wie ihn. Bis auf wenige Ausnahmen – darunter Chan selbst – wurden sämtliche Aktionen kontrolliert und überwacht. Wenn man jemanden finden wollte, brauchte man sich nur in eine der Regierungsdatenbanken einzuloggen: Häuser, Wohnungen, Autos, Hotelreservierungen – in einer Gesellschaft, die alles kontrollierte, wußte man immer ziemlich genau, wo sich jemand befand.

Zum Beispiel Taft. Sein Zimmer lag genau vor Chan. Suite 201, ganz am hinteren Ende des Gebäudes. Dort, wo es besonders ruhig war. Aber nicht mehr lange.

7

Jack steckte seine Brieftasche zu seinem Paß und schloß die Aktentasche. Sie würde die Nacht neben seinem Bett verbringen. *Sicher ist sicher*, dachte Jack. Als er sich aufs Bett legen wollte, fiel ihm die Tür ein. Er konnte sich nicht erinnern, ob er sie verschlossen hatte oder nicht.

Wahrscheinlich nicht. Der Page war gegangen, und er

selbst hatte den Brandy entdeckt, und … *Na ja, die Tür ist mit ziemlicher Sicherheit nicht verschlossen.*

Jack drückte die Türklinke herunter und zog. Wie erwartet ging sie sofort auf. Weniger erwartet allerdings hatte Jack die drei Männer draußen auf dem Gang. Einer von ihnen hatte so etwas wie eine Karte in der Hand und wollte gerade an die Tür klopfen. Die anderen beiden hielten kurzläufige Stahlgeräte in den Fäusten. Vom Alkohol und der Tablette ziemlich benebelt, sagte Jack genau das Verkehrte: »Hallo, ich bin Jack Taft. Kann ich Ihnen helfen?«

Und schon lag er mit dem Gesicht auf dem Boden. Er hatte nur eine sehr vage Vorstellung davon, wie er dort gelandet war … Irgend jemand hatte ihn herumgewirbelt, ihn angebrüllt, ihm den Arm auf den Rücken gedreht, ihn quer durchs Wohnzimmer geschoben, und dann … was dann …? Vermutlich war er ziemlich hart auf dem Boden aufgeschlagen. Hatte ihm jemand einen Tritt gegen die Beine versetzt? Sicher war er sich nicht. Aber jedenfalls hatte es weh getan, das wußte er. Und jetzt drückte ihn jemand auf den Boden und versuchte, etwas an seinen Handgelenken zu befestigen.

Immer noch benebelt, sah Jack, wie etwas Chromfarbenes, Glänzendes klirrend neben seinem Gesicht auf dem Boden landete. Der Mann, der ihn festhielt, fauchte ein chinesisches Wort – wahrscheinlich einen Fluch, dachte Jack.

Er versuchte, sich auf das, was da neben ihm auf dem Boden lag, zu konzentrieren. *Ach*, dachte er benommen, *ich weiß, was das ist. Handschellen.*

Handschellen?

Der Mann griff nach ihnen. Dann die Stimme eines anderen Mannes – eine tiefere Stimme, weiter weg. Jack spürte so etwas wie Befriedigung in seinen Worten mitschwingen. »Das muß es sein.«

Jack verdrehte den Hals, um zu sehen, was da vor sich ging.

Ein breitschultriger Chinese mit cremefarbener Jacke (der

Mann, der vorhin gerade an die Tür hatte klopfen wollen) hielt Jacks neue Aktentasche in der einen und ein Taschenmesser in der anderen Hand. Mit dem Messer fummelte er am Schloß herum; das Messing war bereits verkratzt. Das gefiel Jack gar nicht. Überhaupt gefiel ihm der Typ nicht. Ein gorillaartiger Macho, der ihn sehr an Simon Burton erinnerte …

Dann eine zweite Stimme, heiser und rauh vom Nikotin: »Scheiße! Chan Gin!«

Der Mann, der gerade gesprochen hatte, stand direkt vor der Tür. Er war klein und stämmig und trug einen auffälligen Anzug. In der Hand hielt er eine ziemlich große Waffe.

Jack beobachtete, immer noch benommen und wie durch einen Gazevorhang, was da um ihn herum vorging. Ein Mann schwang Metall durch die Luft. Dann schlug etwas Funken. Jacks Ohren begannen zu klingen – ein Geräusch, zu laut und zu nah. Eine Art Ballett: Ein Tänzer sprang nach links, ein anderer bückte sich, ein dritter drehte mit ausgestreckten Armen eine Pirouette. Chinesische, aber auch ein paar englische Flüche. Ein Dutzend Blitze kurz hintereinander, grelles Licht, ohrenbetäubender Donner und beißender Rauch. Ein schweres Gewicht landete auf Jacks Rücken; der letzte Seufzer eines Sterbenden drang an sein Ohr.

Plötzlich lag ein Gesicht neben ihm auf dem Boden, die Augen geschlossen, das Kinn blutrot. *Wie schön, dieses Rot*, dachte Jack. Normalerweise träumte er nie in Farbe, immer nur in Schwarzweiß. *Seltsam*, dachte er, *daß ich plötzlich in Farbe träume.* Aber natürlich war das die Tablette, diese starke Tablette, und jetzt träumte er tatsächlich in Farbe, und es war schön.

Weniger schön waren der Lärm und die Rufe überall. Aber es schien jetzt alles weiter weg, er konnte es beinahe schon nicht mehr hören, nicht mehr hören, nicht mehr hören …

8

Chan war enttäuscht. Taft lag auf dem Boden; es war noch leichter gewesen, als er es sich vorgestellt hatte. Es hatte überhaupt keinen Spaß gemacht.

Dann tauchte plötzlich ein kleiner, stämmiger Kerl an der Tür auf und rief: »Scheiße! Chan Gin!« Und Chan rollte auf den Boden.

Der Kerl machte einen großen Fehler – er begann zu zählen: Chan, zwei von Chans Untergebenen, Taft auf dem Boden. *Fang niemals an, die Leute zu zählen, auf die du schießen willst*, dachte Chan.

Und der zweite Fehler: Er erschoß den Mann, der ihm am nächsten stand, zuerst. Und dieser Mann war nicht Chan. Mittlerweile hatte Chan seine Smith & Wesson in der Hand und drückte ab. Irgendwann würde der Lauf schon in die richtige Richtung zielen, so war das eben in solchen Situationen.

Fehler Nummer drei: Der Typ an der Tür versuchte, aus der Schußlinie zu springen. Dabei ist es das einzig Sinnvolle, so schnell wie möglich zurückzuschießen und zu hoffen, daß man schneller trifft als sein Gegner.

Chan feuerte, was das Zeug hielt. Der Getroffene tanzte wie eine Marionette und stürzte erst zu Boden, als Chans Magazin leer war.

Einer von Chans Männern, ein Junge namens Liu, war tot, und der andere, Hal Leung, stand wie erstarrt da. Chan wußte, daß er ihn würde trösten müssen. Doch zuerst mußte er seine Waffe neu laden und durfte dabei keinesfalls den soeben Erschossenen aus den Augen lassen, der möglicherweise gar nicht so tot war, wie er aussah. Erst als Chan ein frisches Magazin aus seiner Tasche holte, fiel ihm ein, daß es eine Ausnahme von der Regel gab, daß man nachlud, bevor man irgend etwas anderes machte.

Aber da war es schon zu spät.

Die Welt der Wachen verschwindet im Nebel. Jack Taft hört ferne Geräusche – einen Fluch, eine haßerfüllte Stimme, die zischt: »Er hat uns.« Dann das Klappern von Pistolen auf dem Boden, das Zuschlagen einer Tür; aber diese Geräusche kommen zweifelsohne von einem Fernseher nebenan und haben nichts mit ihm zu tun.

Ein Ruf, viel lauter als die anderen, dringt fast bis in sein Gedächtnis vor. Doch die Worte ergeben keinen Sinn. »Polizeichef Chan Gin!« *Nie gehört.* »Sie sind verhaftet!« *Absurd.* »Halt, im Namen des Gesetzes!«

Jack sinkt wieder in Morpheus' Arme.

9

In einem friedlichen Land, in dem pro Jahr weniger als fünfzigtausend Verbrechen verübt werden, widmen sich die hervorragend ausgebildeten und ganz und gar korrekten Angehörigen der Singapurer Polizei eher banalen Dingen: Sie werden gerufen, wenn jemand Abfall auf die Straße wirft, bei Kleindiebstählen, Betrugsfällen, häuslichen Auseinandersetzungen und – da die Bevölkerung davon offenbar nicht genug bekommt – bei Glücksspielen.

Doch das galt nicht für Chan Gin, wobei Chan nach chinesischer Sitte der Familien- und Gin der Vorname war. Seine Vorgesetzten hatten bereits damals, als er sich siebenundzwanzig Jahre zuvor um eine Stelle bei der Polizei beworben hatte, sein besonderes Talent erkannt. Er war von Geburt an dazu bestimmt, die schlimmsten Kriminellen zur Strecke zu bringen. Da es in Singapur nur wenige Gewaltverbrechen gab, hatte Polizeichef Chan Gin sozusagen das Monopol.

Damals, als er die Uniform zum erstenmal anzog, war noch alles anders gewesen: Geheimbünde, Tong-Kriege, Bandenkämpfe und Rassenunruhen mit Hunderten von Toten und Verletzten – das Erbe aus den ersten Tagen der Singapurer Unabhängigkeit. Aber das war längst Vergangenheit, und nach dieser Vergangenheit sehnte sich Chan. Ohne nennenswerte Gegner fühlte er sich überflüssig, ausgelaugt, gelangweilt. Kein Wein hätte ihn so berauscht wie der Adrenalinstoß zu Beginn einer Schießerei …

… wie jetzt.

Der Scheißkerl hat meine Pistole geklaut! Chan kochte innerlich vor Wut, aber seinem Gesicht war nichts anzumerken. Auf dem Boden lag eine Leiche – ein Thai oder Kambodschaner, zweifelsohne Tafts Kontaktmann in Singapur –, und ein amerikanischer Gangster mit einer gestohlenen Polizeiwaffe lief frei herum.

Chan holte seine beiden Ersatzpistolen aus den Knöchelhalftern.

Corporal Leung leckte sich die Lippen. Sein Gesicht war bleich, und er wischte sich die verschwitzte Hand an der Hose ab. Chan zwang sich zu einem Grinsen, um Leung ein wenig aufzumuntern. »Der Kerl ist doch zäher, als ich dachte.«

Der amerikanische Gangster war erst vor ein paar Augenblicken durch die Tür verschwunden. »Sir«, flüsterte Leung, »was ist, wenn er auf der anderen Seite auf uns wartet?«

Als Antwort jagte Chan vier Kugeln durch die Tür und wartete darauf, daß das Feuer erwidert würde. Nichts. Es war so, wie er es sich gedacht hatte: Der Dreckskerl war abgehauen. Und er, Chan, würde ihm hinterherrennen. Und was dann passieren würde, wenn er ihn erwischte, wäre nur ein gerechter Ausgleich für diese für Chan so beschämende Flucht. Er hätte besser aufpassen sollen. Der anonyme Hinweis auf Tafts Ankunft, den die Polizei bekommen hatte, war schließlich ziemlich deutlich gewesen: Der Kerl, hatte es da geheißen, war hart, knallhart. Chan verfluchte sich für seine Unbesonnenheit.

Was jetzt kam, war genau nach Chans Geschmack. Taft hatte eine Waffe, und er wartete irgendwo da draußen auf dem Flur. Wenn er so gefährlich war, wie Chan glaubte, hatte er die Zeit mit Sicherheit nicht genutzt, um zum Ausgang zu fliehen. Er hatte sich lediglich ein halbwegs sicheres Versteck, eine Nische, eine Säule oder einen Rattansessel, gesucht. Und dort wartete er nun mit der Waffe im Anschlag darauf, daß Chan Gin sich zeigte.

Chan liebte die Zeit kurz vor dem Showdown. Das war besser als Sex.

Er murmelte ein Gebet. Obwohl er gläubiger Methodist war, richtete er seine Bitten lieber an chinesische Gottheiten, denn die waren zuständig fürs Grobe. Dann trat er mit gezückten Waffen in den Flur. Sein Gegner stand kaum fünfzehn Meter von ihm entfernt, ein klares Ziel. Chan kniff die Augen zusammen, zielte und drückte ab – beide Waffen gleichzeitig. Plötzlich hallte der erschreckte Schrei einer indischen Putzfrau durch die Nacht.

Scheiße! Er senkte die Waffen. Das war nicht Taft, sondern eine pummelige Frau mittleren Alters mit einer weiten schwarzen Hose und einem losen weißen Dhoti, die einen Wagen voller Handtücher, Seifen, Mops und Eimer vor sich herschob. Sie rannte, so schnell es ihre kurzen Beine erlaubten. Der Wagen füllte fast die ganze Breite des Flurs, und *verdammt!* die Frau rannte geradewegs auf ihn zu!

Er fing an, sie anzubrüllen, ihr zuzurufen, sie solle aus dem Weg gehen. Doch da ertönte ein Schuß. Gips und Teakholzsplitter regneten auf die Frau herab. Wieder kreischte sie. Mit Tränen in den Augen und Schaum vor dem Mund rannte sie weiter. Wieder ein Schuß. Wieder ein Schrei. Wieder Gips und Holzsplitter.

Dieser verdammte Taft! Er versteckte sich in den Schatten des Flurs, gedeckt durch die Frau und ihren Wagen, und schoß über ihren Kopf hinweg in die Decke, damit sie weiterrannte und ihren Wagen weiterhin auf ihn zuschob …

Chan stolperte in Tafts Suite zurück. Die Putzfrau raste schreiend an ihm vorbei. Chan packte sie am Arm und hielt sie auf. Als sie wieder schrie, herrschte Chan sie an: »Maul halten!« Sie wimmerte. »Ruhe! Und bleiben Sie bloß hier drin!« Die Frau rannte zum hinteren Teil von Tafts Suite und duckte sich hinter ein Möbelstück.

Chan sprang wieder durch die Tür, doch mittlerweile war Taft nur noch ein verschwommener dunkler Fleck am anderen Ende des Flurs. Noch einen Augenblick, dann wäre er um die Ecke und außer Sichtweite. Chan begann zu rennen.

In der Hotelsuite hatte dieser verfettete amerikanische Gangster nicht so ausgesehen, als könne er besonders schnell laufen, doch jetzt war er schneller als Chan. Als Chan die nächste Ecke erreichte, sprintete sein Gegner bereits eine kleine Treppe zum nächsten Aufzug hinauf.

Mit haßerfülltem Grinsen rannte Chan hinter ihm her. Schließlich warteten unten im Erdgeschoß zwei Beamte, zwei gute Beamte, direkt am Fahrstuhl. Taft wäre so gut wie tot, sobald er aus dem Lift trat, und ...

Scheiße! Der verfluchte Taft lief an den Aufzügen vorbei, ohne sie eines Blickes zu würdigen, wirbelte nach links und war wieder außer Sichtweite.

Jetzt befand sich der Flüchtige im ersten Stock des zentralen Atriums, also dort, wo die Luxussuiten für sechstausend Dollar die Nacht waren. Vielleicht würde Taft sich dort einfach eine Geisel nehmen. Oder noch schlimmer: Er könnte einfach weiterrennen. Die Flure auf der anderen Seite des Atriums führten zu einem wahren Labyrinth von Gängen, Treppen und Notausgängen. Wenn der Scheißkerl es aus dem Atrium schaffte, schaffte er es auch aus dem Hotel.

Doch das würde Polizeichef Chan Gin nicht zulassen.

Er hastete die Treppe hinauf, immer drei Stufen auf einmal, durch die Doppeltür zum Atrium. Als er ein Stück weiter Tafts undeutliche Silhouette hinter einigen Topfpalmen entdeckte, feuerte er vier Schüsse ab.

Nun bleib schon stehen, du Dreckskerl. Komm ins Licht, damit ich dich besser sehen kann.

Taft wirbelte herum, stellte sich breitbeinig und mit gebeugten Knien in Position, brachte zwei Pistolen auf Augenhöhe und schoß eiskalt zurück.

In Chans beiden Glock 27 befanden sich zwei Magazine mit jeweils neun Schuß. Er hatte vier Schuß durch die Tür abgefeuert, das heißt, er hatte noch vierzehn, nein, noch zehn, weil er in der Zwischenzeit ja noch einmal vier Schüsse abgegeben hatte. Taft hatte seine Smith & Wesson Sigma, Leungs S & W Kaliber .38 und die langläufige Waffe des Mannes vor der Tür, also insgesamt achtundzwanzig Kugeln. Mehr als Chan, und das machte diesen nur noch wütender.

Er hechtete nach vorn, den Körper parallel zum Boden. Gleichzeitig schoß er, was das Zeug hielt. Taft tat es ihm gleich. Gipsbrocken brachen aus den Wänden, Staub vernebelte die Luft. Zwei häßliche große Löcher klafften in dem Perserteppich, direkt an der Stelle, über die Chan soeben gehechtet war. Eine unbezahlbare alte Opiumcouch aus Walnußholz und Stuckmarmor sank in sich zusammen und riß eine Porzellanvase mit blau-rotem Schmetterlingsmotiv mit sich. Gelbe Rosen und Blumenwasser ergossen sich auf den Boden. Ein Hotelgast im Pyjama öffnete die Zimmertür, um nachzusehen, was los war. Er wurde leichenblaß und verschwand sofort wieder. Links von Chans Gesicht zerbarst ein Spiegel in tausend Scherben, die auf Chan zuflogen wie ein Schwarm wildgewordener Wespen. Und Chan feuerte weiter.

Als Chan auf dem Boden aufkam, hörte er den Stoff seiner Sportjacke reißen – ein zweitausend Dollar teures Stück von Cerruti, das jetzt reif für den Müll war.

Er hatte kein Glück. Lediglich einer seiner Schüsse traf auch nur in die Nähe des Ziels und holte eine Hängepflanze gleich neben dem Kopf des Mannes herunter.

Er hatte Glück. Keine von Tafts Kugeln hatte ihn getroffen. Der Kerl hatte zwei Magazine leergeschossen und ihn verfehlt.

Jetzt hatte Chan keine Munition mehr. Taft, der noch immer in weiter Entfernung und kaum zu erkennen war, hatte seine eigenen leeren Waffen fallen gelassen und floh um die nächste Ecke.

Chan riß seine Jacke herunter und rollte zur Seite. Dann sprang er wieder auf, eine Baikal in der Hand. Der Lauf der Baikal war nicht einmal dreißig Zentimeter lang. Ihre Mündung war ein wenig abgeflacht, damit sich die Schüsse daraus besser streuen ließen – das war gut bei sich bewegenden Zielen.

Bei der Baikal handelte es sich um eine Halbautomatikwaffe ohne Schaft. Den hatte Chans Waffenhändler durch einen Pistolengriff ersetzt.

Fünf Schuß im Magazin. Chan lud eine Kugel in die Kammer.

Da hörte er den Klang einer Aufzugklingel. *Verdammt!* Er begann zu rennen. Die Hauptlifts lagen hinter ihm; Taft hatte also von vornherein nach einem Lastenaufzug gesucht. Chan hatte nur zwei Männer mitgebracht, Toy und Wong, und beide behielten die Personenaufzüge im Foyer im Auge. Wenn Taft es in den Lastenaufzug schaffte, war der Fluchtweg für ihn frei. Chan rannte, so schnell er konnte. Das Ende des Flurs lag direkt vor ihm. Taft war nach rechts gerannt. Er konnte nicht weit sein.

Doch Taft kannte nicht Kiatsu, die Ethik, auf der ganz Singapur basierte: Der Sieg ist nicht nur das Wichtigste, sondern das allein Wichtige im Leben. Das wußte jeder Händler, jeder Manager, jeder Arbeiter. Und Chan. Er war seit siebenundzwanzig Jahren Kiatsu; da würde er nicht plötzlich zum Verlierer werden.

Egal, wie gut Taft war – und bisher war er verdammt gut gewesen –, er würde nicht gewinnen. Chan glaubte fest daran. Er sprang nach vorne, die abgeflachte Baikal in der abgewinkelten Hand. Chan drückte ab. Der Rückstoß schickte einen spitzen Schmerz durch sein Handgelenk. Der

Schuß hatte eine Lampe getroffen; es war dunkel. Chan ging auf das eine Knie und feuerte noch einmal. Im Halbdunkel spritzten Hautstücke aus Tafts Brust. Ein dritter Schuß zwang den Dreckskerl in die Knie, ein vierter riß ihm den Bauch auf. Taft war tot. Chan ging hinüber und rollte ihn herum. Das Gesicht gehörte einem Asiaten, einem mahagonifarbenen Filipino, nicht Taft. Taft war geflohen.

Der Schlaf bietet nur dann Sicherheit, wenn keine Träume ihn stören. Jack träumt nun schon seit zwei Minuten und vierzig Sekunden einen höchst beunruhigenden Traum.

Normalerweise schläft er tief und fest; er hat nur hin und wieder einen Alptraum. Auch diese Alpträume sind eher konventionell: Er stellt plötzlich an einem öffentlichen Ort fest, daß er nackt ist, er muß zum Zahnarzt, weil ein Zahn herausgefallen ist, er rutscht aus und stürzt aus großer Höhe, oder er wird von der Frau betrogen, die er liebt.

Doch jetzt, da Jack müde und erschöpft ist vom Alkohol und der Tablette, ereilt ihn ein anderer Alptraum. Ein Ding, ein Schatten, verfolgt ihn im Schlaf. Es ist hungrig und bewegt sich wie Rauch, lautlos, fließend, scheinbar willkürlich, trotz seiner schrecklichen Präzision, seiner eiskalten Berechnung. Dieses Ding in seinem Alptraum hat Ziele. Und es besitzt die Mittel, sie zu verwirklichen. Es hat keine Emotionen im engeren Sinne – ein Tier kennt schließlich keine Leidenschaft –, aber es wird vorangetrieben von dunklen Kräften, von einem Ziel, das alles zerstört und dem man sich nicht widersetzen kann.

Jack Taft träumt von bösen Träumen, es gelingt ihm nicht, sich wach zu schreien. Er kann nur zusehen, wie der Alptraum sich entfaltet, und beten, daß es Morgen wird.

10

Von der weißen Schotterauffahrt des Raffles führen drei breite Stufen zu einer großzügigen Veranda mit riesigen Glastüren und einem makellos sauberen roten Teppich, der den betuchten Gästen das Gefühl geben soll, daß sie tatsächlich am Ziel ihrer Träume angekommen sind.

Zaitun Binte Samsudin – Zaitun, Tochter von Samsudin – streckte ein langes, jeansbekleidetes Bein aus der linken hinteren Tür des Taxis. Sie hatte ihren Saron kebaya, ihre Dienstkleidung, am Flughafen abgelegt und war in eine bequeme Levi's, ebenso bequeme Segelschuhe und ein weites Herrenbaumwollhemd geschlüpft. »Bitte warten Sie hier«, sagte sie über ihre Schulter hinweg. »Es dauert nicht lange.«

Zaitun hatte kaum ein halbes Dutzend Schritte gemacht, als sie Mr. Taft schon entdeckte. Sie freute sich, ihn wiederzusehen.

Er marschierte mit ziemlich energischen Schritten und entschlossenem Gesichtsausdruck, die rechte Hand in der Jakkentasche, aus dem Hotel. Er wirkte jetzt viel wacher als vorhin, als sie sich von ihm verabschiedet hatte. Offenbar hatte er sich schnell wieder von seinem Jet-lag erholt. »Mr. Taft.« Sie winkte ihm zu.

Als er die Stufen mit federnden Schritten herunterkam und ihr ins Gesicht sah, flüsterte er etwas Merkwürdiges und Unerwartetes: »Freund.« Seine Stimme klang seltsam. Und was er als nächstes machte, war genauso seltsam: Ohne die rechte Hand aus der Tasche zu nehmen, legte er den linken Arm um ihre Taille, drückte sie fest an sich und schob sie zu dem wartenden Taxi. Bevor Zaitun wußte, wie ihr geschah, saß sie schon in dem Wagen und Mr. Taft neben ihr.

Der Taxifahrer starrte ihn wütend an. So eine hübsche junge Frau, viel zu jung für den Amerikaner mittleren Alters, der offenbar ihr Liebhaber war. Der Fahrer wußte bereits, wohin er den Wagen lenken sollte – die Frau hatte ihm das

Fahrtziel schon vorher angegeben. Es handelte sich um eins der dreißig Jahre alten Wohnhäuser in Toa Payoh, nicht weit vom McRitchie Reservoir Park entfernt. Voller Neid tippte der Fahrer die »unterwegs«-Taste auf seinem kleinen Computer am Armaturenbrett. Der Computer reaktivierte die Taxiuhr und sandte ein Funksignal an die Zentrale. Der Fahrer gab Gas.

Als er von der Beach Road nach links in die Seah Street bog, wurde Zaitun gegen Mr. Taft gedrückt. »Entschuldigung«, sagte sie und rückte wieder ein Stückchen weg. Er reagierte nicht, blieb völlig versteinert sitzen. Das war höchst merkwürdig. Fast konnte man den Eindruck haben, daß er den Körperkontakt gar nicht bemerkt hatte. Da Zaitun es gewohnt war, bemerkt zu werden, war sie ein bißchen verärgert. Natürlich wollte sie nicht, daß Mr. Taft die Situation ausnutzte. Aber schließlich hat eine junge Frau auch ihren Stolz.

Wieder bog das Taxi scharf nach links und fuhr dann weiter zur North Bridge Road. Die Straße wurde, wie alle wichtigen Geschäftsstraßen der Welt, von hohen Bürohäusern flankiert. Auch ihre Architektur unterschied sich nicht sonderlich von der der Geschäftsviertel in anderen großen Städten. Wären die Schilder an manchen Gebäuden nicht sowohl in englischer als auch chinesischer Sprache gewesen, hätten Zaitun und Taft gut und gerne auch durch die Innenstadt von Atlanta, Dallas oder Denver fahren können. Nur, daß das Taxi hier auf der linken Seite der Straße fuhr, nicht auf der rechten, und daß die Fassade eines Gebäudes in einem zu grellen Rosa leuchtete, um irgendwo in Amerika stehen zu können.

Eher verwirrt als alarmiert durch Mr. Tafts Verhalten, griff Zaitun in ihre Tasche, in der sich ganz oben der Taschencomputer des Amerikaners befand. Mit einem Gummiband hatte sie einen Umschlag daran befestigt. Darin steckte ein Briefchen, in dem sie erklärte, wo sie den Psion gefunden hatte, und in dem sie Mr. Taft vorschlug, sie doch zu Hause anzurufen, wenn er Fragen zu Singapur hätte oder wenn es Probleme mit dem Computer gäbe. Außerdem sei sie so frei gewesen, ihre Telefonnummer und Anschrift in das Adreßbuch des Psion einzugeben.

Doch jetzt würde sie ihm sagen, er solle den Fahrer anhalten lassen. Sie würde ihm den Psion geben und ihn bitten auszusteigen. Natürlich würde sie ihn ganz höflich bitten, wie es sich für eine Muslimin geziemte. Aber sie würde ihn bitten, nein, besser gesagt, sie würde darauf bestehen. Mr. Taft schien einen völlig falschen Eindruck von ihr gewonnen zu haben. Offenbar hatte er mißverstanden, warum sie zu ihm ins Hotel gekommen war. Jia lat – sehr lästig, aber es war natürlich ihre Schuld. Schließlich war sie eine Asiatin, und deshalb trug sie notwendigerweise die Schuld an den Fehlern, die die Männer machten. Sie, und nicht er, war dafür zuständig, einen solchen Fehler zu beheben, bevor die Angelegenheit noch mehr jia lat wurde.

»Mr. Taft?«

Er wandte den Kopf nach links. Es lag etwas Unheimliches, Roboterhaftes in dieser Bewegung.

»Ja.« Auch seine Stimme klang leblos und künstlich. Zaitun war verunsichert.

»Das da gehört Ihnen.« Sie streckte ihm den Taschencomputer und ihr Briefchen hin.

»Ja, stimmt«, sagte Mr. Taft mit tonloser Stimme, nahm den Psion und ließ ihn in seine Jackentasche gleiten. Dann wandte er den Blick wieder nach vorn, ohne ihr zu danken.

Allmählich bekam sie Angst vor ihm. Sie wußte, daß sie dem Fahrer nur zu sagen brauchte, er solle anhalten. Doch sie brachte die Worte nicht heraus.

Auf dem Armaturenbrett des Taxis piepste es. Zaitun erkannte das Geräusch. Alle Singapurer Taxis waren mit Geschwindigkeitssensoren ausgestattet. Wenn der Fahrer zu schnell fuhr, machte der Sensor ihn darauf aufmerksam, daß er abbremsen mußte, weil er sich sonst strafbar machte. Deshalb waren die Singapurer Taxifahrer die vorsichtigsten der Welt.

Doch Zaituns Fahrer lenkte den Wagen alles andere als vorsichtig; das Piepsen war ohrenbetäubend. Zaitun beugte sich nach vorn: »Fahren Sie doch bitte langsamer. Ich möchte ...« Taft, der den Arm immer noch um sie gelegt hatte, zog sie zurück. »Schneller«, brummte er. Zaitun sah ihn an. Sein Gesicht wirkte wie eine Maske. Plötzlich war er nicht mehr der nette Teddybär aus dem Flugzeug. Wieso hielt er sie so fest? Wie konnte er es wagen, dem Taxifahrer Anweisungen zu geben, der sie in ihre Wohnung bringen sollte?

»Mr. Taft?«

An der Coleman Street überquerte das Taxi zwei Spuren, mißachtete eine rote Ampel und fuhr dann mit quietschenden Reifen nach rechts. Kurz darauf lenkte der Fahrer es nach links, wieder nach Süden, jetzt auf der Hill Street.

»Mr. Taft, das ist verkehrt!«

»Schneller.« Er sah sie an, ohne ein Wort von dem, was sie sagte, zu hören.

Nun schoß das Taxi über die Coleman Bridge und auf die New Bridge Street. Es war unterwegs nach Chinatown, dem belebtesten Viertel Singapurs überhaupt. Hier waren sogar noch um halb vier Uhr morgens Menschen auf der Straße.

Zaitun warf einen Blick über die Schulter des Taxifahrers. Als sie sah, was der Tacho des Wagens anzeigte, hätte sie am liebsten geschrien. Doch sie brachte nur ein Flüstern hervor: »Halten Sie den Wagen an!« Der Fahrer ließ den Text auf dem kleinen LED-Display an seinem Armaturenbrett nicht aus den Augen.

Zwei chinesische Arbeiter mit langen Stangen über den Schultern, auf denen sie schwere Pappkartons balancierten, sprangen zur Seite. Der eine fluchte laut. Der andere rutschte aus und fiel hin.

»Schneller«, knurrte Mr. Taft jetzt. Zaitun versuchte, sich aus seinem Griff zu lösen. Doch er zog sie nur noch fester zu sich heran.

Der Fahrer, der sich voll und ganz auf den Text auf dem Display konzentrierte, mißachtete eine rote Ampel an der Ecke Hong Kong Street. Zaitun kreischte. Dann warf sie einen Blick auf Mr. Tafts Gesicht. Er bleckte die Zähne. Das machte die Sache nicht besser.

Zaitun wurde übel. Erst jetzt bemerkte sie das Display am Armaturenbrett. Der angezeigte Text wiederholte sich immer wieder: »Wagen 782 bitte zum CPS Pearl Hill Terrace ... Wagen 782 bitte zum CPS Pearl Hill Terrace ...«

»CPS? Was bedeutet das?« fragte Mr. Taft mit heiserer Stimme. Zaitun zuckte zusammen. Das hatte sie sich auch schon gefragt. Das Taxi war in südlicher Richtung auf der New Bridge Road unterwegs. Der nördliche Teil der Straße hieß Eu Tong Sen Street. Auf dieser Höhe wurde sie vom Great Southern Hotel und dem Bürokomplex am People's Park flankiert. Pearl Hill Terrace befand sich gleich hinter ... ja, genau ... jetzt fiel es ihr ein. Völlig überrascht stieß sie die Worte hervor: »Central Police Station – Polizeihauptrevier. Dort sollen wir hin.«

Der Fahrer schaltete den Blinker ein und fuhr langsamer.

Zaitun spürte, wie Mr. Taft die rechte Hand aus seiner Tasche nahm.

Fünf Minuten und zehn Sekunden, und der Alptraum ist nur noch schlimmer geworden:

Der schwitzende, schlafende Jack kämpft mit sich selbst und versucht, sich wieder in den Wachzustand und die Normalität zurückzuarbeiten. Es ist hoffnungslos. Er ist wie gelähmt, unfähig, sich zu bewegen, völlig machtlos in den Klauen eines Traumes, der die Grenzen aller Alpträume längst überschritten hat. Plötzlich regen sich in seinem Unterbewußtsein Dinge, die lange unterdrückt waren. Sie warten nur darauf, sich auf all jenes zu stürzen, was ihnen bisher verwehrt wurde. Alles, was diese Bestien sich wünschen, ist zur Hand. Eine hübsche Frau, eine Waffe, Gegner und die Dunkelheit der Nacht, die alles verbirgt.

Jack schreit tonlos im Schlaf. Wenn es ihm nicht gelingt, sich von diesem Traum zu befreien, werden langgehegte Sehnsüchte endlich erfüllt, werden Gelüste befriedigt. Der schrecklichste aller möglichen Alpträume ist folgender: das Schlimmste zu tun und keine Schuld zu empfinden.

11

»Ich hab ihn!« sagte eine laute Frauenstimme aus Chans Polizeifunkgerät.

»Weiter«, drängte Chan mit zusammengepreßten Lippen.

»Im Citynet, nicht im Skytrack! Ich meine …« Die Frau am anderen Ende des Funkgeräts gehörte zu den insgesamt sieben Leuten, die während der Nachtschicht im Kommunikationszentrum der Singapurer Polizei arbeiteten. Sie war noch nie Streife gegangen oder gefahren und hatte auch noch nie einem bewaffneten Verbrecher gegenübergestanden. Chan hatte das Gefühl, daß sie sich gleich in die Hose machen würde.

»Ganz ruhig«, herrschte er sie an. Während er wie ein Tiger im Käfig im völlig verwüsteten Atrium des Raffles auf und ab lief, knurrte er: »Sagen Sie mir einfach, wo das Schwein steckt.«

»In der vergangenen Stunde ist nur ein Fahrgast vor dem Raffles abgeholt worden, Sir«, sagte die Frau hastig. »Die Taxigesellschaft ist an das Satellitennavigationssystem angeschlossen, das heißt, man kann den jeweiligen Aufenthaltsort von jedem Wagen jederzeit ermitteln! Ich hab den Plan der Gesellschaft hier vor mir auf dem Bildschirm. Toll – ich kann genau sehen, wo er ist!«

Klar, dachte Chan. *Genau deswegen steckt die Regierung*

Millionen von Dollar in diesen Computermist – damit man alles sieht.

»Sind Sie sicher, daß er das ist?«

Bevor sie antworten konnte, mischte sich eine zweite Stimme in den Funkverkehr. »Sergeant Toy hier, Sir. Ich bin beim Portier, direkt vor dem Hotel. Er sagt, ein Mann, der dem Verdächtigen ähnlich sieht, ist hier vor wenigen Minuten in ein Taxi gestiegen.«

Chan hätte am liebsten die Wand kurz und klein geschlagen.

Jetzt hieß es nicht mehr Mann gegen Mann, jetzt war Teamwork gefragt. »Welche Taxigesellschaft?«

Chan hörte, wie Sergeant Toy den Portier fragte, der sich offenbar nicht mehr so genau erinnerte. »Tibs? Comfort? Citycab? Star …? Star, Sir. Er ist sich ziemlich sicher.«

Chan sah sich um. Auf dem Boden lag ein zerbrochener Spiegel, eine Antiquität, vielleicht unersetzbar. Chan fluchte leise vor sich hin. Der ganze Einsatz bisher war eine Katastrophe gewesen. Und schuld war er allein. Er knurrte ins Funkgerät: »Hat der Portier sich die Nummer gemerkt?«

»Nein, Sir.«

Chan schnaubte frustriert. »Sie da, im Computerraum, wie heißen Sie überhaupt?«

»Susan Lim, Sir. Constable Lim, Sir.«

Chan schürzte die Lippen. Eigentlich konnte er Schreibtischpolizisten nicht leiden, aber jetzt brauchte er die Frau. »Also gut, Lim, haben Sie gehört, was der Sergeant gerade gesagt hat?«

»Ja, Sir. Das Taxi, das ich hier auf dem Bildschirm verfolge, gehört zur Taxigesellschaft Star. Es hat die Wagennummer 782.«

Toys Stimme erklang aus dem Funkgerät: »Der Portier ist sich nicht sicher, Sir. Vielleicht hatte das Taxi die Nummer 782, vielleicht aber auch nicht.«

»Ein Vielleicht reicht mir. Wo befindet sich Taxi Nummer

782 im Augenblick, Constable Lim?« Chan zählte die Einschußlöcher im Boden und an den Wänden. Gips knirschte unter seinen Schuhen. Dieser Teil des Hotels würde gründlich renoviert werden müssen, bevor hier wieder Gäste übernachten konnten. Was für ein Desaster für die Singapurer Regierung. Die ohnehin nicht sonderlich gut auf Chan zu sprechen war und schon seit langem darauf wartete, daß er irgendeinen Auftrag ordentlich vermasseln würde …

»Auf der New Bridge Road South, Sir. Der Computer sagt, daß es viel zu schnell fährt!«

»Verpassen Sie ihm später einen Strafzettel«, knurrte Chan. »Wo genau auf der New Bridge Road?«

»Ein bißchen nördlich von der Abzweigung zur Kampong Bahru Road.«

Chan kannte die Gegend. »Geben Sie die Informationen an die Zentrale weiter, Lim. Ich brauche alle Streifenwagen, die in der Gegend unterwegs sind. Halten Sie den Verdächtigen auf, bevor er auf die Schnellstraße kann.«

»Nicht nötig, Sir.« Constable Susan Lim, die gemütlich in einem fensterlosen Raum mit milchkaffeebraunen Wänden und blauem Teppich saß, klang für Chans Geschmack ein bißchen zu selbstgefällig. »Ich habe dem Taxi bereits über Satellit eine Nachricht geschickt. Es befindet sich gleich in der Nähe des Polizeihauptreviers, also habe ich dem Fahrer mitgeteilt, er soll …«

Chan biß die Zähne zusammen. Diese Computertante hatte also einfach beschlossen, in Eigenregie zu handeln. Das konnte ja nicht gutgehen, wenn Schreibtischbullen ihre Nase in die echte Polizeiarbeit steckten. Chan versuchte, ruhig zu bleiben. »Was geht da vor sich, Constable?«

Sie klang verwirrt. »Das Taxi ist gerade mitten auf der Temple Street rechts rübergefahren. Es hat angehalten … Es …«

Chan hatte Mühe, Ruhe zu bewahren. Diese blöde Frau hatte nicht mal genug Verstand, um eine Straßensperre anzuordnen. Statt dessen hatte sie etwas getan, was, da war Chan sich sicher, in einem weiteren Desaster enden würde. »Was? Constable, nun sagen Sie mir endlich, was los ist.«

»Du lieber Himmel«, flüsterte Constable Susan Lim.

Allmählich verlor Chan die Geduld. »Verdammt, sagen Sie mir, was los ist, Lim!«

»Sir ...«, stotterte sie. »Es ... äh ... Sir, es ist verschwunden.«

Chan fragte: »Was soll das heißen – verschwunden?«

»Es ist nicht mehr zu sehen. Das Taxi ist verschwunden, Sir.« Sie schluckte. »Es ist nicht mehr auf dem Bildschirm.«

Sieben Minuten und neunundzwanzig Sekunden, seit Jack eingeschlafen ist.

Er ist fast wach, knapp unterhalb der Oberfläche des Schlafes. Der Lärm hat ihn dorthin gebracht, der scharfe Widerhall eines Schusses. Metall auf Stein. Schreie. Eine verängstigte Frauenstimme, zischender Dampf, kochendes Wasser aus einem geplatzten Heizkörper. Vielleicht, denkt er, sollte er versuchen aufzuwachen. Aber eine Stimme am Rande des Bewußtseins sagt, daß der Schlummer die bessere Alternative ist. Im Wachzustand würde er Bewußtsein und Gedächtnis wiederfinden. Lieber noch nicht. Lieber den Dingen ihren Lauf lassen. Das Wissen darum, was geschehen ist, kommt noch früh genug. Außerdem, Jack, ist alles ja nur ein Traum.

Kapitel 2
New York

1

Alle Unternehmen, egal, wie groß oder klein, halten es für notwendig, jeden Angestellten einmal wöchentlich einem Ritual der Langeweile zu unterziehen. Dieses Ritual spielt sich immer im Konferenzzimmer ab.

Das wöchentliche Ritual, durch das Gabrielle sich quälen mußte, fand nur im Journalismus statt. Es handelte sich um eine Redaktionssitzung, die Redakteuren und Reportern Gelegenheit gab, Ideen für künftige Artikel zu präsentieren. Inoffiziell ging es dabei natürlich auch um subtile Anspielungen, Intrigen und das Schlechtmachen von Kollegen.

Gabrielle haßte die Arbeit im Büro. Sie war Reporterin. Sie recherchierte und verfaßte Artikel. Das konnte sie, und mehr wollte sie nicht. Sie hatte das erreicht, was sie wollte. Jede Beförderung würde bedeuten, daß sie ins Management müßte, in die Redaktion, nicht mehr selbst schreiben könnte, sondern die anderen Reporter überwachen mußte – und etwas Schlimmeres konnte sie sich nicht vorstellen.

Gabrielle haßte Intrigen, und da sie genau wußte, worüber sie berichten konnte und worüber nicht, betrachtete sie solche Redaktionssitzungen als Zeitverschwendung. Also träumte sie während solcher Sitzungen vor sich hin und kritzelte ihren Block mit Kringeln voll.

Sie mußte an Jack Taft denken. Daß er sexy und zärtlich war. Kuschelig und erotisch. Romantisch, aber auch mit einer schmutzigen Phantasie ausgestattet ... eine gefährliche Mischung.

Der Typ, dachte sie, *ist nicht der Richtige. Aber warum wird er dann allmählich zum Problem?*

Sie hatte nie vorgehabt, etwas mit ihm anzufangen. Kennengelernt hatte sie ihn bei einem Interview. Irgendwas über Warentransporte. Ziemlich langweilige Story. Und ziemlich langweiliger Typ. Aber was konnte man vom Leiter einer Logistikabteilung schon anderes erwarten? Besonders von einem, der sich sogar damit brüstete, den langweiligsten Job von ganz Amerika zu haben?

Aber er kannte sich aus. Und als sie das nächste Mal den Auftrag bekam, eine Story über den internationalen Warenvertrieb zu recherchieren, hatte sie ihn angerufen. Und er hatte ihr geholfen. Ein paar Wochen später hatte sie ihn wieder angerufen, diesmal ohne besonderen Grund.

Und so weiter.

Sie hatte angefangen, ihn zum Mittagessen einzuladen, und er hatte ihr immer wieder angeboten, die Rechnung zu übernehmen. Eine Weile hatte sie sich alle ein oder zwei Monate mit ihm getroffen. Dann alle ein oder zwei Wochen. Schon bald hatte sie ihn als Freund betrachtet. Obwohl Journalisten normalerweise keine Freunde haben, sondern nur potentielle Quellen.

Na ja, aber plötzlich war da Taft in ihrem Leben, und er war ihr Freund und schon bald eine ganze Menge mehr.

Nun, was war so Besonderes an diesem Typ? Warum verbrachte sie ihre Zeit mit ihm, wenn sie genausogut mit den Männern hätte zusammen sein können, mit denen sie normalerweise verkehrte?

Sie war eine bekannte Journalistin bei einer renommierten Zeitschrift. Normalerweise hatte sie mit Managern zu tun. Sie verkehrte in Kreisen, in denen es um Geld und Macht ging. Und Macht, so hieß es, war das stärkste Aphrodisiakum überhaupt.

Gabrielle hätte sich leicht einen wohlhabenden, einflußreichen älteren Mann aussuchen können. Der richtige Mäzen konnte für die Karriere einer jeden Wirtschaftsjournalistin wahre Wunder wirken.

Aber sie hatte sich für Taft entschieden. Sie wußte immer noch nicht, warum.

Vielleicht, weil er ihr nach wie vor ein Rätsel war. Journalisten können Rätseln nur selten widerstehen, und dieser Taft war die personifizierte Sphinx.

Als sie ihn näher kennenlernte, stellte sich heraus, daß er längst nicht so langweilig war, wie er immer tat. Ganz im Gegenteil: Er war klug, außergewöhnlich klug, einer der klügsten Männer, denen sie je begegnet war. Und Gabrielle interviewte jeden Tag Milliardäre aus den Fortune-500- und Forbes-400-Listen. Taft hatte die Fähigkeit, ganz oben mitzuspielen. Doch er gab sich mit seiner Position als Leiter der Logistik zufrieden und brüstete sich damit, unglaublich langweilig zu sein.

Interessant.

Außerdem behauptete er, lieber Kompromisse zu schließen, als Risiken einzugehen. Was Unsinn war. Sie kannte sich aus im Geschäftsleben, und sie wußte, welche Aufgaben er übernahm. Im Regelfall handelte es sich dabei um politisch brisante Themen, die ein Manager im Mittelbau normalerweise nicht freiwillig anging. Anders Taft. Und hinterher tat er immer so, als habe er selbst nichts geleistet, als gebühre das Lob einem Kollegen. Als wolle er seine Erfolge verbergen, vielleicht sogar vor sich selbst.

Noch interessanter.

Und es machte Spaß, sich mit ihm zu unterhalten – allerdings nur, wenn es nicht um das Leben und die Arbeit von John Gregory Taft ging. In Gesprächen über Bücher, Musik, Theater, Katzen oder was auch immer war er geistreich und provokativ. Aber sobald man ihm eine persönliche Frage stellte, schwieg er, wechselte das Thema, verschwand auf die Toilette oder erinnerte sich plötzlich wieder an ein Telefonat, das er noch erledigen mußte. Das trieb sie zum Wahnsinn.

Wie gesagt, er war ihr ein Rätsel. Warum gab ein so cleverer Mann vor, ein Versager zu sein? Warum zeigte er nicht, was er konnte, statt es zu verbergen? Warum ließ er sich nur ungern loben, nahm aber immer als erster die Schuld auf sich, wenn etwas schiefging?

Investigative Journalisten lieben Rätsel.

Und vielleicht glaubte sie gerade deshalb, Taft zu lieben.

Ja, dachte sie, *ich habe das Rätsel gelöst. Ich weiß, warum er so ist, wie er ist. Aber jetzt liebe ich ihn ... mag ich ihn noch mehr als zuvor. Oder doch nicht? Rede ich mir da nur was ein? Wird der Typ jemals Selbstvertrauen kriegen? Ich kann doch nicht mit einem Mann zusammenleben, der null Selbstvertrauen hat, oder? Ich meine ...*

Die Konferenz wollte nicht enden. Gabrielle hing weiterhin ihren eigenen Gedanken nach.

2

»Gabrielle?«

Sie war völlig in Gedanken versunken: *Ich könnte ihm immer noch den Laufpaß geben. Das passiert ihm sicher nicht zum erstenmal ...*

»Ms. Dunn bitte.«

Gabrielle hob den Blick, blinzelte, errötete. Jonathan Harley Sutton, Gründer, Verleger und Chefredakteur des EPS-Magazine, sah sie stirnrunzelnd an.

»Ach, bin ich dran?«

»Allerdings«, meinte Sutton mit eisiger Stimme. Anders als die anderen Anwesenden betrachtete er die Redaktionssitzung als ernste Angelegenheit. »Nachdem ich mir Vorschläge über Artikel zu den Themen ›Kanada, unser Freund im Norden‹, ›Die Zukunft osteuropäischer Währungen‹ und ›Die Aussichten steuerbefreiter Fonds in Lateinamerika‹ angehört und postwendend verworfen habe, hoffe ich, daß wenigstens Sie eine Idee haben, die unseren Lesern das Schicksal erspart, bei der Lektüre unserer Zeitschrift an Langeweile zu sterben.«

Nach einem Blick auf ihren Block, auf dem sich keinerlei Notizen befanden, sagte Gabrielle nur ein Wort, nämlich das, was Jack ein paar Tage zuvor ausgesprochen hatte: »Zollmauscheleien.«

Sutton sah sie über den Rand seiner Lesebrille hinweg an. »Zollmauscheleien? Erklären Sie das doch bitte näher.«

»Genau«, hörte Gabrielle jene Stimme mit dem affektierten britischen Akzent sagen, die sie immer wieder auf die Palme brachte. »Ich bin ganz Jonathans Meinung. Kleine Betrügereien sind ziemlich langweilig für den Leser.«

Gabrielle runzelte die Stirn. *Verdammtes Schwein!* Sie hatte Simon Burton bereits vor der Sitzung erklärt, woran sie arbeitete, um sicherzugehen, daß er auf ihrer Seite wäre. Aber was konnte man von einem Ekel wie Simon – mit dem sie doch tatsächlich früher ins Bett gegangen war – schon erwarten.

»Seid wenigstens so höflich, mir zuzuhören«, preßte sie hervor.

Sutton beugte sich ein wenig vor. »Schießen Sie los, Gabrielle.«

»Du hältst das also für kleine Betrügereien, Simon? Tja, meine Quellen aus dem Finanzministerium sind der Meinung, daß diese Zollmauscheleien den Staat jährlich hundertfünfzig Milliarden Dollar kosten. Das würde ausreichen, um das Haushaltsdefizit auszugleichen, also ist der Ausdruck ›kleine Betrügereien‹ doch ein bißchen untertrieben, findest du nicht auch?«

Simon wandte den Blick ab. Jonathan beugte sich noch weiter vor. »Wie haben Sie sich die Sache vorgestellt, Gabrielle?«

»Ich würde ein zweifaches Vorgehen vorschlagen. Erstens: Wir kritisieren den Kongreß, weil er die Mittel für eine konsequente Durchsetzung der Zollbestimmungen nicht bereitstellt.« Jonathan Harley Sutton lächelte. Er liebte es, den Kongreß zu kritisieren, auch wenn dort eine republikanische Mehrheit herrschte. »Zweitens: Wir nennen die großen Namen. Schließlich leidet nicht nur der Steuerzahler unter diesen Mauscheleien. Die Sache reißt auch ein großes Loch in die Kassen von Johnson & Johnson, Procter & Gamble, Quaker Oats, Duracell und jeder Menge Elektronikfirmen im Silicon Valley.«

»Und worum geht es da genau?«

»Die großen multinationalen Unternehmen verkaufen ihre Produkte im Ausland zu niedrigeren Preisen, um den dortigen Vorschriften zu genügen, besser konkurrieren zu können, was auch immer. Was in den Vereinigten Staaten hundert Dollar kostet, wird im Ausland möglicherweise für achtzig angeboten. Und die ganz Schlauen kaufen große Mengen des betreffenden Produkts hier in den Staaten und behaupten, sie seien für den Export bestimmt. Was sie natürlich nicht sind. Sie werden hier verkauft, auf dem Schwarzmarkt, weit unter dem üblichen Preis.«

»Ist die Sache schwierig nachzuweisen?«

»Klar. Und noch eins – das ist eigentlich das Beste an der Angelegenheit: Der Staat zahlt Exporteuren hohe Subventionen. Das heißt, daß diese Gauner nicht nur die größten Unternehmen des Landes schädigen, sondern dafür auch noch von der Regierung unterstützt werden.«

»Das kann doch nicht wahr sein!«

»Ich habe den Namen eines Mannes, der auf diese Weise monatlich eine Viertelmillion Dollar verdient.« Gabrielle verschränkte die Arme und lehnte sich zufrieden auf ihrem Stuhl zurück.

Jonathan Harley Sutton kritzelte eine Notiz auf seinen Block. »Ich möchte, daß Sie der Geschichte nachgehen.«

Simon pflichtete ihm sofort bei: »Das wollte ich auch gerade sagen, Jonathan. Die Story ist genau das Richtige für Gaby. Nicht umsonst hat sie ausgesprochen gute Beziehungen zur Transportindustrie.«

3

»Simon, verdammt noch mal, du hast mir versprochen, daß du mich bei der Story unterstützen würdest«, sagte Gabrielle, als sie vor ihrem kleinen Büro standen.

»Ach, tut mir leid.« Simon hob bedauernd die Hände. »Das hatte ich völlig vergessen. Ehrlich.«

Sie war damals vierundzwanzig gewesen, als sie nach dem Abschluß des Journalistikstudiums an der University of Colorado ihren ersten Job antrat. In der einen Woche schrieb sie über die Stahlindustrie, in der folgenden über die Papierherstellung und wieder in der nächsten über Medizinbedarf. Sie bemühte sich, mit einem jährlichen Einkommen von zweiundzwanzigtausend Dollar zurechtzukommen, noch stärker mühte sie sich ab, ihr Handwerk gründlich zu lernen, und am meisten strengte sie sich an, einen besseren Job zu finden. Damals, Mitte der achtziger Jahre, kauften der Australier Rupert Murdoch und der Brite Robert Maxwell alles auf, was ihnen unter die Finger kam. Maxwells Unternehmen – es ging später bankrott, und der Inhaber wurde unter mysteriösen Umständen tot aufgefunden – riß sich die Firma unter den Nagel, für die sie gerade arbeitete. Und den Auftrag, die Neuerwerbung zu beaufsichtigen, bekam der ausgesprochen gutaussehende anglophile Australier Simon Burton.

Er hatte sie sofort fasziniert. Er war zehn Jahre älter als sie, hatte einen muskulösen Körper, trug nur die exklusivste Kleidung und war bewundernswert redegewandt (*ja, ja, dieser lang geübte Oxbridge-Akzent!*). Daß er sozusagen eine Personifikation männlichen Charmes war, wußte er selbst am besten.

Er hatte ihr die Tür aufgehalten, als sie sein Büro zum erstenmal betrat. Er hatte ihr den Stuhl herausgezogen, als sie sich an seinen Schreibtisch setzte. Er hatte ihr ein Taschentuch gereicht, nachdem er ihr mitgeteilt hatte, daß sie gefeuert sei. Und Minuten später hatte er einen Freund bei einem der anderen Zeitschriftenverlage des Maxwell-Konzerns angerufen und sie empfohlen. Dann hatte er sie zum teuersten Mittagessen ihres Lebens eingeladen.

Als sie ihm dann zwei Jahre später erklärt hatte, daß sie vorhabe, aus seiner Wohnung auszuziehen, hatte er wieder einen Anruf getätigt. Sie war am selben Tag gefeuert worden.

Ungefähr zehn Jahre später war Simon dann bei EPS aufgetaucht. Als ihr neuer Vorgesetzter. Und wieder waren da seine ausgesuchte Höflichkeit, sein unfehlbarer Geschmack, sein attraktives Aussehen und sein träger Schlafzimmerblick gewesen, der ein bißchen an Michael Caine erinnerte. Und natürlich seine unersättliche Gier nach all den Dingen, die er sich in den Kopf gesetzt hatte. Und verdammt, er hatte sie wieder rumgekriegt!

Nur, weil sie beim Mittagessen ein bißchen zu viel Wein getrunken hatte.

Nur, weil sie in dieser Woche gerade sauer auf Taft gewesen war.

Nur einmal.

Na ja, genau genommen doch öfter als einmal.

Aber selbst einmal war einmal zuviel.

Jetzt war's vorbei, seit fünf Wochen, und sie konnte die Erinnerung daran nicht ertragen. Noch weniger ertrug sie es, daß Simon sie immer wieder daran erinnerte. Und ihr keine Ruhe ließ.

»Ich muß dir was beichten, Gabrielle. Bitte hör mir zu. Es fällt mir wirklich nicht leicht, aber ich möchte mich bei dir entschuldigen. Ich habe mich in den letzten Wochen danebenbenommen, und das tut mir leid. Bitte verzeih mir. Laß uns wieder Freunde sein.«

Gabrielle rümpfte die Nase. »Ich hab dir schon verziehen. Aber bitte fang jetzt nicht wieder ...«

Natürlich fing er wieder an. »Es ist ein Jammer, daß das mit uns nicht geklappt hat. Ich weiß jetzt, daß das meine Schuld war. Ich glaube, das mit uns hätte wirklich etwas Besonderes werden können.« Er lächelte und entblößte dabei seine winzigen Babyzähne. Bei ihrem Anblick bekam Gabrielle eine Gänsehaut. »Du mußt doch zugeben, daß wir wie füreinander geschaffen sind, oder?«

»Simon, ich würde mich lieber nicht mit dir darüber unterhalten.«

»Ach«, seufzte er. »Weißt du, Gabrielle, in der letzten Zeit ist unsere Zusammenarbeit längst nicht so gut, wie sie sein könnte. Ich habe den Eindruck, daß es immer wieder Boshaftigkeiten zwischen uns gibt. Natürlich bin ich daran nicht ganz unschuldig. Aber ich glaube, auch du trägst deinen Teil dazu bei.«

»Simon ...«

»Laß mich bitte ausreden, ja? Um besserer Zeiten willen bin ich bereit, dir ein Friedensangebot zu unterbreiten. Weißt du, ich habe Karten für Don Giovanni mit Samuel Ramey in der Hauptrolle. Hast du die Inszenierung schon gesehen? Nicht? Der Mann ist wirklich gut. Du könntest mich begleiten. Und hinterher könnten wir essen gehen ... laß mich überlegen ... Thailändisch hast du doch immer gern gemocht, oder?«

Gabrielle betrachtete ihn mit kaltem Blick. »Ich hab schon was anderes vor.«

»Aber meine Liebe, ich hab dir ja noch nicht mal gesagt, an welchem Abend.«

»Ich hab an allen Abenden was vor. Ich bin mit einem anderen liiert, Simon, und das weißt du auch.«

Burton berührte sein rechtes Ohrläppchen mit dem Finger und machte einen Schmollmund. »Allerdings. Der Kerl ist im Grunde doch bloß ein besserer Expedient im Großhandel, oder?«

»Simon ...«

»Dein kleiner Expedient sollte doch kein Grund sein, warum zwei alte Freunde nicht einen schönen Abend miteinander verbringen können. Und wenn er ohnehin eine Weile im Ausland ist ...«

»Nein, Simon. Das ist mein letztes Wort.«

Burton schenkte ihr ein charmantes Lächeln. »Wie du willst. Aber ich mußte es doch wenigstens versuchen, oder?«

Gabrielle schüttelte nur den Kopf.

Simon warf einen Blick auf seine Uhr. »Du lieber Himmel! Ich muß los. Aber noch eins: Deine Story, diese Import-Export-Mauscheleien – Jonathan scheint sich ja ziemlich dafür zu interessieren ... Ich denke, wir sollten ein Feature daraus machen, vielleicht sogar eine Titelstory, findest du nicht auch? Vier oder vielleicht fünf Seiten, damit genug Platz für Bilder bleibt. Das heißt, daß du fünfhundert bis fünfhundertfünfzig Zeilen abliefern müßtest. Wie lange, glaubst du, brauchst du dafür?«

»Drei Wochen. Dreieinhalb.«

»Tja, und ich brauche eine Woche zum Redigieren, die Rechercheure sollten ein paar Tage kriegen, und Jonathan muß sich den Artikel ja auch noch ansehen. Gut, dann würde ich sagen, daß wir ihn in der Ausgabe vom 30. November bringen.«

Gabrielle zuckte zusammen. »Das ist ziemlich knapp kalkuliert. Der größte Teil der Story spielt sich an der Westküste ab – in Seattle, Oakland, Long Beach. Ich kann nebenher nichts anderes machen.«

»Gut. Laß alle anderen Projekte ruhen. Diese Sache hat Priorität. Mach dich am besten gleich morgen auf den Weg an die Westküste und kümmere dich um die nötigen Interviews.« Dann wandte er sich lächelnd ab. »Tschüs«, rief er ihr noch über die Schulter zu und verschwand.

Leise vor sich hin fluchend stürmte Gabrielle in ihr Büro und schlug die Tür hinter sich zu. Als sie sich auf ihren Stuhl fallen ließ, fiel ihr auf, daß auf dem Anrufbeantworter keine

Nachrichten für sie waren. *Keine Nachricht von Jack*, dachte sie. *Das sieht ihm überhaupt nicht ähnlich. Sonst ruft er immer an, wenn er unterwegs ist. Hoffentlich ist alles in Ordnung.*

Aber natürlich war alles in Ordnung. Jack war kein Abenteurer, sondern immer ausgeglichen, für ihren Geschmack sogar etwas zu ausgeglichen. Und das, das wußte sie, war genau das Problem.

4

Olivia Thatcher warf in dem verdunkelten Sitzungszimmer einen Blick auf ihre Armbanduhr. Die Direktorenkonferenz von LBTech dauerte schon länger als anberaumt. Olivia, die Unpünktlichkeit haßte, würde zu ihrer Verabredung mit Gabrielle zu spät kommen.

Und noch schlimmer: Die Person, die den Anwesenden soeben eine Zusammenfassung ihrer Abteilungsergebnisse vorstellte, war Denise Donald. Noch drei Monate zuvor war sie einer der beiden Kandidaten für die Stelle des Vizedirektors der Logistik gewesen. Doch Jack Taft, Gabrielles Kavalier (Olivia gehörte einer Generation an, die den Geliebten einer Frau noch mit einer euphemistischen Bezeichnung bedachte), hatte die Wahl mit acht zu einer Stimme gewonnen. Folglich hätte eigentlich er heute sprechen sollen, nicht sie.

Obwohl Jack aus irgendwelchen mysteriösen Gründen, die Olivia unbekannt waren, nicht in der Stadt war, handelte es sich um eine Mißachtung des Protokolls, wenn eine Untergebene die Aktivitäten der Abteilung vorstellte. Olivia fragte sich, warum Joel Greenberg, Topmanager bei LBTech, Denise diese Aufgabe übertragen hatte. Vielleicht weil er für sie gestimmt hatte, als es um die Besetzung des Vizedirektorenpostens gegangen war.

Was Denise da vortrug, war langweiliges Zeug und unterschied sich kaum von dem, was in anderen Sitzungen zu hören war. Allerdings hatte Denise, das mußte Olivia zugeben, im Gegensatz zu Jack die Begabung, öde Fakten interessant darzustellen. Die Entscheidung zwischen Jack und Denise war nicht leicht gewesen. Denise war energisch, beredt, resolut. Jack war ein brillanter Analytiker und kannte sich auf seinem Gebiet aus wie keiner sonst. Doch beide hatten auch ihre Schwächen: Jack war zu kompromißbereit, und Denise wirkte bisweilen oberflächlich und ungenau. Die Entscheidung war schließlich zugunsten des klügeren Kopfes ausgefallen.

Nachdem Denise ihre Präsentation beendet hatte, marschierte sie zur Tür hinaus. Die Lichter gingen an. Olivia warf noch einmal einen Blick auf ihre Uhr. Charlie Ackerman, der die Sitzungen organisierte und Protokoll führte, räusperte sich: »Nun, das scheint für heute der letzte Punkt gewesen zu sein. Wenn es also nichts mehr zu besprechen gibt, würde ich vorschlagen, daß wir die Sitzung beenden.«

»Nun, es gäbe tatsächlich noch etwas zu besprechen«, meldete sich Joel Greenberg zu Wort. Olivia hob mißbilligend die eine Augenbraue. Würde Joel wieder wie üblich im letzten Moment für Überraschungen sorgen?

Charlie, den Olivia insgeheim für einen ziemlichen Idioten hielt, sagte: »Ja, Joel?«

Joel erhob sich. Olivia betrachtete ihn mit Widerwillen. Er war über einsachtzig groß, schlank und braungebrannt und besaß die Attraktivität – und die Hinterlist – einer Schlange.

»Ich möchte darauf hinweisen, daß mein Büro kurz vor dieser Zusammenkunft ein Übernahmeangebot für LBTech und alle Tochtergesellschaften erhalten hat. Es handelt sich um ein freundliches Übernahmeangebot, das heißt, ich habe den Bieter nach den angemessenen Verhandlungen dazu ermutigt.«

Olivia holte hörbar Luft. Erst sechs Monate zuvor hatte Joel so etwas wie eine Palastrevolte angezettelt und seinen eigenen Schwiegervater L. B. Tischman, den Gründer des

Unternehmens, in den vorzeitigen Ruhestand geschickt. Und jetzt, viel früher, als sie es erwartet hatte, machte Joel sich daran, den Rest seines Programms durchzuziehen. Joel Greenberg hatte vor, sich das gesamte Unternehmen unter den Nagel zu reißen, da war Olivia sich sicher.

»Eine Gruppe ausländischer Handelsgesellschaften hat einen Kaufpreis vorgeschlagen, der fünfunddreißig Prozent über unserem gegenwärtigen Börsenwert liegt. Meine Sekretärin ist gerade dabei, die entsprechenden Unterlagen zu fotokopieren. Das heißt, sie müßten den Anwesenden in Bälde vorliegen. Ich möchte noch erwähnen, daß ich persönlich dieses Angebot für großzügig halte. Ich glaube, wir sollten uns ernsthaft damit auseinandersetzen. Außerdem ...«

Olivia fiel ihm mit eisigem Blick ins Wort. »Und welchen Vorteil hat diese Transaktion für *Sie*, Joel? Ich denke, darüber sollten wir uns jetzt gleich unterhalten.«

Alle Blicke wandten sich ihr zu. Sie war eine schlanke Frau mit silbrig-aschblondem Haar, die mit ihren sechzig Jahren hübscher war als die meisten anderen Frauen mit dreißig. Olivia verlangte die ungeteilte Aufmerksamkeit aller, besonders dann, wenn sie wütend war.

»Darüber wollte ich gerade sprechen, Olivia. Aufgrund meiner Aktienanteile und Optionen würde sich mein persönlicher Gewinn auf etwa ... acht Millionen Dollar belaufen. Außerdem haben mir die Käufer einen Fünf-Jahres-Vertrag im Gegenwert von mindestens weiteren fünf Millionen Dollar angeboten.«

»Und wie hoch ist der Gegenwert im besten Fall?« fragte Olivia.

»Tja, schwer zu sagen.«

»Versuchen Sie's einfach.«

»Vierzig Millionen oder mehr.« Joel runzelte die Stirn, als einer der Anwesenden einen leisen Pfiff ausstieß.

»Ich glaube, es wäre besser, wenn Sie die Konferenz jetzt

verließen, Joel. Wir können die Frage besser diskutieren, wenn Sie nicht anwesend sind.«

Charlie Ackerman kannte Olivia seit dreißig Jahren. Es kam ihm nicht einmal in den Sinn, über ihren Vorschlag abstimmen zu lassen.

Kapitel 3
Singapur

1

»Der Schlachterwagen ist da«, sagte Chan.

Corporal Harold Leung sah seinen Vorgesetzten fragend an.

Chan Gin drückte sich nicht wie andere Singapurer Polizisten aus. Er hatte seine eigene bizarre Sprache, die sich an den neuesten Polizei- und Actionfilmen aus Hollywood und dem, was Sylvester Stallone und Konsorten darin von sich gaben, orientierte.

»Äh ... was für ein Wagen, Sir?«

»Der Schlachterwagen, Hal. Die Leute vom Einsack- und Beschriftungsdienst sind ausgesprochen pünktlich.«

Leung warf einen Blick auf seine Uhr.

Es war drei Uhr sechsundfünfzig morgens. Achtundzwanzig Minuten, nachdem Chan und der mittlerweile verstorbene Constable Liu das Hotelzimmer gestürmt hatten. Einundzwanzig Minuten, nachdem das Taxi des Amerikaners aus dem satellitengesteuerten Navigationssystem verschwunden war. Neunzehn Minuten, nachdem etwa ein Dutzend Streifenwagen an der Kreuzung von New Bridge Road und Temple Street aufgefahren war. Achtzehn Minuten seit ihrem Bericht über ein zerstörtes Taxi, einen bewußtlosen Fahrer und immer noch keinen John Gregory Taft.

Taft hatte einen Schuß in den Satellitenempfänger des Armaturenbretts abgefeuert. Der Fahrer hatte die Kontrolle über den Wagen verloren. Der amerikanische Gangster war in die Dunkelheit der Nacht geflohen.

Mittlerweile war eine gründliche Untersuchung der Stadt im Gange. Die Hälfte der Singapurer Polizei war unterwegs und nahm sich in Chinatown, wo Taft verschwunden war, Straße für Straße, Gasse für Gasse, Hauseingang für Hauseingang vor.

Doch die Beamten würden ihn nicht finden. Der einzige, der in der Lage war, es mit einem Monster wie Taft aufzunehmen, war Chan Gin. Und der hatte die Aktion zum Glück fest im Griff.

Hal Leung hatte erst ein halbes Jahr zuvor die Polizeischule absolviert und leistete jetzt seine zwei Jahre Dienst für die Allgemeinheit ab. Er fühlte sich mehr als geehrt, als Anfänger der Eliteeinheit des legendären Chan Gin zugewiesen worden zu sein. Zweifelsohne hing das mit seiner Treffsicherheit zusammen – und der Tatsache, daß er ein chinesischer Christ war und somit zu den privilegierten vierzehn Prozent der Singapurer Bevölkerung gehörte, die achtzig Prozent der wichtigen Jobs besetzten.

Für Leung war die Zusammenarbeit mit Chan nicht nur eine Ehre, sondern auch eine Offenbarung, denn Chan war sogar noch mutiger, als die Zeitungen behaupteten. Außerdem war er unermüdlich in seinen Nachforschungen.

Sobald Taft aus dem Taxi verschwunden war, hatte Chan sich ans Funkgerät gehängt und eine ganze Armee von Beamten in Aktion versetzt. Jetzt ging es nicht mehr um eine einfache Verhaftung, sondern um offizielle Ermittlungen. Unten verhörte ein halbes Dutzend Beamte alle, die Taft gesehen hatten: den Pagen, der einen Brandy in Tafts Suite gebracht hatte, den Mann an der Rezeption und den Portier. Ein weiteres Team war unterwegs in Richtung Changi Airport, um die Beamten von Zoll und Paßkontrolle zu befragen. Zwei andere Mitglieder von Chans Team befanden sich in der Hauptverwaltung von Singapore Airlines in der Robinson Street; ihre Aufgabe war es, die Namen und Adressen der Piloten und Flugbegleiter herauszufinden, die sich im selben Flugzeug wie Taft aufgehalten hatten. Vielleicht war ihnen etwas aufgefallen, was die Ermittlungen voranbringen könnte.

Währenddessen klapperten alle verfügbaren Streifenpolizisten ganz Chinatown ab und holten ehrenwerte Bürger aus dem Schlaf, um sie zu fragen, ob sie etwas Ungewöhnliches gesehen oder gehört hätten. Alles wurde notiert. Die Beamten hinterließen die Nummer des Reviers, an das die Befragten sich wenden konnten, wenn ihnen noch etwas einfallen sollte, und verabschiedeten sich, nicht ohne den Hinweis: »Falls irgendein westlicher Journalist hier auftauchen sollte, knallen Sie ihm die Tür vor der Nase zu, verstanden? Schließlich leben wir hier in Singapur.«

Chan war nicht nur ein hervorragender Schütze, nein, er war auch gründlich in seinen Ermittlungen. Schlau zu sein, sagte er, sei gut. Gründlich zu sein noch besser. Denn der einzige Ort, den man bei seinen Nachforschungen übersah, erwies sich im allgemeinen als der einzige Ort, an dem man hätte suchen sollen.

In den vergangenen sechs Monaten hatte Leung eine Menge von Chan Gin gelernt. Vor allen Dingen, daß der Mann, dem das Volk den Beinamen Chenghuang gegeben hatte, der beste Polizist war, dem er je begegnet war.

2

Seine Untergebenen nannten ihn Chan, seine Mutter nannte ihn Gin, und die Medien, die Chan manipulierte wie ein Marionettenspieler seine Puppen, gaben ihm jeweils den Beinamen aus dem neuesten Hollywood-Action-Spektakel – »Dirty Harry« oder »Terminator« zum Beispiel. Chan genoß die Bewunderung der Presse – ohne sie hätten die Bürokraten ihn längst aus dem Dienst entfernt –, aber von den Spitznamen, die sie ihm gab, mochte er eigentlich nur einen: »Tequila«. Das war der Held des beliebtesten Hongkonger Polizeifilms aus den neunziger Jahren. Chan bewunderte die Filmfigur und imitierte Tequila mit seinen tollen Kleidern und dem losen Mundwerk, wann immer es ging.

Mittlerweile nannten die Medien ihn nicht mehr »Tequila«, sondern Chenghuang, den Teufelsbullen. Die asiatische Vorstellung vom Teufel hatte wenig mit gefallenen Engeln oder Luzifer zu tun, sondern eher mit einem übernatürlichen Wesen, das unerbittlich Rache übte an allen, die Unrecht getan hatten.

In Tafts Hotelzimmer verrichtete der Gerichtsmediziner seine blutige Arbeit. Neben ihm warteten bereits fünf weißgekleidete Sanitäter mit Bahren und Leichensäcken. Chan wartete ungeduldig, bis sie fertig waren. Erst dann hatte er Zeit, sich Tafts Habseligkeiten genauer anzusehen und den Fall noch einmal Revue passieren zu lassen.

Eine verschlüsselte Botschaft per e-mail hatte die Singapurer Behörden vorgewarnt, daß sie mit Flug Nummer 15 der Sing Air einen Gangster mit Aktentasche zu erwarten hatten. Aber schnappen Sie sich den Kerl nicht am Flughafen, hatte es geheißen, schließlich bringt der Tourismus jährlich Einnahmen in Höhe von sechs Milliarden Dollar, und wir wollen doch nicht, daß unsere Gäste den falschen Eindruck von unserem perfekten, kleinen Land bekommen. Also verhaften Sie ihn bitte im Hotel. Das dürfte kein Problem sein; der Mann leidet unter Jet-lag.

Leider ein Irrtum. Ein Thai und ein Filipino, die örtlichen Kontakte von Taft, hatten schon auf den Dreckskerl gewartet. Der Thai hatte Chan erkannt – kein Wunder, bei den vielen Medienberichten über ihn in Singapur und den benachbarten Ländern. Und nach einer kurzen Knallerei hatte es einen Gangster weniger auf dieser Welt gegeben. Aber Taft hatte sich einfach ein paar Knarren geschnappt und sich aus dem Staub gemacht. In der anschließenden Schießerei hatte Chan einen Mann erledigt, der, nach Größe und Statur zu urteilen, Taft hätte sein können, es aber nicht gewesen war.

Über den Filipino machte sich Chan am meisten Gedanken: Normalerweise waren Pinoy feige und gingen

Schwierigkeiten außerhalb ihres eigenen Landes aus dem Weg.

Aber der Typ war hier aufgetaucht. Zusammen mit einem verdammten Thai, dachte Chan. Und die Thais waren schießwütige Verrückte – für achtzig Prozent der in Singapur verübten Gewaltverbrechen waren Leute aus Thailand verantwortlich.

Ein Thai und ein Pinoy, zwei verdammte Ausländer, zwei importierte Gangster in einem Land, das keine importierten Gangster duldete. Die letzten ausländischen Gangster, die versucht hatten, hier in Singapur Fuß zu fassen, waren ein paar Mafiosi aus dem Verasano-Mob gewesen. Aber das lag jetzt fast zehn Jahre zurück. Chan hatte ihre sterblichen Überreste eines Nachts den Krokodilen an der wilden Nordostküste der Insel zum Fraß vorgeworfen. Und von da an hatten ausländische Gangster Singapur gemieden.

Was also machten dieser Thai und dieser Pinoy in seiner Stadt?

Darüber würde er sich später Gedanken machen müssen. Das unmittelbarere Problem waren die wertvollen Antiquitäten, die im Raffles zu Bruch gegangen waren. Das ließ sich nicht vertuschen. Schließlich bekamen die Gäste so etwas mit. Und außerdem waren ein erschossener Polizist, gestohlene Polizeiwaffen und ein wildgewordener Gangster auf den Straßen zu verbuchen. Was für eine Blamage für Chan Gin, den Liebling der Medien.

Es war ein Desaster. Chan war der personifizierte Widerspruch zu dem Image, das die Regierung der Außenwelt von dem freundlichen, sanften Singapur vermitteln wollte. Sie hatte Chan schon seit einer ganzen Weile absägen wollen. Und jetzt endlich hatte sie einen Anlaß. Wenn Taft nicht bald seiner gerechten Strafe zugeführt würde, wäre Chans Karriere zu Ende.

Außerdem – und das war das Schlimmste überhaupt – hatte der Mann dafür gesorgt, daß Chan gegenüber der

Presse, gegenüber dem Volk und gegenüber seinem eigenen handverlesenen Team das Gesicht verlor. Das konnte Taft nur auf eine Weise wiedergutmachen: indem er so schnell wie möglich das Zeitliche segnete.

Das ließ sich arrangieren.

Doch zuerst mußte Chan den verdammten Dreckskerl finden.

Wohin würde Taft verschwinden? An wen würde er sich wenden?

Chan dachte nach. *Tja, an wen? Die Unterwelt von Südostasien ist ein geschlossenes System. Die hiesigen Gangster schätzen es nicht, wenn jemand versucht, sich in ihre Geschäfte einzumischen. Aber schließlich ist Taft kein Dummkopf. Der hat sicher einen eingeführten Mittelsmann in Singapur. Und ich kann mir schon denken, wen.*

Poh Kay Siong. Der letzte seiner Art in Singapur. Der letzte überlebende Tsung-li seiner Nation. Poh war der einzige Gangster, der mächtig genug war, um sich mit einem Mann wie Taft zu befassen. Und auch der einzige, der genug Mumm hatte, um zwei ausländische Gangster hierher zu bringen. Wer in Singapur eine Waffe mit sich führte, konnte damit rechnen, gehängt zu werden. Sogar der Besitz einer Spielzeugpistole brachte fünf Jahre im Changi-Gefängnis.

Es mußte Poh sein. In gewisser Hinsicht war das eine gute Nachricht. Chan war schon seit langem hinter ihm her. Bis jetzt war das Schlitzohr ihm immer wieder entwischt. Er hatte jedesmal ein Alibi gehabt. Oder Chan hatte nicht genug Beweise beibringen können. Oder Zeugen waren einfach verschwunden. Oder der Staatsanwalt hatte die Anklage aus unerfindlichen Gründen fallenlassen.

Aber vielleicht würde er ihn diesmal erwischen. Fast hätte Chan bei dem Gedanken gelächelt. Wenn er Taft fand, würde das seinen Kopf retten. Und wenn er Poh und Taft überführte, wäre das die Krönung seiner Karriere.

3

Kaum fünfzehn Kilometer nordöstlich schaukelte die Jade Lady sanft an ihrem Liegeplatz an Singapurs Pasir-Ris-Küste hin und her. Das Schiff war über zwanzig Meter lang, eine Zwölf-Millionen-Dollar-Yacht mit allem Luxus, den man für Geld kaufen konnte.

Poh Kay Siong konnte sich alles leisten, was er wollte, aber zu seinem großen Bedauern war nicht alles käuflich.

Er war schlank und schmalschultrig, und nur wenige schätzten sein Alter richtig: Er war dreiundsiebzig, sah jedoch keinen Tag älter als sechzig aus.

Poh stand auf der Kommandobrücke, nippte Oolong aus einer kostbaren alten Tasse und lauschte aufmerksam dem Polizeifunk. Wie immer trug er einen schwarzen Seidenanzug, ein maßgeschneidertes Sean-Island-Baumwollhemd, Halbschuhe von John Lobb sowie eine zinnoberrote Krawatte mit einem Drachenmotiv. Die Krawatte war aus vierhundert Jahre alter thailändischer Seide geschneidert, fünfundsiebzig Dollar der Meter. Nicht ganz freiwillig hatte eine frisch verwitwete Singapurerin Poh einen Ballen des Stoffes als Ausgleich für die Wettschulden ihres verstorbenen Ehemannes überlassen. Damit waren seine Schulden zwar noch längst nicht beglichen, doch die Frau hatte einen fünfjährigen Sohn; Poh war ziemlich zuversichtlich, daß sie das Geld irgendwie auftreiben würde.

Dabei ging es Poh nicht um das Geld, sondern ums Prinzip.

Das galt auch für die gegenwärtige Situation. Das Geld, das er von der amerikanischen Geschäftsfrau bekam, war weit weniger wichtig als die Beziehungen, die ihr raffinierter Plan ermöglichte. Die erste Gruppe, die sich auf die Seite von Poh schlug, war die Mong-Tai-Armee – natürlich nichts Besonderes, aber unerläßlich fürs Geschäft in Laos, Kambodscha und Myanmar. Inzwischen hatte auch die Green

Gang, ein chinesischer Geheimbund, Kontakt mit ihm aufgenommen. Sogar die Sanoh-Gesellschaft aus Japan hatte einen Boten zu Gesprächen abgesandt.

Und all das wurde nun durch die Unfähigkeit seiner Untergebenen gefährdet. Poh preßte die Lippen zusammen. Als Tsung-li der Achtundsiebzig Drachen, der letzten von Singapurs früher bedeutenden Chiu-chow-Bruderschaften, konnte er sich einen solchen Fauxpas nicht leisten. Es stand zu viel auf dem Spiel. Harmonie und Ordnung mußten wiederhergestellt werden.

Aber wie? Im Moment herrschte, gelinde gesagt, Chaos. Ein Singapurer Polizist war im Dienst erschossen worden, der erste seit vielen Jahren. Die Regierung würde für diesen groben Fehler kostspielig Rache üben. Dazu kamen der gefährliche und unberechenbare Polizeichef Chan Gin, die Angelegenheit mit Mr. Tafts Aktentasche und dann auch noch dessen Flucht.

Früher war es leichter gewesen, solche Probleme zu lösen. Damals, nachdem die Briten das Land verlassen hatten und Singapur zwischen der Unabhängigkeit und dem Anschluß an Malaysia hin und her geschwankt war, hatten die Chiu-chow-Bruderschaften, die wohlhabenden Triaden und Tongs geschäftliche Angelegenheiten viel unmittelbarer geregelt. Ein Beil im Nacken, ein menschlicher Torso unter dem Fenster eines Konkurrenten, ein kleiner Rassenkrawall in einem Armenviertel – solche Methoden funktionierten heutzutage nicht mehr, weil die gegenwärtige Gesellschaft keinerlei Skrupel hatte, diejenigen auszulöschen, die sich ihrer bedienten.

Folglich mußte man sich andere Strategien ausdenken.

Poh hatte angeordnet, die Polizei hinsichtlich der Schießerei im Hotel auf die Spur des taiwanesischen Ah-Kong-Syndikats zu setzen. Die Green Gang, der härteste Rivale der Ah Kong, würde diese Geste zu schätzen wissen, und die daraus resultierende Verwirrung der Polizei würde dazu beitragen, daß man Zeit gewann.

Bleibt noch Taft, dachte Poh. *Und die streitbare Miss Donald, die mir so wenig vertraut, daß sie Dummheiten mit Mr. Tafts Aktentasche angestellt hat. Hätte sie sich nicht in die Angelegenheit eingemischt, wäre man Mr. Taft längst los. Die Behörden hätten das Ganze für einen einfachen Hoteldiebstahl gehalten, und alles wäre in Ordnung. Statt dessen hat man nun Chan Gin auf dem Hals.*

Wieder einmal Chan Gin. Was soll ich bloß mit ihm machen? Leider ist er gegenüber den Befehlen meiner wenigen verbliebenen Verbündeten in der Regierung taub. Und ihn oder einen anderen Polizeibeamten einfach ins Jenseits zu befördern kommt nicht in Frage. Aber es steht auch zuviel auf dem Spiel, als daß man ihm freie Hand lassen könnte. Wie soll man jemanden loswerden, der sich nicht vor den eigenen Karren spannen läßt? Keine Lösung in Sicht.

Während Poh an seinem Tee nippte und hinaus in die Nacht starrte, fiel ihm ein altes Sprichwort ein: Lu yao zhi ma li, ri jiu jian ren xin – die Strecke erweist des Pferdes Kraft, genau wie die Zeit eines Mannes Herz enthüllt. Das Sprichwort enthielt viel Wahres, vielleicht lieferte es sogar den Schlüssel zu den gegenwärtigen Problemen. Denn soweit Poh es beurteilen konnte, war das Herz von Chan Gin noch nie enthüllt worden.

Enthülle das Herz von Polizeichef Chan, dachte er. *Genau. Das ist die Lösung für viele meiner Probleme.*

Wenn ein Mann sich nicht von anderen auslöschen läßt, muß man dafür sorgen, daß er es selbst tut.

3. Teil

Auf der Jagd

Alle Menschen träumen, aber unterschiedlich. Diejenigen, die des Nachts in den staubigen Winkeln ihres Gehirns träumen, erwachen am nächsten Morgen und stellen fest, daß ihre Träume eitel waren. Aber diejenigen, die tagsüber mit weit offenen Augen träumen, sind gefährlich, sie setzen ihre Träume in die Realität um.
T. E. Lawrence, Die sieben Säulen der Weisheit

Sokrates: Es gibt ein weiteres Stadium des Bösen, in dem der Mensch nicht nur – sei es als Kläger oder Beklagter – einen Prozeß nach dem anderen führt, sondern auch noch von seinem schlechten Geschmack verleitet wird, auf seine vielen Prozesse stolz zu sein … Er weiß nicht, daß es viel edler ist, sein Leben ohne den Beistand eines Richters zu ordnen.
Platon, Der Staat III

Kapitel 1

Singapur

1

Zwar verriet er das niemandem, nicht einmal Gabrielle, aber eigentlich wäre es ihm lieber gewesen, John genannt zu werden, als Jack.

Die Koseform Jack klang gewöhnlicher als John, als wäre er ein Mann wie jeder andere.

Aber das war er noch nie gewesen. Er war anders als die anderen und lernte schon bald, daß es das beste war, diese Andersartigkeit zu verbergen.

Mit acht Jahren kam er voller Stolz mit seinem Zeugnis nach Hause. Sein Vater, der als Chemiker bei Brooklyn Gas arbeitete, saß mit ausdruckslosem Gesicht auf dem Sofa im Wohnzimmer und las die neueste Ausgabe der Chemical and Engineering News. Jack reichte ihm das Zeugnis zusammen mit einem Brief vom Direktor. Im Zeugnis standen lauter Einsen. Im Brief empfahl der Direktor, Jack eine Klasse überspringen zu lassen. Jacks Vater sagte mit gerunzelter Stirn: »Du bist auch nicht besser als die anderen; hör auf mit der Prahlerei.« Dann wandte er sich wieder seiner Zeitschrift zu.

Als Jack zwölf Jahre alt war, brachte sein Vater ihm das Schachspielen bei. Die beiden bestritten jeden Samstagabend ein Spiel. Das war die einzige Zeit, die sie wirklich gemeinsam verbrachten, und zwar schweigend. Mit fünfzehn gewann Jack sein erstes Spiel. Am darauffolgenden Samstagabend gewann er wieder. Danach spielte sein Vater nie wieder Schach mit ihm.

Er durfte nur das City College in New York, das CCNY, besuchen, keine der prestigeträchtigeren Schulen, die seine

Lehrer empfohlen hatten. Jeden Tag nach der Schule fuhr er nach New Jersey und verdiente sich mit einem Job im Hafen die Studiengebühren, das Geld für die Bücher und seine sonstigen Ausgaben. Außerdem lieferte er zu Hause einen vorher von beiden Seiten vereinbarten Betrag für Unterkunft und Essen ab. Über seine Noten wurde nie gesprochen.

Mit einundzwanzig machte Jack seinen Collegeabschluß. Seine Mutter kam zur Abschlußfeier; sein Vater nicht. Jack nahm die erste Stelle an, die man ihm anbot. Er kam später nie auf die Idee, zu einer anderen Firma zu wechseln.

Mit achtunddreißig Jahren wurde er auf der Seventy-Eighth Street von zwei Männern mit Messern bedroht. Er hob die Hände hoch, erklärte den beiden, in welcher Tasche sich seine Brieftasche befand, und wandte den Blick ab, während sie sie herausholten. Um Schwierigkeiten zu vermeiden, meldete er den Zwischenfall nicht einmal der Polizei.

Im Alter von zweiundvierzig Jahren, nach ungefähr zwölf Stunden Schlaf, erinnerte sich John alias Jack Taft daran, was er am Vorabend getan hatte. Er hatte das Gefühl, wahnsinnig geworden zu sein.

Anfangs wußte er nicht, wo er sich befand.

Er schwitzte, wie jedesmal bei einem Alptraum, doch diesmal schien der Alptraum Realität zu sein.

Er war zusammen mit Gabrielle in ihrer winzigen Wohnung an der West Side. Ich bin deiner nicht wert, sagte er, gestand ihr endlich seine größte Angst. Und sie sah ihn mit ihren klaren grünen Augen an und sagte: Stimmt. Er nickte, weil er es von Anfang an gewußt hatte. Dann fuhr sie fort: Ich brauche mehr, als einer wie du mir bieten kann. Deswegen bin ich jetzt die Geliebte eines einflußreichen Bankers. Er ist mächtig und reich; er ist all das, was du nie sein wirst. Er hat mir versprochen, mich all den Leuten vorzustellen, über die ich meine Storys schreiben möchte – Präsidenten und Premierminister und Topmanager. Das könntest du nie. Und weil er so viel Macht hat, braucht er nur einen wichtigen Anzeigenkunden der Zeitung anzurufen, und schon macht Simon mir keine Story mehr kaputt. So etwas könntest du nie für mich tun, Jack. Du würdest nie dafür sorgen, daß ich ganz nach oben komme.

Stimmt. Ich könnte dir nur meine Liebe schenken, aber Liebe allein reicht nicht …

Er wachte mit einem Gefühl von Übelkeit auf, weil er wußte, daß ein reicher, mächtiger Mann ihr tatsächlich schon einmal ein solches Angebot gemacht hatte.

Schlechte Träume. Eine Nacht voller Alpträume, von denen nur noch die allerletzten präsent waren. Die einzige Möglichkeit, diese Träume loszuwerden, bestand darin, endgültig wach zu werden, aufzustehen, die Ängste zu vergessen, daran zu arbeiten, daß er tatsächlich der energische, erfolgreiche Mann wurde, den Gabrielle sich wünschte.

Keine Kompromisse mehr. Heute würde er damit anfangen. Gleich morgens. Sobald er im Büro wäre.

Er würde doch gleich ins Büro gehen?

Nein, irgend etwas stimmte nicht. Da war etwas anderes, ein anderer Ort, an dem man ihn erwartete.

Noch nicht ganz bereit, die Augen aufzuschlagen, kämpfte er mit einer Frage, die ihm plötzlich durch den Kopf geschossen war: War er nicht bereits an diesen Ort gereist?

Die Matratze, auf der er lag, fühlte sich weicher an als die in seiner Wohnung an der Seventy-Eighth Street. Sein Kopf ruhte auf einem Schaumgummikissen; dabei haßte er Schaumgummi, hatte lieber große Daunenkissen, gegen die Gabrielle leider ein bißchen allergisch war. Irgendwo brummte eine Klimaanlage. Das ergab keinen Sinn. Es war Oktober und kühl in New York, es bestand keinerlei Notwendigkeit, die Klimaanlage laufen zu lassen.

Er schlug die Augen auf.

Er erkannte nichts.

Natürlich passierte ihm das nicht zum erstenmal. Die Geschäftsreisen brachten das mit sich: zwei Wochen unterwegs, jede Nacht ein anderes Hotel, nie genug Schlaf, immer zuviel Alkohol.

Doch das hier war etwas anderes.

Jack rieb sich die Augen. Nein, er war nicht in einem Hotel. In Hotels gab es keine Chenille-Tagesdecken mit Rüschen. Und auch keine Teddybären auf dem Nachttischchen.

Und dann waren da noch die – ziemlich weiblichen – Möbel: eine kleine Frisierkommode mit einer Spitzendecke darüber, ein Rattanstuhl, der fast unter einem Berg geblümter Kissen ertrank, Aquarelle an den Wänden, Bilder von tropischen Vögeln. Sogar die Lampe auf dem Nachttisch sah eher danach aus, als würde sie einer Frau gehören als einem Mann.

Kein Zweifel, Jack befand sich in der Wohnung einer Frau. Genauer gesagt, in ihrem Bett. Und weder die Wohnung noch das Bett gehörten Gabrielle.

Schlechte Nachrichten. Alles deutete darauf hin, daß er da unversehens in eine … nun … etwas pikante Lage geraten war.

Aber mit wem?

Er schüttelte den Kopf, um den Nebel in seinem Gehirn zu klären. Wo war er? Wie war er hierher geraten? Wem gehörte diese Wohnung, in der es nach einem ihm unbekannten Parfüm roch?

Jack war ziemlich verwirrt. Er hatte nicht die geringste Erinnerung an den Vorabend.

»Oje«, flüsterte er. Wenn Gabrielle das herausfand, war er so gut wie tot. *Was soll ich bloß machen?* fragte er sich. *Sofort hier verschwinden!* Er zögerte einen Augenblick, weil es alles andere als höflich war, einfach sang- und klanglos aus dem Bett seiner Zufallsbekanntschaft zu verschwinden. Aber zumindest konnte er so verhindern, daß noch Schlimmeres passierte …

Jack schwang seine Beine über die Bettkante. Überrascht stellte er fest, daß er seine Hose noch anhatte. Und seine Socken und sein Hemd und die Jacke.

Vielleicht, dachte er voller Hoffnung, war doch nichts passiert. Vielleicht hatte er einen Unfall gehabt oder zuviel getrunken. Vielleicht hatte ihn jemand aus dem Büro ins nächstgelegene Bett verfrachtet.

Das Telefon auf dem Nachttischchen klingelte. Instinktiv griff er danach. Er versuchte »hallo« zu sagen, aber seine Zunge war geschwollen, sein Mund trocken und sein Hals rauh. Er brachte nur ein Krächzen heraus.

Eine laute Machostimme – ganz ähnlich der von Simon Burton – dröhnte: »Miss Samsudin? Hier Chan Gin von der Kriminalpolizei!«

Jack krächzte mit hoher Stimme: »Was?«

»Wir versuchen schon den ganzen Tag, Sie zu erreichen, weil wir Ihnen ein paar Fragen stellen müssen. Es ist dringend. Ich bin gerade im Tampines-Revier. Im Moment ist nicht viel Verkehr, ich könnte bald bei Ihnen sein.«

Jack gefror das Blut in den Adern. Bilder, noch keine richtigen Erinnerungen, fluteten herauf.

»Tut mir leid, daß ich Sie stören muß, Miss Samsudin. Ich werde versuchen, Ihre Zeit so kurz wie möglich in Anspruch zu nehmen. Ich würde Sie bitten, über einen der Passagiere auf dem gestrigen Flug von San Francisco, einen Amerikaner namens Taft, nachzudenken, während Sie auf mich warten. John Gregory Taft. Alles, was Sie über ihn wissen, könnte hilfreich für uns sein. Bis gleich.«

Dann legte Chan auf. Jack saß auf der Bettkante; der Hörer zitterte in seiner Hand.

Also war das alles tatsächlich passiert. Er hatte es getan. Gott allein wußte, wie, aber er war es wirklich gewesen, es war kein Alptraum. Die Männer ... die Waffen ... die Schüsse ... der Mann, der auf seinen Rücken gesackt war ... die Pistole unter seiner Nase ...

Mein Gott! Das waren Polizisten gewesen! Ohne Dienstmarke und Uniform, Beamte in Zivil! Er war aufgestanden. Sie hatten sich ihm zugewandt, waren blaß geworden und hatten ihre Waffen auf den Boden fallen lassen, weil er die Pistole des Toten in der Hand hielt. Aber er hatte nicht auf sie gezielt.

Oder doch?

Und dann – *mein Gott* – hatte er auch noch ihre Waffen an sich genommen.

Und war damit zur Tür gegangen, um eine Ecke gebogen und einen Gang entlanggelaufen.

War er das gewesen? Jack Taft, der sich bei Vollmond in einen Werwolf verwandelte? Nein, nein und abermals nein! In ihm schlummerte kein Tier, und wenn, dann befand es sich in einem sicheren Käfig. Außerdem wurde er nie zornig, schluckte seine Wut immer hinunter, versuchte, sein Gegenüber zu verstehen. Er verlor nie die Kontrolle. Das, was da im Raffles gewütet hatte, war nicht er gewesen. Er war einfach nicht der Mann, der …

Der was tut? Was habe ich eigentlich getan? Ich bin nicht in die Suite gegangen. Ich bin gerannt, nein, gegangen, und habe die eine Waffe in die Tasche gesteckt und die andere in die Büsche geworfen. Dann … dann … war da noch was mit einem Taxi … Und da war auch noch jemand … wer? … Er konnte sich nicht deutlich erinnern, wollte es auch nicht.

Wie hatte er sich nur gegen die Polizei wehren, Waffen stehlen, so gewalttätig werden können, ohne die geringsten Schuldgefühle? Das war doch nicht er, der ruhige, analytische Jack.

Aber warum waren dann plötzlich drei bewaffnete Polizisten in sein Zimmer gestürmt, als sei er irgendein wildgewordener Gangster? Er hatte gegen keinerlei Gesetze verstoßen, jedenfalls nicht willentlich. Gegen wie viele Gesetze hätte er auch während einer zwanzigminütigen Taxifahrt vom Flughafen verstoßen können? Verrückt. Aber warum waren sie …

Seine Aktentasche. Sie hatten sich für seine Aktentasche interessiert. Suchten sie nach etwas? Glaubten sie, er schmuggle Pornovideos oder Drogen oder kommunistische Propaganda nach Singapur, oder was?

Solche Gedanken halfen nicht weiter. Er mußte über die Aktentasche nachdenken. Aber da gab es nicht viel nachzudenken. Er trug die üblichen Dinge darin herum, ein paar Firmendokumente, nichts weiter. Es befand sich nichts in der Tasche, was die Polizei interessieren, nichts, was ihn zum Kriminellen machen könnte.

Jedenfalls, soweit er wußte.

Absurd! Er hatte gegen keinerlei Gesetze verstoßen! Es mußte eine andere Erklärung für das Chaos vom Vorabend geben. Ein Mißverständnis, genau. Die Polizisten hielten ihn für einen anderen, einen Mafioso oder einen Drogenhändler vielleicht. So etwas konnte passieren. So etwas las man tagtäglich in der Zeitung.

Allerdings hatte er ihre Waffen gestohlen und war geflohen!

Du lieber Himmel!

Jack Taft, der den Telefonhörer immer noch in der Hand hielt, flüsterte, vor Angst zitternd: »Ich glaube, ich hab ein kleines Problem.«

Und dieses Problem mußte er lösen.

Ihm fiel nur eine vernünftige Lösung ein: Er mußte zur amerikanischen Botschaft. Schließlich war er amerikanischer Staatsbürger. Die Leute dort würden ihm sicher helfen, dieses Durcheinander zu entwirren. Hallo, ich bin Jack Taft, und ich habe ein Problem … ach, nichts Besonderes … Schußwaffendiebstahl, Widerstand gegen die Staatsgewalt, bewaffnete Flucht …

Er schüttelte den Kopf. Allmählich spürte er seinen Körper wieder. Er konnte sich wieder bewegen und denken.

Plötzlich wurde ihm bewußt, daß er weiß Gott wie lange auf der Bettkante gesessen hatte, während ein ziemlich verärgerter Polizist auf dem Weg zu ihm war.

Er legte den Hörer auf und erhob sich. Ein stechender Schmerz durchzuckte seinen Unterleib; seine Blase war zum Bersten voll. Polizei hin oder her – als erstes brauchte er eine Toilette.

Jack ging mit kleinen, vorsichtigen Schritten zur Tür und zog sie auf. Dahinter verbarg sich ein winziges Wohnzimmer, in das die nachmittägliche Sonne durch ein vorhangloses Fenster schien. Er erhaschte einen Blick auf ein Sofa, das kaum groß genug für zwei Menschen war, auf einen Beistelltisch, ein Bücherregal und zwei Stereolautsprecher. In dieser Richtung konnte die Toilette nicht sein. Er drehte sich um. Auf der anderen Seite des Schlafzimmers befand sich eine weitere Tür. Jack trippelte mit zusammengepreßten Knien darauf zu.

Er riß die Tür auf, tastete nach dem Lichtschalter und drückte ihn.

Das Bad war ebenso winzig wie das Wohnzimmer.

Gott sei Dank!

Jack hob den Toilettendeckel mit einer Hand und zog den Reißverschluß seiner Hose mit der anderen herunter. Als er begann, sich zu erleichtern, sagte eine Stimme neben ihm: »Mmmpfff!«

Jack zuckte zusammen. Doch er ließ sich nicht von seiner Verrichtung abbringen. Erst als er fertig war, schloß er die Hose und drehte sich um.

»Mmmpfff!«

Die Stimme kam aus der Badewanne, die von einem Duschvorhang verdeckt wurde. Er streckte die Hand aus und hob vorsichtig eine Ecke des Vorhangs.

In der Wanne lag eine Frau.

Sie trug eine Jeans und ein Herrenhemd, das über ihren bernsteinfarbenen Bauch hochgerutscht war. *Mein Gott, was für eine hübsche Frau*, dachte Jack. Sie sah ihn mit einer Mischung aus nackter Angst und erbitterter Wut an. *Kein Wunder, daß sie wütend ist*, dachte Jack, *die Arme ist ja geknebelt und mit den Handgelenken am Wasserhahn festgebunden. Wie konnte das …*

Jack trat erschrocken einen Schritt zurück. Plötzlich erinnerte er sich wieder an den Rest der Nacht und daran, was nach seiner Flucht aus dem Hotel passiert war.

Am liebsten hätte er sich unter seine Bettdecke verkrochen und fest die Augen zugedrückt, damit sich diese Horrorgeschichte in Luft auflöste.

Aber sie würde sich nicht in Luft auflösen.

2

»Hören Sie, es tut mir leid. Ich schwör's Ihnen, Sie können sich gar nicht vorstellen, wie leid mir das tut«, bettelte Jack. »Bitte, bitte, schreien Sie jetzt nicht.«

»MMMPFFF!«

Er beugte sich vor und streckte die Hand nach dem weißen Klebeband aus, mit dem er ihr den Mund zugeklebt hatte. Sie zuckte zurück und wandte den Kopf mit einem Ruck ab.

In ihrer Lage hätte er sicher dasselbe getan. Schließlich hatte er sie mit einer Waffe in der Hand entführt. Und das war noch nicht alles.

In einem Taxi Richtung Polizeirevier hatte er plötzlich eine Pistole aus der Tasche gezogen und damit den ohnehin schon verängstigten Fahrer bedroht. Und das verdammte Ding war losgegangen. Plötzlich – *peng!* – war ein riesiges Loch im Armaturenbrett gewesen, und er hatte nur gelächelt! Das Taxi war quer über die Straße, über die Bordsteinkante und in das Schaufenster eines Buchladens mit dem Namen The Christian Conscience Bookstore geschlittert. Bücher waren durch die Luft geflogen, und der Fahrer war mit der Stirn gegen das verbogene Lenkrad geknallt. Dann war der Wagen zum Stillstand gekommen. Mit irrem Lächeln hatte Jack den Lauf der gestohlenen Pistole in – wie hieß sie doch gleich – ja, Zaituns Seite gebohrt, sie gezwungen, aus dem Taxi zu steigen, und ihr erklärt, sie solle ihn sofort zu ihrer Wohnung bringen. Er hatte sie neben sich hergezerrt, durch ein Gewirr aus dunklen Straßen und engen Gehsteigen, aus Büschen und Bäumen, die aus den Wänden alter Gebäude sprießten, aus angeketteten, schlafenden Papageien, aus Rikschas, die an Pforten und Fenstergittern geparkt waren, aus Stühlen und Tischen vor kleinen Garküchen, aus Pappkartons, die sich vor den Geschäften stapelten, aus Mülltonnen, die auf die Müllabfuhr am frühen Morgen warteten. Und die ganze Zeit hatte Zaitun geweint und nach Luft geschnappt, doch er war nicht mehr Jack Taft gewesen, sondern ein anderer, ruhig und nicht einmal sonderlich außer Atem.

Dann ein U-Bahn-Eingang: in fetten Buchstaben die Aufschrift *MRT*, Mass Rapid Transit, und darunter ein rotes Logo. Aufzüge, die von der Straße in einen hell erleuchteten Tunnel mit Granitboden führten. Wieder ein Schild: »Nationalfeiertag, längere Betriebszeiten«. Dort war er stehengeblieben, um nachzudenken. Sich mitten in der Nacht in die U-Bahn zu wagen war in New York lebensgefährlich. Doch in der Ferne waren Sirenen zu hören gewesen, Zaitun neben ihm hatte kaum noch ein Lebenszeichen von sich gegeben, und er selbst war nicht mehr der vorsichtige Jack gewesen, sondern ein gefährlicher Wahnsinniger, der keine Furcht kannte. Also war er, die Waffe in der Hand, hinuntergehastet. Dort unten war alles sauber gewesen, die blendend weißen Fliesenwände, der Boden – nicht einmal Kaugummiflekken. Der Tunnel war klimatisiert gewesen, deutlich kühler als die Straßen oben, und das einzige Geräusch das leise Surren der Aufzüge. Nirgendwo Verrückte, die sich in dunklen Nischen versteckten. Nirgendwo eine echte Bedrohung, doch genau das hatte den New Yorker Jack verunsichert. Zaitun hatte ein paar Münzen in einen Automaten gesteckt; zwei Fahrkarten waren herausgekommen. Sie hatte ihn durch die computergesteuerten Drehkreuze gelotst, zum Bahnsteig der Linie nach Norden. Ein Zug war eingefahren. Die Türen hatten sich geöffnet, und Jack hatte seine Geisel in den Waggon gedrängt, in dem lediglich ein paar Fahrgäste saßen. Die meisten von ihnen hatten Zeitung gelesen oder sich leise unterhalten. Niemand hatte ihn auch nur eines Blickes gewürdigt. An der sechsten Haltestelle, Toa Payoh, hatte Zaitun ihn aus dem Zug, durch einen sonnenblumengelben Tunnel und in einen Lift geführt. Dann waren sie plötzlich wieder oben auf der Straße gewesen, einer breiten Straße mit hohen Bäumen, zehnstöckigen Wohnhäusern, kleinen Parks und ordentlichen Spielplätzen – alles hell erleuchtet. Und er hatte Zaitun gezwungen weiterzurennen, bis sie ihr Haus und ihre Wohnung im dritten Stock erreicht hatten. Bevor er in den Tiefschlaf verfallen war, hatte er sie noch gefesselt.

Jetzt war er wieder wach und betrachtete sein Werk. Hätte er dieser hübschen jungen Frau doch nur erklären können, daß das Ganze ein schlimmes Mißverständnis war!

»Mein Gott, ich weiß wirklich nicht, was ich sagen soll. Ich … es ist nicht so, wie Sie denken. Ich meine … ich war heute nacht wirklich nicht ich selbst. Hören Sie, es tut mir leid, und ich weiß, daß Sie das nicht verstehen werden, aber …«

Nein, sie würde es tatsächlich nicht verstehen. Das sah er ihrem Gesicht an. Sie betrachtete ihn haßerfüllt. »Okay. Ich möchte Ihnen eigentlich nur den Knebel aus dem Mund nehmen, ja? Das ist alles. Ehrlich. Und Ihnen ein paar Fragen stellen. Ich stecke in einem ziemlichen Schlamassel und könnte ein bißchen Hilfe brauchen. Was ich heute nacht getan habe, ich meine, daß ich Sie festgebunden habe und so …

Mein Gott! Da waren diese Männer, die mich verfolgt haben. Sie hätten mich fast erwischt. Sie wollten ...«

So etwas wie ein fragender Ausdruck flackerte in Zaituns Blick auf. Jack wußte, daß er seine Chance nutzen und lügen mußte. »Ich weiß nicht, wer sie waren. Sie sind in mein Zimmer eingedrungen. Es ist mir gelungen, eine ihrer Waffen an mich zu nehmen.« Er holte die Pistole aus der Tasche. »Die hier.«

Zaitun kreischte gedämpft auf. Jack hielt die Waffe mit zwei Fingern am Lauf fest und ließ sie dann schnell ins Waschbecken gleiten. »Ich trage normalerweise keine Waffen mit mir herum. Schauen Sie mich doch einmal an. Sehe ich vielleicht aus wie ein Gangster?«

Ihr Blick sagte nein. Er versuchte es mit einem schüchternen Lächeln. »Ich weiß nicht, wer die Männer waren und was sie von mir wollten, aber jedenfalls hatte ich Glück und bin ihnen entkommen. Ich habe einfach das getan, was jeder vernünftige Mensch machen würde – ich bin um mein Leben gerannt.« Jack wischte sich mit der Hand über die Stirn. »Und da habe ich vor dem Hotel Sie gesehen. Die Kerle waren unmittelbar hinter mir. Ich hatte keine Zeit für Erklärungen. Und ich hatte Angst, daß sie dem Taxi folgen würden. Deswegen habe ich Sie gezwungen, mich hierher zu bringen, nachdem ... Du lieber Himmel! Als die Waffe im Taxi losgegangen ist ... Ich habe in meinem ganzen Leben noch keine solche Angst gehabt ...«

Er merkte, daß sie allmählich Vertrauen zu ihm faßte. »Ich möchte nur zur amerikanischen Botschaft. Dort kann mir nichts passieren. Aber ich habe keine Ahnung, wo die ist. Also lassen Sie mich Ihnen den Knebel rausnehmen, und sagen Sie mir den Weg zur Botschaft, dann verschwinde ich sofort von hier. Ich schwöre Ihnen bei allem, was mir heilig ist: Was anderes will ich nicht. Überlegen Sie doch bloß: Wenn ich Ihnen hätte wehtun wollen, hätte ich das schon heute nacht machen können. Oder jetzt. Aber dazu bin ich nicht der Typ. Wirklich, ich sitze nur ziemlich in der Patsche, und ich weiß nicht mal, warum.«

Zaitun nickte fast unmerklich mit dem Kopf. Jack beugte sich über sie und begann, das Klebeband zu entfernen. »Hoffentlich tut das nicht weh.« Offenbar doch.

Nachdem er das Klebeband entfernt hatte, holte er den Knebel aus ihrem Mund – eine völlig durchweichte blaue Socke. »Haben Sie Durst?« fragte er besorgt. »Ich hole Ihnen ein bißchen Wasser.« Er füllte ein Glas mit Leitungswasser und hob es an ihre Lippen. Sie trank gierig. Als sie fertig war, sagte Jack: »Schön, wo sind wir hier, und wie komme ich von hier aus zur Botschaft?«

Sie leckte sich die Lippen. »Sie binden mich los und lassen mich frei?«

»Nein! Ich meine, ja. Ich meine, Sie werden doch nicht die Polizei rufen, oder?« Scheiße! Der Polizist, der vorhin angerufen hatte, konnte jeden Augenblick hier sein. »Sobald ich in der Botschaft bin, sage ich den Leuten da, wo Sie sind. Ehrlich, ich versprech's Ihnen. Die schicken dann die Polizei, und die befreit Sie.«

Sie dachte nach. »Ich vertraue Ihnen nicht.«

Jack drückte seine Handfläche gegen die Augen. Gleich würde es klingeln. Das wußte er. Und dieser Chan Gin würde mit einer Waffe hereinkommen. »Okay, okay, okay.« Er berührte den schmalen Ledergürtel, mit dem er sie am Wasserhahn festgebunden hatte. Er war mittlerweile völlig durchgeweicht, weil der Duschkopf darüber tropfte, und ließ sich nicht mit bloßen Händen lösen. »Ich werde den Gürtel durchschneiden müssen. Ich brauche ein Messer oder eine Schere oder so.«

»In der Küche.«

Jack hastete durchs Schlafzimmer ins Wohnzimmer. Am anderen Ende befand sich, gleich beim Fenster, eine Tür, hinter der sich die Küche verbarg.

In der winzigen Küche riß er die Tür eines kleinen Schrankes auf – Seife, Waschpulver, Putzmittel, Weichspüler, Schwämme und Lappen. Dann ein weiterer Schrank mit Tellern, Tassen und Gläsern. Und schließlich der dritte und letzte; Lebensmittel, die ihn daran erinnerten, daß er einen Bärenhunger hatte. Dann zog er eine Schublade heraus: Besteck, darunter auch Messer, aber keins davon scharf genug, um den nassen Gürtel durchzuschneiden. Wo zum Teufel steckte nur das Bratenmesser? Ja, genau, unter der Spüle! Er öffnete die beiden lackierten Holztüren, und tatsächlich, dort waren sie, Zaituns Messer und Scheren. Sie hatte sogar ein Brotmesser mit Wellenschliff. Das taugte am ehesten für den Gürtel. Jack packte es und verließ die Küche. Auf dem Weg zurück zum Bad blickte er aus dem Wohnzimmerfenster. Unten stand ein nachtblauer Range Rover Defender mit weißem Dach und dem offiziellen Wappen Singapurs – einem Löwen und einem Tiger, die in ihren Pranken einen Schild mit fünf Sternen und einem Halbmond hielten. Es handelte sich zweifelsohne um einen Polizeiwagen. Gerade stieg ein Mann aus und kam mit energischen Schritten auf das Haus zu. Jack konnte sich schon denken, wer der Mann war.

Er spürte, wie ihm der Schweiß auf die Stirn trat. Er schluckte. Es war zu spät. Es gab keinen Fluchtweg. Selbst wenn er Zeit zum Wegrennen gehabt hätte, hätte er nicht gewußt, wohin er rennen sollte. Es war aussichtslos. Er war allein in einem fremden Land, hatte angeblich ein Verbrechen begangen, von dem er nichts wußte, wurde von einem Polizisten verfolgt, der Jack offenbar nicht sonderlich gut leiden konnte und sich vermutlich auch nicht von seiner Unschuld überzeugen lassen würde. Was würde dieser Polizist machen, wenn er Jack erwischte?

Der Angeklagte, der bekanntlich eine Waffe bei sich trug, griff in die Tasche, Sir ... Er hat sich der Festnahme widersetzt, Sir ... Hat versucht zu fliehen, Sir ... Hat einen Beamten tätlich angegriffen, Sir ... Ist eine Treppe hinuntergerannt, Sir ... Und dann zum Fenster hinaus, Sir ...

Die Polizei hielt Jack für einen amerikanischen Gangster oder noch Schlimmeres. Es würde keine Fragen geben. Die Sanitäter würden seine Reste einsammeln, und Chan Gin würde man lobend auf die Schulter klopfen.

Er saß in der Falle. Es gab keinen Ausweg. Es war alles vorbei, und er war … er war …

… wer?

Ein ganz normaler Mann. Nichts Außergewöhnliches. Einfach nur ein amerikanischer Geschäftsmann mit ein bißchen Übergewicht, und er hatte keinerlei Fähigkeiten, die ihm aus dieser Situation heraushelfen konnten.

Aber wie war es ihm dann in der Nacht gelungen, einer ganzen Polizeieinheit zu entkommen? Wer war der Mann, der die Waffen gepackt hatte, aus dem Hotel geflohen und seelenruhig in ein Taxi gestiegen war?

War das Jack Taft? Nein! *In jedem dicken Mann steckt ein dünner Mann, der herauswill. In jedem schüchternen Mann …* Nein, nein und abermals nein! Gewalt war einfach nicht seine Art. Die Erschöpfung, der Jet-lag, die Tablette, die Rajiv ihm geschickt hatte – all das erklärte sein Verhalten. Schließlich drehten Menschen manchmal einfach durch und taten Dinge, die sie nie zuvor getan hatten und auch nie wieder tun würden.

Wer bin ich? Der gute alte Jack, ganz einfach. Der analytische, rationale Jack, der für jedes Problem eine Lösung findet.

Genau. Das hier ist ein Problem. Was bedeutet, daß es auch eine Lösung geben muß.

Ganz ruhig, dachte er. *Keine Panik. Du schaffst das. Der Trick besteht darin, nicht darüber nachzudenken. Der Trick ist, daß es keinen Trick gibt. Laß deinen Gedanken einfach freien Lauf, vergiß deine Ängste und Leidenschaften und denk über das Problem und seine Lösungsmöglichkeiten nach. Denk darüber nach, was normal wäre und was jeder vernünftige Mensch tun würde …*

Plötzlich hatte er eine Idee.

Er sah sich in der Küche um. Er hatte lang genug ein Junggesellendasein geführt und kannte sich genug mit Küchen aus, um die Fehler zu kennen, die ein alleinstehender Mann, der keine Ahnung von Haushaltsführung hatte, machen konnte.

Vielleicht ... ja ... vielleicht ...

Er rannte zurück ins Bad. Mit einem fröhlichen Lächeln sagte er: »Hier, ich hab's.« Dann ließ er die Klinge des Brotmessers unter den Gürtel gleiten, mit dem Zaituns Handgelenke am Wasserhahn befestigt waren. »Also gut: Wie komme ich zur Botschaft?«

»Ganz einfach«, antwortete sie. »Wenn Sie aus dem Haus kommen, gehen Sie nach links und dann geradeaus zur U-Bahn-Station. Fahren Sie mit der Bahn sechs Haltestellen in südlicher Richtung. Steigen Sie an der Station C2 aus, das ist das Rathaus. Gehen Sie zuerst einen Häuserblock nach rechts, und dann einen nach links. Die amerikanische Botschaft befindet sich an der Hill Street, Ecke Loke Yew. Sie brauchen sicher nicht länger als fünfzehn Minuten ...« Jetzt sah sie die zusammengeknüllte Socke in Jacks linker Hand. »... nein! Sie haben mir versprochen, daß Sie mich losbinden ...«

»Das war eine Lüge«, flüsterte Jack und spürte, wie sich das Tier in ihm wieder regte.

3

Keine Hinweise, nichts.

Chan hatte Tafts Gepäck angewidert aufs Bett geschleudert. Das war doch nicht zu fassen: Anzüge von der Stange, pflegeleichte Hemden, Krawatten und Unterwäsche aus dem Kaufhaus und in seinem Kulturbeutel ein kleines Nähetui mit der Aufschrift »Ramada Inn«. Alle Sachen von dem Kerl – abgesehen von der Aktentasche – deuteten darauf hin, daß er wirklich nur ein ganz normaler Geschäftsmann war.

Es war die beste Tarnung, die Chan je gesehen hatte.

Der einzige Hinweis, den sie bis jetzt hatten, war das, was der Portier ihnen noch erzählt hatte, nämlich daß eine Frau aus dem Taxi gestiegen war und ihn auf den Stufen zum Hotel mit einer Umarmung begrüßt hatte. Eine Jute Ah Lian, hatte der Portier gesagt, eine junge, hübsche Frau.

Also hatte Taft eine Freundin in Singapur.

Nicht viel, aber besser als gar nichts.

Jetzt machten alle verfügbaren Polizisten – für so etwas gab es immer genug Freiwillige – die Runde in Singapurs Single-Lokalen. Wer hat einen Freund aus dem Westen? Wer prahlt mit einem amerikanischen Lover? Wer hat sich in den frühen Morgenstunden zu einem Rendezvous verabschiedet?

Vielleicht hatte einer der Beamten Glück. Vielleicht war irgendeinem Mädchen oder Barkeeper etwas aufgefallen.

Chan selbst hatte mittlerweile schon acht Befragungen hinter sich, die alle nichts ergeben hatten. Nun war Nummer neun an der Reihe, mit einer der beiden First-Class-Stewardessen des Flugs Nummer 15 von Sing Air, einer Miss Zaitun Samsudin; ein hübsches Ding, dem Foto in ihrer Personalakte nach zu urteilen.

Chan fragte sich, warum sie in Toa Payoh, einem alten und nicht besonders modernen Viertel lebte und wie es ihr gelungen war, an eine eigene Wohnung zu kommen. Die staatliche Wohnungsbaugesellschaft verwaltete achtzig Prozent der Privatwohnungen in Singapur; Alleinstehenden und auch alleinerziehenden Eltern (die nach Ansicht der Regierung nicht als »Familieneinheiten« zu betrachten waren) stand keine eigene Wohnung zu. Also lebte Miss Samsudins Familie in Toa Payoh, und sie hatte mit irgendeinem Verwandten etwas gedreht, um ein eigenes Apartment zu bekommen.

Als Chan durch die breiten Straßen von Toa Payoh fuhr, nahm er nicht die ordentlichen Wohnhäuser der Mittelschicht wahr, die sich tatsächlich da draußen befanden, sondern er sah vor sich, wie das Viertel vor etwa dreißig Jahren ausgesehen hatte, unmittelbar nach dem Ende der britischen Kolonialherrschaft. Damals hatte die Maxime gelautet: Trennt die Rassen voneinander, damit sie sich nicht gegen uns verbünden.

Wie die meisten anderen Teile von Singapur war Toa Payoh früher ein Rikscha-Slum gewesen, ein Gewirr aus schlammigen Gassen mit Kleinganoven und billigen Prostituierten. Wie alt war er damals gewesen? Kaum älter als zehn. Was hatte er dort gemacht? Keine Ahnung mehr. Aber er erinnerte sich noch an den Mann mit dem Molotowcocktail, den würde er nie vergessen. Und er würde auch nicht die Schreie einer brennenden indischen Familie vergessen und die Erregung des Mobs und wie ein Junge, der noch jünger war als er selbst, mit einem Beil auf die Beine eines am Boden liegenden malaiischen Moslems eingeschlagen hatte, immer wieder, und wie das Blut hoch in die Luft gespritzt war. In jener Nacht hatte es vierhundert Verletzte gegeben – Malaien gegen Inder, Inder gegen Chinesen, Chinesen gegen Westler, und die neue Regierung dieses winzigen Staates, der erst seit einem Jahr unabhängig war, hatte das Ganze einen Rassenkrawall genannt, obwohl dieser Krawall von den Tongs ausgelöst worden war. Und plötzlich waren Männer mit grimmigen Gesichtern und blauer Kleidung am anderen Ende der Straße aufgetaucht. Sie hatten Schilder und Schlagstöcke getragen und waren im Gleichschritt marschiert. Und sie waren weder Chinesen oder Malaien noch Inder oder Westler gewesen, sondern etwas völlig Neues, Angehörige eines Volkes, von dem man bis dahin noch nichts gehört hatte – Singapurer!

Ein zackiger Sikh-Sergeant hatte per Lautsprecher die Anweisung gegeben, die Straßen zu räumen. Ausnahmezustand. Gefängnis und Prügel für alle, die sich widersetzten.

In der Gosse hatte knöcheltief das Blut gestanden. Es war über Chans Schuhe geschwappt, an seinen Strümpfen getrocknet. Doch schon bald hatte es keine Krawalle mehr gegeben, und als Chan Gin am nächsten Morgen aus seiner Zuflucht, der Wohnung eines Freundes, gekommen war, hatte er gewußt, was er mit seinem Leben anfangen würde.

Das Gesetz ist hart. Gesetzlosigkeit ist noch härter. Chan haßte alle Kriminellen.

Mittlerweile war er seit siebenundzwanzig Jahren Polizist. Er war stolz darauf und hatte nicht die Absicht, etwas daran zu ändern. Aber wenn er diesen Taft nicht dingfest machte, würde er sein achtundzwanzigstes Dienstjubiläum nicht mehr feiern.

Warum? Nun, ganz einfach: Ein asiatisches Sprichwort besagte, daß ein Nagel, der heraussteht, eingeebnet werden muß. Und Chan Gin war ein solcher Nagel, ein Mann aus der Zeit, in der noch Vorgehensweisen nötig gewesen waren, die die gegenwärtige Singapurer Regierung lieber vergaß. Klar, damals hatten die Machthabenden ihn geliebt. Sie hatten die Rücksichtslosigkeit, mit der er seine Ziele erreichte, gelobt. Aber das war lange her. Jetzt galten andere Regeln in Singapur, und Chan war der letzte seiner Art. Sie hätten ihn gern gezwungen, in den Ruhestand zu gehen, wenn das möglich gewesen wäre; aber Chan beherrschte das Spiel genauso gut wie sie, oft sogar noch besser. Solange das Volk ihn liebte, konnten die da oben ihm nichts anhaben.

»Ich sehe meine Aufgabe nicht in der Durchsetzung des Gesetzes«, sagte er grinsend in die Fernsehkameras, »sondern als Müllbeseitigung.«

Presse und Volk lechzten nach solchen Aussagen. Chan war genau das, was eigentlich niemand in Singapur sein konnte: ein Dreckskerl. Sie bewunderten ihn, weil sie die Mäuse waren und er der Kater. Und alle Mäuse wünschten sich nichts sehnlicher, als der Kater zu sein.

Chans Heldenstatus war das einzige, was die Machthabenden daran hinderte, ihn zu zerquetschen wie eine Wanze. Solange er keinen Fall vermasselte, denen da oben keine Chance gab, ihn zu entfernen, würden die Medien schon dafür sorgen, daß er weiter ein Held blieb.

Aber jetzt hatte er einen Fall vermasselt. Und zwar gründlich. So, daß man nichts vertuschen konnte. Und die da oben rieben sich schon die Hände.

Maximal zwei Tage. Mehr Zeit hatte er nicht. Wenn es ihm nicht gelang, diesen Taft zu erwischen und zu entsorgen, dann hatte er ausgespielt.

Zwei Tage.

4

Chan drückte auf den Aufzugknopf.

Die häßliche Stahltür öffnete sich ächzend. Chan verzog das Gesicht. Er konnte diese älteren Mietshäuser, die ersten vom Staat subventionierten Wohnungen, die nach der Unabhängigkeit gebaut worden waren, nicht leiden, obwohl Lee Kuan Yew, Singapurs allmächtiger ehemaliger Premierminister, sie höchstpersönlich entworfen hatte.

Der Aufzug hielt im vierten Stockwerk. Chan wählte ein Lächeln aus seinem breiten Repertoire, das Grinsen à la Mel Gibson. Miss Samsudin war jung und alleinstehend, also wahrscheinlich nicht der Typ Frau, der auf ein Harrison-Ford-Grinsen stand.

Apartment 4J befand sich am Ende des Flurs, eine Eckwohnung in bevorzugter Lage. Chan ging im Kopf noch einmal durch, was er sagen wollte: Entschuldigen Sie die Störung, wo haben Sie sich seit der Landung des Fluges aufgehalten? Ach, Sie haben das Telefon nicht gehört, weil Sie schliefen? Tut mir leid, ich hoffe, ich habe Sie nicht geweckt. Ja, ich *bin* Chan Gin, aber die Leute vom Fernsehen übertreiben manchmal ein bißchen, und die Zeitungen auch, Sie wissen ja, wie das ist. Na ja, wie ich schon am Telefon erwähnt habe, würde ich gern etwas über einen Ihrer Fluggäste erfahren, einen gewissen John Gregory Taft, ein leicht übergewichtiger Amerikaner, Sitz 2B am Gang. Haben Sie sich während des Fluges mit ihm unterhalten? Hat er abgesehen von den üblichen Dingen etwas gesagt? *Und*, dachte er, *laß dir auf keinen Fall deine Wut auf den verdammten Kerl anmerken.*

Neben der Tür zu Apartment 4J befand sich keine Klingel, das gab es nie in solchen älteren Häusern. Chan klopfte.

Die Tür ging auf. In der Wohnung war es dunkel; Tafts Gesicht lag im Schatten und war nicht zu erkennen. Seine Waffe allerdings war deutlich zu sehen. Chan preßte die Lippen zusammen, ballte die Fäuste.

»Rein«, zischte Taft. »Hände hoch. Machen Sie die Tür mit dem Fuß hinter sich zu.« Chan gehorchte. Taft trat zwei Schritte zurück. Das hätte Chan in seiner Situation auch getan.

Ganz schön professionell, dieser Dreckskerl, dachte er grimmig.

Die beiden starrten einander an. Einige Sekunden vergingen. Irgendwann brach Chan das Schweigen und sagte: »Nun?«

Tafts Antwort war leise, kaum zu hören. »Nun, ich könnte Sie umbringen. Das wissen Sie doch, oder?«

»An Ihrer Stelle und unter den gegebenen Umständen würde ich das tun.«

»Ich hätte Sie schon heute nacht umbringen können.«

Eiskalt, der Mann. Am besten, man packt ihn bei seinem Stolz. »Haben Sie aber nicht.«

»Weil ich keine Leute umbringe.«

»Ach? Ich schon. Die ganze Zeit.«

Taft stieß geräuschvoll die Luft aus und murmelte dann: »Ich hatte schon befürchtet, daß Sie sowas sagen würden. Hören Sie, Mr. Gin – oder darf ich Sie Chan nennen?«

»Gin ist mein Vorname. Also dürfen Sie mich ruhig Chan

nennen. Obwohl die meisten Leute wie Sie ›Sir‹ zu mir sagen.«

»Das heißt also, daß wir keine Freunde werden.«

»Das wage ich zu bezweifeln.«

»Schade. Ich könnte im Moment wirklich ein paar Freunde brauchen.«

»Die heiße kleine Stewardeß reicht Ihnen also nicht?« sagte Chan mit etwas Verbitterung in der Stimme. *Reiß dich zusammen, Mann.*

Taft schien verwirrt. »Die? Ach, Sie meinen doch wohl nicht ...« Er leckte sich über die Lippen. »Die ist sowas wie ein ... Opfer. Man könnte sagen, daß ich sie entführt habe. Sie sitzt gefesselt im Bad.«

»Pervers sind Sie also auch noch«, sagte Chan grinsend.

»Sie Widerling.« Tafts Stimme klang jetzt tief und zornig. »Die Frau, wie sie auch immer heißen mag, ist Ihr Problem. Mein Problem sieht folgendermaßen aus: Ich habe keine Ahnung, was hier gespielt wird.«

Chan legte den Kopf ein wenig schräg und gab sich größte Mühe, ihn ungläubig anzusehen. »Folgendes wird hier gespielt: Ich repräsentiere das Gesetz, und Sie haben gegen das Gesetz verstoßen. Das heißt, daß ich Sie verhaften muß und Sie ins Gefängnis wandern. So funktioniert das in Singapur. Ist wahrscheinlich auch nicht viel anders als in Amerika. Oder?«

Taft schnaubte. »Eigentlich interessiert mich mehr, *warum* Sie mich verhaften wollen.«

»Ach!« sagte Chan mit einem amüsierten Kopfschütteln. »Nun verschonen Sie mich bitte mit *der* Tour! Das haben Sie doch nicht nötig, Taft.«

»Nun, offenbar doch.«

»Mein Gott, wie jämmerlich!« fauchte Chan. »Sparen Sie sich Ihr Gesäusel für den Richter auf. Der kennt die Masche allerdings auch schon.«

»Wollen Sie mir denn nicht mal zuhören?«

Chan sagte nichts, sondern musterte Taft mit kaltem Blick und überlegte, was der sich als nächstes einfallen lassen würde.

Mittlerweile hatte Jack nicht mehr vor, sich zu ergeben. Vielmehr erinnerte er sich an eine Begebenheit aus seiner Schulzeit. Er war zehn Jahre alt gewesen, und einer der Stärkeren hatte ihn angegriffen.

»Fang nie einen Streit an.«

»Er hat angefangen, Dad.«

»Du hättest wegschauen können.«

»Ich stand mit dem Rücken zu ihm.«

»In so einer Situation muß man sich anpassen.«

»Wie?«

»Biete ihm deine Hilfe an. Sag ihm, du machst seine Hausaufgaben. Und jetzt geh und wasch dir das Gesicht. Du bist dreckig.«

Also hatte Jack dem anderen Jungen beim nächsten Mal angeboten, die Rechenaufgabe für ihn zu machen. Kurze Zeit darauf war Jack mit einem blauen Auge, einer aufgeplatzten Lippe und einem besseren Verständnis der Tyrannenpsychologie nach Hause gehumpelt. Und genau so ein Tyrann war diese asiatische Version von Simon Burton, die ihn da gerade anstarrte.

Na schön, dachte Jack, *sieht fast so aus, als wäre jetzt Plan B fällig.*

Aus dem kleinen Motorola-Funkgerät an Chans Gürtel drang ein Knistern. Dann piepste es zweimal. »Corporal Leung hier. Polizeichef Chan, sind Sie auf Sendung?«

Taft starrte Chan wütend an. Chan lächelte.

»Sir? Corporal Leung hier. Bitte antworten Sie.«

Taft zischte: »Ziehen Sie die Jacke aus. Ich möchte sehen, was Sie drunter haben. Ganz langsam. Den linken Ärmel zuerst. Lassen Sie sie über die rechte Schulter auf den Boden gleiten.« Chan gehorchte. Als die Jacke auf den Boden fiel, sagte Taft: »Bedienen Sie das Funkgerät mit der linken Hand. Und kommen Sie nicht auf die Idee, die Waffe anzurühren.«

»Ich will ja nicht sterben.« Chan drückte auf den Sendeknopf und hob das Gerät an die Lippen. »Chan hier. Was ist los, Hal?«

»Sir, ich habe gerade eine Nachricht aus dem Krankenhaus bekommen. Der Taxifahrer hat das Bewußtsein wiedererlangt. Er ist immer noch ziemlich benommen, aber er sagt, daß er das Mädchen, das Taft vor dem Hotel getroffen hat, vor dem Flugbegleiterausgang am Changi Airport abgeholt hat. Er sagt, sie hatte einen Stewardessenkoffer der Sing Air dabei. Und soweit der Fahrer sich erinnert, hat sie ihm eine Adresse in Toa Payoh gegeben. Wenn Sie zu der Wohnung von Miss Samsudin fahren, sollten Sie lieber Unterstützung mitnehmen.«

Taft schüttelte den Kopf. Chan drückte wieder auf den Sende-Knopf. »Ich schaffe das schon.«

»Versuchen Sie's nicht allein, Sir. Ich bin gerade auf dem Pan Island Expressway, gleich hinter dem Turf Club. Ich kann in fünf, höchstens zehn Minuten bei Ihnen sein. Warten Sie auf mich.«

Damit beendete Leung das Gespräch. Chan grinste. »Hal Leung ist ein ausgesprochen vorsichtiger Beamter. Wenn ich ihn richtig einschätze, holt er auch noch ein paar Streifenwagen. Wenn Sie sich jetzt ergeben, ersparen Sie uns und sich viele Unannehmlichkeiten.«

Taft schüttelte den Kopf. »Ich wollte mit Ihnen reden, Mr. Chan ...«

»Nicht Mr. Chan, sondern Polizeichef Chan. Oder Sir. Das können Sie sich aussuchen.«

»Egal. Jetzt, wo Ihr Kumpel hierher unterwegs ist, kann ich mich nicht mehr mit Ihnen unterhalten. Also tun Sie mir einen Gefallen und lassen Sie ganz langsam das Halfter fallen. Und dann gehen Sie bitte durch die Tür da drüben in die Küche.« Taft zeigte ihm mit der Pistole den Weg.

»Wollen Sie mir wieder die Waffe stehlen?«

»Nein. Ich will Ihre lausige Waffe nicht. Ich hasse Waffen. Sie können die hier sogar wiederhaben. Ich lasse sie hier liegen, wenn ich gehe.«

Chan hob fragend die eine Augenbraue. Dann ließ er das Halfter von der Schulter gleiten und bewegte sich in Richtung Küche.

»Gut, Mister-Polizeichef-Chan-Sir, und jetzt gehen Sie bitte ans andere Ende der Küche und stellen sich mit dem Gesicht zur Wand.«

Chan wich einem Eimer gleich bei der Tür aus und tat dann das, was Taft ihm gesagt hatte. Er schnüffelte. Es lag ein unangenehm beißender Ammoniakgeruch in der Luft. »Wollen Sie mich jetzt umbringen?«

»Nein. Sie sollen bloß ein bißchen weinen.«

Was soll das jetzt wieder? fragte sich Chan, als er hinter sich ein Geräusch hörte, das Gurgeln einer umgedrehten Flasche und das Plätschern einer Flüssigkeit auf Wasser.

Dann wurde die Küchentür zugeschlagen. Draußen wurde etwas Schweres über den Boden gezogen. Chan bückte sich und griff nach den beiden Waffen in den Knöchelhalftern. Da stieg ihm der Geruch in die Nase. Er taumelte und wäre fast gestürzt.

Der Gestank schnürte ihm die Kehle zu, brannte in seiner Lunge wie Feuer und trieb ihm die Tränen in die Augen. Er schnappte nach Luft. Das machte alles nur noch schlimmer. Er riß sein Hemd aus der Hose; die Knöpfe flogen auf den Boden. Chan hielt sich den Stoff vor die Augen und tastete nach der Tür.

Die Dämpfe waren rund um den Eimer am dichtesten. *Der Eimer?* dachte Chan. *Was hat der Dreckskerl in den Eimer geschüttet? Tränengas oder sowas ähnliches. Wo hat das Schwein das her …*

Dann wußte er plötzlich, was los war. Das war ihm vor Jahren selbst einmal passiert, ganz am Anfang, in seiner ersten eigenen Wohnung, draußen in Pasar Ris. Er hatte nicht viel für Haushaltsführung übrig. Eines Abends hatte er ein Mädchen eingeladen, und kurz vor ihrem Eintreffen war sein Blick auf die Badewanne gefallen. Sie war völlig verdreckt gewesen. Frauen gingen normalerweise zuerst auf die Toilette, und ein schmutziges Bad empfanden sie alles andere als anregend. Er erwartete das Mädchen in einer halben Stunde. Also packte er einen Scheuerschwamm. Das half ein bißchen, aber der Dreck darunter war immer noch zu sehen. Er putzte die Wanne mit Ammoniak. Kein großer Unterschied. Folglich beschloß er, Scheuerpulver mit Ammoniak zu mischen. Das mußte eigentlich stark genug sein.

Allerdings. Das Resultat war eine Wolke hausgemachtes Tränengas gewesen, Chloramin, teuflisch giftig. Er hatte stundenlang nicht mehr ins Bad gekonnt. Und das Mädchen hatte sich geweigert, auch nur einen Fuß in seine Wohnung zu setzen.

Dieser Dreckskerl hatte ihn mit Putzmitteln außer Gefecht gesetzt.

Chan drückte mit der Schulter gegen die Küchentür. Natürlich blockiert, wahrscheinlich mit irgendeinem Möbelstück aus dem Wohnzimmer. Chan warf sich mit aller Kraft gegen die Tür.

Das war genau das Falsche, weil er wieder tief Atem holen mußte. Noch mehr Gas in die Lungen, noch mehr Schmerzen.

Die Tür hatte sich ein paar Zentimeter bewegt. Chan warf sich mit angehaltenem Atem noch einmal dagegen. Und wieder. Und wieder. Dann stolperte er hinaus ins Wohnzimmer und trat die Küchentür mit dem Fuß hinter sich zu. Er zwang sich, die brennenden Augen zu öffnen, und tastete sich zum Fenster vor.

Chan verlor keine Zeit damit, das Fenster zu öffnen, sondern rammte seinen Kopf durch die Scheibe und atmete tief durch.

Er füllte seine Lungen immer noch mit frischer Luft, als zwei Wagen mit quietschenden Reifen vor dem Gebäude hielten und die Leute, die herausstürzten, sofort das Feuer eröffneten. »Schnappt ihn euch!« brüllte Chan. »Bringt ihn um!«

5

Zwei Jahre zuvor – damals waren sie noch ein Liebespaar, keine Konkurrenten gewesen – hatte Jack bei LBTech die Logistik für die westliche Welt geleitet und Denise Donald die für Asien. Damals hatte sie ihm erklärt, daß Westler, die in Singapur arbeiteten, Entfernungen nicht in Häuserblocks, sondern in Hemden maßen. *Wie weit ist es zur Bank, Mary? Na ja, so ungefähr zwei Hemden, Fred.*

Jetzt verstand Jack, was sie damals gemeint hatte. Die Temperatur lag weit über dreißig Grad, die Luftfeuchtigkeit betrug über neunzig Prozent. Schwere Wolken hingen an dem ansonsten blauen Himmel. Die Luft war drückend; bald würde es regnen. In der Nacht zuvor war Jack die Schwüle nicht aufgefallen – nach Einbruch der Dunkelheit wurde es kühler, und sein vom Jet-lag gebeutelter Körper hatte die drückende Hitze nicht wahrgenommen. Doch wach und ausgeruht hatte Jack den Eindruck, daß der kurze Weg zur U-Bahn ziemlich schweißtreibend werden würde. Er schwitzte schon jetzt. Nicht nur wegen der Hitze, nein, auch vor Angst.

Er wandte sich nach links und begann, schneller zu gehen. *Schneller, aber nicht laufen. Sonst fällst du auf.*

Eine Chinesin, die einen Schirm zum Schutz gegen die stechende Sonne in der Hand hielt, ging an Jack vorbei und musterte ihn neugierig und ein bißchen ängstlich.

Sehe ich so schlimm aus? Wahrscheinlich schon. Meine Kleidung ist völlig verdreckt und verknittert, und ich hab mich schon weiß Gott wie lange nicht mehr rasiert ...

Er ließ die Wohnanlage hinter sich, kam an einer Fabrik auf der einen Seite und einer Baustelle auf der anderen vorbei. Die Gegend dahinter ähnelte jenen hauptsächlich von Angehörigen der Mittelschicht bewohnten Vierteln in Astoria, in denen er aufgewachsen war: alte Wohnhäuser, Baustellen, Menschen unterschiedlichster Rassen auf den Gehsteigen, dazu ein paar Autos und Lieferwagen auf den ansonsten ruhigen Straßen.

Nun, vielleicht doch nicht ganz so ruhig.

Zwei Autos kamen ziemlich schnell auf ihn zu. Sie waren viertürig, schwarz und hatten getönte Scheiben – teure BMWs der Siebener-Serie. Jack hatte nicht das Gefühl, daß sie in diese Gegend gehörten.

Ein malaiischer Bauarbeiter auf der anderen Straßenseite stemmte empört die Hände in die Hüften und schüttelte den Kopf über diese Raser. Einer der Wagen fuhr durch eine Pfütze; Wasser spritzte hoch. Zwei indische Jungen, die auf dem Gehsteig Ball spielten, hoben beunruhigt den Kopf und flüchteten auf einen nahegelegenen Rasen.

Nach Jacks Schätzung fuhren die beiden Autos in dieser Dreißiger-Zone mindestens fünfundsiebzig Stundenkilometer.

Sie brausten an ihm vorbei. Mit wackeligen Knien sah Jack ihnen nach. Der vordere BMW bremste unweit von Zaituns Haus abrupt ab, fuhr nach links und wendete mit quietschenden Reifen. Der Wagen dahinter wich auf den Rasen aus, um nicht auf den vorderen zu knallen. Sobald die beiden Autos zum Stehen gekommen waren, sprangen jeweils vier Männer heraus. Aus einer Entfernung von etwa vierzig Metern konnte Jack sie deutlich sehen – sie trugen dunkle Anzüge, weiße Hemden und bunte Krawatten und griffen alle nach etwas, was offenbar unter ihrer Jacke steckte.

Jack dachte nicht weiter nach. Dazu war keine Zeit …

Er hatte die Straße schon fast überquert, als er den ersten Schuß hörte. Er prallte vom Gehsteig ab. Sekundenbruchteile später schlug eine ganze Salve weiterer Schüsse nur wenige Zentimeter von Jack entfernt in die Schutzmauer der Hwa Development Company ein.

Jack rannte gebückt weiter, drängte sich durch eine Menge lärmender Arbeiter, die vermutlich gerade ihre nachmittägliche Teepause machten. Weitere Schüsse. Die meisten Menschen um ihn herum warfen sich flach auf den Boden oder gingen hinter Karren in Deckung. Nur noch zwei, nein drei der Arbeiter standen aufrecht. Bald wäre Jack ganz allein.

In der Ferne tönte eine wutentbrannte Stimme, die Jack nur zu gut kannte: »Schnappt ihn euch! Bringt ihn um!«

Jack konnte sich nirgends verstecken. Er stand im prallen Licht der Sonne. Alle anderen Leute lagen auf dem Boden, und die nächste Straßenecke war mindestens zehn Meter entfernt. Er hatte nur eine Chance.

»Ich ergebe mich!« Hände hoch, Handflächen nach vorne. Er ließ sich auf die Knie fallen, die Arme immer noch über dem Kopf. »Nicht schießen! Ich ergebe mich!«

Die Männer mit den Waffen stutzten. Jack hielt den Atem an. Einer der Männer stellte einem anderen eine Frage. Der schüttelte den Kopf und gab einen Schuß ab, allerdings zu hoch. Jack machte eine Rolle vorwärts, kroch auf Händen und Knien weiter, hechtete auf die Straßenecke zu, wälzte sich in einer öligen Pfütze. Jetzt war er einer von vielen, die sich auf den Boden duckten, während eine Salve von Schüssen über sie hinwegging. Dann hastete Jack um die Ecke und rannte weiter.

»Dad, ich möchte beim Leichtathletikteam mitmachen. Der Trainer sagt, ich könnte es schaffen.«

»Vergeude nicht deine Zeit. Du bist nicht talentiert genug.«

Er rannte schnell, schneller, als er je als Junge gelaufen war. Vor ihm lag eine Kreuzung. Jack bog nach rechts ab, rannte einen Häuserblock weiter und bog dann links ein. Der Schweiß lief ihm in Strömen hinunter. Sein Atem kam stoßweise, und er hatte Seitenstechen. Jack sah eine Gasse und sprintete hinein. In der Ferne hörte er das Heulen von Sirenen. Er rannte noch schneller. Er landete mit den Füßen in Pfützen, doch das hochspritzende Wasser kühlte nicht. Er stolperte über ein Holzscheit, das vor einer Tür herumlag, landete auf Händen und Knien, wäre am liebsten liegengeblieben. Doch er zwang sich, wieder aufzustehen und weiterzulaufen.

Eine zweite Gasse zweigte nach links ab. Sie war schmal und voller Mülltonnen. Kein Gehsteig, nur noch Schlamm. Hier konnte er nicht bleiben, sonst würde er Spuren hinterlassen.

Also überquerte er eine menschenleere Straße, bog um eine Ecke und um die nächste. Jetzt ging es bergauf. Eine schmale, kurvige Straße, kein Verkehr. Keuchend rannte Jack an einer hohen, stacheldrahtbewehrten Mauer mit der Aufschrift »Toa Payoh Mädchenheim« entlang.

Wieder bergab. Hinaus aus Toa Payoh. Hinter ihm die hohen Wohnhausblöcke, vor ihm noble, zweistöckige Stadthäuser auf der einen Seite und fast undurchdringliches Blattwerk auf der anderen. Fast wie ein Dschungel, dachte Jack.

Er hörte immer noch das Heulen der Sirenen, aber weiter weg, in sicherer Entfernung. Keine Schüsse mehr.

Jack rannte weiter den Berg hinunter, bis zur nächsten Kreuzung. Dort blieb er stehen. Sternchen tanzten vor seinen Augen. Der Schweiß lief ihm noch immer in Strömen hinab, seine Kleidung sah aus, als habe er geduscht, ohne sich vorher auszuziehen. Jack war einer Ohnmacht nahe.

Er schloß die Augen, drückte die Fingerspitzen dagegen. Sein Brustkorb fühlte sich an, als stecke er in einem Schraubstock. Jack versuchte, den Schmerz wegzuhusten, aber dabei wurde ihm nur übel. Er hatte einfach keine Kondition, hatte schon seit zwanzig Jahren praktisch keinen Sport mehr gemacht. *Wenn das so weitergeht*, dachte er, *lebe ich nicht mehr lange.*

Er zwang sich, die Augen zu öffnen, und schüttelte den Kopf, um klarer denken zu können. Links von ihm befanden sich Wohnhäuser, Frauen, Kinder und ältere Leute.

War er etwa im Kreis gelaufen? Er war sich nicht sicher. Er hatte zu oft die Richtung gewechselt, zu viele Haken geschlagen. Vielleicht rannte er geradewegs auf die Männer mit den Pistolen zu.

Er schaute nach rechts. Der Dschungel dort schien riesig zu sein, sich endlos auszudehnen. Da entdeckte er ein Schild mit der Aufschrift »MacRitchie Reservoir Park«. Perfekt. Ein Park. Schnell über die Kreuzung, und er wäre drin. Dann noch ein paar Minuten laufen, und sie würden ihn nie finden. In einem Park konnte er sich verstecken, wieder zu Atem kommen und vor allen Dingen darüber nachdenken, was zum Teufel da eigentlich mit ihm geschah.

Er zwang sich weiterzulaufen. *Einen Fuß vor den anderen, Jack, du schaffst das.*

Der Schmerz ließ nicht nach. Hitze und Luftfeuchtigkeit waren genauso tödlich wie die Männer, die versucht hatten, ihn zu erschießen. Er hatte fast keine Kraft mehr. Eigentlich stolperte er nur noch auf dem weichen Gras dahin.

Naß. Sein Haar war naß, sein Gesicht, sein Hemd – Regen, kühlender Regen, welch ein Segen!

6

Die Lady Jane umrundete die Südküste der Pulu-Ubin-Insel. In seiner Kabine lauschte Poh Kay Siong der erschütternden Rhapsodie Peng Xiu-wens über die Terrakotta-Armee von Xian. Die Musik ferner Träume – die ganze Traurigkeit der Geschichte, ausgedrückt in einer Sinfonie – beruhigte Poh, vertrieb die unziemliche Erregung über das, was man ihm soeben berichtet hatte.

Wieder ein Fehler. Ein unschuldiger Straßenverkäufer war von denen niedergeschossen worden, die den immer lästiger werdenden Mr. Taft beseitigen sollten. Die Singapurer Regierung würde dafür ein Kopfgeld aussetzen. Höchst bedauerlich.

Aber notwendig.

Rache gehört zum normalen Lauf der Dinge. Das Leben wird gegeben und das Leben wird genommen. Käufer und Verkäufer, Schuldner und Gläubiger waren nur die beiden Seiten einer Medaille. Ehrenschulden zu begleichen ist nichts Unehrenhaftes, denn die Einlösung solcher Verpflichtungen ist die einzige Gerechtigkeit, die eine ungerechte Welt noch kennt. Das hatte Poh schon vor vielen Jahren gelernt.

In jenen Tagen der Gewalt und süßen Anarchie, als Lee Kuan Yew in Singapur an die Macht kam, brachte Poh die Opfer, die nötig waren, um zu überleben. Der neue Premierminister war schon auf dem Spielplatz sein Rivale gewesen, etwa gleich alt und gleich begabt, aber mit anderen Zielen. Die meisten anderen in Pohs Metier taten Lees Schwüre, er würde wieder Ordnung in den Stadtstaat bringen, mit einem Lächeln ab. Doch Poh nahm seinen alten Rivalen ernst und hatte die Hochachtung vor ihm, die einem würdigen Gegner gebührte.

Andere Anführer gingen auf die Barrikaden und verbündeten sich mit Aufständischen wie Feng Chuang Pi. Die People's Action Party von Lee zu unterstützen bedeutete, sich in Todesgefahr zu begeben. Die Tongs, die Triaden und die Chiu-chow-Bruderschaft – sie alle hatten sich geschworen, den Sieg davonzutragen.

Poh Kay Siong, der vorübergehend in die Unterwelt abtauchte, schwor sich etwas anderes: daß er das Chaos überdauern würde.

Als dann die letzte Bombe in die Luft gegangen, der letzte

Aufständische bewußtlos geprügelt und der letzte Killer dem Kampf gegen Lee zum Opfer gefallen war, lächelte Poh Kay Siong über den Untergang seiner früheren Kollegen – an ihren Gräbern.

Natürlich hatte dieses Überleben seinen Preis gehabt. Nicht die Bestechungsgelder – Lee Kuan Yew bestrafte bestechliche Beamte zu hart –, sondern eher die Beschaffung gewisser Dokumente, die teuer gewesen waren. Hier ein Foto, dort ein Brief oder die Abschrift eines Kontoauszugs. Ein verblichener Mitgliedsausweis der Kommunistischen Partei aus den vierziger Jahren hatte Poh zehntausend Dollar gekostet, ihm jedoch das Hundertfache an Ärger erspart. Die Zeugenaussage eines Transvestiten von der Bugis Street hatte Pohs wichtigste Mitarbeiter vor dem Gefängnis bewahrt. Das lose Mundwerk einer Ehefrau hatte einen beschämten Anwalt davon überzeugt, einige wichtige Dokumente aus dem Beweismaterial zu entfernen, das dazu dienen sollte, Poh zu belasten.

Daß der Mensch schwach ist, ist kein Geheimnis. Und es ist auch nichts Neues, daß er versucht, seine Schwächen zu verbergen. Aber mittlerweile waren viele Jahre vergangen. Ein Beamter der Staatsanwaltschaft ist ein nützlicher Sklave. Ein tatteriger Pensionär unter einer Palme ist es nicht mehr.

Anfangs war Chan Gin Pohs einziger Feind gewesen. Doch ein angeleinter Hund mag zwar knurren und die Zähne fletschen, aber er kann nicht beißen.

Im Lauf der Zeit lockern sich die Leinen. Und andere Hunde finden sich in Rudeln zusammen.

Was konnte man tun? Ganz einfach – je mehr Verbündete man hatte, desto besser. Was einer allein nicht schafft, können viele zusammen erreichen. Also wob Poh ein Netz aus Bündnissen mit ähnlich orientierten Gruppen im Ausland. Natürlich bestand dieses Netz aus feinen Fäden. Wenn die Singapurer Chiu-chow-Bruderschaft überdauern sollte, waren stärkere Fäden nötig.

Da bot eine amerikanische Geschäftsfrau ihm plötzlich so etwas wie Stahlseile an. Miss Donalds Pläne versprachen nicht nur lukrative Resultate, sondern auch die Unterstützung der mächtigen Bandenführer Ostasiens.

Wenn dieses Geschäft abgeschlossen wäre, würde niemand mehr Pohs Position anfechten können. Und noch wichtiger: Die Bruderschaft und alles, wofür sie stand, könnte nicht mehr untergehen. Niemand, am allerwenigsten Chan Gin, könnte ihr gefährlich werden, denn wenn alles klappte, würde die Bruderschaft dann von Mächtigeren als der Polizei, ja Mächtigeren als der Singapurer Regierung, beschützt.

Und Poh Kay Siong wäre unsterblich.

Vorausgesetzt, es gelang, diesen Mr. Taft unschädlich zu machen.

Und vorausgesetzt, es gelang, Chan an die Kandare zu nehmen.

Von seinem Schreibtisch aus, der früher keinem Geringeren als Sir Stamford Raffles gehört hatte, sagte Poh über die Schulter gewandt: »Hol Mr. Teng und Mr. Lin.«

Ein uniformierter Bediensteter antwortete: »Ja, Sir.«

Chan hatte seinen Auftrag dummerweise mißverstanden. Wenn er weiterhin von der falschen Theorie ausging, würde Poh seinen Starrsinn vor den eigenen Karren spannen können. Mit ein bißchen Glück würde der Polizeichef nicht nur das Ärgernis aus der Welt schaffen, das Mr. Taft inzwischen darstellte, sondern auch sich selbst: *Laß jeden Mann die Waffe sein, die den anderen vernichtet.*

Poh betrachtete das Muster der fallenden Regentropfen auf dem Meer. Vielleicht waren sie so etwas wie ein Omen. Jeder dieser Tropfen konnte für einen Menschen stehen, und der Kreis, den er an der Wasseroberfläche bildete, für den Kreis seiner Bekannten. Diese Bekanntenkreise überschnitten sich, wurden größer, verbanden sich, und unversehens entstand ein Netz, das das weite, weite Meer von der einen

Küste zur anderen überspannte. Alles ist miteinander verknüpft oder berührt andere Dinge, die mit dem ersehnten Ziel zu tun haben.

Sam Lin, der hinter Poh getreten war, sagte mit heiserer Raucherstimme: »Wir sind da, Boß.«

Poh drehte sich nicht um. Nachdenklich, wie zu sich selbst, sagte er: »Unsere Spielkunden – wie viele haben wir? Ich frage mich, was sie tun würden, um ihre Schulden erlassen zu bekommen. Und ich frage mich außerdem, wie eifrig sie wohl für uns arbeiten würden, wenn man demjenigen, den die Götter mit einer gewissen glücklichen Gabe gesegnet haben, einen ansehnlichen Kredit an unseren Spieltischen einräumte.«

»Mit was für einer Gabe, Boß?«

Poh drehte sich lächelnd um. »Mit der Gabe nützlicher Informationen. Die Gabe, die es mir erlaubt, zwei Feinde miteinander zu konfrontieren. Laßt folgendes verbreiten: Poh Kay Siong ist milde gestimmt, und derjenige, der ihm diese Gabe bringt, wird es nicht bereuen.«

Kapitel 2
New York

1

Tito war ein großer, kräftiger Kater, schwarz bis auf je einen weißen Fleck am Hals und an den Pfoten. Er hatte ein kurzes Fell, aber dafür endlos lange Schnurrhaare. Gabrielle war ganz vernarrt in ihn.

Vor ein paar Wochen hatte vor ihrer Wohnung eine Katzenkiste gestanden, an deren Haltegriff ein Zettel befestigt war. Der Zettel stammte von einer Freundin, die im nördlichen Teil der Stadt lebte. Sie habe, hieß es darin, New York überstürzt verlassen müssen (keine nähere Erklärung), sie wäre eine Weile weg (keine Information darüber, wie lange), und Gabrielle möge doch bitte für sie auf Tito aufpassen (kein Dankeschön).

Beinahe hätte Gabrielle auf der Stelle den Tierschutzverein angerufen. Aber dann war Tito aus der Kiste gesprungen und hatte ihr Herz im Sturm erobert.

Jetzt streichelte sie ihn hinter den Ohren. »Na, wirst du mich vermissen, wenn ich an der Westküste bin, mein Lieber?« Der Kater nickte, den Eindruck hatte Gabrielle jedenfalls. Es war fast ein bißchen unheimlich – das Tier schien jedes Wort zu verstehen. »Also tschüs dann. Sei brav.«

Gabrielle schlüpfte in eine Walking-Man-Jacke, trat ans Fenster und sah hinunter auf die Kreuzung von Broadway und Seventieth Street. Es sah nach Regen aus. Die meisten Leute trugen Mäntel. Gabrielle zog fürs Büro meist eine Hose, eine Bluse und einen Blazer an. Heute jedoch mußte sie nach der Arbeit noch den Abendflug von United nach San Francisco erwischen, dort einen Wagen mieten und auf die andere Seite der Bay fahren, damit sie am folgenden Morgen mit den Interviews in den Docks von Oakland beginnen konnte. Eine solche Reise erforderte bequeme Kleidung: einen weit geschnittenen Gabardinerock, einen lockeren grauen Strickpullover, bequeme Halbschuhe und eine Jacke. Und angesichts des Wetters nahm sie noch ihren Burberry-Trenchcoat und einen Knirps mit.

Nachdem sie sich mit einer Kußhand von Tito verabschiedet hatte, nahm Gabrielle ihre Handtasche, die Aktentasche und den Koffer und verließ die Wohnung.

Als Gabrielle ein eigenes Büro bekam, hatte sie sich geschworen, daß es nie zu einem Schweinestall verkommen würde wie bei den meisten der Kollegen in ihrer Branche. Sie würde hübsche Kunstdrucke an die Wände hängen, die eine oder andere blühende Pflanze aufs Fensterbrett stellen, ihren Schreibtisch ordentlich aufräumen und keine Papiere und Bücher auf dem Fußboden stapeln.

Tja, das war eine Illusion gewesen.

Sie war genauso schlimm wie ihre Kollegen. Die Schreibtischoberfläche verschwand unter Notizen, alten Druckfahnen, vergilbten Zeitungsausschnitten und Artikeln. Und auf dem Boden sah es noch schlimmer aus. Von der Tür führte ein schmaler Weg zwischen Dokumentenstapeln und verstaubten Aktenordnern zu ihrem Stuhl. Vom Teppich war nur noch wenig zu sehen. Da er wahrscheinlich in der Amtszeit von Reagan das letzte Mal gesaugt worden war, wußte sie auch nicht mehr so recht, wie die ursprüngliche Farbe ausgesehen hatte.

Gabrielle ließ Aktentasche und Handtasche auf einen wackeligen Stapel von Unternehmensberichten fallen und machte sich auf den Weg in die kleine Küche. Sie fluchte. Alle vier Kaffeemaschinen waren leer. Keiner der Männer hatte sich berufen gefühlt, frischen Kaffee zu kochen.

Also blieb diese Aufgabe an ihr hängen. Erst als sie den ersten Schluck extrastarken Kaffee zu sich genommen hatte, wurde sie richtig wach.

Wie jeden Morgen schenkte Gabrielle der blinkenden e-mail-Anzeige in ihrem Computer und dem ebenfalls blinkenden Anrufbeantworter keine Beachtung. Statt dessen schlug sie, die Kaffeetasse in der einen Hand, das Wall Street Journal und die New York Times auf. Wie üblich begann sie mit der Times, übersprang allerdings die Titelseite. Für sie war nun mal der Wirtschaftsteil am wichtigsten. Doch auch dort fand sie heute nichts sonderlich Interessantes.

Wichtig für sie war letztlich nur, daß niemand ihr die Story vor der Nase weggeschnappt hatte. Denn das passierte immer wieder: Man recherchierte wochenlang, machte den Vorgesetzten das Thema schmackhaft, bis man alle davon überzeugt hatte, daß es das Zeug zu einer Titelstory hatte – und plötzlich sah man, daß ein anderer die gleiche Idee gehabt hatte.

Und dann saß man in der Patsche. Denn eine zweiwöchentlich erscheinende Zeitschrift kann unmöglich ein Thema auf den Titel bringen, das die Times oder das Journal gerade behandelt hat. Denn nichts ist so tot wie eine Story von gestern.

Gabrielle warf den Wirtschaftsteil der Times in die ungefähre Richtung des Papierkorbs und überflog dann die Titelseite. Keine besonderen Neuigkeiten. Nein, so ganz stimmte das nicht. Ihr Blick fiel auf einen Artikel ganz unten links: »Amerikanischer Geschäftsmann in Singapur gesucht.«

Interessant, dachte sie. Da würde Jack ja bei seiner Rückkehr was zu erzählen haben. Gabrielle begann zu lesen. Sie blinzelte verwirrt. Die Story ergab keinen Sinn. Irgend etwas stimmte nicht. Sie nahm einen Schluck Kaffee und las den Artikel noch einmal von Anfang an.

Sie traute ihren Augen nicht.

2

Die Analysten-Konferenz, die gerade im großen Ballsaal des Waldorf-Astoria stattfand, gehörte zu den wichtigsten des Jahres. Die Wachleute ließen Gabrielle nicht hinein.

Irgendwann gelang es ihr, einen Zuspätkommenden zu überreden, daß er Olivia Thatcher für sie suchte. Schon wenige Minuten später kam Olivia zur Tür, bekleidet mit einem schlichten, aber sehr teuren grünen Kleid und bis auf ihren goldenen Ehering und eine einreihige Perlenkette ohne Schmuck, und überzeugte den Mann vom Sicherheitsdienst davon, daß er Gabrielle einlassen müßte. Dann hakte sie sich bei ihrer Freundin unter und marschierte zusammen mit ihr majestätisch in den Ballsaal zurück.

Hinter dem Vorhang und dem Podium kaute Olivias Mann Scott Claymore Thatcher III auf einer nicht angezündeten Zigarre herum und starrte dabei wütend auf ein Rauchverbotsschild.

Er begrüßte Gabrielle mit einem Brummen: »Eine gute Zigarre ist ein Vergnügen und ein Trost. Aber dieser Trost ist mir leider verwehrt. Dafür kann ich nur deine puritanische Generation verantwortlich machen.«

Olivia legte ihm die Hand auf die Stirn, als wolle sie fühlen, ob er Fieber habe. »Nimm das, was er sagt, nicht so ernst. Er hat Lampenfieber.«

Thatcher wischte ihre Hand weg. »Natürlich habe ich Lampenfieber. Schließlich muß ich gleich in die Höhle des Löwen. Unsere Aktienrendite liegt dieses Quartal vier Cents unter den Prognosen – das waren natürlich die Prognosen der Analysten, nicht meine. Trotzdem werden sie mich verantwortlich machen und den Löwen zum Fraß vorwerfen. Ich kann dir sagen, Gabrielle ...«

»Sch«, zischte Olivia. »Ich glaube, das war dein Stichwort.«

Auf der anderen Seite des Vorhangs sagte gerade der Vizepräsident von Lee, Bach & Wachutt: »Unser nächster Sprecher ist der gefeierte Vorstandsvorsitzende von PegaSys. Vor ein paar Monaten habe ich ihn gefragt, ob er mich zur Wolfsjagd in Kanada begleiten möchte. Er hat nein gesagt. Heute wäre er sicher froh, die Gelegenheit ergriffen zu haben, denn die hier anwesenden Wölfe werden wahrscheinlich sein Blut sehen wollen. Meine Damen und Herren: Scott Thatcher.«

Die Anwesenden lachten. Thatcher straffte die Schultern, strich sich mit den Fingern durch die schlohweiße Mähne und trat aufs Podium. Olivia sah durch einen Spalt im Vorhang hinaus. Gabrielle gesellte sich widerwillig zu ihr.

»Die Einladung zur Wolfsjagd mußte ich leider ausschlagen. Ich bin der festen Überzeugung, daß ein Gentleman niemals auf etwas schießen sollte, was er später nicht auch essen möchte.« Thatcher grinste. »Das gilt natürlich nicht für Anwälte.«

Nachdem das allgemeine Gelächter verebbt war, hob er den Blick zur Decke, als suche er dort nach der göttlichen Eingebung, und fuhr dann fort: »Ich habe mir schon oft überlegt, daß die Menschheit als Ganzes gebessert werden könnte, wenn die Kastration die Voraussetzung für den Abschluß des Jurastudiums wäre. Denn so könnte man aus dem genetischen Pool der Menschheit mindestens fünf der sieben Todsünden eliminieren ...«

Gabrielle legte die Hand auf Olivias Arm. »Livy, ich störe nur ungern, aber könnten wir vielleicht woanders hingehen und uns ungestört unterhalten? Es ist wichtig.«

Olivia nickte. »Natürlich. Jetzt hat er sie im Griff. Hätte mich auch gewundert, wenn er das nicht geschafft hätte.«

Die beiden Frauen bahnten sich einen Weg durch eine Gruppe nervöser Manager, die alle auf ihren fünfzehnminütigen Auftritt warteten, und gingen durch eine Tür in einen kleinen Konferenzraum. Gabrielle zog einen Stuhl für Olivia heraus und setzte sich dann neben sie.

»Livy, hast du heute schon die Zeitung gelesen? Nein? Schau dir mal das hier an.« Gabrielle holte einen Zeitungsausschnitt aus ihrer Tasche und legte ihn auf den Tisch.

Olivia las ihn und bekam große Augen. »Das kann doch nicht sein! Nicht dein Jack Taft! Du lieber Himmel, das ist sicher jemand anders!«

»Es gibt nur einen Taft bei LBTech, Livy.«

»Das ist doch absurd!« sagte Olivia mit stahlharter Stimme. »Dein junger Freund ist genauso ehrlich wie mein Scott. Hoffentlich erwartest du von mir, daß ich etwas in der Sache unternehme, denn das habe ich vor!«

»Deswegen bin ich hier, Livy.«

Olivia lächelte grimmig. »Gut, die Sache werden wir bald geklärt haben. Ich denke, ich werde mich als erstes ans Außenministerium wenden. Einer der Staatssekretäre war vor sehr langer Zeit mal mein Kavalier oder hat sich das zumindest eingebildet ...«

»Livy, hinter der Sache steckt noch mehr ...«

»Wie bitte?«

Gabrielle schluckte. »Wir müssen zuerst etwas herausfinden. Das heißt, ich muß es herausfinden. Die Aktentasche ... sie war ein Geschenk, Livy, ein Geschenk von mir. Ich habe sie ihm unmittelbar vor seiner Abreise gegeben, und die einzige Möglichkeit ...«

»Sag mir, was los ist, meine Liebe. Alles. Ich habe gute Gründe, mir Gedanken über Jack und LBTech zu machen. Das, was du mir zu sagen hast, könnte wichtiger sein, als du denkst.«

Während Gabrielle ihr stotternd die Geschichte erzählte, schob Olivia den Ausschnitt aus der New York Times auf dem Tisch herum. Dann zerknüllte sie ihn wütend und warf ihn in Richtung eines Papierkorbs.

3

Amerikanischer Geschäftsmann in Singapur gesucht

SINGAPUR, 22. Okt. – Nach einer Schießerei im prestigeträchtigen Raffles Hotel, bei der ein Polizist ums Leben kam, fahnden die Singapurer Behörden nach einem amerikanischen Geschäftsmann. Nach Aussagen des Polizeisprechers Tan Chua wird der New Yorker Manager John Gregory Taft im Zusammenhang mit dem Fall gesucht. In einer Pressekonferenz, die heute im Singapurer Polizeihauptquartier stattfand, erklärte Tan, daß Taft (42), Vizedirektor der Logistik bei der in New York ansässigen Elektronikhandelsgesellschaft LBTech, Inc., im Verdacht stehe, Morphium ins Land geschmuggelt zu haben.

Taft, der gestern abend nach einem Flug über San Francisco in Singapur ankam, hat sich angeblich der Festnahme durch die Polizei in seinem Hotelzimmer widersetzt. Während der tätlichen Auseinandersetzung gab ein bis jetzt unbekannter Schütze mehrere Schüsse ab, von denen einer Constable S. Liu tötete. Die restlichen Beamten wurden aufgehalten, während Taft aus dem Hotel floh.

Die Leitung des Raffles Hotel berichtet, daß während der Schießerei keine Gäste verletzt worden seien. Die im Hotel verursachten Sachschäden belaufen sich auf 250000 Dollar.

Nach seiner Flucht entführte Taft ein Taxi. Die Einzelheiten sind bislang unklar. Der Fahrer des Wagens, der 32jährige Mohammed Abdul Kadir Othman, befindet sich zur Stunde noch im Singapurer Tan-Tock-Seng-Krankenhaus.

Die Polizei hat eine landesweite Fahndung nach dem flüchtigen Amerikaner eingeleitet; Zoll und Grenzschutz sind davon unterrichtet, daß er vermutlich bewaffnet ist und gefährlich werden könnte. Die Singapurer Taxifahrervereinigung hat eine Belohnung von 5000 Singapur-Dollar für Informationen ausgesetzt, die zur Ergreifung des Flüchtigen führen.

Offiziellen Berichten zufolge waren im Futter von Tafts Akten-

tasche 0,2 kg Morphium eingenäht. Der Besitz von mehr als 30 g Morphium ist nach Singapurer Gesetzen ein Kapitalverbrechen, das mit Tod durch Erhängen bestraft wird.
Bisher haben Vertreter von Tafts Arbeitgeber LBTech noch keinen Kommentar abgegeben. Die US-Behörden haben ihre Unterstützung bei den Ermittlungen angeboten.

4

Anfangs hatte Gabrielle völlig benommen in ihrem Büro gesessen und sich das, was in dem Artikel stand, immer wieder durch den Kopf gehen lassen. Sie hatte sich gefragt, ob sie möglicherweise eine Aktentasche gekauft hatte, in deren Futter Schmuggelware eingenäht war.

Doch das war unmöglich.

Am Wochenende zuvor hatte sie sich Zeit genommen, in fünf Geschäften nach der richtigen Tasche für Jack zu suchen, und über ein Dutzend Aktentaschen verworfen. Bevor sie sie dann schließlich mit ihrer Mastercard bezahlte, hatte sie sich die Tasche genau angesehen. Die, für die sie sich entschieden hatte, war perfekt gewesen, ohne auch nur die geringsten Fehler oder Kratzer, und sie hatte keinerlei Hinweise darauf entdeckt, daß irgend jemand sich am Futter zu schaffen gemacht hätte. Die Tasche war auch noch im Originalzustand gewesen, nachdem sie Jacks Initialen auf den Verschluß hatte gravieren lassen. Und ebenso, als sie sie in der Einkaufstüte unter ihren Schreibtisch gestellt hatte.

Es gab nur einen Zeitraum, in dem irgend jemand etwas hätte manipulieren können: den Freitagnachmittag, nach dem Mittagessen mit Jack. Und es gab nur einen Ort: LBTech. Jack war am Freitag auf direktem Weg zurück ins Büro gegangen. Und um halb sieben hatte er LBTech wieder verlassen und sich, die Aktentasche in der Hand, mit ihr vor dem Gebäude getroffen. Von diesem Zeitpunkt an bis zu seiner Abfahrt zum Flughafen hatte er jede Minute, wirklich jede Minute, in ihrer Gesellschaft verbracht.

Nur am Freitagnachmittag konnte jemand die Aktentasche manipuliert haben. Und dieser Jemand war ein Mitarbeiter von LBTech.

Olivia Thatcher klopfte mit dem Fingernagel auf die Schreibtischfläche, eine Geste der Verärgerung. Manchmal erinnerte Gabrielle sie daran, wie sie selbst in jüngeren Jahren gewesen war. Allerdings war sie im Alter von achtzehn schon klüger gewesen als Gabrielle mit über Dreißig. Schade eigentlich.

Und so typisch für ihre Generation. Die jungen Leute wollten Perfektion, nichts weniger. Gib mir den perfekten Körper, sagten sie, das perfekte Kleid, die perfekte Gelassenheit, den perfekten Partner.

Pah!

Nach Meinung ihres Mannes Scott war Perfektion der Feind des Guten. Sie hatte sich seine Worte zu Herzen genommen. Wenn sie es nicht getan hätte, dann hätte ihre Ehe bestimmt nicht so lange und so gut gehalten.

Sie hoffte, daß Gabrielle ihren jungen Freund heiraten und die Ehe ebenso lange halten würde. Nun, Jack hatte natürlich seine Macken – zum Beispiel hatte er nicht genug Mumm. Aber sie war sich sicher, daß eine ganze Menge in ihm steckte. Genau wie Scott Claymore Thatcher III brauchte er nur eine starke Frau, um seinen Charakter vollends auszuformen.

Aber das war im Augenblick nebensächlich. Der arme Jack steckte in Schwierigkeiten, und Olivia wurde den Verdacht nicht los, daß LBTech etwas mit diesen Schwierigkeiten zu tun hatte. Wenn man Gabrielle glauben durfte, hatte nur jemand im Gebäude von LBTech ihrem Kavalier etwas in die Aktentasche schmuggeln können.

Aber wer? Und warum? Und, was vielleicht noch interessanter war, hatte das Ganze etwas mit Joel Greenbergs Plänen zu tun, das Unternehmen zu verkaufen? Möglich, aber unwahrscheinlich. Dafür besaßen die meisten Manager einfach nicht genug Einfallsreichtum.

Aber offenbar führte jemand bei LBTech nichts Gutes im Schilde. Herauszufinden, wer und warum, konnte sich als nützlicher erweisen, als Gabrielle vielleicht dachte.

Wenn ein Übernahmeangebot erst auf dem Tisch lag, gab es nur noch wenige Möglichkeiten, es abzulehnen. Joels Plan würde nur dann schiefgehen, wenn der potentielle Käufer sein Angebot zurückzog. Was durchaus denkbar war, wenn sich herausstellte, daß es Unregelmäßigkeiten innerhalb des Unternehmens gab.

Man muß sie abschrecken, dachte Olivia. *Genau. Niemand will ein Unternehmen, dessen Management sich nachgewiesenermaßen irgendwelcher Unregelmäßigkeiten schuldig gemacht hat. Falls Joel oder einer seiner Leute sich die Finger mit Drogengeschäften schmutzig gemacht hat und dem armen Jack das Ganze anhängen will, muß etwas wirklich Schlimmes im Gange sein. Man muß nur herausfinden, was – und schon macht sich der potentielle Käufer aus dem Staub.*

Olivia lächelte zufrieden. *Jack retten und Joel aufhalten – wunderbar, das wären zwei Fliegen mit einer Klappe.*

Aber zuerst mußte sie Gabrielle beruhigen.

»... ach, Livy, er ist wirklich ein kluger Kopf, auch wenn er das nicht zeigt. Er läßt sich immer so viel gefallen; er hat nie verkraftet, was sein Vater ihm angetan hat. Weißt du was? Als Jack mich seinen Eltern vorstellte, hat sein Vater gesagt: ›Gabrielle ist viel zu hübsch für jemanden wie dich.‹ Jack kann kaum darüber reden, aber jedesmal, wenn er mit einem Problem zu seinem Vater gegangen ist, hat der ihn runtergeputzt. Was Jacks Mutter betrifft, so gab es Komplikationen bei Jacks Geburt, und deshalb konnte sie keine weiteren Kinder bekommen. Also hat sie dafür gesorgt, daß er an ihrem Rockzipfel gehangen hat. Jack hat einfach kein Selbstbewußtsein, Livy. Er ist kein Held, er hat ja nicht mal die Kraft zum Überleben. Livy, sie werden ihn umbringen, ich weiß es. Sie werden ihn umbringen, und er wird sich nicht mal wehren.«

Sie holte Luft. Olivia ergriff die Gelegenheit, selbst etwas zu sagen: »Eine Mutterglucke und ein emotional kalter Vater. Ein Wunder, daß Jack sich noch so gut entwickelt hat. Eigentlich müßte er ein Neurosenbündel sein.«

Gabrielle schniefte.

»Bist du sicher, daß niemand sich an der Aktentasche zu schaffen gemacht hat, bevor du sie gekauft hast?«

»Ja.«

»Du bist dir auch sicher, daß niemand die Aktentasche am Flughafen vertauscht oder Jack gebeten hat, er solle ihm doch helfen, ein Geschenk durch den Zoll zu schmuggeln?«

»Das kann ich mir nicht vorstellen. In der Zeitung steht, daß die Drogen im Futter der Tasche eingenäht waren. Außerdem würde Jack so etwas nie machen.«

»Tja, dann hast du vermutlich recht: Die Sache ist im Gebäude von LBTech passiert. Eigentlich gar nicht so schlecht, das reduziert den Kreis der Verdächtigen. In der New Yorker Hauptstelle arbeiten sicher höchstens vierzig oder fünfzig Leute.«

»Olivia, da ist noch was. Jack hat mir vor ein paar Wochen etwas über LBTech verraten. Das heißt, es geht möglicherweise um LBTech. Deswegen bin ich auch heute morgen zu dir gekommen. Livy, sag mir: Was passiert da eigentlich bei LBTech?«

Olivia, die vorsichtig geworden war, schürzte die Lippen. Es gab kaum ein sensibleres Thema als ein Übernahmeangebot. Wenn davon etwas an die Öffentlichkeit drang, konnten die Aktienpreise außer Kontrolle geraten. Und wenn die Übernahme dann nicht stattfand, konnte es zu allen möglichen Rechtsstreitigkeiten kommen. Bis die Sache abgeschlossen war, mußte sie mit größter Diskretion behandelt werden. »Wieso fragst du das, meine Liebe?«

»Er hat mir einen Tip für eine Story gegeben.«

»Ach?«

»Er hat gesagt, ich soll mich mal näher mit dem Thema Exportmauscheleien befassen.«

Olivia atmete erleichtert auf. *Also ist die Katze noch nicht aus dem Sack,* dachte sie. »Bei LBTech?«

»Darüber hat er sich nicht ausgelassen. Er hat nur gesagt, daß das einen guten Artikel geben würde.«

»Was für eine Art von Mauscheleien, meine Liebe? Das ist ein weites Feld.« *Allerdings reichte eine davon, um Joels Plan zu durchkreuzen.*

»Er hat mir keine Einzelheiten verraten. Das tut er nie.«

Natürlich nicht. Der gute Jack ist zu diskret, um einer Journalistin gegenüber etwas auszuplaudern, auch nicht dann, wenn er sie liebt. »Du meinst also, er hat Unregelmäßigkeiten bei LBTech festgestellt?«

»Da bin ich mir ziemlich sicher. Und deswegen hat ihm wahrscheinlich auch jemand die Drogen untergeschoben. Dieser Jemand weiß, daß Jack ihm auf der Spur ist, und deshalb will er ihn loswerden.«

»Diesen Gedanken sollten wir in der Tat weiterverfolgen. Ich weiß auch schon, wo wir anfangen müssen.«

»Wo?«

»Natürlich bei LBTech, meine Liebe, in den Akten von LBTech.«

»Aber die werden mich ihre Akten nicht einsehen lassen, Livy. Schließlich bin ich Reporterin.«

»Und ich bin einer der Direktoren von LBTech. Da habe ich doch das Recht, mir die Aufzeichnungen der Logistikabteilung genauer anzusehen, oder?«

5

Sobald Gabrielle wieder im Büro war, tat sie genau das, was Livy ihr geraten hatte: Sie begann, Nachforschungen anzustellen.

Schritt eins: Die Leute vom Archiv anweisen, alle verfügbaren Computerdatenbanken durchzugehen.

Schritt zwei: Die eigenen Quellen anzapfen.

Schritt drei: Alle anderen anrufen. Sie würde bei den Konkurrenten von LBTech anfangen, weil rivalisierende Manager nichts lieber tun, als sich gegenseitig schlechtzumachen – natürlich nur inoffiziell. Danach würde sie sich an die Lobbyisten von LBTech wenden. Niemand verkauft seinen Kunden lieber als ein Lobbyist – besonders wenn er sich dadurch eine so einflußreiche Zeitschrift wie EPS verpflichtet. Und dann würde sie die Typen von der Wall Street anrufen. Interviews mit denen waren kniffliger, weil man sie davon überzeugen mußte, daß man sie für die einflußreichsten und gescheitesten Menschen der Welt hielt. Und dann würden sie sich sofort daranmachen, das zu beweisen. Schließlich würde sie noch versuchen, ihren Journalistenkollegen etwas zu entlocken. Natürlich waren sie Konkurrenten, aber manchmal halfen sie einem, und ein andermal half man ihnen.

Schritt vier: Hinunter zum Archiv und nachsehen, was die Leute dort herausgefunden hatten, sich die interessantesten Namen und Telefonnummern notieren, wieder ins Büro und sich dann erneut ans Telefon hängen.

Kein Unternehmen, am allerwenigsten eine Aktiengesellschaft, kann die Wahrheit vor einer guten Journalistin verbergen. Jedenfalls nicht, wenn diese Journalistin weiß, wonach sie sucht, und die nötige Zeit hat, es zu finden.

Aber Gabrielle wußte nicht, wonach sie suchte, und sie hatte auch nicht viel Zeit.

Mittag. Sie hatte keinen Appetit. Gabrielle stand auf, streckte sich und ging zum Fenster. Mittlerweile hingen die Wolken tiefer. Im Süden, jenseits der Thirty-Fourth Street, peitschte der Regen schon gegen die Scheiben.

Die Straßengeräusche drangen gedämpft herauf; eigentlich hörte sie nur das Trommeln des Regens und das Fauchen des Windes. Sie konnte dieses Wetter nicht ausstehen.

Gabrielle wandte sich angenehmeren Gedanken zu – zum Beispiel der Erinnerung an einen sonnigen Septembernachmittag, an ein spätes Mittagessen mit Taft im Boat House im Central Park, das sie bereits während des Salatgangs abgebrochen hatten, ein Taxi, das ihnen beiden viel zu langsam gefahren war, daran, wie sie so schnell wie noch nie im Bett gewesen war, das Bettzeug am unteren Ende der Matratze zusammengeknüllt, und dann das erste Mal mit Jack …

Hinterher hatte Jack sie flüsternd gefragt. »Du hast den Orgasmus nur vorgetäuscht, stimmt's?«

Wie typisch für ihn. Sie mußte lächeln.

Manchmal hatte sie ihn im Verdacht, daß er eines jener langweiligen New-Age-Sexhandbücher von einer feministischen Psychologin verinnerlicht hatte, in dem es hieß, daß Männer nur geben, keinesfalls jedoch nehmen dürften. Jack bemühte sich so sehr, sie zu befriedigen, aber sie hatte nie das Gefühl, daß er sich all das nahm, was sie zu geben hatte.

Deshalb strengte sie sich jedesmal mehr an.

Jack brauchte sie. Das wußte sie, schon seit einer ganzen Weile. Und es gefiel ihr gar nicht so schlecht, gebraucht zu werden. Sie hatte dadurch das Gefühl …

Vielleicht liebte sie den Kerl doch.

6

Genau wie Gabrielle betrachtete auch Denise Donald den Regen von ihrem Bürofenster aus. Sie wirkte gefaßt, ihre Augen glänzten, ihr Teint war perfekt – ihr Gesicht strahlte die Freundlichkeit aus, zu der sie sich stets zwang.

Aber innerlich kochte sie.

Taft lief immer noch frei herum. Poh Kay Siong hatte ihn entwischen lassen. Der dumme kleine Chinese hätte seinen Männern befehlen sollen, Jack am Flughafen abzufangen und ihn gleich dort aus dem Weg zu schaffen. Aber nein, sie hatten ihn zuerst ins Hotel fahren lassen, und Jack war tatsächlich entkommen. Und jetzt war auch noch die Polizei in die Sache verwickelt. Wenn die ihn erwischte und Jack zu plaudern anfing, würde die Hölle losbrechen.

Denise stieß einen leisen, aber deftigen Fluch aus.

Sie fragte sich, ob sie die Angelegenheit anders hätte angehen sollen. Ein Fingerschnippen, und er wäre zu ihr zurückgekrochen. Dieses rothaarige Reporterflittchen hätte nicht die geringste Chance gehabt, wenn Denise Jack wieder zu sich ins Bett gelockt hätte. Was fand er überhaupt an dieser Frau? Als sie die beiden das erste Mal zusammen gesehen hatte, hatte sie ihren Augen kaum getraut. Diese Haare! Diese Kleidung! Unglaublich!

Würde Jack diesem Flittchen den Laufpaß geben, wenn Denise das wollte? Sofort!

Aber es ging nicht darum, den Meister der Missionarsstellung wieder zu verführen. Jack war einfach zu neugierig – und zu clever. Er würde irgendwann merken, was sie im Schilde führte. Tja, und dann würde nicht einmal mehr Denise ihn daran hindern können, alles auszuplaudern.

Außerdem hatte dieser Schlappschwanz ihr den Job vor der Nase weggeschnappt. *Sie* hätte Vizedirektorin der Logistik werden sollen, nicht er! Das allein war Grund genug, daß jemand ihn aus dem Weg schaffte.

Zum Beispiel Poh und seine Leute. Und diesmal durfte sich der kleine Chinese keinen Fehler mehr erlauben.

Die Zeit wurde knapp. Joels Freunde hatten das Übernahmeangebot viel zu früh gemacht. Bald schon würden sich die Wirtschaftsprüfer auf die Bücher stürzen und sie durchgehen. Das war bei solchen Angeboten so üblich. Aber es gab Transaktionen, dachte Denise, von denen lieber niemand etwas erfahren sollte.

Die Unterlagen darüber – zuviel Papier, zu viele Computerdateien – brachten nur Ärger. Eigentlich brauchte sie sie nicht. Poh hatte schließlich Abschriften und Kopien davon in Singapur. Es war ein Fehler gewesen, sie aufzuheben. Manchmal passierte ihr so etwas – kleine Fehler und Versehen, allerdings nie etwas wirklich Schlimmes. Außerdem räumte sie sie später immer wieder aus.

Und genau das würde sie jetzt auch tun. Lieber auf Nummer Sicher gehen. Sie würde gleich in den Raum hinuntergehen, in dem sich die Fotokopierer, die Faxgeräte und der Reißwolf befanden.

Kapitel 3
Singapur

1

Jack schlug die Augen auf. Wieder einmal war er überrascht darüber, wo er sich befand.

Im Freien. Auf dem Boden. Und es regnete. Er schaute hinauf zum grauen Himmel, während sich allmählich die Erinnerung daran regte, wie er hierher gelangt war.

Er war völlig erschöpft unter einem Busch zusammengebrochen und hatte sich erst einmal überhaupt nicht mehr rühren können, weil seine ganze Energie verbraucht war. Dann hatte er gierig das lauwarme Regenwasser getrunken, das von einem badetuchgroßen Blatt herunterrann. Nach einem dreißigstündigen Flug und einem anstrengenden Lauf, bei dem er die letzte Flüssigkeit ausgeschwitzt hatte, die sich in seinem Körper befunden hatte, war er vollkommen dehydriert gewesen. Was für ein Glück, daß er noch keinen Hitzschlag erlitten hatte!

Obwohl er nur lauwarm war, kühlte der Regen seine Haut. Jack trank, bis er einen richtigen Wasserbauch hatte.

Und der schwere tropische Regen, bei dem die Sicht gegen null ging, hatte ihn verborgen. Während des Sturms waren sechs Polizisten im Park ausgeschwärmt und hatten sich der Stelle, an der Jack erschöpft und völlig außer Atem lag, bis auf wenige Meter genähert. Aber sie hatten ihn nicht gefunden.

Und Jack hatte das Bewußtsein verloren.

Jetzt war er wieder wach. Der Tag neigte sich allmählich dem Ende zu.

Er wußte nicht, was er tun sollte.

Die Polizei war hinter ihm her. Er rannte um sein Leben. Er hatte nicht die geringste Ahnung, was da vor sich ging. Es war, als sei er plötzlich in einem schlechten Actionfilm aus

Hongkong gelandet. Eigentlich, dachte er, müßte ich vor Angst zittern.

Verführerisch, wirklich sehr verführerisch. Laß dich gehen, roll dich einfach auf dem Boden zusammen.

Genau das würde Gabrielle erwarten – oder besser gesagt die Gabrielle seiner Alpträume.

Aber das würde er nicht tun. Auf gar keinen Fall. Er mochte zwar immer Kompromisse eingehen, aber ein Feigling war er nicht. Wenn er in einem Streit die Wogen zu glätten versuchte, tat er das nicht aus Schüchternheit, sondern weil er dadurch eher zum Ziel kam.

Bei diesem Chan Gin würde eine solche Methode aber vermutlich nicht funktionieren. Der sieht nicht aus, als wäre er für Vernunft besonders empfänglich.

Er kannte den Typ Mann, ein Macho wie Simon Burton. Jack hatte keine Angst vor solchen Tyrannen. Er ließ sie einfach gewähren, weil es keinen Sinn hatte, sich ihnen zu widersetzen. Man erreichte nur etwas, wenn man sich heraushielt und einfach das tat, was zu tun war.

Und genau das würde er jetzt auch machen.

Er würde nicht den Kopf verlieren. Natürlich hatte er Angst, aber von dieser Angst würde er sich nicht unterkriegen lassen. Und auch von keinem anderen Gefühl. Dazu war er nicht der Typ.

Probleme pflegte er durch Nachdenken zu lösen. Und damit würde er jetzt anfangen.

Aber wo? fragte er sich. *Nun, ich bin ganz allein in einem fremden Land. Ich habe kein Geld, keine Kreditkarten, keinen Paß, nichts. Ein Polizist will mich unbedingt umbringen. Ich habe keine Freunde und keinen Ort, an dem ich mich verstecken könnte – der reinste Alptraum.*

Zur amerikanischen Botschaft konnte er auch nicht mehr, denn sobald jemand der Stewardeß den Knebel und die Fesseln abnahm, würde sie den Beamten von seinem Plan erzählen.

Die haben die Botschaft mittlerweile sicher umstellt. Scharfschützen auf allen Dächern und Chan Gin mit einer Maschinenpistole davor. Wenn ich auch nur in die Nähe komme, bin ich Hackfleisch.

Und werde nie erfahren, warum.

Offenbar waren die Behörden der Meinung, daß er ein Verbrechen begangen hatte. Welches, vermochte er nicht zu sagen. Er wußte lediglich, daß die Leute von der Polizei dachten, sie hätten eindeutige Beweise gegen ihn. Aber wie konnte das sein? Es gab keine Beweise. Es ergab einfach keinen Sinn ...

»Was ist denn das da in deinem Zeugnis?«

»Ein Philosophiekurs, Dad. Einführung in die Logik. Da lernt man das logische Denken.«

»Das wirst du nie lernen.«

Er atmete tief durch. Folgende Worte kamen ihm wieder in den Sinn: *Entia non sunt multiplicanda.* Frei übersetzt: Die einfachsten Lösungen sind die besten.

Jack konzentrierte sich. *Vereinfachen, vereinfachen. Immer nur einen Schritt zur Zeit. Mit einer Hypothese beginnen. Wenn die funktioniert, weitermachen. Wenn nicht, wieder von vorn anfangen. Also schön, die erste Hypothese: Es war etwas in meiner Aktentasche. Warum? Weil Chan sich auf die zuerst gestürzt hat. Funktioniert die Hypothese? Ja, nächster Schritt: Was war in der Tasche?*

Nur langweilige Berichte und Vorschriftensammlungen. Computerausdrucke über die finanzielle Lage aller südostasiatischen Tochterfirmen von LBTech. Und natürlich sein neuer Logistikplan für Südostasien.

Der Plan? Könnte der ...?

Der Plan war das reinste Dynamit, daran bestand kein Zweifel. Er würde LBTech zu einer Vormachtstellung im Zentrum der globalen Elektronikgeräteproduktion verhelfen. Doch der Plan war ein streng gehütetes Geheimnis. So etwas plauderte man nicht aus. Dafür stand zuviel auf dem Spiel.

Und wenn doch etwas durchgesickert war?

Wenn ja, würde sich dann einer der Konkurrenten von LBTech durch den Coup so bedroht fühlen, daß er den Mann umbringen wollte, der dahintersteckte? Unsinn. So etwas passierte nur in Romanen von Michael Crichton und in Fernsehfilmen.

Wenn tatsächlich jemand von seinem Plan erfahren hatte, würde dieser Jemand versuchen, seinen Rückstand so schnell wie möglich aufzuholen. Es hatte keinen Sinn, denjenigen, der sich den Plan für LBTech ausgedacht hatte, zu eliminieren. Die Strategie stand bereits im Raum. Sie würde auf die eine oder andere Art ohnehin in die Tat umgesetzt. Daran änderte auch der Tod eines Vizedirektors nichts.

Und was war mit den Angestellten von LBTech? Der Plan würde auch innerhalb des Unternehmens ziemliche Unruhe stiften. Hatte jemand bei LBTech so starke Einwände gegen das, was er vorhatte, daß er ...?

Nein, niemand in Asien wußte, was er vorhatte. Und bei LBTech wußte nur Joel Greenberg Bescheid. Wie gesagt, der Plan war streng geheim. Genau wie die Tatsache, daß Jack nach Asien geflogen war, um diesen Plan Unternehmen für Unternehmen und Land für Land – als erstes in Singapur – in die Tat umzusetzen.

Nein, es hat nichts mit dem Plan zu tun. Welches Interesse hätte die Polizei an meinem Plan? Es geht um etwas anderes. Aber um was, verdammt noch mal?

Um die Berichte zur finanziellen Situation der Unternehmen? Jack schüttelte den Kopf. Er bezweifelte, daß die Polizei danach gesucht hatte. Die Zahlen waren bis auf eine winzige Unregelmäßigkeit in Ordnung gewesen – damit hatte er sich während des Fluges beschäftigen wollen, war aber dann wegen des Jet-lags zu erschöpft gewesen, um sich damit auseinanderzusetzen. Außerdem handelte es sich dabei vermutlich sowieso bloß um einen Eingabefehler. Das waren Peanuts. Die Summe war nicht groß genug, als daß die Polizei sich dafür hätte interessieren können.

Er kaute frustriert an seiner Unterlippe. Es hatte keinen Sinn, das erraten zu wollen, was in der Tasche gewesen war. Also noch einmal von vorne. *Erste Prämisse: Ich habe nichts in meine Tasche gesteckt, was die Polizei interessieren könnte. Zweite Prämisse: Es war etwas in meiner Tasche, das die Polizei interessiert. Schlußfolgerung: Jemand hat mir dieses Etwas in die Tasche gesteckt.*

Jack nickte. Das ergab Sinn. Es war logisch. *Weiter: Jemand hat mir etwas in die Tasche gesteckt, damit ich verhaftet werde. Dieser Jemand muß mich so sehr hassen, daß er mich für lange, lange Zeit im Gefängnis verschwinden sehen will.*

Er hatte einen Feind; dieser Feind wollte ihm irgend etwas in die Schuhe schieben; wer konnte dieser Feind sein? Die Antwort lag auf der Hand. Denn Jack hatte nur einen Feind.

Sie war achtundzwanzig gewesen, hatte an der Columbia University Volkswirtschaft studiert, vier Jahre bei der angesehenen Consulting-Firma McKinley-Allen gearbeitet und gerade erst in der Marketingabteilung angefangen. Manchmal war er ihr auf dem Flur begegnet, hatte aber nie ein Wort mit ihr gewechselt, weil sie seiner Meinung nach zu schön, zu langbeinig, zu blond, zu attraktiv für ihn war.

Etwa ein Jahr später hatte es ein ziemliches Durcheinander in der Marketingabteilung gegeben. Der Leiter der Abteilung hatte mit einer unschönen Scheidung zu kämpfen und trank sich aus Kummer fast zu Tode. Es herrschte ein einziges Chaos. Jack, der dem Büroklatsch im Regelfall aus dem Weg ging, erfuhr nie die ganze Geschichte. Er wußte lediglich, daß man bei LBTechs stärkstem Konkurrenten eine knallharte Frau abgeworben hatte, die nun in der Marketingabteilung aufräumen sollte. Kurz darauf hatte dann die hübsche Frau vom Flur in seinem Büro gestanden. »Hallo, ich bin Denise Donald. Wir sind uns schon ein paarmal auf dem Flur begegnet.« Ach? »Logistik hat mich schon immer fasziniert.« Tatsächlich? »In der Marketingabteilung ist gerade eine große Umstrukturierung im Gange.« Davon habe ich gehört. »Ich glaube, jetzt ist der richtige Zeitpunkt, daß ich mich in einer anderen Abteilung umsehe, um mehr Erfahrung zu sammeln.« Kluger Schachzug. »Ich habe gehört, in Ihrer Abteilung ist eine Stelle frei.« Stimmt. »Ich weiß, daß ich noch eine Menge über den Vertrieb lernen muß, aber das könnten Sie mir sicher beibringen.« Na ja, wir haben eigentlich noch einen Bewerber für die Stelle. »Ich muß jetzt zurück an meinen Schreibtisch, aber vielleicht könnte ich Sie ja nach der Arbeit auf einen Drink einladen, damit wir uns weiter über das Thema unterhalten können.« Schluck ... klar.

Und er hatte ihr tatsächlich alles, wirklich alles, beigebracht. Er hatte ihr ihre Fehler gezeigt und sie innerhalb der Firma aufgebaut.

Aber dann hatte sie ihm das eine oder andere beigebracht. O ja.

Und hinterher hatte er sich gefragt, ob er jemals wieder einer Frau vertrauen würde.

Ja, dachte er, *Denise haßt mich, soviel steht fest. Seit unserer Trennung will sie sich an mir rächen. Und als ich dann noch den Job bekommen habe, den sie wollte ...*

Allerdings mußte ein Fehler in seiner Argumentation stekken: Denise wußte nämlich nichts von seiner Geschäftsreise nach Asien. Er hatte dafür gesorgt, daß sie erst davon erfahren würde, wenn er schon weg wäre, noch besser: wenn er begonnen hätte, das kleine Reich auseinanderzunehmen, das sie sich dort aufgebaut hatte. Und falls sie trotzdem von seiner Reise gewußt haben sollte, hatte sie keine Gelegenheit gehabt, ihm etwas in die Tasche zu schmuggeln. Warum? Weil sie an jenem Nachmittag nicht in seinem Büro gewesen war.

Jack schürzte die Lippen. Der Schlüssel zur Lösung des Rätsels lag darin, daß niemand von seiner Reise nach Singapur gewußt hatte. Aber nur wer von dieser Reise wußte, konnte die Tasche manipuliert haben. Ein Paradoxon.

Also nicht Denise, sondern jemand anders. Aber wer? Jemand, der von dieser Reise wußte. Niemand wußte davon. Beziehungsweise fast niemand ...

Nur Joel Greenberg. Nicht einmal Jacks Sekretärin Josephine hatte gewußt, wohin Jack flog. Auf Joels Anraten hin hatte Jack sich selbst um die Buchung des Fluges und des Hotels gekümmert, alles streng geheimgehalten. Die ganze Sache sollte erst im nächsten Wirtschaftsbericht zur Sprache kommen.

Konnte Joel hinter der Sache stecken? Natürlich nicht. Ein Mann in seiner Position konnte jemanden, den er nicht mochte, auf andere Weise loswerden, ganz ohne Gewalt. Nun, zwar konnte Joel Jack offenbar nicht sonderlich leiden, aber einen Grund, ihn umzubringen, hatte er nicht.

Nein, Joel nicht. Und Denise auch nicht. Aber sonst hat niemand gewußt, daß ich nach Singapur fliege. Niemand. Niemand. Niemand außer ... Gabrielle.

2

Chan war wieder unterwegs. Dieser ganze High-Tech-Quatsch – Computer, DNA-Analysen und Überwachungsgeräte – war einfach kein Ersatz für richtige Polizeiarbeit. Richtige Polizeiarbeit fand auf den Straßen statt, nicht hinter dem Schreibtisch.

Man schnappte sich einen Typ in einer Bar, drehte ihm den Arm auf den Rücken, schob ihn hinaus auf die Straße, drückte ihn gegen eine Wand, bis er begriff, wie sehr einem an der Beantwortung folgender Fragen gelegen war: Was ist mit Poh Kay Siong und diesem Taft? Um wieviel Stoff und um wieviel Geld geht's bei dem Deal? Und wo hält Poh ihn versteckt? Los, raus mit der Sprache, mach schon.

Normalerweise funktionierte das. Aber nicht diesmal. Diesmal lief es eher so ab: Mann, lassen Sie mich in Ruhe, ich weiß von nichts. Dieser Taft bringt bloß Ärger. Ein paar Leute sind schon hops gegangen. Die Sache ist mir zu heiß. Nein, Mann, nein – warum sollte Poh denn Stoff von den Amis kaufen? Der kann das Zeug doch aus Kambodscha oder Laos kriegen. Scheiße! Das tut weh! Lassen Sie mich in Ruhe! Ich würd's Ihnen doch sagen, wenn ich was wüßte! Aber ich weiß bloß, daß Poh genauso scharf drauf ist, was zu erfahren, wie Sie. Der hat gesagt, wer ihm die Infos bringt, kriegt 'ne Menge Geld, kein lächerliches Kei gao, sondern satt Kohle. Mehr weiß ich auch nicht. Ehrlich. Bitte! Aufhören!

Und Chan ging in die nächste Bar, schnappte sich den nächsten Gangster und hörte immer wieder dasselbe.

Was Poh da eingefädelt hatte, war offenbar streng geheim. Niemand wußte etwas. Oder sie hatten zuviel Angst, um etwas zu sagen. Und wenn sie mehr Angst vor Poh als vor Chan hatten, bedeutete das, daß da eine ganz große Sache im Gange war.

Oder … Oder vielleicht wußten sie wirklich nichts. Vielleicht war Taft ein einsamer Wolf, der hier in Singapur ganz allein ins Geschäft kommen wollte. Nein, das ergab keinen Sinn. Chan hatte in dem Hotelzimmer Tafts Augen gesehen – das waren die Augen eines Killers gewesen. Profis wie er arbeiteten nur im Auftrag, und die einzigen, die sich ihre Tagessätze leisten konnten, waren Bandenanführer wie Poh.

Warum versuchte Poh dann, bei den kleinen Gangstern an Informationen zu kommen? Ganz einfach: Die Schießerei hatte dazu geführt, daß Poh Taft aus den Augen verloren hatte. Und jetzt versuchte Poh ihn zu finden, damit sie weiter an ihrem gemeinsamen Projekt arbeiten konnten.

Chan mußte ihn vor Poh erwischen. Der Dreckskerl hatte ihn bereits zweimal gedemütigt – zuerst im Hotel, dann in der Wohnung des Mädchens. Ein drittes Mal würde es nicht geben. Chan mußte sein Gesicht wahren. Taft würde sterben, daran gab es nichts zu rütteln.

Vielleicht würde diese Samsudin etwas sagen. Weil Chan wußte, daß er nicht sonderlich gut zur Befragung hübscher junger Mädchen taugte, hatte er sie einem Kollegen überlassen, der sich weniger leicht von einem hübschen Gesicht beeinflussen ließ. Wenn der nichts aus ihr herausbekam, schaffte es niemand.

Aber auch sie hatte nichts gesagt ... Doch irgendwo mußte es jemanden geben, der etwas wußte. Und deshalb war Chan jetzt in den Bars unterwegs.

3

Im Schutz des dunklen Parks beobachtete Jack mit knurrendem Magen den Straßenmarkt auf der anderen Seite.

Überall auf dem nassen Gehsteig standen Kisten und Eimer und Tische mit wunderbaren Sachen zum Essen. Ein winziger Mann, der Jack vielleicht bis zur Brust reichte, schwang einen Fünfzig-Kilo-Sack auf die Schulter. Obwohl er selbst wahrscheinlich nicht mehr als der Sack wog, sackte er nicht unter der Last zusammen. Eine Chinesin mit rotem Halstuch und indigofarbenem Samfoo-Arbeitsgewand rief ihm etwas zu. Er lachte. Sie holte eine Pomelo-Frucht von dem Haufen vor ihr und warf sie ihm zu. Er fing sie mit einer Hand und biß hinein. Jack lief bei dem Anblick das Wasser im Mund zusammen.

Am anderen Ende der Straße kam ein indischer Händler mit einem Holzkarren, auf dem sich grapefruitgroße Früchte befanden. Die Kunden drängten sich um ihn. Ein Junge, vielleicht der Sohn des Händlers, stellte sich neben den Karren und schnitt die Früchte in der Mitte auseinander. Jack stieg ihr süßlicher Geruch noch auf der anderen Straßenseite in die Nase. Vermutlich, so dachte Jack, waren das Durian-Früchte, die in Asien trotz ihres penetranten Geruchs ausgesprochen beliebt waren.

Jack schluckte. Wie gern hätte er jetzt eine davon gehabt!

Ein Stück weiter die Straße hinauf befanden sich mehrere Lokale. Zehn kleine Küchen teilten sich den Platz und ungefähr drei Dutzend Tische. Über jedem der Restaurants hing ein anderes Schild: Halal Muslim, Syrische, Vegetarische und Kantonesische Spezialitäten, würzige Thai-Gerichte, Indische Tandoori-Küche, Fisch. An einem Stand gab es Bier, Limonade und Kartoffelchips. Ein zweiter war auf tiefgefrorenen Karottenkuchen spezialisiert. Ein dritter Stand bot auf einem Schild verschiedene Gerichte an:

Steak:	5 Dollar
Lammkoteletts:	4 Dollar
Würziges Stubenküken:	7 Dollar
Speck, Würstchen, Eieromelett:	4 Dollar

Mein Gott, jetzt ein Steak!

Unter einer gestreiften Markise stieg Rauch von der glühenden Holzkohle auf. Gar nicht weit davon entfernt wurden Königsgarnelen in einer Butter-Wein-Soße gegrillt. Ein paar Meter weiter holte ein Koch gerade Pflaumen-Schweinefleisch-Klöße aus dem kochenden Wasser, übergoß sie mit süßem Senf und legte sie auf ein Nest aus Reis und Kale. An anderen Ständen konnte man Satay, leckere Fleisch-Gemüse-Spieße, kaufen.

Doch Jack hatte kein Geld, keine Kreditkarte und keinen Paß. Es blieb ihm nichts anderes übrig, als sich etwas zu essen zu stehlen.

Er löste sich aus den Schatten des Parks, steckte die Hände tief in die Hosentaschen, schaute nach links und rechts und versuchte, so unschuldig und unauffällig wie möglich zu lächeln.

Da spürte er etwas in seiner rechten Hosentasche. Papier und Metall. Was war das? Natürlich! Das Trinkgeld, das er dem Pagen im Raffles hatte aufdrängen wollen, und die Münzen, die ihm der Taxifahrer nach der Fahrt vom Flughafen zum Hotel herausgegeben hatte.

Jack holte das Geld aus der Tasche und zählte es gierig: Eine Banknote mit der Aufschrift »zwei Dollar«. Und dazu acht Dollar und fünfundzwanzig Cents in Münzen, also zehn Dollar fünfundzwanzig Cents insgesamt, ein bißchen mehr als sieben amerikanische Dollar. Er war reich!

Der Geruch von syrischem Essen stieg Jack in die Nase. Zu Beginn seiner Karriere war er einmal im Nahen Osten gewesen. Seitdem liebte er die Araber, ihre Höflichkeit und ihre Küche.

Maghrib, das Abendgebet, war vorbei, und das Abendessen wurde zubereitet – Shami-Brot, gefüllte Weinblätter, Lamm-Shwarma in einer Tahini-Sauce aus Sahne und Gewürzen. Dazu Desserts: scharfes Om ali, Bakhlava, Dattel- und Nußkuchen.

Jack war schon halb über die Straße, als sich ein kleines Mädchen, das sich am Sari seiner Mutter festhielt, umdrehte und ihn sah. Mit großen Augen zupfte die Kleine an dem gelben Baumwollgewand ihrer Mutter. Die Frau schaute über die Schulter. Dann zog sie ihre Tochter hastig näher zu sich heran und zischte den umstehenden Leuten eine Warnung zu.

Die Besucher des Marktes sahen Jack an und verstummten. Ein Händler griff unter seinen Verkaufstisch und holte ein großes Messer hervor. Ein großgewachsener Sikh mit Turban trat mit drohendem Gesichtsausdruck einen Schritt vor, die Hände in die Hüften gestemmt.

Jack wich in die Schatten zurück, aus denen er kurz zuvor getreten war. Mehr als sechzig Stunden ohne Rasur. Klatschnaß vom Regen. Eine zerrissene, schlammbespritzte Hose.

Eine völlig verschmutzte Jacke. *Mein Gott, wahrscheinlich sehe ich aus wie ein Penner.*

Er verschwand im Park.

Vermutlich, dachte er, *ist mein Foto schon in allen Zeitungen und Fernsehnachrichten. Die Leute hier werden gleich bei der Polizei anrufen.*

Er sprang über eine niedrige Parkmauer, landete auf dem schlammigen Boden, wandte sich nach rechts, weg von den Lichtern und dem Straßenmarkt, und begann zu laufen. Er hatte Muskelkater und weiche Knie.

Er orientierte sich an den Straßenlaternen, die sich in Abständen von dreißig Metern an der äußeren Begrenzung des Parks befanden. Einmal rutschte er aus und landete auf dem Hinterteil, zwang sich jedoch, sofort wieder aufzustehen.

Beim Laufen dachte er nach. *Prioritäten. Ich muß Prioritäten setzen: Erstens ein sicheres Versteck. Zweitens etwas zu essen. Nein, zuerst etwas zu essen. Wenn ich nichts esse, klappe ich zusammen. Drittens Hilfe holen, irgend jemanden anrufen, Gabrielle oder die Botschaft oder …*

Gabrielle … er liebte sie. Er zweifelte nicht an ihr. Das würde er nie tun. Sie liebte ihn genauso sehr wie er sie, und wenn da sonst noch jemand war, der ihr schöne Augen machte, dann war das nicht wichtig. Er wollte es gar nicht wissen …

Er schüttelte verzweifelt den Kopf. *Wann höre ich endlich auf mit diesen Gedanken? Taft, reiß dich zusammen! Es gibt jetzt Wichtigeres.*

Jack nickte. Er hatte tatsächlich eine ganze Menge Sorgen. Was zum Beispiel würde Gabrielle machen, wenn sie erfuhr, in was für einer Lage er steckte? Hatte sie das inzwischen erfahren? Bestimmt. Schließlich war sein Bild in allen Zeitungen. Was bedeutete, daß sie mit Sicherheit etwas unternommen hatte. Das war ein tröstender Gedanke. Sie war nicht umsonst Journalistin. Sie würde herausfinden, was in der Aktentasche war und wer es hineingetan hatte.

Sie hat mir die Tasche geschenkt, niemand sonst hat sie angerührt und ...

Er schob den Gedanken beiseite.

Sie war Reporterin, wußte, wie man an Informationen herankam. Und als erstes würde sie sich bei LBTech umsehen.

Aber wo dort? Wonach würde sie suchen? Gabrielle würde natürlich sofort an den Tip für die Story denken, den er ihr gegeben hatte.

Sie wird einer falschen Spur nachgehen. Sie wird denken, daß das, was ich über ein anderes Unternehmen gehört habe, auch bei LBTech passiert, und einer falschen Spur nachgehen ... Aber wenigstens ist sie dann beschäftigt und läßt sich nicht von diesem Simon Burton ...

Jack gab sich einen Ruck und schob seine Eifersucht beiseite. Wichtiger war es jetzt, ein Telefon zu finden. *Ich muß sie anrufen. Sofort. Sie muß sich mit den Behörden in Verbindung setzen. Jemanden finden, der mir hilft. Ich muß ihr ein paar Hinweise geben, was bei LBTech wirklich läuft.*

Der Straßenmarkt war mittlerweile schon ein ganzes Stück entfernt. Die Läden, die sich gegenüber dem Park befanden, waren bis auf einen alle dunkel. Vor dem Eingang des Hauses mit dem erleuchteten Schaufenster stand eine Telefonzelle.

Mit einem Seufzer der Erleichterung trottete Jack aus dem Park heraus.

Doch schon ein paar Sekunden später stieß er einen Fluch aus. Das verdammte Telefon ließ sich nur mit einer Karte bedienen. Und er hatte keine Karte. Er wandte sich frustriert ab.

Da fiel sein Blick auf ein Fenster, hinter dem ein einzelnes Licht brannte und auf dem in goldenen gotischen Buchstaben die Worte »Quint & Claggart, Anwälte« stand.

4

Die Bürger Singapurs und der Vereinigten Staaten sind so naiv zu glauben, daß die Justiz absolut gerecht ist. Doch als Briten wußten die Herren Quint und Claggart es besser. Sie hatten einem nachsichtigen Richter zugestimmt, der ihnen den Vorschlag gemacht hatte, doch in ein warmes Land auszuwandern.

Die beiden Anwälte hatten sich nach einer gezwungenermaßen hastigen Beratung auf Singapur geeinigt, weil das Klima dort angenehm, die Kultur nach Jahren der britischen Kolonialzeit halbwegs vertraut und der Alkohol billig war. Zwar hatten sie in dem Stadtstaat selbst aufgrund der strengen Gesetze keine Möglichkeit, ihre fleischlichen Gelüste zu befriedigen, aber schließlich war der Flug nach Bangkok nicht weit, wo es mehr als genug Bordelle mit minderjährigen Jungen gab.

Schon bald nach ihrer Übersiedlung hatten die beiden sich eine lukrative Anwaltskanzlei aufgebaut, die auf diskrete Weise vorrangig die Bedürfnisse von Ausländern in ähnlicher Situation wie sie selbst bediente.

Quint saß nun allein in seinem Büro und schrieb die letzten Zeilen eines Briefes an einen kleinen, aber stetig wachsenden Kreis von Freunden im Ausland. In dem Brief hieß es, eine zweite interaktive CD-ROM mit verführerischen Szenen aus dem Singapurer Leben stehe für hundert Pfund zum Verkauf – bitte keine Kreditkarten, das Geld sei zu überweisen auf das Konto Nummer 50-7685 bei der Banco Rodriguez auf den Cayman-Inseln und so weiter.

Die erste CD-ROM hatte sich als ausgesprochen lukratives Nebengeschäft für Quints und Claggarts Kanzlei erwiesen. Quint hatte die CD für fünfundzwanzig Singapur-Dollar erworben, was etwa zwölf Pfund entsprach, und sie dann per Postversand für das Sechsfache verkauft. Angesichts der Begeisterung, mit der seine britischen Kunden das Produkt erwarben, hatte Quint fast den Verdacht, daß er es weit unter Preis verkaufte.

Besagte CD-ROM war von jungen Studenten des Temasek Polytechnikums zusammengestellt worden, um Singapurer Kindern die Folgen der Jugendkriminalität vorzuführen.

Welche Folgen? Nun, natürlich die Prügelstrafe!

Auf der interaktiven Software der Studenten befand sich das einzige authentische Filmmaterial dieser drakonischen Singapurer Strafmaßnahme. Darin war ein fast nackter Gefangener des Changi-Gefängnisses zu sehen, auf dessen entblößtes Hinterteil ein Bambusstock niedersauste. Dann folgten ein Schmerzensschrei und die Aufnahme einer blutenden Wunde. Neben dem sich windenden Opfer stand ein Arzt, der sofort zu Hilfe eilen würde, falls das Herz des Gefangenen während der Prügel zu schlagen aufhörte. Das Schauspiel war mittelalterlich, erinnerte an die Inquisition, veranschaulichte nur zu deutlich, welche Schmerzen ein salzwassergetränkter Bambusstock verursachen konnte. *Perfekt*, hatte Quint gedacht, als er das Video zum erstenmal sah, *einfach perfekt* – für die vielen Kenner in Quints und Claggarts Freundeskreis. Die CD-ROM wurde sofort zum Bestseller ...

Da klingelte es. *Scheiße!* dachte Quint. *Ich hab vergessen, die Tür zuzusperren.* Er hob verärgert den Blick. Ein Mann humpelte durch das dunkle Wartezimmer direkt auf sein Büro zu. Was für eine Unverschämtheit! Egal, was der Kerl wollte: Er konnte sich doch während der offiziellen Bürozeiten an Quint & Claggart wenden.

Quint wollte sich gerade von seinem Schreibtisch erheben, als der Mann sein Büro betrat. Er erkannte ihn sofort. Quint setzte sich wieder.

»Entschuldigung«, begann der Mann.

»Raus«, zischte Quint. »Raus, hab ich gesagt.«

»Ich brauche einen Anwalt.«

»Das kann ich mir gut vorstellen. Ich wünsche Ihnen viel

Glück bei der Suche, Sir. Und wenn Sie jetzt so freundlich wären, zu gehen und die Tür hinter sich zu schließen ...«

Der Mann – wie hieß er doch gleich, ach ja, Taft – besaß die Dreistigkeit, sich zu setzen. »Bitte, hören Sie mir nur eine Minute zu. Sie sind Anwalt, und ich stecke in gewissen Schwierigkeiten ...«

»Sie haben wirklich ein Talent zur Untertreibung!«

»Aber ich habe keine Ahnung, was ich angestellt haben soll. Wenn Sie selbst keine Strafsachen übernehmen, könnten Sie mir vielleicht einen Kollegen empfehlen.«

Quint machte Anstalten, sich nach vorne zu beugen und Taft ein paar Tips zu geben. Doch dann besann er sich eines Besseren und fing zu kichern an. Fast hätte er sich reinlegen lassen. »Nicht schlecht, Sir! Wirklich nicht schlecht. Einen Augenblick lang hätten Sie mich fast an der Nase herumgeführt. Dieser jungenhaft verwirrte, unschuldige Blick ... Ich kann Ihnen nur raten: Machen Sie weiter so! Damit könnten Sie vor Gericht etwas ausrichten!«

Taft runzelte die Stirn. »Hören Sie, Mr. Claggart ...«

»Quint. Ich stehe Ihnen *nicht* zur Verfügung.«

»Mr. Quint, wenn Sie mir schon nicht helfen wollen, dann lassen Sie mich bitte wenigstens telefonieren. Ein R-Gespräch. Ich muß mit jemandem in den Staaten sprechen. Ich meine ...«

»Anrufen? Von meinem Büro aus? Wir sind hier in Singapur, mein Lieber. Der Anruf wird mit Sicherheit zurückverfolgt. Nein danke, Sir. Auch wenn Sie ein ausgesprochen begabter Schauspieler sind ...«

»Mr. Quint, es ist mein Ernst. Ich habe wirklich keine Ahnung, was ich getan haben soll. Ich bin Amerikaner und kenne mich mit dem juristischen System dieses Landes nicht aus. Mir ist lediglich bewußt, daß ich in großen Schwierigkeiten stecke, aber ich weiß nicht einmal, warum. Bitte, Mr. Quint, ich brauche die Hilfe eines Anwalts ...«

Quint beugte sich nach vorn und holte die Zeitungen des

Tages aus dem Papierkorb – die gediegene Straits Times und die alles andere als gediegene New Paper – und warf sie Taft über den Schreibtisch hinweg zu. »Hier, Sir. Sehen Sie sich die Schlagzeilen an, und dann verlassen Sie bitte mein Büro.«

Mit schmutzigen Fingern griff Jack nach der New Paper. Er mußte ein paarmal blinzeln, dann wurde er blaß. Das war die überzeugendste Vorstellung, die Quint je gesehen hatte.

Während Taft die Zeitungen durchblätterte, dachte Quint über die Sache nach. Es bestand die Möglichkeit, daß der Mann tatsächlich so unschuldig war, wie er tat. Wenn es sich wirklich so verhielt, könnte es sich als überaus interessant erweisen, ihn zu verteidigen, obwohl Taft – schließlich war dies Singapur – auf jeden Fall am Galgen landen würde.

Einen Augenblick lang spielte Quint mit dem Gedanken, die Verteidigung des Mannes zu übernehmen, doch das ging nicht. Die Anwaltskanzlei von Quint & Claggart eignete sich nicht für die Aufmerksamkeit, die ein so wichtiger Drogenfall wecken würde. Außerdem war da noch die Frage der Gebühren zu regeln.

Quint beugte sich vor. »Fertig, Mr. Taft? Haben Sie alles gelesen? Gut. Wenn Sie nun so freundlich wären, mein Büro zu verlassen ...«

Taft ließ die Zeitungen mit zitternden Fingern auf den Boden fallen. *Wie rührend*, dachte Quint. *Ein paar Pfund weniger auf den Rippen und ein paar Jahre weniger auf dem Buckel, mein Junge, und du könntest mir glatt den Kopf verdrehen.* »Mr. Quint, das da ...« Er deutete auf die Zeitungen. »Mein Gott. Ich meine, das ist doch verrückt. Ich brauche wirklich einen Anwalt, meinen Sie nicht auch?«

Quint kicherte. »Tja, in Ihrer Situation wäre das keine schlechte Idee. Aber könnten Sie mir bitte erklären, wie Sie den bezahlen wollen?«

Taft nickte. »Ich glaube nicht, daß das ein Problem sein wird, Mr. Quint. Ich habe keine finanziellen Sorgen.«

»Ach, tatsächlich? Wieviel haben Sie denn auf Ihrem Bankkonto, Mr. Taft? Nur eine grobe Schätzung, bitte.«

»Wenn man alles zusammenrechnet, mindestens zweihunderttausend Dollar.«

»Das stimmt nicht!« sagte Quint und verschränkte die Finger über dem Bauch.

»Wie bitte?«

»Ihr Nettowert, Sir, beträgt null. Sie haben nämlich keine Bankkonten mehr. Bei Drogenvergehen ... bitte ersparen Sie mir Ihre Unschuldsbeteuerungen ... kann Ihre Regierung nämlich die Konten sperren lassen. In dem Moment, als hier in Singapur ein Haftbefehl gegen Sie ausgestellt wurde, gingen in den Vereinigten Staaten überall kleine rote Lichter an. Ihre Konten und Kreditkarten sind gesperrt, so ist das in Ihrem Land, Mr. Taft. Ich kann Ihnen also nur sagen, daß Sie sich nicht die geringsten Hoffnungen zu machen brauchen, die nötigen Gebühren zahlen zu können. Im besten Fall werden Sie einen vom Staat bestellten Verteidiger mit zweifelhaften Fähigkeiten bekommen, der Ihnen vorschlagen wird, sich der Gnade des Gerichts auszuliefern, damit Ihre Leiden schneller beendet sind und er seine Rechnung so bald wie möglich bei den zuständigen Behörden einreichen kann.«

»Ich habe Freunde. Die könnten einen Anwalt bezahlen. Und sie können auch die Kaution stellen.«

Quint lachte dröhnend. »Kaution! Ach, du lieber Himmel! Ich bezweifle, daß Sie Bill Gates gut genug kennen. Denn nur der wäre vermutlich in der Lage, Ihre Kaution aufzubringen.«

Taft schüttelte verständnislos den Kopf. »Wie hoch würde die Kaution Ihrer Meinung nach denn sein?«

»Offen gestanden, habe ich keine Ahnung. Ich weiß nur, daß die Singapurer Regierung den Drogenschmuggel als schweres Verbrechen erachtet – als viel schwereres Verbrechen als zum Beispiel den Schmuggel von Zigaretten. Nur zur Orientierung: Erst vor kurzem wurde die Kaution für einen Zigarettenschmuggler auf vierhundertdreiunddreißig Millionen Dollar festgesetzt, natürlich Singapurer Währung. Das wären ungefähr dreihundertfünfundsiebzig Millionen amerikanische Dollar.«

Taft wurde leichenblaß. »Dreihundertfünfundsiebzig Millionen Dollar? Für Zigarettenschmuggel? Das kann doch nicht sein.«

»Sie können mir das ruhig glauben. Jetzt können Sie sich vielleicht vorstellen, wie das Justizsystem hier in diesem Land funktioniert.«

»Aber … verdammt noch mal … ich bin unschuldig!« Mittlerweile war Taft nicht mehr bleich, sondern rot im Gesicht. »Kein Geschworenengericht der Welt würde …«

»Das steht hier nicht zur Debatte. In Singapur gibt es schon lange keine Geschworenen mehr. Das kommt viel billiger, und der Ausgang des Verfahrens ist vorhersehbar. Der Richter wird schon bald zu einem Urteil gelangen. Ich kann Ihnen den Wortlaut aus dem Gedächtnis sagen: ›Und so verfüge ich, daß Sie, John Gregory Taft, aus diesem Gerichtssaal entfernt und in ein Gefängnis gebracht werden, wo …«

Quint fischte ein Taschentuch aus seiner Brusttasche und wischte sich damit die Stirn ab. Er merkte nicht, daß Taft mit geballten Fäusten aufgestanden war.

»… wo man Sie zu einem noch zu bestimmenden Termin aus Ihrer Zelle holen und an den Ort Ihrer Exekution bringen wird, wo man Sie aufknüpfen wird, bis …«

Taft beugte sich über den Schreibtisch. Quint sah ihn zu spät. Aus Gründen, die er später nicht erklären konnte, führte er lediglich seinen Satz zu Ende.

»… bis der Tod eintritt.«

Da schlug John Gregory Taft zum erstenmal seit seiner Jugend zu.

5

Zehn Minuten später lag Quint immer noch auf dem Boden. Jack hatte zweimal versucht, Gabrielle anzurufen – einmal im Büro und einmal zu Hause –, ohne Erfolg. Aufgrund von Quints Andeutung, daß wahrscheinlich alle Telefone in Singapur abgehört wurden, beschloß er, keine Nachricht auf ihrem Anrufbeantworter zu hinterlassen.

Jetzt versuchte er, nicht über die möglichen Folgen dessen, was er gerade getan hatte, nachzudenken, und konzentrierte sich auf einen detaillierten Stadtplan, den er im Büro des Anwalts gefunden hatte.

In einem durchsichtigen Plastikkästchen auf dem Schreibtisch bewahrte Quint einen Stapel Visitenkarten auf. Jack las die Adresse darauf und suchte sie auf dem Plan. *Aha, hier bin ich also. Jenseits der Upper Thompson Road. Und nun zur nächsten Frage: Wie finde ich einen Weg aus diesem verdammten Land?*

Auf der Karte sah er eine ziemlich kleine Insel, die von etwa einem halben Dutzend Schnellstraßen überzogen wurde. An der breitesten Stelle maß sie knapp vierzig Kilometer. Wer den Stadtstaat verlassen wollte, mußte über einen Damm, der Singapur über die Straße von Johor mit Malaysia verband.

Malaysia? dachte Jack. Nun, das ergab Sinn. Wenn er es schaffte, ins Ausland zu gelangen, und Malaysia war das nächstgelegene Land, dann wäre er fürs erste aus der unmittelbaren Gefahrenzone. Quints Brieftasche – *hab ich ihm tatsächlich die Brieftasche abgenommen? Mein Gott, was ist bloß los mit mir? Eigentlich sollte ich sie wieder in seine Jacke stecken, aber ...* – enthielt mehr als hundert Dollar, genug Geld für ein Zugticket nach Kuala Lumpur, der Hauptstadt von Malaysia.

Es ist einfach. Es ist logisch. Ich muß es nur zur ersten Zughaltestelle jenseits der Grenze schaffen. Die Haltestelle von Johor war auf der Karte verzeichnet; sie lag in verführerischer Nähe des Damms.

Und dann mit dem Zug nach Kuala Lumpur, nur ein paar Stunden Fahrt in nördlicher Richtung. Dort würde es eine amerikanische Botschaft geben. Außerdem hatte LBTech dort eine Niederlassung.

Ja, auf nach Kuala Lumpur und dort zur Botschaft oder zu LBTech. Irgendwohin, wo es keinen Chan Gin gibt.

Wenn er einmal aus Singapur heraus war, würde er sicher jemanden finden, der ihm zuhörte. Denn hier gab es ja nicht einmal Geschworene, nur einen einzigen Richter, der den Fall entscheiden würde.

Er mußte einen amerikanischen Beamten finden, der ihm Gehör schenkte. Wenn er das schaffte, wäre er vielleicht noch nicht ganz aus dem Schlamassel heraus, aber zumindest könnte ihm die Singapurer Regierung nichts mehr anhaben. Amerikanische Botschaften standen auf amerikanischem Grund und Boden, das hatte er irgendwo gehört. Das bedeutete, daß dort amerikanisches Recht galt.

Und die amerikanischen Behörden würden herausfinden, daß er unschuldig war, oder zumindest, daß er keine Drogen geschmuggelt hatte. Was die anderen … äh … nun, genaugenommen waren das natürlich Verbrechen, aber eigentlich hatten sie ja nur dem Selbstschutz gedient … *Widerstand gegen die Staatsgewalt, Entführung einer Flugbegleiterin, ein tätlicher Angriff gegen den Anwalt Peter Quint, Einbruch, bewaffneter Raubüberfall – wobei ich nicht bewaffnet war, als ich Quints Brieftasche genommen habe …*

Darüber würde er später nachdenken. Es würde sich sicher eine Lösung finden lassen. Um eine Lösung war er bisher noch nie verlegen gewesen. Jetzt war sein wichtigstes Ziel, aus Singapur herauszukommen.

Ich muß es nur über diesen verdammten Damm schaffen. Aber der wird von Beamten bewacht, die den Paß kontrollieren. Und einen Paß habe ich nicht.

Nein, er würde nicht versuchen, das Land über diesen Damm zu verlassen. Das wäre dumm.

Es mußte noch einen anderen Weg geben. Jack wandte sich wieder der Karte zu und ließ seinen Gedanken freien Lauf. *Insel. Wasser. Boot. Ich könnte ein Boot stehlen. Nein, ich weiß doch gar nicht, wie man damit umgeht. Außerdem gibt's sicher eine Küstenwache.* Er dachte weiter nach. Einen kurzen Moment erschien ihm der Hafen von Singapur als beste Möglichkeit – das riesige Gelände mit den Ladekränen und Frachtbehältern an der Südküste der Insel. Schließlich war Jack Fachmann für Logistik und hatte sich das College als Hafenarbeiter finanziert. Wenn er es bis zum Hafen schaffte, dann gelang es ihm vielleicht, sich als blinder Passagier an Bord eines ausländischen Frachters zu schleichen. Aber er wußte, wie sicher dieser Hafen war – der einzige, der sich brüsten konnte, eine Diebstahlsquote von null Prozent zu haben. Das bedeutete Kameras, Scheinwerfer, Wachleute, hohe, streng bewachte Zäune ...

... *trotzdem* ...

Er warf einen weiteren Blick auf die Karte. Eine Schnellstraße führte an Singapurs Südküste entlang. Im Osten hieß sie East Coast Parkway, im Westen Ayer Rajah Expressway. Ein kurzer Abschnitt davon führte am Hafen vorbei. Und wenn die Karte stimmte, befand sich dort, wo der Zaun begann ...

Nein. Um dorthin zu gelangen, würde er quer durch die Stadt müssen. Das war zu gefährlich. Er brauchte einen sichereren Fluchtweg.

Plötzlich entdeckte er ihn.

Er holte ein Lineal von Quints Schreibtisch, maß die Entfernung, verglich sie mit dem auf der Karte angegebenen Maßstab. Der Damm war nicht sehr lang, vielleicht einen Kilometer.

Er lag definitiv über Wasser.

Und durch Wasser konnte man schwimmen.

Ein- oder zweimal die Woche – *nein, öfter, du Lügner* – schwamm Jack fünfundzwanzig Bahnen im Swimmingpool seines Fitneß-Klubs. Die anderen Männer brüsteten sich oft damit, wie viele Kilometer sie jeden Abend schwammen. Sie sagten, siebzig Bahnen seien etwas mehr als eineinhalb Kilometer. Das hieß, daß Jacks fünfundzwanzig ungefähr sechshundert Metern entsprachen.

Würde er es schaffen, weiter zu schwimmen?

Na ja …

6

Obwohl die Kommandobrücke der Jade Lady voll klimatisiert war, stand dem kleinen Beamten der Schweiß auf der Stirn. Er schwitzte aus Angst davor, was passieren würde, wenn das, was er getan hatte, ans Licht käme.

Singapurer Beamte erhielten, um jeglicher Korruption Vorschub zu leisten, ein Gehalt, bei dem Kollegen aus anderen Ländern nur vor Neid erblassen konnten. Dennoch war das, was ein kleiner Regierungsbeamter bekam, noch immer nicht genug, um gewisse Ausgaben zu decken. Spielschulden, um genau zu sein, und zwar bei einer Organisation, die beim Eintreiben des Geldes zur besseren Motivation mit Vorliebe Säure benutzte.

Der durchschnittliche Singapurer gibt etwa sechstausend Dollar jährlich für Wetten und Glücksspiele aus. Und besagter Beamter war weder ein Durchschnittsbürger noch ein besonders glücklicher Spieler.

Poh Kay Siong verschränkte die Finger unterm Kinn und hörte sich die Geschichte an. Immer wenn er etwas besonders Interessantes erfuhr, zerriß er einen Schuldschein aus einem Ordner auf seinem Schoß. In dem Ordner befand sich eine ganze Menge Schuldscheine. Also redete der Regierungsbeamte weiter. An jenem Abend war der Staatssekretär unterwegs gewesen, um eine Gruppe koreanischer Logistikexperten auf einer Tour durch die heißesten Nachtlokale von Singapur zu begleiten. Folglich hatte der stellvertretende Staatssekretär Dienst gehabt. Irgend jemand mußte anwesend sein, falls das Telefon klingelte.

Und es hatte geklingelt. Das rote Telefon des Senior Ministers. Der stellvertretende Staatssekretär hatte dem kleinen Regierungsbeamten ein Zeichen gegeben, mitzuhören und Notizen von dem Gespräch zu machen, und dann hatte er den Hörer von der Gabel genommen.

Und war bei dem, was er hörte, zusammengezuckt.

Der Senior Minister war alles andere als zufrieden gewesen. Er hatte den Kopf des amerikanischen Drogenschmugglers verlangt. Und den von Chan Gin.

Poh Kay Siong zerriß einen weiteren Schuldschein. Wie befriedigend, daß sich Lee Kuan Yew höchstpersönlich in die Angelegenheit einmischte. Im Gegensatz zu den meisten anderen Singapurern war er schon immer ein Mann der schnellen Entscheidungen gewesen. Genau wie sein Rivale aus der Kindheit, Poy Kay Siong. *Zwei parallele Leben*, dachte Poh. *Ich hätte gut und gern er sein können. Oder er ich. Der Unterschied zwischen uns ist gar nicht so groß …*

Lee war nicht der erste Premierminister Singapurs gewesen, was ihn immer noch ärgerte, sondern erst der zweite. Deshalb sollte seine Regierungszeit etwas ganz Besonderes werden. Nach der Machtergreifung seiner People's Action Party 1959 hatte er die Fäden nie mehr aus der Hand gegeben. Nun, natürlich war er 1990 als Premierminister »zurückgetreten«, aber nur, um sich selbst zum allmächtigen Senior Minister zu ernennen.

Niemand hatte sich beklagt, denn das Volk liebte den gerissenen alten Tyrannen. Wieso auch nicht? Schließlich war das Singapurer Pro-Kopf-Vermögen heute höher als das der meisten anderen Länder, und das hatte man ausschließlich Lee Kuan Yew zu verdanken.

Genau wie Poh war Lee der letzte seiner Art. Er war zu spät geboren, eher ein Angehöriger der Generation von Roosevelt, Churchill, Stalin, de Gaulle und Hitler – ein charismatischer, autokratischer, visionärer und im Ernstfall mörderischer Führer. Er hatte in Cambridge Jura studiert und als glänzender Redner aus einem von Rassenkrawallen und Bandenkriegen erschütterten Staat eine der wohlhabendsten, sichersten und selbstherrlichsten Nationen der Welt gemacht.

Und das nicht durch ein Wunder, sondern durch Laissez-faire-Kapitalismus in Reinkultur, gelenkt durch einen Diktator, der sich wohlwollender gab als die meisten anderen Diktatoren.

Aber nicht weniger rücksichtslos war, dachte Poh.

Jeder Pragmatiker weiß, daß man kein Omelett machen kann, ohne Eier zu zerschlagen. In den ersten Wahlen wagten nur wenige von den besten und intelligentesten Leuten in Singapur, sich als Kandidaten aufstellen zu lassen. Die Tongs, die Triaden und die Kommunisten nahmen blutige Rache an denen, die ihre Macht auf den Straßen in Frage stellten. Lee Kuan Yews Lösung: Wende dich an die Tongs, die Triaden und die Kommunisten, bevor sie sich an dich wenden. Gemäß den Lehren von Lenin kam Lee zu dem Schluß, daß man denjenigen, den man nicht überzeugen konnte, kaufen mußte; wer sich nicht kaufen ließ, mußte eingeschüchtert werden; wer sich nicht einschüchtern ließ …

Der Ausnahmezustand wurde verhängt, die Bürgerrechte wurden aufgehoben, kooperationsunwillige Zeitungen wurden abgeschafft, und paramilitärische Polizeikräfte marschierten im Gleichschritt durch die Straßen.

Kurz: Es wurden Eier zerschlagen. Aber das Omelett gelang.

Der Mitarbeiter des stellvertretenden Staatssekretärs wischte sich den Schweiß von der Stirn. Poh, der einige Augenblicke lang durch seine Erinnerungen abgelenkt gewesen war, sagte zu ihm: »Seien Sie doch bitte so freundlich, das, was Sie gerade gesagt haben, noch einmal zu wiederholen.« Dann zerriß er, weniger, weil der kleine Beamte es sich verdient hätte, sondern eher, weil Poh wegen seiner eigenen Unaufmerksamkeit ein schlechtes Gewissen hatte, einen weiteren Schuldschein.

Der Regierungsbeamte gehorchte. Der Senior Minister sei fürchterlich erzürnt, sagte er. »Schlimm genug«, habe Lee geflüstert, »daß die Richter gezwungen sein werden, einen amerikanischen Schmuggler zu hängen und sich dadurch die Kritik der amerikanischen Zeitungen und der amerikanischen Politiker zuzuziehen. Ja, sie lieben es, unsere Nation zu kritisieren, diese Leute, in deren Land die Verbrechensrate zehnmal so hoch ist wie in unserem und die Staatsverschuldung pro Kopf fünftausend Dollar im Vergleich zu den sechs Dollar bei uns beträgt. Können Sie sich vorstellen, daß ein Land, dessen Präsident eine Amtszeit voller Skandale hinter sich hat, die Dreistigkeit besitzt, die Wahlen in Singapur unfrei zu nennen, nur weil jeder Wähler auf dem Wahlzettel seine Identitätsnummer angeben muß? Ist es zu fassen, daß dieses Land die angesehenste Persönlichkeit unseres Staates des Nepotismus beschuldigt, weil dieser Mann seinen durchaus begabten Sohn zum stellvertretenden Premierminister ernannt hat ...«

Poh lächelte. Hinter verschlossenen Türen nannten die Singapurer besagten Sohn den »Minister für väterliche Angelegenheiten« – aber davon erfuhr Lee Kuan Yew, eben jener Vater, nichts. Poh zerriß einen weiteren Schuldschein.

»... und dann hindern sie noch Manager aus dem Ausland, Geschäfte in einem Land zu tätigen, das weltweit am besten für Geschäfte geeignet ist. Noch schlimmer ist es, daß auch Chan Gin bei dieser Angelegenheit seine Finger im Spiel hat. Chan ist der Meinung, daß Singapur ihm etwas schuldig ist, weil er dem Staat einmal einen Dienst erwiesen hat. Wie dumm und arrogant von ihm! Die Gesellschaft schuldet dem einzelnen überhaupt nichts. Ganz im Gegenteil: Nur der einzelne schuldet der Gesellschaft etwas. Chan war lediglich ein Bauer in dem großen Spiel, das diese Nation schon vor vielen, vielen Jahren gewonnen hat. Jetzt ist dieses Spiel vorbei; man hätte die Figuren schon längst vom Brett fegen sollen. Daß sie sich immer noch darauf befinden, ist ausgesprochen peinlich. Singapur ist nicht Haiti. In Singapur stehen nicht an jeder Ecke Revolvermänner. Die Singapurer Regierung herrscht nicht durch Schrecken, sondern durch die Zustimmung aller informierten Bürger ...«

Tja, die Bürger sind allerdings darüber informiert, was mit denen passiert, die nicht der richtigen Meinung sind, dachte Poh und zerriß einen weiteren Schuldschein.

»... aber das wollen die Weltpresse und die ausländischen Unternehmen einfach nicht einsehen. Nein, sie werden nur die bewaffneten Ausschreitungen auf den Straßen von Singapur wahrnehmen und den Revolverhelden Chan Gin. Schluß damit. Dieser amerikanische Gangster muß so schnell wie möglich hinter Gitter. Und zwar ohne Gewalt. Wenn es zu gewalttätigen Aktionen kommt, werde ich persönlich intervenieren.«

Persönlich intervenieren ... Der stellvertretende Staatssekretär hatte schlucken müssen, als er diese Worte hörte. Poh zerriß zwei weitere Schuldscheine. Und flüsterte eine Frage.

Der Angestellte antwortete: Ja, es gebe detaillierte Anweisungen. Er habe sie Wort für Wort notiert. Nachdem sein Vorgesetzter die erforderlichen Anrufe getätigt hatte, habe er alle seine Notizen verbrannt ...

Poh Kay Siong hob enttäuscht eine Augenbraue.

... aber nicht, ohne sie zuvor sorgfältig kopiert zu haben.

Poh reichte dem Mann den Ordner mit den restlichen Schuldscheinen. Der Angestellte griff in seine Jackentasche und holte einen Umschlag heraus.

Beide Männer waren mit dem Geschäft zufrieden.

Nachdem der Regierungsbeamte gegangen war, genehmigte sich Poh ein kleines Vergnügen, ein einziges Glas Portwein – einen Fonseca des unbezahlbaren Vorkriegsjahrgangs 1937.

Damals, vor dem Krieg …

Als die Japaner einmarschiert waren, war er ein Teenager gewesen. Damals hatte plötzlich die ganze Welt Kopf gestanden; das ewige britische Reich war geschlagen worden und war nun plötzlich nicht mehr ewig gewesen. Verblüfft hatte Poh zugesehen, wie eine Armee von Asiaten – ja, von Asiaten! – die englischen Truppen vor sich her getrieben hatte, in eines der Lager, das später als eines der berüchtigtsten der Welt gelten sollte.

Lee Kuan Yew hatte genau wie er zugesehen.

Damals hatte die neuere Geschichte Singapurs begonnen. Sobald die Briten aus dem Land gewesen waren, hatte Lee seine Zukunft deutlich vor sich gesehen: Unabhängigkeit von den besiegten Engländern, Freiheit, sich selbst zu behaupten.

Auch Poh hatte seine Zukunft deutlich vor sich gesehen. Er hatte schon bald Botengänge für einen Kempeitai-Offizier niedrigen Ranges erledigt. Das war damals und später profitabel gewesen. Die Beziehung zu dem Angehörigen der japanischen Geheimpolizei, der inzwischen alt war wie er, hatte immer ihre Vorteile gehabt.

Und sie war klug gewesen.

Der Strom der Wahrheit, dachte er, *fließt unablässig dahin; man muß sein Boot nur dem vorbestimmten Lauf anvertrauen. Der mächtige Lee Kuan Yew hat endlich eingesehen, daß Polizeichef Chan für den Staat keinen Nutzen mehr bringt. Singapur hat keine Verwendung mehr für seine Fähigkeiten. Heutzutage ist es eher peinlich, daß Männer wie Chan jemals von einer so friedfertigen Nation beschäftigt wurden. Er erinnert Lee an das, was er so gerne aus seinem Gedächtnis streichen würde.*

Also steht Chan kurz davor, seine Kompetenzen zu über-

schreiten. Ein Fehler mehr, eine Aktion mehr, die ausländische Geschäftsleute daran hindern könnte, in Singapur Geschäfte zu tätigen, und Polizeichef Chan wird von Lee Kuan Yew aus seiner Stellung entfernt.

Die Stunde, in der Chan Taft umbrachte, würde den Tag des Untergangs für Chan einläuten. Poh bräuchte nur die Uhr ein wenig vorzustellen.

4. Teil

Nackte Wut

Je schwächer eine Einheit, desto wichtiger ist für sie das Überraschungselement, egal ob in der Offensive oder der Defensive. Nur so läßt sich zahlenmäßige Unterlegenheit kompensieren ... Der Kommandeur, der dem Feind seinen Willen aufzwingen will – und darum geht es ja bei allen militärischen Aktionen –, wird versuchen, ihn zu täuschen. Dem Feind ein falsches Bild vorzugaukeln hilft nicht nur dabei, die wahren Fähigkeiten und Absichten zu verbergen, sondern führt auch dazu, daß der Feind die eigenen Aktionen unterstützt.
Michael Howard, Strategic Deception in the Second World War

Sokrates: Ist dir noch nie die beschränkte Intelligenz im Blick des klugen Draufgängers aufgefallen? Wie fanatisch er ist und wie klar seine schäbige Seele den Weg sieht, der auf sein Ziel zuführt? Er ist das Gegenteil von blind, aber sein eifriger Blick wird in den Dienst des Bösen gezwungen, und er ist böse und klug gleichermaßen.
Platon, Der Staat VII

Kapitel 1
Singapur

1

Jack entnahm Quints Karte, daß er am besten von Sungei Buloh aus schwimmen würde. Es war als Naturschutzgebiet ausgewiesen und deshalb vermutlich nachts menschenleer, und es lag sozusagen im Niemandsland. Eine einzige Straße führte dorthin, und das ganze Areal war von unbewohnbaren Feuchtgebieten umgeben.

Perfekt.

Ebenso perfekt war es, daß die Schlüssel in Quints Tasche zu dem Honda Civic paßten, der direkt vor der Anwaltskanzlei stand. Bewaffnet mit der gestohlenen Karte, verschlang Jack gierig die eine Banane, die er in einem Minikühlschrank gefunden hatte, in dem ansonsten nur Ginflaschen standen. Jack brauchte fast eine Stunde, um zu dem Naturschutzgebiet zu gelangen, weil er sich ausschließlich auf kleinen Straßen bewegte und immer deutlich unter der vorgegebenen Geschwindigkeit blieb. Dabei ließ er nie den Rückspiegel aus den Augen.

Der Weg nach Sungei Buloh war alles andere als gut ausgeschildert. Jack verpaßte die Abzweigung zweimal, bevor er endlich die Zufahrt fand. Etwa eineinhalb Kilometer weiter gelangte er an einen Eingang, der als solcher nur durch ein Schild zu erkennen war, auf dem stand, daß der Park um halb sechs schloß. Hier brauchte man kein Tor, nicht in Singapur. Wenn der Park offiziell um halb sechs schloß, dann kam keiner auf die Idee, nach halb sechs noch hineinzuwollen.

Jack sah sich nach einem Platz um, wo er den gestohlenen Honda verstecken konnte. Auf der gegenüberliegenden Straßenseite befand sich ein tiefer Graben. Die Stoßstange des Wagens gab mit einem Seufzer nach, als sie auf dem Boden aufkam, und die Motorhaube sprang völlig verbeult auf.

Jack wußte aus den Büchern, die er über Singapur gelesen hatte, daß die Regierung die Bürger dazu anhielt, öffentliche Verkehrsmittel zu benutzen. Privatwagen erzeugten Staus und verpesteten die Luft und waren daher nicht gern gesehen und astronomisch teuer. Um einen Honda sein eigen nennen zu dürfen, der in den Vereinigten Staaten vielleicht vierzehntausend Dollar kostete, hatte Quint der Regierung weitere sechzigtausend Dollar zahlen müssen – für das Recht, den Wagen zehn Jahre lang fahren zu dürfen. Dazu kamen Importzölle, die bei Autos einhundertvierzig Prozent betrugen. Das hieß also, daß Jack soeben einen Wagen zu Schrott gefahren hatte, der ungefähr soviel wie ein Luxus-Mercedes gekostet hatte.

Er empfand diesen Gedanken als erstaunlich befriedigend.

Aus Angst vor Parkwächtern hatte Jack sich über eine Stunde lang beim Besucherzentrum in den Schatten herumgedrückt. Aber er hatte niemanden entdeckt; im Naturschutzgebiet war es menschenleer, wie erwartet.

Dann war er aus Durst in die Cafeteria des Besucherzentrums eingebrochen. Tür und Schloß hatten kein großes Problem dargestellt. Ein Tritt mit dem Fuß, und schon war er drinnen gewesen. Jack hatte bereits zwei Dosen Mangosaft getrunken, als er bemerkte, daß er überhaupt kein schlechtes Gewissen empfand.

Etwas hatte sich verändert – er grübelte nicht mehr über Probleme nach, gab sich nicht mehr mit logischen Gedankengängen ab, sondern tat einfach das, was im Augenblick nötig war.

Vielleicht litt er immer noch unter dem Jet-lag und der Schlaftablette, die Rajiv ihm geschickt hatte. Jedenfalls spürte er, daß sein Körper so viel Adrenalin und Testosteron ausschüttete wie noch nie zuvor. Jack fühlte sich nicht unwohl dabei und hatte den Verdacht, daß er der Gewalt bei der nächsten sich bietenden Gelegenheit wieder den Vorzug gegenüber der Vernunft geben würde.

Nachdem er seinen Durst gelöscht hatte, verließ er das Besucherzentrum und betrat eine kleine Holzbrücke, die eine Flußmündung überspannte. Von der Brücke aus konnte er nach Norden schauen, über die Straße von Johor und hinüber nach Malaysia.

Das weiter weg zu sein schien, als er vermutet hatte. Deutlich mehr als einen Kilometer, vielleicht sogar zwei. Aber schließlich befand er sich auch an dem Ende eines Flußarms. Wenn er erst einmal die Küste erreicht hätte, wäre es nicht mehr so weit.

Hoffte er jedenfalls.

In der Zwischenzeit mußte er sich mit der Frage auseinandersetzen, wie gewissenhaft und häufig die Straße von Johor patrouilliert wurde. Wenn da draußen eine ganze Flotte von Polizeibooten unterwegs war, würde er es nicht riskieren. Aber wenn pro Stunde nur eines oder zwei herumfuhren, konnte er es im Schutz der Dunkelheit wagen. Boote machten eine Menge Lärm, doch ein Mensch konnte sich ganz leise auf dem Wasser dahintreiben lassen.

Die Zeit verging. Jack überprüfte mit Hilfe seiner Armbanduhr, wie oft Lichter auf dem Wasser auftauchten. Währenddessen ließ er seinen Gedanken freien Lauf.

Also hat mir jemand Drogen in die Aktentasche gesteckt. Es gibt nur zwei Möglichkeiten, wer dieser Jemand gewesen sein kann: Joel, weil er der einzige ist, der wußte, daß ich nach Singapur fahre, und Denise, weil sie die einzige ist, die ein Motiv hat.

Wonach fragt die Polizei immer? Nach Methode, Motiv und Gelegenheit.

Jack schloß die Augen und zwang sich zurückzudenken.

Konzentrier dich niemals auf die Details. Details lenken

nur ab. Wenn du die Details siehst, entgeht dir der Gesamtzusammenhang.

Methode. Motiv. Gelegenheit.

Drogen. Haß. Fragezeichen.

Wie zum Teufel ist sie an die Aktentasche gekommen?

2

Chan Gin war unzufrieden.

Die neuen Vernehmungszimmer waren mit bequemen Stühlen und Tischen ausgestattet, an den Wänden hingen Kunstdrucke, und es gab sogar einen Aschenbecher – und das in einem Land, in dem das Rauchen in den meisten Räumen verboten war. So stellte sich Chan Gin ein Vernehmungszimmer nicht vor. Ein richtiges Vernehmungszimmer sollte eher aussehen wie das aus dem Film »Polizeirevier 21« von 1951, mit Kirk Douglas und William Bendix: ein Holzstuhl, schmutzigweiße Wände und eine grelle Glühbirne, die von der Decke baumelte.

Chans Ansicht nach mußte man den Verbrechern genau das geben, was sie erwarteten. Und was sie erwarteten, waren ein paar verschwitzte Bullen mit gelockerter Krawatte und gut sichtbarem Achselhalfter.

Und noch schlimmer: Nun mußte auch noch ein Arzt sich den Verdächtigen ansehen, bevor er ins Vernehmungszimmer ging, und noch einmal, wenn er wieder herauskam. So wurde es ungleich schwieriger als früher, Verdächtigen ein Geständnis zu entlocken. Neue Vorschriften, neue Vorgehensweisen – Chan war wütend über die neuen westlichen Methoden.

Diese Hätschelei funktionierte nicht. Der beste Beweis dafür war, daß diese Samsudin nach stundenlanger Befragung immer noch beteuerte, sie sei unschuldig.

Sie hatten sie jetzt schon seit sechs Uhr nachmittags, also fast acht Stunden lang, in der Mangel. Und was hatten sie aus ihr herausbekommen? Immer wieder die alte Leier: Ich wollte ihm seinen Taschencomputer zurückbringen, da hat er mich mit der Waffe bedroht und mich gefesselt. Den ganzen Tag mußte ich in der Badewanne bleiben, dabei hätte ich so dringend aufs Klo gemußt …

Scheiße!

Chan, der das Trauerspiel durch einen von einer Seite durchsichtigen Spiegel mitverfolgte, begann allmählich, ihr zu glauben. Schlechte Neuigkeiten. Wenn sie wirklich unschuldig war, löste sich die einzige Spur, die zu Taft hätte führen können, in Luft auf. Nach fast vierundzwanzigstündigen Ermittlungen war die Frau immer noch der einzige Anhaltspunkt, den er hatte. Wäre sie nicht gewesen, hätte man durchaus meinen können, daß Mr. Taft gar nicht existierte.

Die Polizei arbeitete auf Hochtouren. Man überprüfte Akten und Daten, rund um die Uhr. Hal Leung koordinierte alles, aber Chan gab die Anweisungen. Besonders, wenn es um die Computerleute ging.

Er hatte angeordnet, daß sie sich in alle Datenbanken einloggen sollten, die sie erreichen konnten. Es gab Tausende. Und mit Hilfe der amerikanischen Behörden erhielt Singapur Zugang zu allen.

Aber ohne Ergebnis. Dreißig Meter Computerausdrucke, und Chan war so klug wie zuvor.

Taft war ein unbeschriebenes Blatt. Das Schlitzohr hatte es irgendwie geschafft, sich eine makellose Lebensgeschichte aufzubauen, das denkbar beste Alibi: die Geschichte eines langweiligen amerikanischen Geschäftsmannes, so monoton und alltäglich, daß niemand ihn je im Verdacht haben würde, ein großer Drogendealer zu sein.

Könnte es wahr sein? Ist er möglicherweise genau das, was er zu sein scheint – nämlich unschuldig? Einen Augenblick lang spielte Chan mit dem Gedanken. Aber nein, das konnte nicht sein. Was für ein alberner Gedanke.

Taft hatte sich schlicht die perfekte Tarnung zugelegt. Der Dreckskerl war in fast jeder Hinsicht perfekt. So perfekt, daß Chan beinahe Angst vor ihm hatte.

Und deswegen mußte das Schwein verschwinden.

Chan schob sich einen Zahnstocher zwischen die Lippen und verfolgte hinter dem Spiegel weiter das Verhör. Wieder dachte er: *Unschuldig. Das Mädchen hat nichts damit zu tun.*

Da ging die Tür hinter ihm auf. »Sir?«

»Ja, Hal, ich bin hier. Kommen Sie rein.«

Leung trat an Chans Seite und sah mit ihm durch den Spiegel. Dann sagte er leise: »Hübsche Frau.«

Chan nickte.

»Gibt's irgendwas Neues?«

»Nein«, seufzte Chan. »Sie ist genau das, was sie zu sein scheint – ein nettes Mädchen, das leider zur falschen Zeit am falschen Ort war. Sie hat keine Ahnung, wo Taft steckt, wohin er wollte oder was er als nächstes vorhat. Scheiße, Hal, ich glaube, wir stecken ganz schön im Schlamassel.«

Die beiden Männer schwiegen. Dann senkte der junge Beamte den Blick und betrachtete seine Schuhspitzen. »Äh … Sir, apropos Schlamassel, Sir …« Leung trat vorsichtshalber einen Schritt zurück.

»Noch mehr Katastrophen?«

Leung schaffte es nicht, Chan in die Augen zu sehen. Ein schlechtes Zeichen, dachte dieser.

»Die Schießerei heute nachmittag draußen in Toa Payoh vor dem Haus des Mädchens …«

»Ja?«

»Das war nicht Taft.«

Chan spürte, wie er rot wurde. »Was soll das heißen: ›Das war nicht Taft‹?«

»Unsere Leute haben alle Zeugen befragt, Sir. Die meisten sogar zweimal. Sie sagen alle das gleiche: Taft hat nicht geschossen. Ein paar Leute haben auf ihn geschossen, und …«

Chan verschränkte die Arme, hob den Blick zur Decke und begann zu fluchen.

»Wir haben Patronenhülsen unterschiedlichsten Kalibers gefunden, alle draußen auf der Straße vor der Wohnung von Zaitun Samsudin. Keine davon an der Stelle, an der Taft sich aufgehalten hat und an der der Verkäufer erschossen wurde.«

»Und was wollen Sie damit sagen, Hal?«

»Na ja, wir haben es folgendermaßen rekonstruiert: Taft ging die Straße entlang, als sich zwei Wagen mit quietschenden Reifen näherten. Die Schützen sprangen heraus und begannen auf alles zu schießen, was sich bewegte. Taft lief weg. Als die Schützen sahen, daß sie einen Unbeteiligten getroffen hatten, sprangen sie wieder in ihre Wagen. Ungefähr dreißig Sekunden, bevor ich mit meinen Leuten am Tatort ankam, waren sie schon wieder verschwunden.«

»Tja, und als Sie mit Ihren Leuten kamen, lag dieser Mann auf dem Gehsteig, und Sie dachten, Taft ist Amok gelaufen.« Chan biß die Zähne so fest zusammen, daß der Zahnstocher zerbrach. Er spuckte ihn in seine Hand. »Ich hab den gleichen Fehler gemacht. Ich hab nicht genau gesehen, was sich da unten abspielt, und gedacht, Sie feuern auf Taft. Und als Sie mir dann später gesagt haben, daß jemand auf die Passanten geschossen hat, bevor Sie kamen, dachte ich, das war Taft, der sich einfach den Weg freigeschossen hat ...«

»So kann's aber nicht gewesen sein. Er hatte keine Waffe.«

»Was Sie nicht sagen! Er hatte *Ihre* Waffe!«

»Nein, Sir. Als wir die Wohnung der Frau durchsucht haben, hat Constable Singh meine Waffe dort gefunden. Unter einem Sofakissen.«

Chan hätte vor Wut am liebsten alles kurz und klein geschlagen. »Er hat die Waffe in der Wohnung gelassen? Das kann doch nicht wahr sein! Hal, welcher Gangster läßt eine tadellos funktionierende Waffe zurück? Verdammt! Warum hat man mir das nicht früher gesagt?«

»Wir mußten zuerst die Seriennummern überprüfen, Sir. Und wahrscheinlich sind ein paar der Zeugen nach der Schießerei einfach weggelaufen. Unsere Leute haben die Befragungen erst vor kurzem beendet.«

»Scheiße! Lassen Sie mich das noch mal rekapitulieren: Wir haben einen hochkarätigen Gangster hier in der Stadt, einen Killer, und er hat eine Waffe. Er weiß, daß Sie und die halbe Polizei unterwegs zu seinem Versteck sind. Und was macht er? Er marschiert zur Haustür raus, nachdem er freundlicherweise seine einzige Pistole zurückgelassen hat, läuft die Straße runter, stolpert in eine Schießerei und verschwindet einfach, als wäre nichts gewesen! Ist die Geschichte so gelaufen, Hal? Sagen Sie mir das, es würde mich nämlich wirklich interessieren.«

»Na ja ... nun, Sir, nach Aussagen der Zeugen war es wohl ziemlich genau so ...« Leung schwieg.

Chan sah ihn mit wütendem Blick an. Er verschränkte die Arme, löste sie wieder, ballte die Fäuste. Seine Intuition sagte ihm, daß er etwas Wichtiges übersah. Er wollte etwas sagen, schwieg dann aber.

»Sir?«

Chan drückte die Finger auf die Augenlider. Er war erschöpft, nicht mehr in der Lage, die Fakten richtig zu verarbeiten. Er hatte sogar schon Mühe, die Augen offen zu halten. Wenn er sich jetzt keine Pause gönnte, würde er anfangen, Fehler zu machen, schwerwiegende Fehler – vielleicht waren die sowieso schon passiert. »Ich weiß ja nicht, wie's Ihnen geht, Hal, aber ich habe in den vergangenen dreiundzwanzig Stunden grade mal zwei Stunden Schlaf gekriegt. Ich kann mich fast nicht mehr auf den Beinen halten. Ich glaube, es ist Zeit für eine Pause. Machen wir morgen früh weiter.«

Leung nickte. »Klingt gut, Sir. Ich hab einen anderthalb

Meter hohen Stapel Papiere auf meinem Schreibtisch liegen, und jedesmal, wenn ich den sehe, fange ich an zu schielen.«

»Hat das Labor eigentlich schon den Bericht über die Drogen geschickt, die Taft ins Land gebracht hat?«

»Ja, Sir. Der muß irgendwo rumliegen, zusammen mit den anderen Unterlagen. Fehlt bloß noch die Analyse der Fingerabdrücke. Hat wohl Computerprobleme gegeben.«

Chan atmete frustriert und lautstark aus. Er mußte Hal helfen, die Papiere durchzugehen. Chan haßte Schreibtischarbeit, aber es schien keine Alternative zu geben. »Na schön, ich nehme Ihnen einen Teil der Unterlagen ab. Fangen wir morgen um halb neun an, ist das in Ordnung? Ich schau noch im Vernehmungszimmer vorbei und löse Muhyiddin ab. Ich werde ein paar Minuten netter Bulle spielen und dann Miss Samsudin anbieten, sie nach Hause zu bringen.«

Die beiden Männer wandten sich wieder dem Spiegel zu. Muhyiddin hatte Zaitun Samsudin immer noch in der Mangel.

Leung murmelte etwas. Chan verstand nicht, was er sagte. »Sprechen Sie lauter, Hal.«

»Ach, nichts, Sir.«

»›Nichts‹ gibt's nicht. Spucken Sie aus, was Sie sagen wollen.«

Hal senkte die Stimme. »Ich hab gesagt, vielleicht könnte diesmal ich den netten Bullen spielen.«

Chan sah ihn von der Seite an. »Welchen Rang haben Sie, Hal?«

»Corporal, Sir.«

»Und welchen Rang habe ich?«

»Polizeichef, Sir.«

»Und wer darf den netten Bullen spielen, wenn die Verdächtige so hübsch ist?«

»Der Polizeichef, Sir.«

»Für einen Anfänger lernen Sie ganz schön schnell, Hal«, sagte Chan und klopfte Leung auf die Schulter.

3

Um zwei Uhr morgens war Jack sich endlich sicher, daß die Straße von Johor nicht übermäßig streng kontrolliert wurde. Um alle Zweifel auszuräumen, wartete er eine weitere Stunde.

Am Ende der Brücke stand eine Art Schuppen, an dessen Wand eine Karte des Parks hing. Jack warf einen Blick darauf, um den besten Weg zur Küste ausfindig zu machen.

Zu dunkel. Ich brauche eine Taschenlampe.

Doch er hatte keine. Vielleicht war eine in Quints Büro gewesen, aber er hatte vergessen, danach zu suchen.

Quints Wagen. Jeder hat eine Taschenlampe im Auto.

Er ging über die Brücke – *nicht rennen, nicht laufen, ganz normal gehen, schließlich brauchst du alle deine Kräfte fürs Schwimmen* – zurück zum Parkplatz und zu dem Graben, in den er Quints Honda gelenkt hatte.

Es war tatsächlich eine Taschenlampe im Handschuhfach. Er schaltete sie ein. Die Batterien waren ganz frisch; sie leuchtete hell. Jack stieß einen Seufzer der Erleichterung aus.

Dann kletterte er wieder aus dem Graben heraus. Geradewegs in das Scheinwerferlicht eines herannahenden Wagens. Der Fahrer fuhr langsamer und musterte im Vorbeifahren Jacks Gesicht, hielt jedoch nicht an. *Das ist merkwürdig*, dachte Jack. Er hätte gedacht, daß jemand, der einen völlig abgerissenen Mann an der Straße stehen sah, anhalten würde, um zu fragen, was passiert war, und um seine Hilfe anzubieten.

Aber dieser Fahrer tat das nicht. Ganz im Gegenteil: Er fuhr weiter, beschleunigte sogar.

Jack fragte sich, ob der Mann ihn erkannt hatte. Wahrscheinlich nicht – nicht im Scheinwerferlicht. Außerdem hatte Jack sein Sakko weggeworfen und trug nun Quints weiten blauen Blazer. Er war nicht rasiert, hatte völlig zerzauste Haare und ganz andere Kleidung – nein, der Fahrer hatte ihn nicht erkannt. Er war einfach nur neugierig gewesen. Und zu vorsichtig, um dem abgerissenen Fremden mitten in der Nacht seine Hilfe anzubieten.

Jack sah sich den Lageplan mit der Taschenlampe in der Hand genauer an. Es schien nicht schwierig, zur Küste von Sungei Buloh zu kommen: Auf einem langen, sich windenden Pfad nach links, dann wieder nach links und auf einen Holzsteg, der zunächst nach rechts, dann nach links und schließlich wieder nach rechts verlief. Die Parkverwaltung war freundlich genug gewesen, alle Wege nicht nur mit den Entfernungen, sondern auch mit der ungefähren Zeit zu versehen, die man brauchte, um sie zurückzulegen. *Dauert wahrscheinlich nicht mal eine Stunde, um da rauszukommen*, dachte Jack.

Dann fiel sein Blick auf ein weiteres Schild. »Bitte nehmen Sie Rücksicht auf die Tierwelt.« *Welche Tiere wohl? Wahrscheinlich Vögel und so.* Achselzuckend wandte er sich nach links und begann, den Weg entlangzugehen. Schon nach fünf Minuten bekam er Bedenken.

Es war dunkel hier, viel zu dunkel für jemanden, der in New York geboren und aufgewachsen war. Und noch schlimmer: Es war hier alles andere als still. Immer wieder drang Rascheln aus den Büschen und dem Schilf entlang des Pfades. Etwas Schweres und vermutlich Großes bewegte sich im seichten Wasser. Nachtvögel krächzten und zwitscherten. Ein Wesen, das mit Sicherheit kein Vogel war, grunzte im Gebüsch. Als Jack vorbeiging, bewegte es sich. Er hörte den Schlamm unter seinen Füßen *oder Pfoten oder vielleicht auch Klauen* … Jack ging weiter. Das Tier folgte ihm, ohne sich zu zeigen.

Jack beschleunigte seine Schritte. Das Tier wurde ebenfalls schneller, trat auf einen Ast und zerbrach ihn mit lautem Knacken.

Er richtete die Taschenlampe auf die Stelle, sah aber nur

das Unterholz und die Stämme von Kokospalmen, die sich über die Büsche erhoben ...

... und in weiter Ferne das Wasser, das ganz still hätte daliegen sollen, es aber nicht tat. Es kräuselte sich an der Stelle, wo gerade ein größeres Tier geschwommen war.

Mein Gott, was mache ich bloß in diesem Dschungel? Dabei bin ich doch als Junge nicht mal bei den Pfadfindern gewesen ...

Er mußte schlucken, ging aber weiter, mit eingeschalteter Taschenlampe. Den Schein der Lampe ließ er über den Weg vor sich wandern, auf der Suche nach einem Stein oder einem Ast, den er als Waffe benutzen konnte.

Wieder grunzte das Tier. Jack bekam eine Gänsehaut. Fast hätte er zu laufen angefangen.

Nein, dachte er, *die haben mehr Angst vor dir als du vor ihnen.* Hieß es jedenfalls in den Naturbüchern, die er als Junge gelesen hatte. Also sprang Jack in die Luft und gab selbst ein lautes Geräusch von sich, um das Tier zu erschrekken.

Es funktionierte. Das Tier grunzte vor Angst auf und machte sich aus dem Staub.

Die Schlange, die sich ein paar Meter weiter über den Weg schlängelte, tat das jedoch nicht.

4

Chan würde Zaitun Samsudin nach Hause bringen und *vor* ihrer Haustür abliefern. Sie war nicht in der Laune, sich noch bis zur Wohnungstür begleiten zu lassen, das sah Chan, und er wußte, daß er rücksichtsvoll mit ihr umgehen mußte, wenn er sie jemals wiedersehen wollte.

Denn sie war anders als die anderen. Nach allem, was Chan im Vernehmungszimmer mitbekommen hatte, war sie hart im Nehmen und konnte gut austeilen. Solche Frauen gab es in Singapur, dem Staat der kleinen, weißen Mäuse, kaum. Sie war keine Maus, das gefiel ihm. Vielleicht würde er sogar irgendwann Respekt vor ihr haben – sofern man vor Frauen überhaupt Respekt haben konnte. Nun, möglicherweise war sie eine Ausnahme. Jedenfalls war sie genau sein Typ. Sie war stahlhart, und er hatte vor, sein Glück bei ihr zu versuchen. Allerdings nicht an diesem Abend.

Denn an diesem Abend war Miss Zaitun Binte Samsudin nicht empfänglich für irgendeine der Strategien, derer sich Chan sonst bediente. Es war vernünftiger, sie vor ihrem Haus abzusetzen, ihr seine Visitenkarte in die Hand zu drükken und ihr zu sagen, sie solle sich ein wenig ausruhen. Dann würde er ihr sein schönstes Filmstarlächeln schenken (diesmal Warren Beatty), sich noch einmal für die Unannehmlichkeiten entschuldigen, die man ihr gemacht hatte, und ihr sagen, er würde in den nächsten Tagen noch einmal vorbeischauen, um sicherzugehen, daß alles in Ordnung sei.

Wenn sie dann genug Zeit gehabt hatte, sich zu beruhigen, würde sie sich sicher geehrt fühlen, einen Besuch vom berühmtesten Polizisten Singapurs, dem attraktiven, heldenhaften, telegenen Chan Gin zu bekommen, dem Mann, der die Verbrecher immer erwischte und mit Sicherheit auch diesen Dreckskerl Taft schon bald zur Strecke bringen würde.

Er sah sie an. Sie starrte mit düsterem Blick und zusammengepreßten Lippen aus dem Fenster seines Range Rover. Chan fragte sich, was sie dachte. *Nichts Gutes über Taft, so viel steht fest.*

Chan wäre überrascht gewesen, wenn er Zaituns Gedanken hätte lesen können. Bismallah al-Rahman a-Rahim ... Im Namen Allahs, des Gnädigen, des Mitleidvollen ...

Der Rest der Worte, der Trost Allahs, wollte nicht kommen. Statt dessen fielen Zaitun die Beleidigungen von Detective Muhyiddin ein, Anschuldigungen, die sich unabhängige Musliminnen immer häufiger anhören mußten.

Der Prophet Mohammed, Friede sei seinem Namen, hatte

über die Geschlechter gesagt: »Männer und Frauen sind gleich, wie zwei Zähne eines Kammes ... Wer die Frauen ehrt, ist ehrenhaft; wer sie beleidigt, ist gewöhnlich.« Aber Männer wie Muhyiddin schenkten solchen Worten keine Beachtung. Sie bezogen ihre Weisheiten nicht aus dem Koran, sondern aus dem Hadith und der Schariah – also Gesetzen, die nach dem Ableben des Propheten von selbstsüchtigen Kalifen verfaßt worden waren. »Eine Frau sollte sein wie das Wasser, nachgiebig. Es nimmt die Form des Behälters an, in den man es gibt, und hat keine eigene.« Dieses Zitat hatte ihr einmal ein bärtiger Zelot nachgerufen, als sie die Moschee verließ. Und als Zaitun ihn angeherrscht hatte, daß der Prophet so etwas nie gesagt habe, hatte er sie als Ungläubige beschimpft, die den Tod durch Steinigen verdiene. Daraufhin hatte Zaitun ihm gesagt, er solle ihr erklären, wo der Koran eine solche Strafe für andere Verbrecher als Wegelagerer vorsehe. Der Mann hatte vor ihr ausgespuckt, geflucht und sie eine Hure genannt. Zaitun hatte noch ein letztes Mal den Koran zitiert, bevor sie weggestürmt war: »Im Islam gibt es keinen Zwang.«

Vor noch gar nicht so langer Zeit hatte es nicht viele Fanatiker gegeben. Doch jetzt liefen zu viele von ihnen herum. Sie wurden finanziell von den reichen, ölproduzierenden Staaten am Persischen Golf unterstützt und verbargen sich hinter einer wohltätigen Organisation, der »Moslemischen Bruderschaft«, kurz MB. Für die islamischen Frauen hatten diese beiden Buchstaben ganz ähnliche Konnotationen wie die drei »K« des Ku-Klux-Klan für schwarze Amerikaner.

Der Prophet hatte nicht verfügt, daß Frauen ihr Haar unter dem Hijab oder ihren Körper unter der Abaya verbergen müßten. Doch immer mehr Fanatiker forderten genau das und drohten mit Gewalt, falls die Frauen ihren Wünschen nicht nachkämen. Die allerschlimmsten Fanatiker forderten inzwischen schon die Burdah, also das Einsperren der Frauen im Haus, sowie ihre Zwangsbeschneidung.

Zaitun, hin und her gerissen zwischen ihrem Glauben und den Sakrilegien, die in seinem Namen verübt wurden, fürchtete um ihre Zukunft. Sie hoffte, irgendwann zu heiraten und Kinder zu bekommen. Aber konnte sie einen Mann heiraten, der sich möglicherweise von den Lehren der Fanatiker anstecken ließ? Würde sie in der Lage sein, ihre Selbstachtung zu bewahren, wenn man sie zwang, den Tschador zu tragen, wenn sie das Haus nur noch in Begleitung eines Mahram, einer männlichen Gouvernante, verlassen durfte und wenn man ihr schließlich vorschrieb, zu glauben, daß die Erde flach sei und die Sonne und die Sterne darum kreisten? Anderen Musliminnen war all das schon widerfahren. Zaitun wußte von mehr als einem Selbstmord aus Angst, Ohnmacht oder Wut.

Sie und ihre Freundinnen waren sich darüber einig, daß sie sich einen Nicht-Moslem, am besten einen toleranten Westler, als Mann suchen mußten, wenn sie Kinder haben und diese in ihrem Glauben aufziehen wollten. Nicht einen jener Männer, für die der Islam gleichbedeutend mit Terrorismus war, sondern eher einen intelligenten, gebildeten Mann, der ihren Glauben respektierte.

Zaitun hatte das Gefühl, an einem Scheideweg ihres Lebens zu stehen – die einsame Freiheit in der Fremde auf der einen Seite, die zerstörerische Sklaverei auf der anderen. Sie liebte ihren Glauben, aber ihre Freiheit liebte sie noch mehr; zwischen beiden zu wählen würde eine der schwersten Entscheidungen ihres Lebens werden.

Deshalb saß Zaitun mit zusammengepreßten Lippen neben Chan, verletzt und unfähig, Trost im Gebet zu finden.

Chan fragte sich, ob er etwas zu ihr sagen, ob er versuchen sollte, ein Gespräch mit ihr zu beginnen. Doch er wußte, daß das keinen Sinn hatte. Sie sah aus, als wolle sie in Ruhe gelassen werden.

Auch gut, dachte Chan. In etwa fünf Minuten würden sie

ohnehin ihr Haus erreichen. Er konnte diese Zeit gut zum Nachdenken brauchen. Irgend etwas stimmte mit dieser Taft-Geschichte nicht, aber er wußte nicht, was.

Taft verläßt also die Wohnung des Mädchens. Theoretisch weiß außer dem Mädchen und mir niemand, daß er sich dort aufhält. Und keiner von uns ist in der Lage, das zu verraten. Dann tauchen plötzlich ein paar Revolverhelden auf und fangen eine Schießerei an. Das ist alles andere als gut. Solche Sachen passieren nur in New York, nicht hier in Singapur.

Er suchte in seiner Jackentasche nach einem Zahnstocher. Nach einem Blick auf die Frau beschloß er, ihn nicht herauszuholen, weil sie seine Angewohnheit möglicherweise widerlich finden würde.

Keine Frage, die Revolverhelden waren Leute von Poh Kay Siong. Nur sie und die Polizei trauen sich so etwas in Singapur. Aber Poh greift nicht oft zu solchen Mitteln. Schließlich kennt er die Regeln. Und trotzdem macht er plötzlich Jagd auf Taft. Warum? Taft ist wegen einer Drogensache hier, und Poh ist der einzige, der genug Kohle hat, um ihm das Morphium abzukaufen. Also warum ...?

Hatte Taft Poh hereingelegt? Das war eine Möglichkeit. Aber es gab eine weitere Alternative, und die fand Chan bedeutend abschreckender: Vielleicht war Taft nicht nach Singapur gekommen, um Poh Drogen zu verkaufen, sondern um die Insel als Scout eines Konkurrenzunternehmens auszukundschaften.

Ist er von einer der zahllosen Banden, die in ganz Südostasien operieren, als Kundschafter angeheuert worden? Scheiße! Darüber muß ich mich noch genauer informieren.

Sobald er die Frau vor ihrer Haustür abgesetzt hätte, würde er sich das Funkgerät schnappen und ein paar Anweisungen geben: Sagt allen da draußen, daß Chan Gin noch schlechtere Laune hat als gestern. Chenghuang will Antworten, und wenn er die nicht bekommt, gibt's große Probleme.

Poh weiß, welche Einstellung die Regierung gegenüber be-

waffneten Auseinandersetzungen hat. Der würde so was nur riskieren, wenn's um was wirklich Wichtiges geht.

Das Funkgerät am Armaturenbrett piepste. Chan nahm es in die Hand. »Chan hier.«

»Corporal Leung, Sir. Ich bin im Revier und ...«

»Ich sagte, Sie sollen ins Bett gehen, Hal.«

»Ja, Sir. Aber ich bin einen Gedanken nicht losgeworden. Ich konnte mir einfach nicht erklären, woher irgend jemand wissen konnte, daß Taft in Miss Samsudins Wohnung ist.« *Der Mann ist gut*, dachte Chan, *das muß man ihm wirklich lassen*. Leung fuhr fort: »Also habe ich ein paar Ah cits angerufen. Der zweite Informant, mit dem ich gesprochen habe, hat mir gesagt, es geht gar nicht um die Frage, wer Taft umbringen will, sondern darum, wer es nicht möchte.«

»Wie bitte?«

»Ja, und dann hat er mir gesagt, jemand hätte Taft gesehen ...«

»Wir haben schon mindestens hundert Anrufe zu verdächtigen Fremden überprüft ...«

»Bitte hören Sie sich an, was ich zu sagen habe, Sir. Der Ah cit sagt, sie wissen, wo Taft sich befindet, nämlich draußen im Naturschutzgebiet von Sungei Buloh. Und jetzt sind sie unterwegs, um ihn sich zu schnappen.«

»›Sie‹? Wer zum Teufel sind diese ›Sie‹?«

Leung sagte es ihm. Mit zusammengebissenen Zähnen vergewisserte sich Chan, daß Zaitun ihren Sicherheitsgurt angelegt hatte, und riß das Lenkrad herum.

5

Chan flüsterte mit zusammengepreßten Lippen: »Ducken Sie sich, und halten Sie den Mund.« Zaitun, die sich bis vor ein paar Sekunden noch die Seele aus dem Leib geschrien hatte, verstummte.

Chan schwang die Beine aus seinem Rover, einem Wagen,

den normalerweise nur Parkwächter zugeteilt bekamen. Doch er entsprach Chans Charakter. Allerdings wäre ihm ein Hum-Vee noch lieber gewesen. Aber den stellte ihm die Singapurer Polizei nicht. Leider hatte Poh Kay Siong nicht mit ähnlichen Budgetbegrenzungen zu kämpfen. Seine Bande hatte zwei von den Wagen, große Militärfahrzeuge in Wüstenbraun.

Die anderen Fahrzeuge – zwei schwarze Beamers, eine große Mercedes-Limousine und Poh Kay Siongs nachtblauer Cadillac Coup de Ville, der einzige seiner Art in ganz Singapur – interessierten Chan nicht. Aber die Tatsache, daß die Chiu-chow-Bruderschaft Hummers hatte und er nicht, wurmte ihn.

Als er den Parkplatz überquerte, ging die hintere Tür des Cadillac auf, und Poh Kay Siong stieg aus, bekleidet mit einem teuren schwarzen Anzug. Er wirkte müde, hielt sich aber aufrecht, eine ehrfurchtgebietende Gestalt.

»Polizeichef Chan«, murmelte Poh. »Wir haben Sie schon erwartet.«

Chan marschierte an ihm vorbei, ohne ihm Beachtung zu schenken, geradewegs auf den BMW zu, der ihm am nächsten stand, und riß die Tür auf. »Raus«, brüllte er. Fünf Männer kletterten aus dem Wagen, aus dem zweiten BMW vier. In der Limousine waren sechs weitere. Dazu jeweils vier in den beiden Hummers. Insgesamt vierundzwanzig einschließlich Poh. Das war keine Gangsterbande, dachte Chan, sondern eher eine Armee.

Er verschränkte die Arme und lehnte sich gegen einen der BMWs. Dann holte er einen Zahnstocher aus seiner Jacke, steckte ihn zwischen die Lippen und starrte die versammelte südostasiatische Gangsterelite schweigend an.

Niemand sagte etwas. Chan wartete ab. Schließlich gab es Regeln für solche Treffen, und die wichtigste lautete, daß der Gangster dem Polizisten erklärt, was er will, und nicht umgekehrt.

Poh nickte und erkannte damit höflich diese Regeln an. »Wie gesagt, Sir, wir haben Sie schon erwartet.«

»Die Einfuhr von Funkgeräten oder anderer Ausrüstung zum Abhören des Polizei- oder Militärfunks kann mit bis zu sechsunddreißig Monaten Gefängnis, zweihunderttausend Dollar und zehn Stockstreichen bestraft werden.«

Poh breitete die Hände aus. »Wir würden solche Geräte natürlich nie in unser Land schmuggeln. Wir haben Sie schon erwartet, weil uns Ihr Auftauchen hier nur logisch erschien. Nennen Sie es Intuition, wenn Sie wollen. Unsere Intuition sagt uns außerdem, daß Sie keine Unterstützung angefordert haben, sondern diese Angelegenheit sozusagen unter vier Augen regeln wollen.«

Chan bedachte ihn mit einem eisigen Blick. Es war dunkel hier draußen an der Nordwestküste, und die Stadt war weit weg. Das einzige Licht kam von den Scheinwerfern der sechs Fahrzeuge. Der Wind flüsterte in den Bäumen. Irgendwo im Schilf beschwerte sich ein Reiher darüber, daß man ihn aufgeweckt hatte.

Chan kannte diesen Teil der Insel gut. Als Junge war er oft zum Schwimmen hierhergekommen und hatte mit seinen Freunden gespielt – Malaienjungen, die in Kampung perkampungans an der Küste wohnten. Doch diese Dörfer mit ihren pittoresken Pfahlbauten und den anmutigen Palari-Booten waren mittlerweile verschwunden und durch sterile staatliche Wohnanlagen ersetzt worden. Chan war alt genug, um zu wissen, wie sein Land ausgesehen hatte, als die Banken es noch als zur Dritten Welt gehörig eingestuft hatten. Manchmal befiel ihn eine Sehnsucht nach der Reinheit dieser Zeit.

»Ich glaube«, sagte Poh gerade, »Sie kennen die meisten der Herren hier.«

»Gut genug, um zu wissen, daß sie keine Herren sind. Wen haben wir denn da? Das Ah-Kong-Syndikat, die Siew Sam Hong, die Ghee Hin, die Sio Kun Tong und sogar die

Mong-Tai-Armee. Ich habe das Gefühl, daß nur noch die Unterwäschegang fehlt.«

Poh zuckte zusammen. »Bitte. Schließlich sind wir hier alle Profis.«

»Na schön, Poh, raus mit der Sprache. Was führt den Gangsterchef Nummer eins und seine Lieblingsbeißer mitten in der Nacht hierher in die Mangrovensümpfe?«

Poh nickte höflich. »Es gibt da eine Mücke, die sie ärgert, ein gewisser John Gregory Taft. Wir ...«, dabei deutete Poh auf seine Kollegen, »... haben gehört, daß er dieses Gebiet hier gegen drei Uhr morgens betreten hat, und wollten dem Staat einen Dienst erweisen, indem wir ihn aufhalten.«

Chan verachtete die höfliche Fassade des Mannes. »Aufhalten? Und was wollen Sie dann mit ihm anstellen?«

»Nun, Sir, wenn Sie ihn verhaften, wird er mit ziemlicher Sicherheit gehängt. Wenn wir ihn finden, wäre es doch nur logisch, wenn man zu einem ähnlichen Arrangement käme, allerdings rascher und deutlich kostengünstiger für den Staat, finden Sie nicht auch?«

»Ich kann nicht ganz folgen, Poh. Warum könnte es ausgerechnet für Sie so wichtig sein, daß ein Drogenschmuggler hops geht?«

»Aber Sir, Sie wissen doch sicher, daß keiner der Anwesenden etwas mit Drogenhandel zu tun hat.«

»Aber natürlich«, pflichtete ihm Chan in sarkastischem Tonfall bei. »Genauso wie ich weiß, daß keiner von euch ungesetzlicherweise Feuerwaffen bei sich trägt.«

Poh nickte leicht mit dem Kopf, lächelte und antwortete dann mit bewußt traurigem Blick: »Ihre Frage ist leicht zu beantworten. Mr. Taft gehört nicht zu uns. In meiner Branche sehen wir nicht gern neue Rivalen. Man löscht sie am besten so schnell wie möglich aus. Nur so werden Mr. Tafts Auftraggeber, wer sie auch immer sein mögen, begreifen, daß die Philosophie des freien Marktes nicht für alle Bereiche gilt. Unser gutorganisiertes System ist viel besser als die

Anarchie, für die Mr. Taft steht – besser für uns, besser für Sie und besser für die breite Öffentlichkeit. Ich darf vielleicht noch hinzufügen, daß alle hier Anwesenden, die Sie notwendigerweise als Gegner sehen, Sie sehr schätzen.« Chans Gesichtsausdruck ließ Poh einen Augenblick schweigen. »Nein, nein, wirklich. Niemand von uns, der sich seinen Lebensunterhalt hier auf dieser Insel verdient, würde es wagen, Ihnen gegenüber keine Hochachtung zu zeigen. So etwas gehört sich einfach nicht. Schließlich halten wir uns an die Etikette. Dieser Taft wirft ein schlechtes Licht auf uns. Die Leute werden denken, daß wir mit ihm zusammenarbeiten und für sein Verhalten verantwortlich sind. Und noch schlimmer: Im Ausland wird man einen falschen Eindruck davon bekommen, was hier in unserem Staat möglich ist und was nicht. Deshalb ...«

Chan knurrte: »Und deshalb habt ihr euch gedacht, der alte Chan kriegt das nicht auf die Reihe.«

»Sir, wir würden kaum ...«

»Deswegen habt ihr versucht, ihn im Hotel umzulegen, deswegen habt ihr euch in Toa Payoh auf ihn gestürzt, und deswegen seid ihr jetzt hier. Stimmt's? Ja, genau. Ihr habt euch gedacht, wer mir zweimal entkommt, der schafft's auch noch ein drittes Mal. Ihr habt euch gedacht, der gute Chan Gin wird allmählich alt, also helfen wir ihm lieber, damit ihm am Schluß nicht noch was passiert.«

»Sie übertreiben ...«

»Poh, ich löse meine Probleme selber, kapiert?«

Poh lächelte breit. Chan würde Taft beseitigen und gar nicht auf die Idee kommen, daß Taft jemand anders sein könnte als ein ausländischer Drogenhändler, der versuchte, sich auf Pohs Territorium breitzumachen. Und endlich hätte der Senior Minister einen Grund, um Chan abzusägen. Es war perfekt, genau das, was Poh gewollt hatte, eine rundum befriedigende Lösung all seiner Probleme. »Aber natürlich, Sir.«

»Gut.« Chan sah in die Dunkelheit jenseits des Parkplatzes – Sümpfe, Mangroveninseln, in der Ferne das Wasser der Straße von Johor. »Taft ist irgendwo da drin, sagen Sie? Mitten in Sungei Buloh?«

»Mit an Sicherheit grenzender Wahrscheinlichkeit.«

Chan ging zu seinem Range Rover und öffnete den Kofferraumdeckel. Im Innern befand sich ein langer Koffer mit einer blauen Sugg-50. Chan legte die über zehn Kilo schwere Waffe über den Arm. Ein gutes Gefühl. Niemand sonst in Singapur hatte eine solche Waffe, niemand sonst wollte sie, es hätte sich nicht einmal jemand gefunden, der sie hätte abfeuern wollen, denn das Ding hatte einen verdammt harten Rückstoß. Wenn Chan Taft damit aufspürte, würde die Sugg ihm mit einem Schuß den Bauch wegreißen.

Chan warf einen Blick über die Schulter. »Ihr könnt jetzt hier verschwinden.«

Poh schüttelte den Kopf. »Wenn es Ihnen nichts ausmacht, würden wir lieber warten, bis Sie wieder da sind.«

Chan lachte gequält. »Ihr wollt also dableiben für den Fall, daß er mich ins Jenseits befördert. Na schön, vergeudet eure Zeit, wenn ihr wollt. Aber ich versprech's euch, wenn ihr Taft das nächste Mal seht, ist er ein toter Mann.«

»Das freut mich zu hören.«

Was grinst der eingebildete Affe so? fragte sich Chan. Dann sagte er: »Ach ja, noch eins: Heute nachmittag hat jemand draußen in Toa Payoh einen unbeteiligten Passanten erschossen. Mit einer langläufigen Waffe, Kaliber .357, vielleicht einem Colt Python.« Chan nahm ein Paar Handschellen von seinem Gürtel und warf es Poh vor die Füße. »Wenn ich wieder zurückkomme, möchte ich den Besitzer dieser Waffe mit diesen Handschellen an der Stoßstange meines Wagens festgemacht sehen. Kapiert, Poh?«

»Ist sozusagen schon passiert, Sir.«

Ein Festlandschinese mit billigem Anzug trat erschreckt

einen Schritt zurück. Chan nahm sich nicht die Zeit zuzusehen. Den Geräuschen nach zu urteilen, schien der Kampf nicht lange zu dauern.

6

Irrtümlicherweise – der Irrtum würde sich erst später aufklären – glaubte Chan zu wissen, was Poh vorhatte. Es schien auf der Hand zu liegen, daß Chan gegenüber der Unterwelt das Gesicht verloren hatte, weil Taft ihm zweimal entkommen war. Poh Kay Siong und seine Kollegen stellten seine Effektivität in Frage, überlegten, ob er allmählich zu alt wurde, und träumten bereits davon, ihn öfter als bisher hinters Licht zu führen. Wenn das der Fall war, dann hatte Chan keine andere Wahl, als diesem John Gregory Taft in die Dunkelheit des Sumpfes zu folgen.

Poh hatte ihm eine Prüfung auferlegt. Wenn er sie bestand, würde Poh sich zurückziehen. Wenn nicht, nun, dann ... was dann passierte, war nicht mehr von allzugroßer Bedeutung, oder?

Mittlerweile hatte er fünfzig Meter des Hauptweges hinter sich gebracht und war am Besucherzentrum und der Fußgängerbrücke vorbeigekommen, die die Sungei-Buloh-Mündung überspannte. Der Parkplatz lag weit hinter ihm. Nur die Scheinwerfer eines Hum-Vee waren so stark, daß er sie immer noch sah. Hier gabelte sich der Weg nach Norden und Süden. Jeweils in die undurchdringliche Dunkelheit hinein.

Chan hatte keine Taschenlampe. Es wäre dumm, ja, selbstmörderisch gewesen, eine mitzunehmen, denn mit dieser Lampe hätte er ein gutes Ziel abgegeben.

An der Gabelung blieb er stehen und versuchte sich die Anlage des Parks ins Gedächtnis zu rufen. Er umfaßte ein riesiges Gebiet, und es führten nur wenige Wege hindurch. Sungei Buloh war nicht so beliebt wie die anderen Naturparks von Singapur – er war einfach zu abgelegen und letztlich *zu* natürlich. Die Singapurer Mäuse mochten andere, gepflegtere Grünflächen lieber.

Schade, dachte Chan, daß nicht mehr Menschen hierher kamen. Dieses Stück Land hier draußen war immer noch wild und ursprünglich und erinnerte ihn daran, wie Singapur früher einmal gewesen war.

Jetzt fiel Chan wieder ein, wie die Wege verliefen: in drei großen Kreisen, die einander jeweils berührten. Die Frage war nur: Welchen der Pfade hatte Taft gewählt?

Die Antwort lag auf der Hand.

Zu dieser späten Stunde gab es kaum einen verlasseneren Fleck auf der Insel Singapur als Sungei Buloh. Nicht einmal die Zigarettenschmuggler, die ihre Marlboros über die Straße von Johor aus Malaysia hierher brachten, lenkten ihre Boote in diese Gegend. Die Küste von Sungei Buloh lag viel zu weit von allen Straßen entfernt. Außerdem war sie viel zu gefährlich, weil es hier von Krokodilen nur so wimmelte.

An Land bewegen sich Krokodile mit einer Geschwindigkeit von etwa zehn Stundenkilometern. Menschen schaffen ein bißchen mehr und sollten die Beine in die Hand nehmen, wenn sie eins dieser Tiere sehen. Chan haßte die Krokodile, wie sie braun und unauffällig im Wasser lagen und geduldig darauf warteten, daß ihr Opfer sich ihnen näherte. Es gab kein Tier, vor dem Chan mehr Angst gehabt hätte.

Abgesehen vielleicht von Schlangen.

Und auf der tropischen Insel Singapur gab es mehr als genug davon. Giftige, schwarze oder graue, manchmal auch gesprenkelte – aber praktisch immer unsichtbar. Sungei Buloh wurde von der Königskobra beherrscht. Als Chan zehn Jahre alt gewesen war, war der Onkel seines besten Freundes von einem dieser Biester gebissen worden. Der Mann hatte länger durchgehalten als die meisten anderen: fünfzehn Minuten. Und vierzehn davon hatte er vor Schmerzen geschrien wie am Spieß.

Dazu kamen noch einige andere Kobraarten und sogar Pythons.

Scheiße! dachte Chan. *Was mache ich eigentlich hier? Ich sollte da draußen auf dem Parkplatz warten, und Poh und seine Leute sollten hier rumkriechen. Mit ein bißchen Glück und der einen oder anderen Kobra wäre mein Verbrecherproblem schon bald gelöst ...*

Etwas Schwarzes, etwa Pumagroßes kam aus dem Unterholz.

Du lieber Himmel!

Chan blieb vor Schreck fast das Herz stehen. Der Atem stockte ihm. Das Tier stand kaum zwei Meter von ihm entfernt, das Fell pechschwarz, die Katzenaugen leuchtend, die Zähne gebleckt.

Chan legte die Sugg über seinen linken Arm. Mein Gott, wie dumm! Poh Kay Siong hatte recht. Er war nicht mehr der Alte – er hatte das Ding nicht einmal geladen.

Der Schweiß trat ihm auf die Stirn, und sein Herz hämmerte wie wild. Sollte er die Sugg fallen lassen und die Smith & Wesson ziehen, die in seinem Schulterhalfter steckte?

Nein, das Tier war viel zu nah. Eine falsche Bewegung, und es würde ...

Würde was?

Es würde vor Schreck umfallen. *Scheiße!* Jetzt wußte Chan, was das für ein Vieh war – ein malaysischer Binturong, ein Bärenmarder, der irgendwie einen Weg über die Straße von Johor gefunden hatte. *Verdammtes Mistvieh!* Es war nur der größere Verwandte einer Zibetkatze. Gut, es sah aus wie ein Panther, zumindest im Dunkeln, aber es war so gutmütig wie eine Hauskatze. Das Tier stand nur so versteinert mitten auf dem Weg herum, weil es mehr Angst vor Chan hatte als dieser vor ihm.

Chan stampfte mit dem Fuß auf, und schon verschwand der Binturong völlig verschreckt im Unterholz. Chan schluckte, wischte sich den Schweiß von der Stirn, atmete tief durch und wartete, bis sein Pulsschlag sich normalisiert hatte.

In der Zwischenzeit holte Chan eine riesige Patrone aus seiner Jackentasche, öffnete den Verschluß der Sugg, legte die Kugel in die Kammer und verschloß sie wieder.

Jetzt war das Ding geladen.

Fehlte nur noch dieser Scheißkerl Taft.

7

Chan sah nach rechts, in nördliche Richtung. In ungefähr hundert Metern Entfernung mündete der Fluß in die Straße von Johor. Und etwa zwei Kilometer weit weg funkelten die Lichter von Malaysia in der Dunkelheit.

Malaysia – das war die Antwort auf seine Fragen. Deswegen war Taft in dieses Sumpfgebiet gekommen. Sicher hatte sich Taft schon zu Hause einen Plan zurechtgelegt für den Fall, daß etwas schiefgehen sollte.

Und dieser Plan sah vermutlich so aus: Von hier, also der nördlichsten Spitze der Insel aus, konnte man das Festland mit dem Boot schnell erreichen. Taft hatte mit Sicherheit einen Kontaktmann drüben in Johor. Ein Anruf, und schon wäre die Verabredung perfekt – wir treffen uns in der Nacht, dort, wo die Küstenwache nie hinkommt, in Sungei Buloh.

Chan war sich sicher, daß da draußen gerade ein Schnellboot unterwegs war. Und wenn nicht, dann würde es sicher bald kommen. Er warf einen Blick auf seine Uhr. Drei Uhr achtunddreißig. Mit ein bißchen Glück hatte Taft sich zur vollen Stunde verabredet. Vielleicht um vier? Ja, das klang gut. Das paßte auch zu Poh Kay Siongs Aussagen: Pohs Leute hatten Taft um drei Uhr in den Park gehen sehen. Da ergab ein Termin um vier Uhr durchaus Sinn. Halb vier wäre zu knapp.

Chan wußte jetzt, wohin er gehen mußte.

Tafts Kontaktmann brauchte einen Orientierungspunkt.

Aber an einer unbewohnten Mangrovenwaldküste gab es nur wenige Orientierungspunkte.

Eigentlich nur einen.

Sungei Buloh war ein Paradies für Vogelfreunde. Hier gab es mehr als einhundertsiebzig verschiedene Vogelarten, manche davon ausgesprochen selten. Die Vogelliebhaber hatten sich massiv für die Erhaltung von Sungei Buloh als Schutzgebiet eingesetzt. Was bedeutete, daß es nun ungefähr zwei Dutzend Beobachtungsstellen in dem Park gab, darunter auch einen Beobachtungsturm.

Und vermutlich war Taft zu diesem Turm unterwegs, denn er war von der Straße von Johor aus deutlich zu sehen.

Wenn man sich die Karte von Sungei Buloh ansah, was Taft zweifelsohne getan hatte, meinte man sicher, daß der Turm von der Stelle, an der Chan jetzt stand, ein ganzes Stück entfernt war. Das stimmte. Aber es stimmte auch wieder nicht.

Denn Chan kannte Sungei Buloh besser als Taft. Taft würde sich an die Karte halten und den Sand- und Plankenwegen folgen, die um den Park herumführten. Diese Pfade beschrieben große Kreise, der nördliche um einen schlammigen Teich herum, wo Rohrdommeln und Schnepfen sich im Schilf versteckten, der südliche um einen seichten See, in dem es vier verschiedene Reiherarten gab. Auf jedem der beiden Pfade waren es ungefähr fünf Kilometer bis zum Turm.

Taft konnte nicht wissen, daß diese beiden Gewässer durch einen schmalen, etwa dreihundert Meter langen Damm voneinander getrennt wurden. Dieser Damm war auf keiner Karte verzeichnet. Niemand außer den Parkwächtern durfte ihn betreten. Auf diesem Damm würde Chan nur ein Zehntel der Zeit durch Sungei Buloh brauchen im Vergleich zu jemandem, der den offiziellen Weg wählte.

Mit ein bißchen Glück würde er den Turm erreichen, bevor Tafts Boot aufkreuzte.

Chan begann zu laufen, seinen Rhythmus zu finden. Links-rechts-links-rechts, durch die Sumpflandschaft. Schon bald war er ganz entspannt. Vor ihm wurde der Boden heller, sandiger. Noch etwa zwanzig Schritte, und er war wieder auf dem Hauptweg. Dann eine Rechtskurve, noch eineinhalb Kilometer, dann wäre er schon am Turm. Zehn, nein acht Minuten Laufen, dann schnelles Gehen, so leise wie möglich, immer in der Hoffnung, daß Taft tatsächlich auf den Turm geklettert war, um von dort aus mit einer Taschenlampe oder einem Streichholz Signale zu geben – das perfekte Ziel …

»Oh Gott!«

Chan erstarrte. Der Schrei kam von links, von einem Weg, der durch den dichtesten Mangrovensumpf von Sungei Buloh führte. Die Stimme gehörte zweifelsohne Taft.

»Mein Gott! Verschwinde, laß mich in Frieden!«

Chan grinste zufrieden. Offenbar war Mr. Taft gerade einem der Bewohner von Sungei Buloh begegnet.

8

Die Schlange hatte ihm gerade noch gefehlt. *Jetzt reicht's*, dachte Jack wütend.

Er war vorsichtig gegangen, hatte sich nicht von dem Sandweg entfernt und sich mit Hilfe von Peter Quints Taschenlampe immer wieder vergewissert, daß er sich noch auf dem richtigen Pfad befand.

Und dann war plötzlich dieses Ding über den Weg gekrochen. Dieses endlos lange Ding, mindestens zehn Meter lang. Eine Schlange!

Jack schrie auf. *»Oh Gott!«* Das Reptil war dick wie ein Baumstamm. Jack wurde bei seinem Anblick übel. Es blieb in der Mitte des Weges liegen und musterte ihn mit unverhohlenem Appetit. *»Mein Gott!«* Er trat unwillkürlich einen Schritt zurück. Die Schlange folgte ihm. Züngelnd hielt sie den Blick auf Jack gerichtet, den sie offenbar für ein verletztes Tier, also eine leichte Beute, hielt.

Wieder schrie Jack auf: »*Verschwinde, laß mich in Frieden!*« Für den Bruchteil einer Sekunde hielt die Schlange inne. Jack schleuderte die Taschenlampe nach ihr. Sie schlug auf den Boden auf, erlosch und rollte ein Stück weiter, bis sie direkt neben dem Kopf der Schlange liegenblieb. Die Schlange berührte sie mit ihrer Zunge und merkte offenbar, daß sie nichts zu fressen war. Jedenfalls machte sie kehrt und bewegte sich in ihrer ursprünglichen Richtung weiter. Schon bald war sie nicht mehr zu sehen.

Noch nie in seinem Leben hatte Jack solche Angst gehabt. *Jetzt reicht es wirklich!*

Er blieb eine ganze Weile stehen, ohne sich von der Stelle zu rühren. Die Schlange schien tatsächlich verschwunden zu sein. Er hörte sie nicht mehr und konnte auch nichts mehr von ihr sehen.

Gott im Himmel! Was war das bloß für ein Vieh?

Egal, jetzt war's weg. Und er mußte weiter. Bis zum Ende des Parks und der Küste war es noch fast einen Kilometer.

Allerdings würde er sich nicht ohne Taschenlampe auf den Weg machen. Nicht, wenn hier überall Schlangen herumkrochen.

Er hatte die Lampe nach der Schlange geschleudert, und sie war erloschen, als sie den Boden berührt hatte. Jack konnte nur hoffen, daß sie nicht kaputt war.

Wo steckt das verdammte Ding?

Da fiel sein Blick auf etwas Schimmerndes auf dem Boden. Die Lampe war an den Fuß eines Baumes gerollt. Jack machte fünf Schritte nach vorn und bückte sich dann, um sie aufzuheben.

Über ihm, wo gerade noch sein Kopf gewesen war, verschwand ein ungefähr halbmetergroßes Stück aus dem Baumstamm. Gerade war es noch dagewesen, doch jetzt hatte es sich in Nichts aufgelöst und nur noch etwas Holzstaub in der Luft und eine Lücke im Baum hinterlassen, der plötzlich zu schwanken begann.

Und da war noch ein höllisch lautes Geräusch gewesen, so laut, daß er Chan Gins Fluch beinahe überhört hätte: »Scheiße, daneben!«

Zum dritten Mal in dieser Nacht schrie Taft auf, diesmal nicht aus Angst, denn die hatte er nicht mehr, sondern aus Wut.

9

Etwas Besseres hätte Chan sich gar nicht wünschen können: Taft ungefähr vierzig Meter von ihm entfernt, bewegungslos und im Schatten, aber gut zu erkennen, ein leichtes Ziel.

Er legte den Lauf der Sugg-50 auf den dicken Stamm eines Mangobaumes, um den zu erwartenden heftigen Rückstoß abzufangen, und aktivierte das Nachtsichtgerät im Zielfernrohr. Dann richtete er den Lauf der Waffe auf Tafts Nacken. Dieser begann sich auf einen Baum zuzubewegen, eine Tampine. Noch wenige Jahrzehnte zuvor hatte es überall in Singapur solche Bäume gegeben, doch sie waren begehrt wegen ihres besonders harten Holzes und inzwischen selten geworden, ja fast schon vom Aussterben bedroht.

Taft blieb am Fuß des Baumes stehen. Chan atmete tief durch und krümmte den Finger um den Abzug.

Aus der Sugg löste sich mit einem Höllenkrach ein Schuß, gefolgt von einer zwei Meter langen Flamme. Dann ächzte der Stamm des Mangobaumes, auf den Chan die Waffe gestützt hatte, und Früchte regneten auf den Boden herab.

In vierzig Meter Entfernung neigte sich der Tampine-Baum ganz langsam nach hinten. Und John Gregory Taft richtete sich mit einem Fluch auf, den Chan wegen des Lärms nicht verstehen konnte.

Chan traute seinen Augen nicht. Allmählich wurde ihm

dieser Taft unheimlich. Er spürte so etwas wie Angst in sich aufsteigen.

Mittlerweile war der Amerikaner schon in Bewegung. Er sprintete auf einen Plankenpfad zu, der einen breiten Mangrovensumpf überspannte. Dann sprang er über ein Geländer, landete vier Meter tiefer im hüfthohen Wasser und verschwand aus Chans Blickfeld.

Angst hin oder her, nun rannte auch Chan, und zwar viel schneller als zuvor. Er lief über den sandigen Weg und suchte unterdessen in seiner Jackentasche nach einer weiteren Kugel. Einen kurzen Augenblick lang spielte er mit dem Gedanken, die Sugg einfach fallen zu lassen und die kleinere Waffe aus dem Schulterhalfter zu ziehen, verwarf ihn aber wieder. Taft befand sich ein ganzes Stück vor ihm, und eine Pistole war auf Distanzen von über fünfundzwanzig Metern nicht zielgenau. Die Sugg war seine einzige Hoffnung.

Im Laufen legte er die Patrone in die Sugg und schlüpfte zuerst aus dem linken und dann aus dem rechten Schuh. Der eine blieb auf dem Plankenweg liegen, der andere landete im Sumpf – Bally-Slipper aus Handschuhleder, vierhundert Singapur-Dollar das Paar. Aber daran dachte er jetzt nicht. Er konzentrierte sich voll und ganz darauf, nach seinem Sprung über das Geländer aufrecht im hüfthohen Wasser zu landen, die Sugg im Anschlag.

Hier war die Stelle, an der Taft ins Wasser gesprungen war, mitten im Mangrovendschungel. Und ganz instinktiv war er genau auf den Ort zugerannt, an dem sich das Dikkicht auftat.

Chan sprang über das Geländer. Die Wucht des Aufpralls ließ das Wasser bis zu seinem Hals hochspritzen. Lauwarmes braunes Zeug, das salzig, fast ein bißchen nach Blut, schmeckte, landete in seinem Gesicht.

Er zwang sich, sofort aufzustehen. Chan spürte die schwache Strömung an seinen Beinen.

Er blieb jetzt ganz ruhig stehen, lauschte.

Taft bewegte sich mit Sicherheit langsam, um nicht gehört zu werden. Aber mit ein bißchen Glück würde er im Matsch ausrutschen, über einen im Wasser liegenden Baumstamm stolpern oder an eine Stelle gelangen, die zu tief zum Waten war und deshalb schwimmend überwunden werden wußte – und all das würde Lärm machen.

Eine leichte Brise bewegte die Äste der Bäume, Blätter raschelten. Von der Straße von Johor klang gedämpft eine Schiffssirene herüber. Irgendwo gab ein Tier ein Geräusch von sich, und Chan hörte, wie es einen Baum hinaufhuschte. Frösche quakten, und Vögel krächzten unbeeindruckt von diesen beiden Zweibeinern, die keine Gefahr für ihre Nester darstellten. Chan lauschte, ohne sich zu bewegen.

Und dann hörte er etwas.

Von dem linken, nordöstlichen Flußarm klang das Geräusch von etwas Großem herüber, das sich behäbig durchs Wasser bewegte – langsam und rhythmisch. Das mußte Taft sein.

Taft würde nicht schnell schwimmen, weil sonst das Risiko, gehört zu werden, zu groß wäre. Das bedeutete, daß Chan ihm gegenüber im Vorteil war, weil er den Park von Kindesbeinen an kannte. Er wußte, wie man sich leise und doch schnell durch diese Gewässer bewegte.

Chan brauchte eine Weile, bis er einen passenden Stamm gefunden hatte, der mit der Strömung den Fluß hinuntertrieb. Er legte sich darauf. *Genau richtig.* Wenn er versuchte, sich daraufzusetzen, würde der Stamm untergehen, aber so trieb er einfach weiter, den Körper halb im Wasser und halb auf dem Holz. Chan legte die Sugg quer über den Stamm und hielt sie mit beiden Händen fest.

Dann begann er, sich mit den Füßen vom Boden des Sumpfes abzustoßen. So kam er schneller voran, als er schwimmen konnte. Und völlig geräuschlos. Nach ein paar Sekunden wurde der Stamm langsamer, und Chan stieß sich wieder ab. Schon bald hatte er seinen Rhythmus gefunden.

Noch immer hörte er die Geräusche vor sich, nun allerdings deutlich näher.

Chan verringerte den Abstand zu Taft mit jedem Stoß seiner Füße. Solange Taft langsam weiterschwamm, würde Chan immer mehr aufholen. Bestimmt lauschte auch Taft, doch er würde nichts hören.

Der Fluß krümmte sich. Etwa zwanzig Meter vor Chan lag eine winzige Insel aus Mangrovenwurzeln und Schlamm, an der sich die Strömung teilte. Auf welcher Seite würde Taft an der Insel vorbeischwimmen? Chan lauschte. Der Schwimmer, inzwischen viel näher, hatte sich für die rechte entschieden. Chan stieß sich vom Boden des Sumpfes ab, dirigierte seinen Baumstamm in diese Richtung. Hinter ihm kräuselte sich das Wasser.

Da war er! Chan sah ihn! Keine dreißig Meter entfernt!

Taft war nur ein dunkler Schatten im dunklen Wasser. Aber dieser Schatten schwamm gerade an der kleinen Mangroveninsel vorbei, direkt auf den Beobachtungsturm zu. Chan versuchte Tempo zu gewinnen.

Noch eine Minute, dann wäre es so weit. Etwa zehn oder zwölf Meter hinter Taft würde er die Sugg anlegen (der Rückstoß konnte ihm das Schlüsselbein brechen), zielen, abdrücken, und endlich wäre der Spuk hier vorbei.

Aus einer Entfernung von zehn Metern hatte die Sugg die Durchschlagskraft eines Güterzuges. Die Kugel würde Taft zerfetzen. Man würde seine Einzelteile in der ganzen Umgegend verstreut finden.

Chan konnte es kaum erwarten.

Noch näher. Knapp achtzehn Meter. Taft hatte ihn immer noch nicht gehört.

Vierzehn Meter. Jetzt konnte Chan den Körper seines Gegners deutlicher erkennen. Er trieb eher dahin, als daß er schwamm. Noch ein paar Sekunden …

Der Stamm stieß gegen etwas, gegen eine Schlammbank. Er steckte fest, rührte sich nicht mehr von der Stelle.

Wenn ich ihn erwischen will, dann jetzt!

Chan richtete sich auf, legte die Sugg an. Er wußte, daß er auf diese Entfernung kein Zielfernrohr brauchte. Er mußte nur den Lauf der Waffe auf Taft richten, dem mörderischen Rückstoß standhalten und hoffen, daß nicht allzu viele Teile des Dreckskerls durch die Luft flogen.

Chan hatte die Sugg fast schon angelegt, als er spürte, daß sich etwas in seinen Rücken drückte. Und hinter ihm flüsterte eine Stimme: »Hände hoch, Chan. Lassen Sie die Waffe fallen.«

Chan dachte: *Mein Gott, was habe ich da die letzten fünf Minuten verfolgt* und *Scheiße, nein!* Dann erst merkte er, daß er aus Schreck über Tafts Hinterhalt den Abzug durchgedrückt hatte.

Der Rückstoß brachte Chàn aus dem Gleichgewicht; die Sugg landete mit der Wucht eines Elefantentritts in seinen Rippen ...

... stechender Schmerz ...

... dann Schwärze ...

Chan verlor das Bewußtsein.

Das Krokodil, das von der Schnauze bis zum Schwanz mehr als vier Meter maß, zuckte ob der Wucht des Geschosses zurück, tauchte ab und machte sich in Richtung sicherer Gewässer davon.

10

Chan erlangte das Bewußtsein wieder, war aber noch nicht bereit, die Augen aufzuschlagen. Er spürte einen dumpfen Schmerz auf der rechten Seite, der durch den Schock gedämpft wurde.

Er spannte die Bauchmuskulatur an und zuckte zusammen. *Gebrochene Rippen*, dachte er. *Die muß ich mit Tape fixieren lassen.* Bis dahin würde er sich langsam bewegen müssen. Und wahrscheinlich auch hinterher.

Immer vorausgesetzt, es gab überhaupt ein Hinterher.

Er ahnte, daß er nicht lange bewußtlos gewesen war. Höchstens ein paar Minuten, allerdings lange genug für Taft, um ihm alle Waffen abzunehmen.

Und, das fiel Chan erst jetzt auf, um sein linkes Handgelenk mit den Handschellen, die er am Gürtel getragen hatte, an einer dicken Mangrovenwurzel festzumachen.

Scheiße. Er hatte keine große Angst. Schließlich war der Mann ein Profi. Es wäre schnell vorbei.

Chan schlug die Augen auf. Taft war bei ihm, gerade so weit weg, daß er ihn nicht erreichen konnte.

Hinterher wird er mich einfach in den Sumpf werfen, und ein Krokodil wird kommen, und ... mein Gott! Plötzlich hatte Chan doch Angst.

Als Taft sah, daß Chan wieder bei Bewußtsein war, sprach er ihn in merkwürdigem Plauderton an: »Sie haben aber eine ganze Menge Waffen dabei«, sagte er. Eine davon, eine leichte Ruger, lag jetzt in Tafts Hand und zielte vage in Chans Richtung.

Sah ganz so aus, als wolle der Dreckskerl sich auch noch über ihn lustig machen, bevor er ihn abknallte. »Ich geh lieber auf Nummer Sicher.«

»Und das Ding hier«, dabei deutete Taft auf die Sugg, die quer über seinen Knien lag. »Was ist denn das, so was wie 'ne Raketenabschußrampe oder was?«

Taft versuchte ruhig zu wirken, aber Chan spürte seinen Zorn unter der Oberfläche, sah, daß der Mann ihm am liebsten mit dem Schaft der Waffe ins Gesicht geschlagen hätte. Das konnte er ihm nicht verdenken. Wenn er an seiner Stelle gewesen wäre, hätte er genau das getan. »Machen Sie sich nicht lustig über mich, Taft. Das ist eine ganz normale Waffe.«

»Eine ganz normale Waffe? Damit haben sie einen ganzen Baum umgelegt.«

»Panzerfäuste machen so was eben«, sagte Chan.

Taft schluckte. »Wer braucht denn eine Panzerfaust?«

»Ich.«

»Und wofür, um Himmels willen?«

»Für die Ziele, die ich verfolge.«

»Zum Beispiel?«

Zum Beispiel für dich, dachte Chan, sagte es aber nicht, weil ihm einfiel, daß es nach Auffassung der Polizeipsychologen ein gutes Zeichen war, wenn ein Gangster redete. Also beschloß Chan, das Gespräch fortzuführen. »Zum Beispiel vor sechs oder sieben Jahren. Da habe ich ein Auto verfolgt. Kumar, das ist ein Kollege von mir, hat unseren Wagen gelenkt. Ich saß mit der Sugg hinten auf dem Rücksitz. Wir waren auf dem Bukit Timah Expressway unterwegs, mit hundertfünfzig Sachen. Ich hab Kumar gesagt, er soll an dem anderen Wagen vorbeiziehen, sich vor ihn setzen. Das hat er gemacht. Dann hab ich unser Rückfenster eingeschlagen, auf die Motorhaube des Wagens gezielt und abgedrückt. Den Motor hat's in zwei Teile zerrissen. Taft, haben Sie schon mal gesehen, was mit einem Wagen passiert, wenn es ihm bei hoher Geschwindigkeit der Motor zerreißt? Toll, sag ich Ihnen, einfach toll.«

Taft sah ihn mit großen Augen an. »Mein Gott, das ist ja krank.«

»Ich beseitige Verbrecher, Taft. Das ist mein Job. Und ich mache das gut.«

»Sie sind verrückt.«

»Irrtum. Ich sorge nur für Recht und Ordnung, und zwar auf spektakuläre Weise. Damit die Gangster die Botschaft auch kapieren. Aber verrückt bin ich nicht, nein. Der einzige Verrückte hier sind Sie.«

Taft grinste. »Und wieso sind Sie dann derjenige, der an einen Baum gefesselt ist?«

»Scheißkerl.«

»Danke, gleichfalls.«

Die beiden schwiegen. Die Sekunden wurden zu Minuten,

und Chan fragte sich: *Warum zum Teufel bringen wir's nicht hinter uns? Worauf wartest du, Taft, nun mach schon ...* Endlich sagte der Amerikaner etwas. »Ihre Rippen sehen übel aus.«

Was? Das klang ja richtig einfühlsam. Wieder fragte Chan sich, was das Schwein vorhatte. Aber klein beigeben würde Chan auf keinen Fall. »Das spür ich selber.«

»Und außerdem haben Sie ein Loch im Rücken, von dem Ast.«

»Ast?« Aber Chan wußte bereits, was Taft meinte. Der älteste Trick überhaupt – daß er darauf hereingefallen war, was für eine Schande! Der Kerl hatte also bloß darauf gewartet, ihn demütigen zu können. »Das heißt, Sie haben mich mit einem Ast bedroht?«

»Ja. Ich habe Ihnen doch gesagt, daß ich Waffen hasse.«

»Scheiße!«

»Das Loch ist nicht so schlimm. Ich meine, es ist nicht tief. Ich hab's notdürftig mit einem Taschentuch verbunden, weil's geblutet hat.«

»Sie sind ja 'ne richtige Florence Nightingale.«

Taft schüttelte verärgert den Kopf. »Wissen Sie was, Chan? Sie sind ein richtiges Ekel.«

»Ich tu mein Bestes.«

»Sagen Sie mir doch eins: Warum haben Sie und Ihre Kollegen eigentlich keine Dienstmarken getragen, als Sie in mein Hotelzimmer gestürmt sind? Hätten Sie die getragen, hätte ich mich ergeben.«

»Ich brauche keine verdammte Dienstmarke.«

»Das ist aus ›Der Schatz der Sierra Madre‹ von 1947 mit Humphrey Bogart. Eigentlich heißt der Satz ›Ich brauche Ihnen keine verdammte Dienstmarke zu zeigen‹.« Chan bekam große Augen. Taft hatte also Kultur. Taft fuhr fort: »Und warum brauchen Sie keine verdammte Dienstmarke?«

»Weil ich meinen Polizeiausweis dabei hatte«, knurrte Chan.

»Und der Polizeiausweis, Mann, ist die Berechtigung, Türen und Köpfe von Leuten wie Ihnen einzuschlagen. Den hatte ich übrigens in der Hand, als Sie die Tür aufgemacht haben. Sie hatten ihn direkt vor der Nase.«

Taft runzelte die Stirn. Er erhob sich und sagte, halb zu sich selbst: »Die Bullen hier tragen nicht mal eine Dienstmarke. Gott, warum bin ich eigentlich nicht überrascht?«

Als der Mann sich erhob, sah Chan, daß seine beiden anderen Waffen in Tafts Gürtel steckten. »Ich dachte, Sie mögen keine Waffen.«

»Stimmt. Aber wissen Sie, die fliegen einem hier irgendwie zu.« Wieder lächelte Taft. Chan gefiel das gar nicht. »Weil ich ein netter Kerl bin, sage ich Ihnen jetzt, was ich machen werde: Ich lasse Sie ja ungern hier liegen mit Ihren gebrochenen Rippen, aber was anderès bleibt mir nicht übrig. Wenn ich drüben in Malaysia bin, werde ich ...«

Chan erschauderte. Seine Stimme zitterte, als er fragte: »Also überlassen Sie mich hier den Krokodilen?«

Nun klang auch Tafts Stimme verängstigt: »Krokodile?«

»Hören Sie auf damit, Taft. Schießen Sie mir lieber eine Kugel durch den Kopf. Oder in den Bauch, wenn Sie mich noch ein bißchen schreien hören wollen. Aber bitte lassen Sie mich wie ein Mann sterben.«

»Es gibt Krokodile hier?« Taft sank auf den Boden. »Du lieber Himmel!«

Irgend etwas ging in Tafts Gehirn vor. Was, wußte Chan nicht. Aber er mußte es herausfinden.

Tafts Stimme war mittlerweile zu einem Flüstern geworden. »Da war dieses Ding im Wasser. Es ist direkt an mir vorbeigeschwommen. Ich war gerade auf die Insel gesprungen. Dann kamen Sie daher. Ich dachte, das Ding im Wasser ist eine Seekuh oder so was.«

»Nein, das war ein Krokodil. In der Dunkelheit hab ich gedacht, Sie sind das. Die Biester kommen meistens über die Straße von Johor ...«

»Über die Straße von Johor?« rief Taft. »Ich möchte einen kleinen nächtlichen Schwimmausflug machen, und dann gibt's da Krokodile?«

Chan mußte lachen. Es tat höllisch weh. »Schwimmausflug? Und was ist mit Ihrem Boot?«

»Was für ein Boot?«

Irgend etwas stimmte hier nicht. Aber Chan hatte zu große Schmerzen, um es herauszufinden.

Jetzt schien Taft die Geduld zu verlieren. »Hören Sie, ich möchte lediglich an einen sicheren Ort. Ist das denn zuviel verlangt? Ich meine, wenn ich endlich jemanden finden würde, der mir zuhört, statt mich sofort abknallen zu wollen, könnte ich alles erklären. Aber in diesem verdammten Land hört mir ja keiner zu. Dafür kommen erst Sie mit Ihren ganzen Waffen – genug, um den Irak wiederaufzurüsten – und dann auch noch diese Schlange! Ein Riesending! Schlimmer kann's doch nicht mehr kommen, dachte ich. Aber nein! Es kommt tatsächlich noch schlimmer: Jetzt gibt's hier auch noch Krokodile! Der einzige Fluchtweg, und dann schwimmen da Krokodile rum! Ich hab die Schnauze voll!« Keuchend ließ Taft seinen Kopf zwischen die Knie sinken.

Beeindruckend, dachte Chan. Einen Augenblick lang hätte er Taft seine kleine Vorstellung fast abgekauft.

Taft hob den Kopf mit verbittertem Blick. »Na schön«, sagte er. »Ich gehe also nicht ins Wasser. Gegen Krokodile komme ich nicht an. Aber was soll ich jetzt machen? Zumindest muß ich raus aus diesem verdammten Sumpf.«

»Sie könnten mich ja erschießen.«

Taft schrie: »Was? Ist das vielleicht ein Test zum Ankreuzen? Entscheiden Sie sich für eine der folgenden drei Möglichkeiten: ›Lassen Sie sich fressen‹, ›Erschießen Sie Ihren Gegner‹ oder ›Keins von beiden.‹«

Chans Instinkte regten sich wieder. Der Mann stand kurz davor, den Verstand zu verlieren. *Wenn ich ihn jetzt an der richtigen Stelle packe …*, dachte er. »Taft, hören Sie auf mit Ihrer verdammten Jammerei.«

Taft hob den Kopf. »Was haben Sie gesagt?«

»Sie jammern hier rum wie ein verdammtes Kleinkind.«

Der Amerikaner fauchte: »Sagen Sie ja nicht Kleinkind zu mir.«

Interessant. Eine totale Überreaktion. Chan wußte, daß er einen Schwachpunkt getroffen hatte. Vielleicht sollte er noch ein bißchen weiterzusticheln. »Ihr kindisches Gejammere geht mir wirklich auf die Nerven.«

»Halten Sie's Maul!« brüllte Taft mit hochrotem Gesicht.

»Verdammt, Taft, ich liege hier mit gebrochenen Rippen. Aber hören Sie mich vielleicht jammern? Richtige Männer jammern nicht, die reißen sich zusammen. Soll ich Ihnen mal sagen, was Ihr Problem ist, Taft?«

»Schnauze! Ich hab keine Lust, mir anzuhören, was Sie mir sagen wollen. Wofür halten Sie sich eigentlich?«

»Gute Frage, Taft. Und wofür halten *Sie* mich?«

Taft starrte ihn wütend an. *Hab ich dich, du Schwein*, dachte Chan. *Hatten die Psychologen also doch recht: Es ist tatsächlich besser, wenn man sie reden läßt.*

11

Mittlerweile waren fünf Minuten vergangen, vielleicht auch mehr. Taft war im Gebüsch verschwunden. Chan wußte, daß er nicht weit weg war, weil er seine wütende Stimme hörte, auch wenn er nicht verstand, was er da vor sich hinbrummelte. *Der Mann führt Selbstgespräche. Ist nicht ganz richtig im Kopf. Hab ich mir schon beinahe gedacht.*

Dann setzte sich Taft wieder auf einen Baumstamm und trommelte schwer atmend wie ein Mann, der gerade gerannt war, mit den Fingern auf den Knien herum. Chan fragte: »Und?«

Taft knurrte zurück: »Können Sie gehen?«

»Mit gebrochenen Rippen? Nicht weit.«

»Warum bin ich wieder mal nicht überrascht? Gut, dann muß ich Sie also hier raustragen.«

»Das geht auch nicht. Wenn Sie versuchen, mich quer durch den Mangrovensumpf zu zerren und dann auf den Plankenweg zu hieven, verletzt sicher eine Rippe meine Lunge.«

»Chan, hat Ihnen eigentlich schon mal jemand gesagt, was für eine Nervensäge Sie sind?«

»Ja, Sie. Übrigens, noch was: Selbst wenn es Ihnen gelingen sollte, mich hier rauszutragen – draußen am Eingang wartet Poh Kay Siong mit seinen Leuten. Die würden Sie sofort erschießen. Und ich hätte überhaupt nichts dagegen. Tja, und dann würden sie mich erschießen und Ihnen die Waffe in die Hand drücken. Der Teil der Geschichte gefällt mir weniger gut.«

»Poh Kay Siong? Wer zum Teufel ist das nun wieder?« brüllte Taft.

Chan erklärte es ihm.

Noch nie hatte Chan einen Menschen so konzentriert nachdenken sehen. Es wirkte so, als setze er im Geist ein ausgesprochen schwieriges Puzzle zusammen.

Während Taft sich konzentrierte, wälzte Chan seine eigenen Gedanken: War es möglich, daß Taft tatsächlich so unschuldig war, wie er behauptete? Es ließen sich durchaus Argumente dafür finden. Zum Beispiel, daß ein Mann, der nicht wußte, was ein Polizeiausweis war, möglicherweise floh, wenn bewaffnete Polizeibeamte in sein Zimmer stürmten. Zum Beispiel, daß er die gestohlenen Waffen vielleicht bei der ersten sich bietenden Gelegenheit wieder wegwarf. Zum Beispiel, daß er seinen Gegner lieber zu retten versuchte, anstatt ihn den Krokodilen zum Fraß vorzuwerfen.

So konnte man durchaus argumentieren.

Aber dann war man verloren. Denn wenn Taft tatsächlich

ein ganz normaler Geschäftsmann war, dann war das Schicksal, das Chan erwartete, noch schlimmer, als von Krokodilen gefressen zu werden. Die Krokodile waren ziemlich schnell, aber die Regierung würde das Verfahren jahrzehntelang hinziehen.

Schuldig. Taft, du bist schuldig. Ein Unschuldiger widersetzt sich nicht der Festnahme, stiehlt keine Polizeiwaffen, entführt keine Stewardessen und schießt nicht auf Bullen. Und deswegen, du Schwein, werde ich dich umbringen.

Offenbar hatte Taft genug nachgedacht. Er erhob sich, sah sich um und nickte: »Ich habe eine Lösung gefunden.«

»Das freut mich für Sie.«

»Sie funktioniert folgendermaßen: Ich verschwinde. Sie bleiben. Bevor ich gehe, gebe ich Ihnen eine Waffe. Und eine einzige Kugel.«

»Der Plan gefällt mir ausnehmend gut.«

»Aber ich nehme Ihnen die Handschellen nicht ab. Was bedeutet, daß Sie mich nicht erschießen können.«

»Das ist ein Gedankenfehler.«

»Nein, nein, gar nicht. Wenn Sie mich erschießen, bleiben Sie weiter an den Baum gekettet, weil der Schlüssel zu den Handschellen in meiner Tasche ist, und meine Leiche ist zu weit weg, als daß Sie sie erreichen könnten. Sie bleiben, wo Sie sind, bis jemand Sie findet.«

»Scheißplan.«

»Finden Sie? Vorher haben Sie mich doch angebettelt, ich soll Sie nicht den Krokodilen zum Fraß vorwerfen, sondern Sie lieber erschießen. Deswegen weiß ich, daß Sie mich gehen lassen. Sie wollen sich die eine Kugel nämlich für den Fall aufsparen, daß ein Krokodil hier vorbeikommt.«

»Herzlichen Dank.«

»Gern geschehen. Sobald ich aus diesem Sumpf heraus bin, hole ich Hilfe. Ich würde mal schätzen, daß Sie so eine Stunde in der Dunkelheit verbringen müssen ...«

»Es sei denn, Sie nehmen die Abkürzung«, sagte Chan, dem der Gedanke, eine Stunde allein im Dunkeln zu sitzen, überhaupt nicht gefiel. *Poh und seine Leute warten noch auf dem Parkplatz. Und die sind schon ganz wild drauf, dich umzulegen, Taft.*

»Ach«, sagte Taft, »endlich nehmen Sie also Vernunft an. Erklären Sie mir, wo die Abkürzung ist, Chan. Und wenn Sie schon dabei sind: Erklären Sie mir auch gleich, wie man diese verdammte Panzerfaust bedient.«

Chan schluckte bei dem Gedanken an die Krokodile. »Ja. Außerdem verrate ich Ihnen noch ein oder zwei Dinge. Zum Beispiel, wie Sie an Poh Kay Siong vorbeikommen.« *Und wenn du wirklich so gut bist, wie ich glaube, schaffst du's, und ich schnapp mir dich später. Wenn nicht, haben wir beide Pech gehabt.*

12

Auf dem Boden des Rovers von Polizeichef Chan kauerte immer noch zitternd Zaitun, umgeben von Männern, die sie ohne mit der Wimper zu zucken umbringen würden, wenn sie sie entdeckten.

Sie war eine einfache Stewardeß, genau wie alle anderen bei Singapore Airlines: »Alleinstehend, jünger als 26 Jahre, mindestens 1 Meter 58 groß, schlank, attraktiv, gute Haut und ein freundliches Lächeln.«

Dieses Lächeln würde ihr nichts nützen, wenn die Männer auf dem Parkplatz von Sungei Buloh auf die Idee kamen, in Chans Rover zu schauen. Es würde eher dafür sorgen, daß sie sich noch eine Weile amüsierten, bevor sie sie umbrachten.

Sie hatte sie in dem Moment erkannt, als Chan ihnen befohlen hatte, aus ihren Wagen auszusteigen. Einige von ihnen stammten aus Singapur, andere aus den angrenzenden Ländern. Das waren die Leute, die zahlungsunfähigen

Schuldnern Säure ins Gesicht schütteten, Brände legten, wenn jemand kein Schutzgeld entrichten wollte, und mit Drogen handelten: Killer.

Zaitun wußte genau, was sie tun würden, wenn sie im Rover des Polizeichefs eine hübsche junge Frau entdeckten, die seit ungefähr einer halben Stunde jedes ihrer Worte belauscht hatte.

»Eine solche Gelegenheit kommt so schnell nicht wieder«, sagte ein kleiner, rundlicher Mann in einem geschmacklosen grünen Seidenanzug gerade. Sein Name war Samuel Kin, und es hieß, er habe einmal einen Mann mit einem Bügeleisen von Toshiba zu Tode gebracht.

»Über einen solchen Schritt sollte man gut nachdenken«, erwiderte Poh Kay Siong, Tsung-li, der älteste und angesehenste von Singapurs Gangsterchefs.

»Verdammt, letzte Woche hat dieses Schwein drei Opiumhöhlen ausgeräuchert. Dabei hat er zwei Männer erschossen, waren beides meine Leute. Ich mache jeden Tag zehntausend Dollar Verlust, weil ich kein Opium mehr verkaufen kann, und schulde den Familienoberhäuptern der Erschossenen jeweils fünfzigtausend Dollar.«

»Man ist den Angehörigen seiner Leute immer etwas schuldig.«

»Eigentlich ist man nur Chan eine Kugel in den Kopf schuldig.«

»Aber jetzt ist nicht der richtige Zeitpunkt.«

»Einen besseren wird's nicht geben. Er wird jeden Augenblick den Pfad hier entlangkommen. Wenn ich ihm ein paar Kugeln in den Leib jage und dann Taft die Waffe in die Hand stecke ...«

»Ich halte das für keine gute Idee. Das Geräusch von seiner Waffe hat uns unmißverständlich gesagt, daß er seine Pflicht erfüllt hat. Es wäre nicht ehrenhaft, ihn dafür mit Gewalt zu belohnen.«

»Mit allem nötigen Respekt – Chan kennt das Wort ›ehrenhaft‹ nicht. Wenn er glaubte, er könnte ungeschoren davonkommen, würde er uns alle umbringen. Vielleicht ist er so verrückt, daß er es eines Tages sogar versucht.«

»Denken Sie darüber nach, mein Freund, denn dann wird Ihnen aufgehen, daß der Polizeichef uns nicht mehr lange ärgern wird. Seine Tage sind gezählt. Chan gehört einer vergangenen Zeit an; seine Methoden sind heute nicht mehr angemessen. Ich glaube, daß die Mächtigen nicht mehr allzu lange Geduld mit ihm haben werden. Sie werden die nötigen Schritte einleiten, und wir sind ein lästiges Hindernis los, ohne selbst etwas tun zu müssen. Es ist doch viel besser, wenn wir uns nicht den Zorn der Regierung zuziehen.«

Eine dritte Stimme, die Zaitun bisher nicht gehört hatte, mischte sich in die Unterhaltung ein. »Apropos Chan, sollte der nicht allmählich zurück sein?« Zaitun spähte neugierig hinaus. Der schmächtige Mann mit dem schmalen Schnurrbart war zweifellos Teng Kwoengmi, berühmt-berüchtigt für seine erfolglosen Versuche, die Singapurer Prostituierten unter die Kontrolle des Mob zu bringen. Die drei Männer – der attraktive Poh, der dicke Lin und der dünne Teng standen nicht weit von dem schwarzen BMW Coupé entfernt nebeneinander. Teng zündete sich hinter gewölbter Hand eine Zigarette an. Lin beugte sich, die Hände in den Taschen, ein wenig nach vorn und starrte stirnrunzelnd auf den Boden. Poh warf einen Blick über die Schulter in Richtung des Pfades, auf dem sich, darum betete Zaitun jetzt, Chan Gin bald nähern würde.

Bereit, sofort wieder abzutauchen, sah Zaitun sich schnell auf dem Parkplatz um. Am anderen Ende saßen vier Männer auf dem Boden und spielten im Scheinwerferlicht eines Hum-Vee Karten. Die meisten anderen Männer hielten sich in unmittelbarer Nähe der Fahrzeuge auf, in denen sie gekommen waren. Einer von ihnen hatte eine Pistole auf der Motorhaube eines BMW auseinandergenommen und schien sie zu reinigen. Ein anderer – offenbar Poh Kay Siongs

Chauffeur – polierte mit einem weichen blauen Tuch liebevoll den nachtblauen Cadillac Seville seines Chefs. Da durchzuckte ein Blitz die Nacht. Der Cadillac sprang einen Meter in die Luft. Lin und Teng ließen sich auf den Boden fallen. Poh wirbelte herum. Die Kühlerhaube des Cadillac öffnete sich; Funken sprühten aus dem Motorraum, als arbeite ein Schweißer darin. Pohs Chauffeur wurde durch die Luft geschleudert wie eine Puppe. Drei Männer rannten geduckt und mit gezückter Waffe umher, auf der Suche nach einem Ziel. Als der Cadillac wieder auf dem Boden auftraf, zerbrach etwas in seinem Inneren. Der dicke kleine Lin, der auf dem Bauch umherkroch wie eine Schlange, brüllte: »Das ist Chan! Ich hab's doch gesagt, daß er uns reinlegt!« Ein ganz normaler Mann, der aussah wie ein Buchhalter, stand mit einer kurzläufigen schwarzen Waffe in der Hand da. Plötzlich ging Pohs Cadillac in Flammen auf. Es regnete heiße, verbogene Metallteile. Jemand schrie. Nicht nur einer, mehrere. Poh Kay Siong lag auf dem Rücken, mit brennender Hemdbrust. Teng stürzte auf ihn zu und begann, die Flammen mit den Händen zu ersticken. Einer der Gangster vom Festland leerte das Magazin seiner Automatik blind ins Unterholz. Wieder ein Blitzschlag. Plötzlich schwang der sandbraune Hum-Vee, der am weitesten von Zaitun weg war, vor und zurück wie eine Hängematte im Wind. Eine Flüssigkeit ergoß sich aus seinem Tank, den es beinahe ganz aus der Karosserie gerissen hatte. Mehrere Männer begannen zu fluchen. Das, was früher einmal ein Reifen des Cadillac Seville gewesen war, fiel brennend auf den Kies des Parkplatzes. Zaitun sah, daß einer von Lins Männern auf den Reifen zustolperte. Doch der rollte schneller, als er laufen konnte, und erreichte schon bald das Benzin, das aus dem Hum-Vee auslief. Zaitun preßte die Augen zu. Jetzt brannte auch einer der BMWs, und der Mann in seinem Inneren versuchte vergeblich, die Tür aufzudrücken. Die Schüsse hatten aufgehört, aber nicht die Flüche. Sie wurden immer lauter und krasser. Zaitun nahm durch ihre halb geöffneten Augen eine Bewegung vor der vorderen Windschutzscheibe wahr. Sie drehte sich um. Da draußen stand jemand, völlig schlammverschmiert, das einzige Weiße waren seine Zähne. Er bückte sich. Einen Moment später tauchte er wieder auf, neben sich den Killer aus China, den die anderen Gangster mit Handschellen an der vorderen Stoßstange des Rover festgemacht hatten. Er trug jetzt keine Handschellen mehr. Der Killer wollte etwas sagen. Der schlammverschmierte Mann preßte etwas gegen das Knie des Killers und drückte ab. Der Killer ging schreiend zu Boden. Zaitun rutschte auf dem Boden umher. Die Tür des Rover öffnete sich. Der Mann glitt hinters Lenkrad und sah sie mit einem Lächeln an. Seine Zähne waren schneeweiß. Dann bückte er sich, griff ihr mit der Hand in die Haare und zog ihren Kopf zu sich herauf. Als sein Gesicht sich näherte, erkannte sie ihn. Er preßte seine Lippen auf die ihren. Er roch nach Sumpf und Schweiß und Rauch und Öl. Er küßte sie, verschlang sie fast, brach ihren inneren Widerstand. Sie kam nicht einmal auf die Idee, ihn wegzustoßen. Dann warf er den Kopf in den Nacken und sagte lächelnd: »Alles in Ordnung. Sie sind in Sicherheit. Ich bin hier.« Sie vertraute ihm.

13

Jack drückte auf Knöpfe und drehte an Rädern, bis sich eine Frau über Funk meldete. »Zentrale, Constable Song.«

Vor ihm lag eine Kreuzung. Er bog nach rechts ab. »Wir haben hier einen Notfall. Verbinden Sie mich mit dem Beamten Leung.«

Die Frau schwieg. Ihre Finger huschten über die Tastatur. »Wir haben hier acht Leungs. Wenn Sie ...«

Jack versuchte sich zu erinnern, was Chan in Zaituns Wohnung ins Funkgerät gesprochen hatte. Wie hatte er Leung genannt? »Hal Leung. Corporal Leung.«

»Corporal Harold Leung, ich verbinde.« Es klickte im Funkgerät. Jack beschleunigte. In der Ferne hörte er lauter werdende Sirenen. Man hatte die Explosionen von Sungei Buloh gehört und das Feuer gesehen. Die Rettungsmannschaften waren unterwegs.

Jack betrachtete die Frau auf dem Boden. Sie beobachtete ihn mit einem schwer zu deutenden Gesichtsausdruck. Er hätte sich gewünscht, daß sie sich auf den Beifahrersitz setzte und den Sicherheitsgurt anlegte. »Kommen Sie hier rauf. Schnallen Sie sich an. Ich bin aus New York und ein ziemlich schlechter Autofahrer.« Sie rührte sich nicht von der Stelle, betrachtete ihn nur weiter mit ihren dunklen Augen. Er zuckte mit den Achseln und richtete seine Aufmerksamkeit wieder auf die Straße.

Das Funkgerät knisterte. Wahrscheinlich, dachte Jack, war das Leung. »Leung hier. Sind Sie das, Sir?«

»Nein, hier ist John Taft ... John Gregory Taft.«

»Scheiße.«

»Hören Sie zu. Ich sage das nur einmal: Ihr großmäuliger Boß sitzt an einen Baum gekettet in Sungei Buloh. Sie wissen doch, wo Sungei Buloh ist, oder?«

»Natürlich weiß ich das, Sie ...«

»Schnauze! Hören Sie mir jetzt einfach zu. Er hat sich ein paar Rippen gebrochen und blutet. Nicht stark, aber er braucht so schnell wie möglich einen Arzt.«

»Dafür werden Sie hängen ...«

In dem Gewerbegebiet, in dem er sich jetzt befand, war es ziemlich dunkel, aber die Feuerwehr- und Notarztsirenen kamen immer näher. Er wollte nicht, daß irgend jemand den Rover sah – am allerwenigsten Leute mit Funkgeräten. Also mußte er eine Gasse oder eine Ecke ganz ohne Licht finden, um den Wagen zu verstecken.

»Würden Sie jetzt mal bitte den Mund halten? Ich versuche nur zu helfen. Der Himmel allein weiß, warum. Haben Sie das begriffen?«

»Ja. Aber ich kriege Sie noch.«

Taft hörte die Verachtung in Leungs Stimme. Vor noch gar nicht so langer Zeit hätte es ihn gestört, das Ziel seines Hasses zu sein. Aber nun war ihm das egal. Wahrscheinlich würde es ihn nie wieder stören. »Gut. Ich weiß, aus welcher Richtung Sie kommen. Wie gesagt, es sind Feuerwehrwagen unterwegs nach Sungei Buloh ...«

»Feuerwehrwagen?«

»Ja. Poh Kay Siong und seine Leute waren mir mit ihren Wagen im Weg. Ich habe die Hindernisse beseitigt.«

»Mein Gott, Taft ...«

»Diese Leute werden auch einen Arzt brauchen. Ein paar vielleicht einen Leichensack. Also hängen Sie sich lieber sofort ans Funkgerät, Leung. Rufen Sie bei der Feuerwehr an. Sagen Sie den Leuten, sie sollen einen Hubschrauber mit ein paar Tragen zum Parkplatz schicken. Noch eins: Chan hat mir gesagt, ich soll Ihnen erklären, daß er sich im nordwestlichen Teil des Parks befindet, im Mangrovenarboretum, nicht weit vom Garnelenteich entfernt.«

Vor ihm lag eine weitere Kreuzung ohne Ampel, nur mit Stopschild. Jack bremste ab, blieb aber nicht stehen. Er bog nach rechts ab, um den sich nähernden Feuerwehrwagen auszuweichen.

»Taft, wenn Sie Polizeichef Chan verletzt haben ...«

»Das hat er selbst besorgt, obwohl ich bezweifle, daß er das zugeben würde, wenn Sie ihn fragen. Aber noch eins, Leung. Hören Sie mir genau zu: Ich bin *kein* Drogendealer. Was Ihre Leute in meiner Aktentasche gefunden haben, habe ich nicht hineingesteckt. Ob Sie's glauben oder nicht – das ist die Wahrheit. Haben Sie verstanden, was ich gesagt habe, Leung? Ich kann's *beweisen*.«

Harold Leung holte deutlich hörbar Luft. Jack grinste.

»Wie wollen Sie das beweisen, Mr. Taft?«

»Später, Corporal, darüber unterhalten wir uns später. In der Zwischenzeit sollten Sie ein paar Sanitäter zu Ihrem Boß schicken. Hoffentlich finden sie ihn vor den Krokodilen … Moment noch …«

Vor sich entdeckte Jack ein großes, hell erleuchtetes grünes Schild mit der Aufschrift »Kranji Expressway«. Auf eine Schnellstraße konnte er nicht, weil dort zu viel Verkehr war. Und wahrscheinlich befanden sich dort auch mehr als genug Polizeiwagen. Also trat er auf die Bremse, bereit, wieder umzukehren.

»Leung, sind Sie noch dran?«

»Ja.«

»Dann hängen Sie sich endlich ans Funkgerät und informieren Sie die Sanitäter! Ich kann Ihren Boß zwar nicht sonderlich gut leiden, aber es wäre mir auch nicht recht, wenn er von den Krokodilen gefressen wird.«

Das Ganze war ein Täuschungsmanöver gewesen. Er hatte keinerlei Beweise, die ihn entlasteten. Die konnte es auch nicht geben, jedenfalls nicht in Singapur. Das Lügen war ihm erstaunlich leicht gefallen. Genau wie alles andere.

Als er Chan mit den Handschellen an einem Baum festgemacht und völlig erschöpft dagesessen hatte, da war ihm bewußt geworden, daß er so gut wie tot war. Die Polizei suchte ihn, und ein Gangster namens Poh Kay Siong war hinter ihm her. Früher oder später würde ihn der eine oder der andere erwischen. Sie würden ihn erschießen oder erhängen. Letztlich machte das keinen Unterschied. Er hatte keine Freunde in diesem Land, keinen Ort, wo er sich hätte verstecken können, und es gab keinen Fluchtweg von dieser kleinen, streng kontrollierten Insel. Deshalb sagte ihm sein gesunder Menschenverstand, daß er sterben würde.

Da hatte ihm eine leise Stimme in seinem Inneren etwas zugeflüstert: *Wenn die Logik dir sagt, daß du auf jeden Fall sterben mußt, warum vergißt du dann nicht einfach die Logik?*

Nun, das ergab Sinn.

Wie alles andere, was dann folgte. Sogar daß er Zaitun geküßt hatte, ergab Sinn. Schließlich standen die Chancen schlecht, daß er jemals wieder eine schöne Frau küssen würde. Außerdem hatte er noch niemals zuvor einer Frau einen Kuß geraubt und wollte nicht sterben, ohne zu wissen, wie sich das anfühlte.

Ziemlich gut fühlte es sich an.

Genau wie alles andere.

Dachte John Taft. John Gregory Taft.

Kapitel 2
New York

1

Jonathan Harley Sutton hatte im Empfangsbereich des Verlagsgebäudes von EPS eine riesige Bronzeplakette mit einem Zitat von Mark Twain anbringen lassen: »Die Aufgabe des Journalismus besteht darin, die Wahrheit zu verbreiten, Fehler auszumerzen, öffentliche Moral und Manieren zu bilden und zu verfeinern und die Menschen freundlicher, tugendhafter, großzügiger, kurz besser und glücklicher zu machen.«

Manche verdächtigten Mark Twain satirischer Absichten beim Verfassen dieses Spruchs; Jonathan Harley Sutton jedoch nahm ihn ernst.

Gabrielle kam, bewaffnet mit Trenchcoat, Aktentasche und Schirm, in den Empfangsbereich, wo Simon Burton die Plakette mit einem süffisanten Grinsen betrachtete.

Breitbeinig und mit verschränkten Armen drehte er sich um und warf mit gerunzelter Stirn einen Blick zuerst auf sie, dann auf seine Armbanduhr und wieder auf sie. »Was machst du denn hier?«

Es hatte keinen Sinn, sich an ihm vorbeidrücken zu wollen. Simon Burton würde sie einfach am Oberarm packen und sie am Weitergehen hindern. Dann käme es zum Eklat. Also sagte sie: »Ich gehe nach Hause.«

»Aber du solltest doch jetzt eigentlich in einem Flugzeug nach Kalifornien sitzen und dich mit den Zollmauscheleien beschäftigen.«

»Das habe ich verschoben.«

Simon hob die Augenbrauen. Gabrielle hatte ihn im Verdacht, daß er seine Mimik jeden Morgen vor dem Badspiegel übte. »Meine Liebe, habe ich mich hinsichtlich der Dringlichkeit des Artikels denn nicht deutlich genug ausgedrückt?«

Sie erwiderte mit ruhiger Stimme: »Es ist was dazwischen gekommen. Die Story wird warten müssen. Tut mir leid, Simon, ich bin spät dran ...« Sie versuchte, sich an ihm vorbeizuschieben. Er machte einen Schritt auf sie zu.

»Die Frau sagt, die Story muß warten! Habe ich das richtig verstanden? Gabrielle, du hast den Auftrag für den Artikel. Die Seiten sind schon eingerichtet, und unsere Grafiker sind gerade dabei, kleine Schaubilder zu entwerfen, um unseren lieben Lesern zu verdeutlichen, wie diese Zollgeschichten funktionieren. Ich habe sogar unseren Mann in San Francisco aktiviert, damit er dir bei deinen Interviews einen Fotografen an die Hand gibt. Und jetzt erklärst du mir, daß die Story warten muß? Herrgott, Gabrielle, du weißt sicher, was das Wort ›Deadline‹ bedeutet, oder?«

»Simon, ich hab dir schon gesagt, daß was dazwischen gekommen ist ...«

»Ich kann mir schon vorstellen, was«, sagte Simon mit einem höhnischen Grinsen. »Dein kleiner Expedient. Der Mann, der die Dreistigkeit besessen hat, in der Aktentasche, die du ihm geschenkt hast, Drogen zu schmuggeln.«

»Verdammt, Simon, ich komme zu spät zu einem Termin. Laß mich vorbei.«

Er schüttelte den Kopf und bemühte sich, dabei traurig auszusehen, doch seine Stimme klang triumphierend: »Ich möchte dir einen Rat geben. Es wäre besser, wenn du jetzt akzeptieren würdest, daß der Mann ein Ganove ist. Das haben mir ausgesprochen zuverlässige Quellen mitgeteilt. Außerdem habe ich erfahren, daß die Singapurer Behörden ein Exempel statuieren wollen.« Simon schwieg eine Weile, schob sich noch näher an sie heran und betrachtete sie mit sorgenvollem Blick. »Gabrielle, du bist nicht die erste Frau, die sich von einem Gauner hinters Licht hat führen lassen. Ich weiß, daß das nur ein schwacher Trost für dich ist, aber ich sage dir das als Freund. Am besten, du schlägst dir den Mann aus dem Kopf. Tu einfach so, als sei alles ein böser Traum gewesen. Denk nicht mehr an ihn, versuch, dich abzulenken.«

»Und wie stellst du dir das vor?« Als wüßte sie das nicht schon längst.

»Tja, als erstes mußt du nach Kalifornien. Daran führt kein Weg vorbei. Die Story ist heiß; wenn du dich nicht an die Arbeit machst, ist dein Job in Gefahr. Außerdem bist du dann abgelenkt.« Mit einem falschen Lächeln fügte Simon hinzu: »Und noch ein Rat: Um deinen Mr. Taft zu vergessen, wäre es gar nicht schlecht, dich wieder ein bißchen mehr in Gesellschaft anderer Leute zu zeigen …«

»Simon, du bist einfach widerlich.« Als sie an ihm vorbeiwollte, griff er, genau wie sie es befürchtet hatte, nach ihrem Arm. »Wenn du mich anrührst, Simon, verklage ich dich wegen Belästigung!«

Simon schürzte die Lippen. »Ich möchte wirklich nur dein Bestes, Gabrielle.«

»Simon, laß mich vorbei und verschwinde verdammt noch mal aus meinem Leben.«

»Du verhältst dich alles andere als klug.« Er trat einen Schritt zurück. Gabrielle ging an ihm vorbei und trat in einen offenen Aufzug. Als sich die Türen mit einem Zischen schlossen, hörte sie Simons Stimme, jetzt nicht mehr mit feinem britischem Akzent, sondern eher ziemlich bodenständig australisch: »Alles andere als klug. Wenn ich nicht so vernarrt in dich wäre, würde ich mir nicht mal die Mühe machen …«

2

Wie durch ein Wunder hielt gerade ein Taxi vor dem Verlagsgebäude von EPS, als Gabrielle herauskam. Sie drängte sich an dem Fahrgast vorbei, der soeben ausstieg, kletterte hinein und reichte dem Fahrer die Adresse von LBTech. Dann holte sie einen Ordner voller Ausdrucke aus ihrer Aktentasche. »Machen Sie doch bitte das Licht an, ja?« bat sie den Fahrer.

»Wie bitte?«

»Das Licht. Ich muß hier hinten was lesen.« Der Fahrer schaltete das Licht ein. Gabrielle ging die Unterlagen durch, die die Leute aus dem Archiv ihr gegeben hatten.

Sie waren absolut unbrauchbar. Nicht eine einzige Zeile wies darauf hin, daß bei LBTech irgend etwas nicht in Ordnung war. Acht unterschiedliche Analysten gaben dem Unternehmen die allerbesten Noten. Nichts.

Da blieb Gabrielles Blick plötzlich an einer Stelle hängen. Es war lediglich eine Ahnung, eine winzige Spur. *Was zum Teufel …*

»Ist das das richtige Haus, Lady?«

Sie blickte auf. Der Fahrer hatte vor dem LBTech-Gebäude angehalten. Olivia Thatcher wartete bereits links von der Drehtür. Gabrielle reichte dem Fahrer einen Fünf-Dollar-Schein und sagte ihm, er solle das Wechselgeld behalten.

Um halb sieben abends war das Gebäude von LBTech menschenleer. Es sah darin aus wie in einer Geisterstadt. Olivia und Gabrielle standen im schmuddeligen Empfangsbereich des dreiunddreißigsten Stocks. Olivia führte Gabrielle zu einem durchgesessenen Sofa mit einem Bezug aus Lederimitat. Gabrielle setzte sich. Olivia blieb stehen. »Die leitenden Angestellten sind einen Stock höher. Wir werden ungefähr eine Stunde hier unten zu tun haben, bevor wir hinaufgehen.«

»Was machen wir?«

»Wir gehen alle Akten durch. Hier ist das Herz der Logistik, meine Liebe. Bist du denn noch nie hiergewesen?«

Gabrielle schüttelte den Kopf. Sie wußte zwar, daß sich Jacks Büro vor seiner Beförderung hier befunden hatte, aber sie war nie dort gewesen. Jack hatte behauptet, die Größe des Büros sei ihm peinlich, obwohl Gabrielle den Verdacht hatte, daß ihm eher die Anwesenheit seiner Exfreundin auf diesem Stockwerk peinlich war.

»Ich muß dir übrigens etwas sagen«, meinte Olivia.

»Du lieber Himmel, ist Jack etwa wirklich in die Sache verwickelt?« flüsterte Gabrielle.

»Natürlich nicht«, herrschte Olivia sie an. Sie atmete tief durch und meinte dann: »Allerdings sind meine Neuigkeiten trotzdem nicht besonders gut. Offenbar kann dein junger Freund nicht auf die Hilfe der amerikanischen Regierung hoffen. Mein Mann und ich, wir haben alle unsere Kontakte spielen lassen. Das, was man uns gesagt hat, ist alles andere als ermutigend. Anscheinend hat das Außenministerium beschlossen, sich nicht in die Angelegenheit einzumischen. Außerdem hat die gegenwärtige Regierung keinerlei Interesse daran, in Drogenfällen als nachgiebig zu gelten.«

»Werden sie sich nicht einmal mit Jacks Fall befassen?«

»Ich fürchte nicht. Allerdings wird Scott morgen nach Washington fliegen und versuchen, da ein paar Leute in die Zange zu nehmen.« Olivia holte ein zusammengefaltetes Blatt Papier aus ihrer Handtasche. »Das hier habe ich per Fax bekommen. Man hat mir gesagt, daß das die offizielle Stellungnahme der Regierung in Fällen ist, in denen amerikanische Bürger gegen Singapurer Gesetze verstoßen.«

Gabrielle überflog den Text:

Im Ausland sind amerikanische Bürger den Gesetzen und Vorschriften des jeweiligen Gastlandes unterworfen, die sich unter Umständen sehr von denen der Vereinigten Staaten unterscheiden können. Personen, die wissentlich oder unwissentlich gegen diese Gesetze verstoßen, können ausgewiesen, festgenommen oder zu Haftstrafen verurteilt werden. US-Bürger, die nach Singapur reisen, sollten die strengen Vorschriften dieses Landes kennen und sich darüber im klaren sein, daß Vergehen, die in den Vereinigten Staaten als unbedeutend gelten, so zum Beispiel das Überqueren der Straße bei Rot, das Auf-den-Boden-Spucken, die Einfuhr und das Kauen von Kaugummi, dort streng bestraft werden. Vandalismus wird bei Männern mit der Prügelstrafe geahndet. Die Prügelstrafe wird bisweilen auch bei Verletzungen der Einwanderungsbestimmungen und anderen Vergehen verhängt. Die Strafen für Drogenbesitz, -mißbrauch und -handel sind hart; wer eines solchen Vergehens überführt wurde, muß mit Gefängnis und empfindlichen Geldstrafen rechnen. Auf zahlreiche Drogenvergehen steht die Todesstrafe. Prozesse, die nach amerikanischem Recht als Zivilprozesse zu behandeln wären, können in Singapur unter die strafrechtlichen Bestimmungen fallen und zu hohen Geld- oder Gefängnisstrafen führen. In Singapur gibt es keine Geschworenengerichte. Dort entscheiden allein die Richter über die Höhe der Strafe. Die Singapurer Regierung stellt lediglich bei Schwerverbrechen einen Rechtsbeistand.

»Du lieber Himmel!«

»Ja, es ist tatsächlich schlimmer, als ich erwartet hatte.« Olivia seufzte. »Ich muß dir noch etwas anderes sagen, ein Geheimnis, und ich muß dir das Versprechen abnehmen, daß du kein Wort davon verrätst. Abgemacht? Joel Greenberg will LBTech verkaufen. Die Interessenten haben einen ausgesprochen attraktiven Preis vorgeschlagen und Joel persönlich ein noch viel attraktiveres Angebot gemacht. Ich würde dir das gar nicht erzählen, wenn nicht gestern bei der Sitzung etwas Ungewöhnliches passiert wäre. Zu dem Zeitpunkt dachte ich noch, es handle sich lediglich um einen Verstoß gegen das Protokoll; mittlerweile allerdings frage ich mich, ob nicht noch mehr dahintersteckt. Joel hat trotz Jacks Abwesenheit auf eine Präsentation der Ergebnisse aus der Logistikabteilung bestanden – obwohl es dazu keinerlei Veranlassung gab. Das hätte gut warten können, bis Jack wieder zurückgewesen wäre.«

»Ich verstehe nicht.«

»Es geht weniger darum, *was* Joel getan hat, als darum, *wie* er es gemacht hat. Ich würde es mal so ausdrücken: Er hat sich so verhalten, als wäre Jack gar nicht der Vizedirektor der Abteilung – als wäre über diese Frage niemals abgestimmt worden. Weißt du, seinerzeit standen zwei Kandidaten zur Wahl, und die Person, der Joel die Präsentation übertragen hat, war sein persönlicher Favorit für die Position des Vizedirektors. Ich habe das als Ohrfeige für die Anwesenden und natürlich vor allem für Jack empfunden. Ich habe kein Problem mit der kleinen Denise, aber ...« Olivia hielt inne und sah Gabrielle fragend an. »Nun sag mir mal, was dein Blick bedeuten soll.«

»Denise Donald. Sie und Jack ... na ja, die beiden waren mal ein Paar. Jack redet nicht gern darüber, aber er hat erzählt, daß es damals ziemlich schlimm war, als sie sich getrennt hatten. Sie hat ihm Drohbriefe geschickt, ihn im Büro zu sabotieren versucht ...«

»Nun, das könnte eine ganze Menge erklären. Denise macht auf den ersten Blick einen beherrschten Eindruck. Sie wirkt nicht gerade so, als würde sie sich sofort an die Männer ranmachen ... Was siehst du mich denn so an?«

»Sie wirkt nicht so?« fragte Gabrielle. »Da habe ich aber was anderes gehört.«

Olivia schien ein wenig verärgert. »Keine Sorge, ich kann schon unterscheiden zwischen Realität und Schauspielerei.«

»Tut mir leid.«

»Wie gesagt: Denise kann manchmal ziemlich überzogen reagieren. Wenn Jack sich von ihr getrennt hat, dann kann ich mir schon vorstellen, daß sie ... nun, wie soll ich sagen, den Racheengel gespielt hat.« Dann fügte sie weniger erzürnt hinzu: »Ihr Gesicht ist wie ein Buch, in dem die Männer merkwürdige Dinge lesen können ...«

»Zum Beispiel?«

»Tja, ich als Vorzeigefrau des Vorstands wurde auserkoren, ihr zu sagen, daß wir uns für Jack entschieden hatten. Sie war ganz schön wütend über diese Eröffnung – aber sie hat sich größte Mühe gegeben, das nicht zu zeigen. Wahrscheinlich war sie zornig genug, um einen Racheplan zu entwerfen. Um so mehr, wenn sie mal eine Liaison mit Jack hatte. Außerdem hat sie einen ziemlichen Aufstand gemacht, als Jack eine neue Logistikstrategie vorgestellt hat. Die Tochterunternehmen in Asien waren das Herzstück seines Plans – und er hat ziemlich drastische Veränderungen vorgeschlagen. Leider ist Denise für Asien zuständig: das Gebiet ist sozusagen ihr kleines Königreich. Ihr hat's geradezu die Sprache verschlagen, als sie von seinen Plänen erfahren hat.«

»Hat sie versucht, ihn daran zu hindern?«

»Natürlich nicht, meine Liebe. Schließlich sind wir hier in Amerika. Wer nicht spürt, woher der Wind weht, ist bald aus dem Spiel. Sie hat genau das getan, was jeder an ihrer Stelle gemacht hätte: Sie hat sich als eifrigste Befürworterin des Plans hervorgetan.« Olivia seufzte. »Ach, die Unternehmenspolitik ist einfach so vorhersehbar.«

»Dann meinst du also, daß sie hinter dem steckt, was mit Jack passiert ist?«

Olivia lächelte. »Es würde mich freuen, wenn es so wäre. Joel Greenberg weiß das zwar noch nicht, aber ich habe vor, ihn daran zu hindern, daß er sich das Unternehmen unter den Nagel reißt. Wenn die Interessenten bei LBTech merken, daß gemauschelt wird, ziehen sie ihr Angebot ziemlich wahrscheinlich wieder zurück. Und wenn der Verantwortliche für diese Mauscheleien jemand ist, den Joel gern als Vizedirektor der Logistik gesehen hätte … tja, um so besser. Nicht einmal das beste Geschäft übersteht so etwas.«

»Und der Verantwortliche erst recht nicht.«

»Tja, der Gedanke ist mir auch schon gekommen«, sagte Olivia lächelnd.

»Und was ist mit dem Tip, den Jack mir gegeben hat? Ich

glaube immer noch, daß er sich Gedanken über Zollmauscheleien bei LBTech macht.«

»Ein Grund mehr, sich die Akten der Logistikabteilung anzusehen. Die ist schließlich dafür zuständig, daß Waren über Grenzen gebracht werden.« Olivia warf grimmig lächelnd einen Blick auf ihre Uhr. »Ich denke, wir sollten uns an die Arbeit machen.«

3

Gabrielle, die hinter Olivia herging, betrachtete die Namensschilder an den vielen anonymen Bürotüren. Vor der Tür, auf deren Namensschild »L. B. Tischmann« stand, blieb sie stehen. Sie kannte ihn, hatte ein paar Jahre zuvor ein Interview mit ihm geführt. Damals war er bereits über sechzig gewesen, und die Leute hatten mit dem Namen LBTech immer noch L. B. Tischmann Technology verbunden, ein Unternehmen, benannt nach seinem lebenslustigen Gründer, der es mit fünfhundert Dollar Grundkapital und unerschütterlichem Glauben an seine eigenen Fähigkeiten aufgebaut hatte.

Gabrielle drückte die Klinke hinunter, warf einen Blick in das Büro. Es war winzig, genauso kahl wie die anderen. Sie bekam eine Gänsehaut. Der Mann hatte dieses riesige Unternehmen aufgebaut, und jetzt drängte ihn sein eigener Schwiegersohn aus der Spitze. Der Mann, der rund um die Welt fünfundvierzigtausend Arbeitsplätze geschaffen hatte und von den meisten Angestellten verehrt wurde, nannte lediglich dieses winzige Büro sein eigen, und aus dem Namen des Unternehmens war der Hinweis auf seinen Gründer getilgt worden.

»Gabrielle?« Olivia legte Gabrielle die Hand auf die Schulter.

»Tut mit leid. Ich habe gerade nachgedacht.«

»Über L. B. Tischmann und seinen Schwiegersohn? Nun,

dafür bekommt Joel Greenberg auch noch irgendwann die Rechnung präsentiert.«

Die beiden gingen den Flur weiter entlang. Gabrielle wollte Olivia gerade etwas fragen, als sie an einer offenen Tür vorbeikamen, aus der eine boshafte Stimme drang: »… du weißt doch, warum Frauen den Orgasmus vortäuschen, oder? Weil sie glauben, daß Männern das wichtig ist … ach, bleib doch eben dran … Olivia? Sind Sie das?«

Olivia blieb stehen und flüsterte: »Mist!« Dann streckte sie den Kopf mit einem falschen Lächeln zur Tür hinein. »Guten Abend, meine Liebe. Was machen Sie denn um diese Zeit hier im Büro?«

»Ach, ich hab noch zu tun. Aber kommen Sie doch rein. Und bringen Sie Ihre Freundin ruhig mit.«

Gabrielle warf einen Blick auf das Namensschild an der Tür – und fluchte leise. Ausgerechnet *sie*!

Gabrielle betrat das Büro von Jacks Exfreundin. Denise Donald beendete das Telefonat. Sie war nicht so, wie Gabrielle sie sich vorgestellt hatte – aber Jack hatte ihr immer nur ausweichende Antworten auf ihre wiederholten Fragen gegeben. Ist sie attraktiv? hatte sie gefragt. Ja, hatte er gemurmelt. Gute Figur? Ja, doch. Große Titten? Ja, schon. Und 'nen hübschen Arsch hat sie auch, oder? Könnte man wohl so sagen. Ja. Und sie ist naturblond, nicht gefärbt? Wahrscheinlich. Aber ich als Mann kann das nicht so beurteilen.

Denise war mehr als nur schön. Sie war perfekt: ein paar Zentimeter größer als Gabrielle, größerer Busen, schmale Taille, naturblonde Haare, große blaue Augen, gleichmäßiger Teint, und zu allem Überfluß sah sie auch noch jugendlicher aus, als sie tatsächlich war – nämlich drei Jahre jünger als Gabrielle.

Olivia schlug Denises Angebot, sich zu setzen, aus und sagte: »Denise, das ist meine Freundin Gaby.«

Gabrielle streckte ihr die Hand hin. »Nett, Sie kennenzulernen.« »Denise Donald. Schön, Sie kennenzulernen.« Dabei veränderte sich Denises Gesichtsausdruck nicht. Sie erkannte Gabrielles Namen also nicht und brachte ihn auch nicht in Verbindung mit Jack Taft oder EPS. Sie warf lediglich einen einzigen vernichtenden Blick auf Gabrielles Kleidung – die bequemen Reisesachen, die sie schon den ganzen Tag trug. Beinahe glaubte Gabrielle, die unausgesprochene Frage der Frau zu hören: *Und an welcher Grundschule unterrichten Sie, Gaby?*

Denise hingegen trug teure Sachen – ein strahlend blaues Kostüm von Chanel, eine pinkfarbene Seidenbluse, einen genau darauf abgestimmten Schal von Hermès, Schuhe von Ferragamo, eine einreihige Perlenkette und zwei üppige Ringe. Ihre Fingernägel waren sorgfältig manikürt.

Gabrielle wußte, daß das alles eine Verkleidung war, genau wie ihr Büro – alles war in Erdtönen gehalten; an den Wänden hingen geschmackvolle Kunstplakate; alles war ordentlich und verriet nicht das geringste über die Frau, die hier arbeitete. Denises Kleidung diente dazu, den Charakter ihrer Trägerin zu verhüllen, nicht, ihn zu unterstreichen.

»Olivia«, wollte Denise wissen, »was führt Sie so spät noch hier herauf?«

Olivia log, ohne mit der Wimper zu zucken: »Nichts Wichtiges. Gaby und ich wollen zum Essen ins Le Chantilly. Da ich schon mal hier in der Gegend war, hab ich mir gedacht, ich könnte noch ein paar Unterlagen für die nächste Konferenz aus dem Büro mitnehmen.«

»Ich dachte, die Vorstandsbüros sind einen Stock höher.« Denises rechte Augenbraue zuckte. Wahrscheinlich, so vermutete Gabrielle, signalisierte das ihre Belustigung darüber, daß die elegante Olivia eines der feinsten Restaurants von New York mit einer so leger gekleideten Frau besuchen wollte.

»Stimmt. Ich wollte nur Gaby das Gebäude zeigen. LBTech ist schließlich eine bekannte Firma, da dachte ich mir ...«

»Diese Sache mit Taft.« Denises Stimme änderte sich kaum, sie klang nur ein wenig kühler. »Kaum zu glauben, was? Ich meine, ein Mann wie er. Ich kannte ihn ja nicht sonderlich gut. Aber wer hätte vermutet, daß er sich auf etwas so Schmieriges wie Drogenschmuggel einläßt?«

Gabrielle hörte das leise Surren eines Bürogeräts. Sie fragte sich, woher es kam.

Olivia sagte: »Ich bin mir sicher, daß er unschuldig ist. Das ist bestimmt alles ein schrecklicher Irrtum.«

»Das will ich hoffen.« Denises Stimme klang aufrichtig; Gabrielle wußte, daß sie es nicht war. »Obwohl das natürlich bedeuten würde, daß ich wieder hierher zurückmüßte.«

»Hierher zurück?«

Gabrielle ließ den Blick auf der Suche nach dem surrenden Bürogerät durch den Raum schweifen. Das Geräusch schien seinen Ursprung hinter Denises Schreibtisch zu haben.

»Ach, das haben Sie noch gar nicht gehört? Joel hat mich gebeten, nach oben zu ziehen. Ich soll Jacks Job übernehmen. Zumindest fürs erste. Wenn das Arrangement langfristiger werden sollte, müßten vermutlich Sie und die anderen Vorstandsmitglieder zustimmen.«

Gabrielle trat neugierig einen Schritt vor. Noch vielleicht einen halben Meter, dann würde sie sehen können, was da hinter Denises Schreibtisch surrte.

»Allerdings. LBTech kommt nicht ohne einen Leiter der Logistik zurecht, und Sie wissen ja, wie sehr ich Ihre Qualifikationen schätze. Sie werden Ihre Arbeit bis zur Rückkehr von Jack sicher hervorragend machen.«

»Falls er zurückkehrt.« *Na, das war aber ein bißchen zu gierig*, dachte Gabrielle. »Was ich natürlich hoffe.«

Das surrende Gerät hinter Denises Schreibtisch war grau, viereckig und etwa einen Meter hoch. An seiner Seite war ein Korb angebracht, und in diesem Korb lagen Papiere. Unter dem Gerät befand sich ein Abfalleimer, bis zum Rand gefüllt mit schmalen Papierstreifen. Es war ein Reißwolf.

Denise bemerkte Gabrielles Blick, schaute hinunter auf den Reißwolf und sagte dann mit einer Stimme, die nur eine Nuance zu hoch war: »Alte Berichte. Ich räume nur gerade meinen Schreibtisch auf, bevor ich nach oben ziehe.« Olivia trat ebenfalls einen Schritt vor und fragte: »Ich dachte, alle hätten die Anweisung, nichts wegzuwerfen. Haben sich die Anweisungen geändert?«

»Nein. Aber ... nun ...«

»Und welche Dokumente könnten so wichtig sein, daß Sie sie zu Konfetti verarbeiten müssen?«

Denise zuckte mit den Achseln und sah an den beiden Frauen vorbei zur Tür.

Im nachhinein dachte Gabrielle darüber nach, wie perfekt Denises Auftritt gewesen war. Ihr Verhalten hatte nicht den geringsten Hinweis darauf geliefert, daß während des gesamten Gesprächs ein Mann in der Türöffnung gestanden und gelauscht hatte.

»Denise, ich glaube nicht, daß Sie diese Frage beantworten müssen«, sagte Joel Greenberg und fügte hinzu: »Und tun Sie mir doch bitte einen Gefallen: Rufen Sie den Sicherheitsdienst. Sie sollen einen Wachmann hochschicken. Sofort.«

4

Olivia stemmte die Hände zornig in die Hüften. »Diese junge Frau ist in meiner Begleitung, Joel.«

»In Begleitung oder nicht – ich will nach Büroschluß keine Fremden hier auf dem Stockwerk.« Joel verschränkte die Arme. Er war groß und arbeitete offenbar hart daran, seinen Körper in Form zu halten. Gabrielle mißtraute ihm vom ersten Augenblick an.

Sie hörte, wie Denise mit ihren wunderschön manikürten Fingernägeln die Nummer des Sicherheitsdienstes wählte.

»Ich bin in einer Vorstandssache hier. Und meine Freundin leistet mir lediglich Gesellschaft.«

»Zu solchen Dingen gibt es hier im Haus Vorschriften, Olivia.«

Olivias Stimme wurde messerscharf: »Joel, ich werde nicht zulassen ...« Sie schwieg mit hochrotem Kopf, als sie hörte, wie Denise ins Telefon sagte: »Ist da der Sicherheitsdienst? Ja, hier Denise Donald vom dreiunddreißigsten Stock. Mr. Greenberg ist auch hier. Wir haben gerade eine Reporterin in unseren Büroräumen ertappt. Nein, sie hat kein Berechtigungsschreiben dabei. Ihr Name ist Dunn, Gabrielle Dunn. Danke, wir warten.«

Dann legte sie auf.

Mit einem tigergleichen Lächeln schnurrte Denise: »Sie arbeitet für EPS, Joel. Sie ist Jacks Freundin.«

Gabrielle bekam einen hochroten Kopf. Denise hatte ihr die ganze Zeit etwas vorgespielt. Sie hatte von Anfang an gewußt, wer sie war.

Joel sah Olivia mit scharfem Blick an. »Ich erwarte eine Erklärung, Olivia.«

»Die haben Sie bereits gehört«, sagte Olivia mit stahlharter Stimme.

»Die reicht mir aber nicht«, erwiderte er. »Olivia, ich habe einen ausgesprochen schwierigen Tag hinter mir. Heute morgen habe ich erfahren, daß der Mann, den der Vorstand gegen meinen Willen zum Vizedirektor der Logistik gemacht hat, ein Drogenschmuggler ist. Als nächstes mußte ich mich den Journalisten und Analysten gegenüber verantworten. Und dann standen auch noch die Leute von der Drogeneinheit mit einem Durchsuchungsbefehl vor meiner Tür und wollten in Jack Tafts Büro. Danach kam noch ein ziemlich beunruhigender Anruf von ... nun, von den Leuten, über die wir während der letzten Vorstandssitzung unter dem Vorbehalt der strikten Geheimhaltung gesprochen haben.«

Er sah Gabrielle an. Sie gab sich naiv, als habe sie keine Ahnung, welche »Leute« er meinte.

»Und diese Leute machen sich ihre Gedanken, Olivia. Sie

werden sich noch mehr Gedanken machen, wenn sie erfahren, daß ein Vorstandsmitglied unseres Unternehmens nach Büroschluß zusammen mit einer Reporterin hier herumschleicht.«

»Wir sind hier, um Jack zu helfen«, sagte Gabrielle und stemmte die Hände ebenfalls in die Hüften. »Ich interessiere mich nicht für Ihre Geheimnisse.«

Denise bleckte die Zähne. »Um Unternehmensgeheimnisse geht es Joel und mir auch nicht. Wir machen uns vielmehr Gedanken darüber, daß eine Journalistin, die mit einem Drogendealer befreundet ist, versucht, Beweise verschwinden zu lassen. Stimmt's, Joel?«

»Denise hat mir schon gesagt, daß ich so etwas von Ihnen zu erwarten hätte, Ms. Dunn. Deshalb sollten Sie morgen früh auf Ihren Schreibtisch 'schauen. Dort finden Sie eine Pressemitteilung, daß wir den Vertrag mit Jack Taft aufgelöst, den Singapurer Behörden unsere Unterstützung zugesagt und den Beamten vom FBI nicht nur die gesamten Unterlagen aus Tafts Büro zur Verfügung gestellt haben, sondern auch seine Personalakte sowie alle anderen Informationen über ihn.«

»Sie Schwein.«

»Wissen Sie, ich bin lediglich der Chef eines großen Unternehmens und mir meiner Pflicht gegenüber seinen Aktionären und den Behörden bewußt. Olivia wird Ihnen bestätigen, daß das, was ich Ihnen soeben erklärt habe, zum Wohle von LBTech geschieht. Sie sollten sich darüber im klaren sein, daß alle Unterlagen, die Taft belasten könnten, sich im Augenblick im Besitz der Behörden befinden. Wenn Sie also hierhergekommen sind, um Beweise zu vernichten, vergeuden Sie Ihre Zeit.«

Olivia legte Joel die Hand aufs Handgelenk. »Joel, beruhigen Sie sich. Ich weiß, daß Sie wütend sind, aber Sie interpretieren die Situation falsch.«

»Inwiefern?«

»Wenn Jack unschuldig ist …«

»Das macht keinerlei Unterschied. Ich werde ihn nicht länger in diesem Unternehmen dulden. Das Kapitel Taft ist abgeschlossen.«

»Der Vorstand hat ihn zum Vizedirektor der Logistikabteilung ernannt, nicht Sie, Joel.«

»Er ist gefeuert, Olivia, und zwar aus gutem Grund. In meiner Position ist es meine Aufgabe, ihm zu kündigen; das steht sowohl in seinem als auch in meinem Vertrag.«

»Joel, ich glaube, über diesen Grund könnte man noch weiter diskutieren …«

»Nicht, wenn er in Singapur gehängt wird.«

Olivia preßte die Lippen zusammen. »Na schön, Joel. Dann konzentrieren wir uns also auf *diese* Frage. Angenommen, er ist nicht schuldig. Angenommen, man hat ihn in eine Falle gelockt. Angenommen, es gibt bei LBTech Informationen, die seine Unschuld beweisen. Wie würden Sie sich fühlen, wenn er verurteilt würde, weil Sie sich geweigert haben, Gabrielle danach suchen zu lassen?«

»Ziemlich gut.«

»Joel!«

Greenberg schürzte die Lippen. Er hatte einem Vorstandsmitglied gegenüber das Falsche gesagt, und das wußte er auch. »Tut mir leid, das habe ich nicht so gemeint. Ich bin ziemlich aus der Fassung … die Publicity, die Auswirkungen auf unsere Aktien, Sie wissen doch, daß wir gerade in … wichtigen Verhandlungen stecken. Da hat uns dieser Drogenskandal gerade noch gefehlt. Wenn unser Arrangement … mit diesen Leuten nicht klappt, ist das Tafts Schuld.«

»Ich habe da so eine Theorie, daß jemand anders daran schuld sein könnte. Wenn wir Beweise finden würden …«

»Wie gesagt: alle Unterlagen werden soeben von den Behörden überprüft.«

»Joel, ich bitte Sie nicht als Jacks Freundin darum, sondern als Vorstandsmitglied.«

»Die Antwort lautet immer noch nein. Das Unternehmen befindet sich in sensiblen Verhandlungen. Ich kann es mir nicht leisten, eine Reporterin hier herumschnüffeln zu lassen. Außerdem ist Ms. Dunn in dieser Sache alles andere als unbefangen. Sie wissen ganz genau, daß man uns zur Rechenschaft ziehen könnte, wenn sie Beweise unterschlägt. Sie wird unsere Akten nicht einsehen. Weder offiziell noch inoffiziell.«

»Und was ist, wenn wir nach etwas suchen, das sich nicht in Jacks Unterlagen befindet, sondern in den Akten einer anderen Person?«

»Wie bitte?« Greenberg warf Denise einen Blick zu, die immer noch lächelnd hinter ihrem Schreibtisch saß, und leckte sich die Lippen. »Was soll das heißen?«

Ein uniformierter Mann vom Sicherheitsdienst erschien in der Tür. »Haben Sie grad den Sicherheitsdienst gerufen? Ach, hallo, Mr. Greenberg. Jetzt hätt ich Sie fast nicht erkannt.« Joel nickte ihm zur Begrüßung zu. »Ja, Len, wir haben gerade angerufen. Ich würde Sie bitten, diese Frau ...« – dabei deutete er auf Gabrielle – »... zum Ausgang zu bringen. Und tun Sie mir einen Gefallen: Hinterlassen Sie am Empfang eine genaue Beschreibung von ihr, für den Fall, daß sie sich noch einmal hier einzuschleichen versucht, wenn Sie Dienstschluß haben.«

Olivia sagte mit eisiger Stimme: »Also gut, Joel. Aber bevor ich gehe, möchte ich Ihnen noch eine Frage stellen: Wo war Denise am Freitag? Wo war sie am Nachmittag vor Jacks Abreise?«

Joel wurde rot, seine Stimme lauter: »Das gehört nicht hierher, Olivia! Nicht einmal ein Vorstandsmitglied darf es sich erlauben, solche Andeutungen zu machen!«

Denise lächelte noch breiter und legte die Hand auf Greenbergs Handgelenk. »Ich habe kein Problem damit, Olivias Frage zu beantworten, Joel. An dem Nachmittag war ich mit Joel zusammen.« Sie schwieg einen Augenblick, um die Wirkung ihrer Worte auszukosten. »Stimmt's, Liebling?«

Kapitel 3
Singapur

In Sungei Buloh hatte Jack versucht, Distanz zu wahren, eher Beobachter zu sein, als an dem Spiel teilzunehmen.

Er hatte zwar alles getan, was Chan ihm gesagt hatte – die Panzerfaust auf die Wagen gerichtet, abgedrückt, sich aus dem Staub gemacht. Aber ganz ungerührt und kaltblütig. Oder zumindest fast.

Trotzdem hatte er das Tier in seinem Inneren gespürt. Er hatte es wieder in seinen Käfig zurückgejagt, es nicht ans Tageslicht gelassen. Er hatte die Kontrolle nicht verloren, hatte vernünftig gehandelt.

Aber warum, dachte Jack, *habe ich dann das Gefühl, daß es besser gewesen wäre, wenn ich mich ganz hätte gehen lassen?*

In einer merkwürdigen Stimmung – zufrieden, aber nicht ganz befriedigt – lenkte er den gestohlenen Rover durch ein gutes Wohnviertel mit Doppelhaushälften und teuren Autos vor den Türen. Es war – bis auf die Straßenlaternen – dunkel und menschenleer.

Jack hatte das Gefühl, daß er sich ein ganzes Stück südlich von Sungei Buloh befand. Was das bedeutete, konnte er nicht sagen. Er ließ sich von seinem Instinkt leiten.

Er warf einen Blick auf die Uhr am Armaturenbrett. 4 Uhr 58. Jack fragte sich, wie lange es noch bis zum Sonnenaufgang dauern würde. Vielleicht noch zwei Stunden. Dann würden sich die Straßen mit Menschen füllen, die joggten oder ihre Hunde Gassi führten und sich fragten, was ein Range Rover der Polizei um diese Zeit hier machte.

Ein paar von ihnen hatten dann mit Sicherheit schon die Nachrichten gehört und würden zum Telefonhörer greifen.

Jack sah Zaitun an. Sie lag immer noch auf dem Boden des Wagens und betrachtete ihn mit einem Blick, den er nicht so recht deuten konnte. Er versuchte, sie anzulächeln. »Alles in Ordnung?« fragte er. Keine Antwort. Auch ihr Gesichtsausdruck veränderte sich nicht. »Ich kann Sie hier rauslassen«, sagte Jack. »Oder ich kann Sie noch ein Stückchen weiter fahren. Was Ihnen lieber ist.« Sie blieb stumm. »Ich habe ein bißchen Bargeld in der Tasche. Falls Sie sich eine Fahrkarte für die U-Bahn kaufen wollen oder so.« Keine Antwort. »Wissen Sie, Sie sollten aussteigen. Früher oder später wird mich jemand entdecken und die Polizei rufen. Dann sollten Sie nicht mehr hier sein.« Sie starrte ihn schweigend an. »Da vorne kommt eine große Kreuzung. Soll ich Sie da rauslassen? Von dort aus können Sie einen Bus nehmen oder zumindest telefonieren. Ja, das wäre wahrscheinlich das beste. Sie sollten sich eine Telefonzelle suchen und die Polizei rufen. Dann denken die nicht, daß Sie mit mir zusammenwaren – mir geholfen haben oder so.« Zaitun sagte nichts.

Vor der Kreuzung reduzierte Jack die Geschwindigkeit. Er sah nach links und rechts. Tief am Himmel entdeckte er einen erstaunlich hellen Stern. Das erinnerte ihn an das einzige, was er am Stadtleben nicht leiden konnte: Man sah die Sterne nicht.

»Wie können Sie beweisen, daß Sie unschuldig sind?« Jack zuckte beim Klang ihrer Stimme zusammen.

»In Singapur? Überhaupt nicht.«

»Dann haben Sie also gelogen.«

»Nicht wirklich. Ich kann mir inzwischen denken, wer mir die Drogen in die Aktentasche gesteckt hat.«

»Dann können Sie es also beweisen?«

Das hoffe ich zumindest. »Wahrscheinlich. Es gibt bestimmt Spuren und Beweise. Die Polizei könnte sie sicher finden. Dazu bräuchte man nur einen guten Drogenhund und ein paar Spezialisten. Wenn ich es nach New York schaffen würde und den Leuten von der dortigen Polizei alles erklären könnte, würden die sich einen Durchsuchungsbefehl besorgen. Und wenn sie die Sachen von ihr durchgehen würden …«

»Ihr? Eine Frau?« Mittlerweile hatte sich Zaitun aufgerichtet. Sie hatte die Arme von ihren Knien gelöst und stützte sich am Sitz des Rover ab.

»Ja.« Jack lächelte bitter. »Ja.« Wer sonst konnte es getan haben? Es gab keine logische Alternative. Es mußte Denise sein. Aber wie? Methode, Motiv und Gelegenheit. Danach suchten die Ermittler immer. Er hatte Methode und Motiv. Wenn er nicht auch noch herausfand, bei welcher Gelegenheit sie es getan hatte, hing er schon so gut wie am Galgen.

Zaitun setzte sich auf den Beifahrersitz und legte den Sicherheitsgurt an. Jack schüttelte den Kopf. »Wir sind an der Kreuzung. Ich denke wirklich, daß Sie aussteigen sollten.«

»Ich möchte mich einen Augenblick mit Ihnen unterhalten.« *Ich will mit Ihnen reden. Mit dem einzig Normalen in diesem verrückten Land.*

Jack hielt an. »Da wir ja nun wieder miteinander reden: Könnten Sie mir sagen, was das da hinten ist?«

»Propan.«

»Propan?« Jack schluckte. »Flüssiges Propangas?«

»Ja. Viele Fahrzeuge der Behörden werden mit Propangas betrieben.«

Jack stützte den Kopf auf das Lenkrad und flüsterte: »Mein Gott.« Ohne Zaitun anzusehen, fuhr er fort: »Es tut mir wirklich leid. Da jage ich draußen auf dem Parkplatz den halben Fuhrpark in die Luft, und Sie sitzen in einer Bombe auf Rädern!«

»Das konnten Sie nicht wisssen.«

»Ja. Aber ich weiß auch eine ganze Menge anderer Dinge nicht. Sie könnten jetzt tot sein. Diese ganzen Explosionen. Ich hätte …«

»Darüber habe ich in dem Moment nicht nachgedacht. Ich hatte zu große Angst zum Denken.«

Jack hätte sich vor Scham am liebsten verkrochen. »Warum steigen Sie nicht aus? Ich werde gesucht, und es könnte sein, daß schon in den nächsten Minuten jemand auf mich schießt. Ich hätte Sie beinahe in die Luft gejagt. Und meinetwegen hat man Sie festgenommen ...«

»Polizeichef Chan hat Ihnen das erzählt?«

»Ja. Die ganze Geschichte. War natürlich meine Schuld. Es tut mir auch leid, daß ich Sie gezwungen habe, mich mit in Ihre Wohnung zu nehmen, und daß ich Sie in dieses ganze Schlamassel hineingezogen habe. Hören Sie ...« Jack holte Peter Quints Brieftasche heraus und leerte ihren Inhalt auf Zaituns Schoß. »... das werde ich nicht brauchen. Die Leute von Chan oder von Poh werden mich bald erwischen. Also nehmen Sie das hier bitte und fahren Sie mit dem Taxi nach Hause.«

Sie nahm die Scheine, faltete sie und legte sie auf Jacks Seite des Armaturenbretts. »Warum haben Sie das auf dem Parkplatz gesagt?«

»Was gesagt?«

»Daß alles in Ordnung ist, daß ich in Sicherheit bin.«

»Ach das.« Jack errötete. »Na ja, ich habe mir Sorgen um Sie gemacht. Chan hat mir gesagt, daß Sie in seinem Wagen sind, und überall waren diese Gangster, und Sie mußten sich verstecken. Ich war schuld, daß Sie da hineingeraten sind, also mußte ich Sie auch wieder herausholen. Ich habe mir Gedanken gemacht, was diese Leute mit Ihnen anstellen würden, wenn sie Sie in Chans Wagen fänden. Es war ja alles meine Schuld ...« Jack schwieg.

»Aber Sie sind unschuldig, stimmt's?«

Jack sah sie an. Sie dachte über etwas nach, worüber, wußte er nicht. »Ja.«

»Die Drogen hat Ihnen wirklich eine Frau in die Aktentasche gesteckt?«

»Ja. Daran besteht kein Zweifel.« *Lügner. Es sind noch jede Menge Fragen offen.*

»Und Sie können das beweisen?«

»Das habe ich vor.« *Der gute alte Jack Taft hätte die ganze Sache einfach geschluckt, aber der neue John Taft ...* John Taft wollte Rache.

Zaitun musterte ihn neugierig. Sie hatte wirklich hübsche Augen. Und ein hübsches Gesicht. Keine Frage: Sie war eine wunderbare Frau, eine begehrenswerte Frau. Jack Taft hätte diesen Gedanken nicht zugelassen, aber John hatte da keine Skrupel.

»Biegen Sie an der Kreuzung rechts ab.«

»Ich glaube, Sie sollten aussteigen.« *Nein, tu's nicht.*

»Machen Sie schon. Ich zeige Ihnen, wo Sie sich verstekken können.«

Jack tat, was sie sagte. Fünf Minuten später und etwa drei Kilometer weiter befand sich Jack dann auf einem Kiesweg und fuhr ganz langsam im Schatten der Bäume weiter. Abgesehen von den Wegbeschreibungen hatte Zaitun die Fahrt schweigend verbracht. Als der Rover in einer kleinen Lichtung zum Stillstand kam, wandte sie sich wieder Jack zu. »Ich habe noch eine Frage«, sagte sie.

»Ja?«

»Als Sie in den Wagen gestiegen sind, warum ...« Sie hielt inne, preßte einen Finger gegen die Unterlippe und fuhr dann fort: »... warum haben Sie mich da so geküßt?«

»Ach«, lächelte John (nicht Jack) Taft. »Das sollte ich wohl wirklich näher erklären.«

5. Teil

Zeit zum Töten

Du wirst deinen Namen vergessen
Du wirst dein Gesicht vergessen
Niemand wird den Tag kennen, an dem du stirbst
Ohne Gesicht und ohne Namen.
Du bist ausgelöscht,
Der Staat kann das.
Iris Murdoch, The One Alone

Thrasymachus: Die unterschiedlichen Regierungsformen ersinnen demokratische, aristokratische, tyrannische Gesetze zu ihren Gunsten; und jene Gesetze, die zu ihren Gunsten ersonnen wurden, sind die Gerechtigkeit, die sie gegenüber ihren Untertanen üben. Wer gegen sie verstößt, wird als Gesetzesbrecher bestraft.
Platon, Der Staat I

Kapitel 1
Singapur

1

Chan ballte die Fäuste. Er wollte nur eins: Rache. Er würde Taft finden, ihn stellen.

Nur sie beide. Mann gegen Mann. Dann endlich könnte die Rechnung beglichen werden.

Es war elf Uhr morgens, als Chan entgegen den Anweisungen seines Arztes in das Polizeihauptrevier von Singapur humpelte. Das Revier war ein altes Gebäude und längst nicht so attraktiv wie die prestigeträchtigere Hafenverwaltung, die Wohnungsbaugesellschaft und vor allen Dingen die Touristeninformation. Doch Chan liebte das alte Revier. Er mochte die feuchten, offenen Flure, die verwaschenen blauen Wände und den Geruch von Messingpolitur, Schweiß, Leder und gut geölten Waffen.

Er trottete einen Flur zu dem Büro entlang, das ihm seit seiner Beförderung zum Polizeichef zustand. Die stellvertretenden Polizeichefs hatten jeweils zu zweit ein Zimmer – zwei Schreibtische, vier Stühle, eine hohe Kommode für die persönliche Habe. Nach einer Weile begann man, sich am Aftershave des Kollegen zu stören. Vielleicht konnte man plötzlich auch die Art und Weise, wie er sich räusperte, bevor er den Telefonhörer in die Hand nahm, oder die Tatsache, daß sein Magen immer fünfundvierzig Minuten vor der Mittagspause zu knurren anfing, nicht mehr leiden. Möglicherweise hielt man ihn auch nicht für einen guten Polizisten, weil er immer im Büro war, was hieß, daß er nicht so viel Zeit auf der Straße verbrachte, wie ein guter Polizist das eigentlich sollte.

Chan war froh über das Büro, das ganz allein ihm gehörte.

Unterwegs traf er die üblichen Leute. Zwei Beamte sahen ihn merkwürdig an. Der eine, ein großer, kräftiger Sikh, grinste süffisant. Es war allgemein bekannt, daß er selbst gern ein Büro für sich gehabt hätte.

Irgend etwas stimmte nicht. Das roch Chan.

Er schloß die Bürotür hinter sich, ließ sich ächzend auf seinem Stuhl nieder und rief Hal Leung an. Es meldete sich ein anderer Kollege, der ihm mitteilte, Hal habe dem Wachmann am Pearl-Hill-Eingang die Anweisung gegeben, er solle ihm Bescheid sagen, wenn Chan auftauche; Hal sei bereits unterwegs zu Chans Büro.

Da stimmte etwas überhaupt nicht.

Leung platzte herein, ohne anzuklopfen. Sein Gesicht war bleich und verquollen. Er hatte offenbar nicht geschlafen. Seine Augen wirkten müde.

»Verschnittene Drogen«, sagte der junge Corporal und legte eine Mappe auf Chans Schreibtisch. »Billiger Stoff von der Straße. Auf ein paar von den Päckchen ist sogar schon mal jemand rumgetrampelt.«

Chan schloß die Augen. Die Rippen taten ihm weh. Der Kopf brummte ihm. »Die Laborberichte«, flüsterte er. Fast hätte er hinzugefügt: *Die Sie gestern nicht mehr gelesen haben.*

»Tafts Drogen sind eine Mischung aus einem Dutzend unterschiedlicher Quellen.« Leung sank auf einen Stuhl gegenüber von Chan. Er stützte das Kinn in die Hände, sah Chan in die Augen und sagte: »Wir sitzen ganz schön in der Scheiße.«

»Allerdings«, seufzte Chan.

»Und die Sache mit den Fingerabdrücken habe ich Ihnen noch gar nicht gesagt.«

Also war Taft tatsächlich unschuldig. Chan wußte es, sobald Leung den Mund aufmachte. Wer würde schon ganz normalen Stoff von der Straße nach Singapur schmuggeln? Das war's einfach nicht wert. Das Heroin vom freundlichen Dealer um die Ecke war so oft gestreckt, daß es praktisch keinen Wert mehr hatte – fünfzehn Dollar pro Schuß in Singapur, abhängig von Angebot und Nachfrage und davon, wie fleißig Chan in der Nacht zuvor gewesen war. Wenn es sich bei dem Zeug, das Taft in der Aktentasche hatte, um reinen Stoff gehandelt hätte, wäre er ungefähr einhunderttausend Dollar wert gewesen. Aber wie gesagt, es war gestreckt und brachte somit höchstens neunhundert Dollar.

Was bedeutete, daß ein ziemlich ahnungsloser Amateur auf den Straßen seiner Heimatstadt lauter kleine wertlose Drogenpäckchen gekauft hatte, um Taft das Zeug unterzuschieben. Taft lebte schließlich in New York – am Washington Square bekam man in einer halben Stunde genug Stoff für mehrere Aktentaschen.

Außerdem befanden sich auf allen Päckchen Fingerabdrücke – unterschiedliche, von denen keiner mit denen übereinstimmte, die Taft freundlicherweise in seinem Hotelzimmer hinterlassen hatte.

Unschuldig. Dieser Dreckskerl war unschuldig. Und noch schlimmer: Chan hätte es von Anfang an wissen müssen.

Leung rieb sich die Augen. »Und was jetzt?«

Chan tastete in seiner Tasche vorsichtig nach einem Zahnstocher. Er verzog das Gesicht vor Schmerz. »Irgend jemand hat geplaudert. Die Leute aus dem Labor vielleicht. Ist ja auch egal. ›Diesmal hat der alte Chan die Sache aber gründlich vermasselt‹ oder so.« Chan stieß die Luft geräuschvoll aus. »Tja, und dann hat's jemand weitererzählt. Und so weiter und so fort. Und jetzt weiß die ganze Mannschaft Bescheid.«

Leung stöhnte. »Und der Polizeipräsident auch.«

»Insbesondere der Polizeipräsident. Und der wird alles andere als glücklich sein. Der denkt als erstes natürlich an die politischen Implikationen. Man weiß ja, wie gern die Amerikaner Singapur kritisieren: Todes- und Prügelstrafe, Zensur, die Dissidentenfrage. Solche Sachen. Darauf stürzen sich die Amerikaner. Tja, und wenn die Amerikaner was nicht mögen, dann kriegen die Leute da oben weiche Knie. Wie viele Protestbriefe werden die Amerikaner wohl losschicken, wenn sie erfahren, daß man einen Landsmann von ihnen zu Unrecht eines Kapitalverbrechens beschuldigt hat? Ziemlich viele. Und dann machen sich die amerikanischen Zeitungen darüber her. Und die Menschenrechtsorganisationen. Scheiße, Hal, bald marschieren die Demonstranten vor der Singapurer Botschaft in Washington auf.«

»Oder vor der Touristeninformation.«

Chan zuckte zusammen. »Die Regierung versucht seit zwanzig Jahren, die Amerikaner davon zu überzeugen, daß unser Land sozusagen das Herz von Südostasien ist, offen für alle. ›Mein Gott, dieses Jahr haben wir sechshundert Millionen Dollar für die Entwicklung des Tourismus ausgegeben! Und da ruinieren die Bullen unser schönes Image, indem sie einem unschuldigen Geschäftsmann hinterherjagen und ihn an den Galgen zu bringen versuchen.‹ Wissen Sie, wie Senior Minister Lee auf diese Neuigkeiten reagieren wird? Können Sie sich das vorstellen?«

»Ziemlich sauer, vermute ich mal.«

Chan schloß die Augen. »Sauer? Sauer ist gar kein Ausdruck. Der Polizeipräsident kann sich auf was gefaßt machen. Er wird seine ganzen Leute zu sich bestellen und sie fragen, wie sie sich vorstellen, aus dieser Scheiße wieder rauszukommen. Und irgend jemand wird sagen: Wir müssen die Sache vertuschen. Ein anderer wird meinen: Das funktioniert nicht. Noch einer wird vorschlagen: Vielleicht sollten wir's mit der Wahrheit versuchen. Nachdem sie den rausgeschmissen haben, werden sie eine Weile rumsitzen und überlegen, bis jemand auf die offensichtlichste Lösung kommt.«

»Es muß jemand geopfert werden.«

Chan nickte. »Genau. Zuerst werden sie eine offizielle Entschuldigung veröffentlichen. Und dann werden sie sich mich und Sie vorknöpfen. Wenn wir unsere Strafe abgesessen haben, können wir froh sein, wenn wir noch Fische auf Pulu Ubin ausnehmen dürfen.«

»Wir könnten ja auswandern.«

»Die Regierung läßt niemanden ohne ein makelloses Polizeizeugnis aus dem Land. Und das hätten wir dann nicht. Das gleiche gilt für unsere Pässe und das Geld. Sie werden sich alles unter den Nagel reißen. Sie werden dafür sorgen, daß wir ans unterste Ende der Gesellschaft rutschen, so ist das immer. Sie wissen ja, wie das funktioniert.«

Leung nickte. Das wußte nicht nur er, sondern jeder Bürger. Das Leben in Singapur war gut, solange man sich an die Regeln hielt. Wenn nicht, wurde man zerquetscht wie eine Wanze.

»Wir könnten ihnen zuvorkommen, Sir. An die Öffentlichkeit gehen. Zugeben, daß wir einen Fehler gemacht haben.«

»Das könnte bei Ihnen funktionieren, aber nicht bei mir. Die da oben warten schon eine ganze Weile darauf, mir was anhängen zu können. Und jetzt lassen sie sich die Chance mit Sicherheit nicht entgehen. Doch Sie, Hal, Sie könnten ...«

»Nein, Sir. Ich lasse Sie nicht im Stich.«

Chan hob anerkennend die Augenbraue. »Danke.«

Der Corporal nickte. Er tat nur das, was Chan auch für ihn getan hätte. »Und was machen wir jetzt?«

»Taft finden.« Chan zerbiß seinen Zahnstocher. »Wir schnappen uns den Scheißkerl. Darauf freue ich mich schon. Schließlich hat er Waffen und Autos geklaut. Dazu kommt eine Entführung ...« Chan schwieg und starrte seinen Kollegen an, der seinen Blick nicht erwiderte. »Was ist denn jetzt schon wieder, Hal?«

»Schauen Sie sich lieber mal das hier an, Sir.«

Leung schob zwei Dokumente über Chans Schreibtisch.

Bei dem einen handelte es sich um Rajiv Sethanars Brief an Taft, bei dem anderen um einen Laborbericht über die Arzneimittelrückstände auf besagtem Brief. Chan überflog das Schreiben. Sein Gesicht wurde bei jeder Zeile röter. »Unter dem Einfluß von Rohypnol«, zischte er. »Völlige Enthemmung. Gedächtnisverlust. Nicht zurechnungsfähig. Das hat mir gerade noch gefehlt.« Plötzlich brüllte er los: *»Dieses Schwein! Ich bringe den Dreckskerl um!«*

2

Letztlich würde niemand Chan unterstützen. Er hatte gegen den Gesellschaftsvertrag verstoßen, und zwar im großen Stil.

Nicht, daß die Regierung sich allzu viele Gedanken über Tafts Unschuld gemacht hätte. Der ging es nur um den Skandal: Taft würde mit Sicherheit dem Wall Street Journal, Forbes und der Business Week Interviews geben. Und die Geschäftswelt würde reagieren.

Sobald Taft erzählte, was ihm widerfahren war, würde die Hölle losbrechen.

Und dafür würde Chan verantwortlich gemacht werden. Einzig und allein Chan. Er hätte wissen sollen, daß Taft unschuldig war, schon in der Wohnung von Zaitun Samsudin. Ein Drogendealer hätte Chan sofort erschossen, ihm nicht zu erklären versucht, daß er unschuldig war. Er hätte auch nicht seine einzige Waffe zurückgelassen.

Aber das Schwein hatte Chan dreimal gedemütigt. Das erste Mal im Hotel, dann in der Wohnung des Mädchens und vor allem in Sungei Buloh. Chan hatte keine Sekunde an die Beweise gedacht, sondern nur an seine Rache.

Das war unverzeihlich. Versagst du insgeheim, machst du dir jahrelang Vorwürfe. Aber versagst du öffentlich, dann sorgt die Gesellschaft für die Strafe.

Gab es etwas Schlimmeres als Untergebene, die einen hinter dem eigenen Rücken auslachten?

Chan blickte in die Zukunft und bekam eine Gänsehaut. Er lehnte sich auf seinem Stuhl zurück, verschränkte die Finger unterm Kinn und dachte nach. Ziemlich lange.

Vielleicht ließ das Unheil sich abwenden, wenn Taft den Mund hielt. Wenn es ihm gelang, den Dreckskerl zu überreden, daß er nichts sagte, würde es auch keine Peinlichkeiten an höchster Stelle geben. Und das bedeutete, daß auch Chan verschont würde. Man würde ihm lediglich mehr oder minder deutlich erklären, daß seine Karriere zu Ende sei.

Natürlich würde das auch eine Vertuschungsstrategie voraussetzen. Aber vor die Wahl zwischen einem Gesichtsverlust in der internationalen Geschäftswelt oder einer Demütigung hinter den Kulissen gestellt, würde sich jede Regierung der Welt, besonders die von Singapur, fürs Vertuschen entscheiden.

Allerdings nur, wenn Taft den Mund hielt.

Oder zum Schweigen gebracht wurde.

Da hätte ich eine Idee ...

3

Jack erwachte aus tiefem, alptraumlosem Schlaf. Neben ihm seufzte die nackte Zaitun im Traum.

Jack streckte sich. Die letzten Tropfen eines leichten Regenschauers fielen auf das Dach des Rover. Er legte den Kopf schräg, um Zaitun zu betrachten, die zusammengerollt wie ein kleines Kind auf dem Sitz lag. Ein bißchen Schweiß stand ihr auf der bernsteinfarbenen Stirn.

Er fragte sich, wie alt sie wohl war. Anfang Zwanzig, nahm er an, jung genug, um seine Tochter zu sein, wenn er früh geheiratet hätte.

Er hatte ein bißchen Schuldgefühle, und er war ein bißchen glücklich. Diese Gefühle paßten gar nicht so schlecht zusammen. Er wußte, daß ihn sein Gewissen später noch plagen würde – schließlich hatte er die Frau betrogen, die er liebte, ein hübsches junges Mädchen ausgenutzt, sich benommen wie ein sexbesessenes Tier ... Ja, das würde er noch bedauern.

Aber nicht jetzt.

Jack beugte sich zu Zaitun herab und atmete ihr Parfüm ein. Ihre feuchten, ein wenig geöffneten Lippen sahen verführerisch aus, genauso verführerisch wie in der vergangenen Nacht. Er hatte jegliche Selbstbeherrschung verloren, war nur darauf aus gewesen, seine Bedürfnisse zu befriedigen. Doch irgendwie hatte er gespürt, daß dabei beide gaben und beide nahmen und sie so noch mehr Freude daran hatten.

Bei Zaitun war er ein anderer Mann geworden, ein Mann, vor dem er immer Angst gehabt hatte. Denise hatte ihn damals zu ihrem dämonischen Geliebten erklärt, eine Rolle, für die er sich einfach nicht eignete. Er hatte diese Rolle gehaßt und am Schluß auch sich selbst. *Alles, nur nicht mehr das,* hatte er sich geschworen und sich Gabrielle mit der ganzen Vorsicht und Selbstlosigkeit genähert, die er aufbringen konnte.

Doch in der vergangenen Nacht war der Teufel wieder aus seinem Versteck gekommen.

Plötzlich wurde ihm klar, daß er für den Augenblick leben mußte: *Carpe diem.* Und er beugte sich über Zaitun und nutzte die Gunst der Stunde.

Zaitun war irgendwo hinter den Büschen verschwunden. Jack war diskret ans andere Ende der Lichtung gegangen.

Die Luft hier im Regenwald war feucht und süßlich, aber nicht unangenehm. Zwischen den Blättern des dichten grünen Dschungels entdeckte Jack blaues Wasser. Er stellte sich auf die Zehenspitzen, um es besser sehen zu können. Von dem Hügel aus, auf dem er den Rover geparkt hatte, erstreckte sich ein grüner Park, der allmählich in Blau und irgendwann in Purpurtöne überging. Und in weiter Ferne große Seen, türkisfarben in der Nachmittagssonne, ruhig und unbewegt.

Zaitun gesellte sich wieder zu ihm. Sie hakte sich bei ihm unter und betrachtete eine Weile zusammen mit ihm die Landschaft. Dann sagte sie: »Das ist Bukit Timah. Der Zinnhügel. Allerdings gibt es dort kein Zinn, nur einen alten Steinbruch.«

Er nickte. Sie fuhr fort: »Wenn die Malaysier und die Thais und die Indonesier ihre Wälder abgeholzt haben, wird es diesen letzten Regenwald Asiens immer noch geben.«

»Das kann ich mir nicht vorstellen.«

»Ich fliege über diese Länder, John. Ich sehe, was passiert ...«

Plötzlich hob Taft den Kopf.

»Was ist?«

»Nichts.« Er sah hinauf zum Dach des Dschungels, der die Lichtung schützte wie ein Schirm. Man würde Chans Rover vom Himmel aus nicht sehen.

»Flugzeuge und Hubschrauber können uns hier nicht entdecken. Und wenn, ist es auch nicht schlimm. Inspector Chan fährt den gleichen Rover wie die Parkwächter hier.«

Jack nickte. Er glaubte ihr. Sie war die einzige, der er vertrauen konnte.

Sein Magen knurrte.

»Hunger?« fragte Zaitun.

»Ja.« Er dachte nach. »Nein, eigentlich doch nicht.« Das war merkwürdig. Abgesehen von einer einzigen Banane hatte er seit mehr als zwei Tagen nichts gegessen. Er hätte einen Bärenhunger haben müssen, aber bis jetzt hatte er überhaupt nicht ans Essen gedacht. Und noch etwas Merkwürdiges: seine Hose. Die Feuchtigkeit hier schien sie geweitet zu haben. Obwohl er den Gürtel so eng wie möglich geschnallt hatte, rutschte sie immer noch. Er schob die Daumen in die hinteren Gürtelschlaufen und zog die Hose hoch.

»Ich besorge uns etwas zu essen.«

Plötzlich wachsam geworden, sah Jack sie von der Seite an. Wenn sie ihn bat, ihr die Schlüssel zu Chans Rover zu geben …

Bevor er etwas sagen konnte, verschwand Zaitun im Wald.

Die frisch gepflückten Mangos waren köstlich, rötlichorange, saftig, weich. Im Handschuhfach von Chans Rover befand sich lediglich ein Löffel, den Taft und Zaitun sich teilten. Sie fütterte ihn und er sie. Eigentlich hätte er sich in dieser Dschungelidylle albern vorkommen müssen. Doch das tat er nicht. Ganz im Gegenteil: Er war ausgesprochen zufrieden.

Er sah die Ironie der Situation durchaus: Er hatte den größten Teil seiner Kindheit und sein gesamtes Erwachsenenleben als vorsichtiger Konformist verbracht. Er hatte sein Leben ohne Konfrontationen, so unauffällig wie möglich, geführt. Schließlich war er der ausgeglichene Jack, der Mann, der nirgends Unruhe stiftete.

Aber jetzt war er John, nicht mehr Jack Taft. In den vergangenen zwei Tagen waren alle Prinzipien, die den guten alten Jack geleitet hatten, verschwunden. Er hatte jegliche Vorsicht und Selbstbeherrschung aufgegeben und entgegen allen Erwartungen den größten Spaß seines Lebens gehabt. Was für eine Überraschung – sich zu wehren machte tatsächlich Spaß!

Zum Beispiel die Frustration in Chans Gesicht. Der Kampf gegen die Gangster. Das darauffolgende Chaos. Die geglückte Flucht. Mein Gott, das war toll gewesen!

Und am tollsten war es, daß er genauso gut wie die anderen war, das wurde ihm jetzt erst klar. Sogar besser. Besser als diese professionellen Gangster. Besser als ein waffenbesessener Polizist. Besser als sie alle!

Da riß Zaitun ihn aus seinen Gedanken: »Sag mir noch was, John. Heute nacht hast du erwähnt, du wüßtest, wer dir die Drogen in die Aktentasche gesteckt hat. Eine Frau. Ich denke, du solltest mir davon erzählen.«

Jack nickte. Er mußte mit jemandem über das sprechen, was seiner Meinung nach passiert war, denn seine Theorie war noch nicht lückenlos. Vielleicht konnte er die Lücken füllen, wenn er sich mit jemandem darüber unterhielt.

4

Die Aktentasche war nagelneu gewesen und hatte noch in der Einkaufstüte aus dem Laden gesteckt. Er hatte sie in sein Büro getragen, den Inhalt seiner alten Aktentasche in die neue getan und diese unter seinen Schreibtisch gestellt. Dort hatte sie gestanden, bis er das Büro verlassen hatte. Und danach hatte sie ihn die ganze Zeit begleitet, bis zum Flugzeug. Er hatte sie nie aus den Augen gelassen.

Doch.

Am Freitagnachmittag, dem Nachmittag, an dem Gabrielle ihm die Aktentasche geschenkt hatte, war er zwei Stunden lang im Konferenzzimmer gewesen, und die Tasche war in seinem Büro geblieben. Folglich mußte sie in diesen zwei Stunden manipuliert worden sein.

Die Konferenz war gegen fünf zu Ende gegangen. Kurz vor Schluß war Denise hereingekommen und hatte sich dafür entschuldigt, sie verpaßt zu haben. Sie hatte gesagt, sie ... ja, was hatte sie gesagt?

Taft schloß die Augen und versuchte sich zu erinnern. Jemand war am hinteren Ende des Konferenzzimmers gewesen und hatte die Tafel gewischt. Paul. Zwei andere Leute hatten sich draußen auf dem Flur unterhalten. Tilly und Marianne. Alle anderen waren bereits gegangen. Auch Jack selbst hatte Anstalten gemacht, das Zimmer zu verlassen. Da war Denise hereingekommen, mit vom Wind zerzausten Haaren. Sie hatte ihre unpraktische, aber moderne Aktentasche in der rechten Hand und die ochsenblutfarbene Lederhandtasche über der linken Schulter gehabt. Sie hatte ein leuchtend grünes Kostüm und ein kanariengelbes Halstuch getragen. Ihre Wangen waren ein bißchen gerötet gewesen. Sie hatte ausgesehen, als sei sie tatsächlich draußen im Freien gewesen.

»Tut mir leid, Jack«, hatte sie gesagt. »Aber du weißt ja, daß er einen nicht mehr losläßt, wenn er einen erst mal in den Klauen hat.«

Er? Hatte sie ihm den Namen des Kunden gesagt, den sie besucht hatte? Er konnte sich nicht erinnern.

»Hab ich was Wichtiges versäumt?« hatte sie ein wenig außer Atem gefragt.

»Nein, im Grunde nicht.«

»Ich rede am Montag mit Paul. Bitte sorg doch dafür, daß ich alles Wichtige erfahre, was ihr besprochen habt.«

»Klar.«

Das war's auch schon gewesen. Höchstens dreißig Sekunden. Dann war sie wieder verschwunden.

Wie war sie an seine Aktentasche herangekommen? Woher hatte sie überhaupt von der neuen Aktentasche gewußt?

Er hatte keine Ahnung.

»John«, sagte Zaitun, »du hast mir erzählt, daß niemand von deiner Reise nach Singapur gewußt hat.«

»Stimmt. Niemand außer meinem Chef Joel Greenberg. Aber Joel war um die Zeit nicht mehr im Büro. Ich hab zweimal versucht, ihn telefonisch zu erreichen. Seine Sekretärin hat mir gesagt, er würde erst spät wiederkommen. Außerdem hätte Joel keine solchen fiesen Tricks nötig, um mich loszuwerden. Da hätte er tausend andere Möglichkeiten gehabt.«

»Und wie hat diese Denise von deiner Reise erfahren?«

»Keine Ahnung. Vielleicht hab ich selber was davon erwähnt.«

»Die muß ja ganz schön wütend auf dich sein.«

»Allerdings. Als ich mich von ihr getrennt habe, war sie

wie eine Furie. Sie hat mir das Leben zur Hölle gemacht und im Büro alle schmutzigen Tricks angewandt, die du dir nur vorstellen kannst.«

»Warum hast du sie nicht zur Rede gestellt?«

Jack schüttelte den Kopf. »Das ist nicht mein Stil. Ich mag solche Konfrontationen nicht. Ich dachte mir, irgendwann wird sie wohl aufgeben und mich in Ruhe lassen. Und ich habe recht behalten. Zumindest hab ich gedacht, ich hätte recht behalten.«

»Aber wenn sie wirklich die Drogen in deine Aktentasche gesteckt hat ...«

»Es kann niemand anders gewesen sein«, sagte er ein bißchen zu schnell, denn er wußte genau, daß noch andere von seiner Reise gewußt hatten, insgesamt drei Leute: Joel, Denise und Gabrielle.

Aber es konnte nicht Gabrielle gewesen sein. Den Gedanken brauchte er nicht weiterzuverfolgen.

Doch er verfolgte ihn weiter.

Und plötzlich wurde ihm klar, was er bisher übersehen hatte.

Poh Kay Siong? hatte er Chan angebrüllt. *Wer zum Teufel ist Poh Kay Siong?*

Der letzte von Singapurs großen Bandenchefs, hatte der gefesselte Chan gesagt. *Drogen, Wetten, Schutzgelder, Waffenschmuggel – er hat überall seine Finger im Spiel. Und er möchte Sie noch schneller unter die Erde bringen als ich.*

Aber warum denn? Ich kenne ihn doch gar nicht!

Mein Gott, Taft, ersparen Sie mir bitte Ihre Lügen! Poh hat schließlich seine Revolverhelden ins Raffles geschickt, damit sie Sie abknallen.

Raffles? Revolverhelden? Ach ... die hätte ich fast vergessen. Sie meinen den Mann, den Sie erschossen haben, während ich auf dem Boden lag?

Es waren zwei. Ein zweiter war draußen auf dem Flur vor

Ihrem Zimmer. Und die Leute, die Sie vor Zaitun Samsudins Wohnung umbringen wollten, waren auch von ihm.

Das waren also Gangster, keine Leute von der Polizei?

Genau! Taft, nun hören Sie schon auf, sich so dumm zu stellen.

Dann will also nicht nur die Polizei mich umbringen, sondern auch der Mob!

Tja, Sie haben eben das große Los gezogen.

Aber um Himmels willen – warum?

Das müssen Sie mir schon selber sagen. Wenn ich wüßte, warum dieses Schwein Sie haßt …

Ehrlich, ich kenne ihn nicht. Ich kann mir auch nicht vorstellen …

Blödsinn! Warum hören Sie nicht auf mit dem Theater und legen einfach ein Geständnis ab?

Was für ein Geständnis? Zum Teufel, ich habe doch nichts getan!

Na schön, wie Sie wollen. Aber hören Sie zu: Poh hat das nötige Gerät, um den Polizeifunk abzuhören. Er weiß alles, was sich so abspielt … Es gibt nur einen einzigen Weg aus Singapur heraus, und dort wartet Poh mit einer ganzen Armee auf Sie. Außerdem ist Zaitun Samsudin in meinem Wagen. Ich will nicht, daß ihr was passiert, also würde ich an Ihrer Stelle folgendes machen …

Jetzt war ihm alles klar. Sobald ihm die Sache mit Poh wieder eingefallen war, wußte er über Denise Bescheid, und sobald er über Denise Bescheid wußte, kannte er auch Methode, Motiv und Gelegenheit. Was bedeutete, daß sich ein logischer Fehler in seine Überlegungen eingeschlichen hatte. Sie basierten auf einer falschen Prämisse. Was hieß, daß er die Prämisse verändern mußte …

Endlich erkannte er, was er in seiner Verblendung nicht gesehen hatte. Es war so einfach. Es ging um das Wer, Wie, Wann und Warum. Er hatte seine ganze Energie auf das

Warum gerichtet. Doch die Beantwortung dieser Frage löste das Rätsel nicht. Der Schlüssel zu allen anderen Problemen war die Frage nach dem Wann.

Er kannte die Antwort darauf: Verrat.

Zaitun legte ihm die Hand auf die Schulter und schüttelte ihn. »John?« fragte sie, aufrichtig besorgt. »John, alles in Ordnung?«

»Ruhe! Ich denke nach.«

5

Die Arme um die Beine geschlungen, das Kinn auf die Knie gestützt, hatte sie ihn mehr als eine Stunde lang beobachtet. Sein Blick war abwesend, und abgesehen davon, daß er sich hin und wieder nachdenklich übers Kinn strich, bewegte er sich kaum.

Sie war froh, daß sie sich für ihn entschieden hatte. Er war nicht der erste Mann in ihren Armen gewesen, aber er besaß etwas, das den anderen fehlte: echte Leidenschaft. Seine Lust – die aufrichtigste, die sie je erlebt hatte – hatte die ihre gesteigert. Sie hatte noch nie etwas Vergleichbares empfunden.

Wenn sie an seine Vorgänger dachte, fielen ihr nicht ihre Küsse ein, sondern nur die nutzlosen Dinge, die sie ihr geboten hatten: eine Wohnung, Taschengeld, Billigschmuck. Einer hatte sie sogar gefragt, ob sie seine Frau werden wolle.

Heirat? In Singapur? Die korrektere Bezeichnung dafür wäre wohl »Gefängnis«. Eine vom Staat festgesetzte Anzahl von Schwangerschaften, eine Wohnung von der Wohnungsbaugesellschaft und am Ende eine ausreichende Rente. Sicher, vielleicht schaffte sie es, den Singapurer Traum zu verwirklichen. Doch wie sah der aus? Kiatsu, gewinnen um jeden Preis. Wir sind aus Singapur, und wir verlieren nie. Wir arbeiten hart, und wir haben Erfolg. Wir holen uns, was wir wollen: Geld, Kreditkarten, eine Eigentumswohnung, eine Karriere, einen Wagen. Etwas anderes wünschten sich die Menschen in Singapur nicht.

Aber das Leben hatte mehr zu bieten.

Schon als Kind hatte sie sich danach gesehnt, den engen Grenzen ihrer Insel zu entfliehen, an einen Ort zu gelangen, wo das Leben weniger vorhersehbar war, wo man Risiken einging, wo das Morgen nicht wie das Heute aussah.

Heute hatte sie zum ersten Mal einen Teil dieser Sehnsucht in die Tat umgesetzt. Denn welche Muslimin wählte sich einen Nicht-Moslem als Liebhaber? Welche gute Singapurerin verkehrte mit einem Mann, der von der Polizei gesucht wurde? Welche gute Bürgerin saß einfach unter einem Baum, wenn es ihre Aufgabe gewesen wäre, so schnell wie möglich die zuständigen Behörden zu informieren?

Eine Frau, die wußte, was sie wollte. Eine Frau, die tun würde, was sie für richtig hielt, egal, was der Staat vorschrieb. Sie hatte gegen alle Regeln verstoßen, war ein Volksfeind, und zum ersten Mal in ihrem Leben war sie wirklich glücklich.

John tauchte aus seinem Wachtraum auf. Sein Stirnrunzeln war verschwunden; auf seinem Gesicht lag ein hämisches Grinsen.

Er streckte sich und rollte die Schultern. »Ich weiß jetzt, was ich tun muß«, sagte er.

»Ja, John?«

»Eine Weile habe ich gedacht, der Hafen ist die Lösung. Ich dachte, das ist der einzige Weg aus diesem Land. Daß ich mich als blinder Passagier auf ein Schiff schleichen könnte oder so. Ich glaube, ich könnte es schaffen, weil ich mich auf Frachthäfen auskenne. Ich weiß auch eine ganze Menge über den Singapurer Hafen.«

»Er wird streng bewacht.«

»Ich weiß. Ich habe alles darüber gelesen. Trotzdem glaube ich, ich könnte an den Wachen vorbeikommen.«

»Dann bringe ich dich hin. Wenn es dunkel wird ...«

»Nein, das ist zu riskant. Ein Fehler, und schon entdeckt mich einer von den Wachleuten. Selbst wenn ich's auf ein Frachtschiff schaffen würde, könnte ein Seemann über mich stolpern. Tja, und dann würde mich der Kapitän in Eisen legen und mich am nächsten Hafen den Behörden übergeben. Es könnte zuviel schiefgehen. Ich brauche eine schnelle, einfache Lösung. Die amerikanische Botschaft.«

Zaitun rief aus: »Nein! John, dort sind Polizeiwachen! Überall! Das habe ich gehört, als ich auf dem Polizeirevier war. Sie erwarten, daß du dort auftauchst. Sie werden dich umbringen.«

John schüttelte den Kopf. »Wenn ich erst mal in der Botschaft bin, kann mir niemand mehr was anhaben, weil das amerikanisches Territorium ist. Dort kann ich mit jemandem reden, der mir zuhört. Ich kann Kontakt zu meinem Anwalt und zu Freunden in den Staaten aufnehmen. Vielleicht kann ich die Leute von der New Yorker Polizei sogar überreden, daß sie sich mit einer gewissen rothaarigen Frau unterhalten.«

Zaitun blinzelte. Hatte John nicht gesagt, daß die Frau, die ihm die Drogen in die Aktentasche gesteckt hatte, blond war? Wahrscheinlich hatte sie ihn falsch verstanden, und außerdem war das auch nicht so wichtig. »John, bitte tu's nicht.«

»Chan hat mir etwas beigebracht, nämlich den Umgang mit Waffen. Ich glaube, das wird er noch bereuen.«

»Du kannst nicht zur Botschaft. Die sehen dich doch schon auf einen Kilometer Entfernung.«

John bleckte die Zähne wie ein Wolf, die Augen verengten sich zu Schlitzen. »Ja, das stimmt. Aber werden sie mich überhaupt wahrnehmen? Das ist eine ganz andere Frage.«

»Warum lächelst du so, John?«

»Mir ist da was eingefallen, was mir Spaß machen wird.«

»Was?«

»Zieh dich aus.«

Zaitun errötete. »Ach so.«

»Ja«, lachte John. »Jetzt, wo du's sagst: das auch.«

Kapitel 2

New York

1

Jack hält sie im Arm und sagt: »Aufstehen, Gabrielle. Es ist fast neun.«

Was?

»Wir müssen ins Büro. Komm, meine Liebe, steh auf.«

Nicht Jack. Wer? Mein Gott! Olivia!

»Kaffee«, stöhnte Gabrielle.

»Steht auf dem Nachttischchen. Die Spezialmischung meines Mannes. Die läßt er eigens aus San Francisco einfliegen.«

Jetzt wußte Gabrielle, wo sie sich befand: im Gästezimmer von Olivias und Scotts Stadtwohnung am Sutton Place.

Olivias Chauffeur hatte vor dem LBTech-Gebäude im Parkverbot auf sie gewartet. Er hatte sie mit dem Schirm zum Wagen gebracht und sie nach einer Kehrtwendung mitten auf der Fifty-Seventh Street geradewegs zur Stadtresidenz der Thatchers gefahren.

Olivia hatte rasch einen frischen Salat zusammengezaubert, und beim Essen hatten die beiden Frauen versucht, einen Sinn in dem zu finden, was Denise gesagt und wie Joel Greenberg sich verhalten hatte.

Irgendwann hatte Olivia dann eine Flasche Wein, einen St. Francis Merlot, Jahrgang 1994, aufgemacht, eine Rarität, die es normalerweise an der Ostküste nicht gab. Weswegen sie und Scott den Wein einfliegen ließen.

Und im Wohnzimmer hatte Olivia dann, umgeben von den Akten, Ausdrucken und Berichten, die Gabrielle aus ihrer Aktentasche holte, eine zweite Flasche geöffnet. Als Scott Thatcher von einem späten Abendessen nach Hause gekommen war, hatten sich die beiden in Olivias Büro begeben, wo sie mit Hilfe von Olivias Computer und Paßwort die Datenbanken von LBTech studierten. Und dann war da noch eine dritte Flasche gewesen ...

Der Wein hatte Gabrielle beruhigt, sie ihre Angst um Jack und das triumphierende Lächeln auf Denise Donalds Gesicht vergessen lassen.

Es war drei oder vier Uhr morgens gewesen, als Olivia sie schließlich ins Bett gebracht hatte. Und jetzt war es ... was ... *Du lieber Himmel!* Neun Uhr!

Gabrielle setzte sich mit einem Ruck auf.

Das war ein Fehler. Ihr war, als würden in ihrem Kopf alle Glocken einer gotischen Kathedrale gleichzeitig zu dröhnen beginnen, um zur Buße zu mahnen. Ihr brach der Schweiß aus. Sie griff nach der Tasse mit dem heißen Kaffee und hielt sie mit zitternden Fingern. Sie nahm einen Schluck. Aber der Kaffee half nicht.

»Versuch's doch mal mit Orangensaft, meine Liebe.«

Gabrielle tat, was Olivia ihr sagte. Sie hob den Blick. Obwohl Olivia genauso wenig Schlaf bekommen und genauso viel Wein wie sie getrunken hatte, sah sie blendend aus. *Ich hasse dich ...*

»Hier sind ein paar Aspirin. Und eine Vitamintablette. Schluck beides. So ist's gut. Oje! Das Bad ist da drüben ...«

Als Gabrielle sich wieder etwas besser fühlte, setzte sie sich zu Olivia ins Wohnzimmer und nahm mit zitternden Fingern ein Blatt Papier in die Hand, einen Ausdruck, den ihr die Leute im Archiv von EPS tags zuvor hatten zukommen lassen.

Es handelte sich um eine ganz normale Kreditwürdigkeitsauskunft, genau um jenen Bericht, der ihr am Vorabend bereits im Taxi aufgefallen war. Jetzt wußte sie auch, warum.

Privatpersonen müssen ihre Rechnungen pünktlich bezahlen. Wenn sie es nicht tun, werden sie mit hohen Zinsen bestraft. Bei großen Unternehmen ist das ein bißchen anders.

Sie können sich mit der Begleichung ihrer Schulden zwei, drei, manchmal sogar noch mehr Monate Zeit lassen. Denn bei so einem Unternehmen geht man davon aus, daß es seine Rechnungen bezahlt.

Irgendwann.

Aber bis dahin fehlt dem Gläubiger das Geld. Folglich wirft er vor der Annahme eines Auftrags einen Blick in die Dokumente, die die Zahlungsfähigkeit des Kunden belegen, und erkundigt sich bei den relevanten Datenbanken.

Gabrielle sah sich die Daten von LBTech an. Wie erwartet bestellte LBTech als internationaler Großhändler riesige Mengen an elektronischen Bauteilen von allen möglichen Herstellern in den Vereinigten Staaten. Sie waren alphabetisch in dem Bericht aufgelistet: von AMD bis Zilog. Neben dem jeweiligen Namen war verzeichnet, wieviel LBTech dem Lieferanten schuldete, und wie lange die Schuld bereits bestand.

LBTech hatte einen Ruf zu verlieren und bezahlte deshalb pünktlich. Die meisten Rechnungen wurden innerhalb von fünfundvierzig Tagen beglichen, der Rest innerhalb von sechzig Tagen. Also hatte alles seine Ordnung. Merkwürdig war nur, dachte Gabrielle, daß ein paar Rechnungen sofort bezahlt worden waren.

Seltsam. Niemand begleicht seine Rechnungen sofort.

Olivia warf einen Blick über Gabrielles Schulter auf den Namen des Lieferanten auf dem Ausdruck. »Kitsuné? Die kenne ich. Scott und ich hatten in der Vergangenheit immer mal wieder Probleme mit dem Unternehmen.«

»Wenn ich das, was hier steht, richtig verstehe, hat Jack auch gerade Probleme mit denen.« Olivia sah sie fragend an. »Kitsuné ist ein großer japanischer Mischkonzern, der Autos, Uhren, Radios und Computer herstellt, aber keine Bauteile. Die kaufen sie von Firmen wie LBTech. Aber wenn sie Kunden von LBTech sind, warum schicken sie dann Rechnungen? Es müßte doch genau umgekehrt sein.«

»Und was heißt das, meine Liebe?«

»Auf die Schnelle würde ich sagen, daß jemand da was für sich auf die Seite bringt.«

»Das hört man als Vorstandsmitglied natürlich sehr ungern.«

»Kitsuné ist ein asiatisches Unternehmen, stimmt's? Und Denise leitet den Bereich Asien. Livy, ich glaube, wir müssen wieder an den Computer. Ich denke, ich weiß jetzt, was da vor sich geht.«

2

Gabrielle war immer ein wenig erstaunt, wenn sie ihre Freundin am Computer sah. Niemand hätte erwartet, daß sich eine reiche, angesehene Frau wie Olivia so gut in der Datenverarbeitung auskannte. Doch Olivia war die Ehefrau eines Unternehmers, der einen der größten Betriebe in dieser Branche aufgebaut hatte, und sie hatte seit dem ersten Tag vor ungefähr dreißig Jahren in diesem Betrieb mitgearbeitet.

Olivia gab die nötigen Daten in ihren Computer ein und ließ sich die Informationen ausdrucken. Siebenunddreißig Seiten Berichte.

Doch den Berichten waren keinerlei Zahlungen an Kitsuné zu entnehmen. Gabrielle sank der Mut. Doch Olivia wandte sich wieder der Tastatur zu und gab einen anderen Befehl ein. Nun erschien folgende Information auf dem Bildschirm: LETZTE FÄLLIGKEITEN MASTER UPDATE/GELÖSCHT 26. OKT. 19:18 UHR.

Olivia, die sonst nie fluchte, stieß einen Fluch aus.

»Was ist los, Livy?«

»Jemand hat sich an dieser Datenbank zu schaffen gemacht! Kurz nachdem man uns aus dem Gebäude von LBTech herauskomplimentiert hat, hat sich jemand in die Datenbank eingeloggt und ein paar Informationen gelöscht. Ich kann mir schon vorstellen, was.«

Gabrielle war verzweifelt. »Dann gibt es keine Beweise, die Jack helfen könnten.«

»Ganz im Gegenteil«, sagte Olivia und beugte sich über die Tastatur. »Kaum jemand weiß, daß es jede Menge eigentlich überflüssiger Datenbanken gibt. Das ist wie bei einem Kind, das zu viele Spielsachen hat. Die Leute aus der Marketingabteilung haben ihre eigene Datenbank, genau wie die Buchhaltung, die Personalabteilung, der Vertrieb und alle anderen. Ich könnte dir ein Unternehmen nennen, in dem sämtliche Transaktionen in vierundsechzig gänzlich voneinander unabhängigen Datenbanken erfaßt werden müssen. Eine unglaubliche Verschwendung von Ressourcen. Das perfekte Chaos. Wie die ihr Geld verdienen, ist mir ein Rätsel.«

»Heißt dieses Unternehmen zufällig LBTech?«

»Tja, da geht's nicht besser und nicht schlimmer zu als bei den meisten anderen auch. LBTech hat zwölf Hauptdatenbanken. Ich glaube, das hier ist die, die wir brauchen.« Olivia deutete auf den Bildschirm. LBTECH LOHNBUCHHALTUNG.

»Die Lohnbuchhaltung? Aber warum denn das?«

»LBTech zahlt seinen Verkäufern Provisionen, meine Liebe. Diese Provisionen werden als Anteil an den Verkäufen berechnet. Deshalb muß nicht nur jeder Verkauf in die Auftrags- und Inventurlisten, sondern auch noch in diese Datenbank eingegeben werden – zusammen mit dem Namen des Verkäufers. Und so ...« Olivias Finger huschten über die Tastatur. »Und so erfahren wir – übrigens ganz und gar nicht überraschend für mich –, daß der Verkäufer für Kitsuné überhaupt kein Verkäufer ist, sondern eine Leiterin der Logistikabteilung namens Denise Donald.«

»Das gibt's doch nicht.«

»Sehen wir uns die Aufträge ein bißchen genauer an«, sagte Olivia. »Seltsam, die Sache läuft offenbar erst seit drei Monaten. Ist wahrscheinlich auch kein Zufall. Wir haben Jack erst bei der letzten Vorstandssitzung zum Vizedirektor gewählt, und die war vor drei Monaten. Vermutlich hat Lady Macbeth ihre Rachepläne sofort, nachdem sie die Hiobsbotschaft erhalten hat, in die Tat umgesetzt.«

Auf dem Computer erschienen drei Auftragsbestätigungen in einander überlappenden Fenstern. Olivia klickte sie nacheinander an. »Was hältst du davon, meine Liebe? Erkennst du so etwas wie ein Muster?«

»Ich glaube schon. Jeder Auftrag hat ungefähr das doppelte Volumen des vorhergehenden. Zuerst fünfundfünfzigtausend Dollar, dann hunderttausend, und der letzte zweihunderttausend. Es ist fast, als ...«

»Als hätte Denises Kunde ihr nicht ganz vertraut, daß sie die Waren auch liefern würde. Er arbeitet sich langsam hoch, um sicherzustellen, daß sie tatsächlich hält, was sie verspricht. Jeden Monat gibt's mehr Dollar. Und schau: Jeder Auftrag ist anders. Unterschiedliche Produkte. Das heißt, daß Denise die Aufträge etwas höher verbucht, als sie tatsächlich sind – ich würde sagen, ungefähr um zwanzig Prozent –, und den Leuten von Kitsuné dann die entsprechende Rechnung schickt. Die zahlen prompt. Und genauso prompt entdecken sie dann jeweils zum ersten eines jeden Monats die zu hohe Zahlung und fordern eine Rückerstattung.« Olivia deutete auf die Kreditauskünfte, die die Leute aus dem Archiv Gabrielle gegeben hatten. »Dann tippt Denise eine Zahlungsanweisung in ihren Computer, und es wird ein Scheck ausgestellt. Niemand hat in einem Unternehmen der Größe von LBTech die Zeit, jede Rechnung zu überprüfen. Außerdem gibt's ständig solche Fehler, und mit denen beschäftigt sich niemand länger. Das Ganze wird per Computer geregelt, also muß es nach Meinung der meisten Leute stimmen.« Olivia rümpfte die Nase.

»Ich verstehe das alles nicht, Livy. Ich meine, was für ein Sinn steckt dahinter?«

»Das ist ganz leicht erklärt. Wir zahlen unseren Verkäufern eine Provision von siebeneinhalb Prozent. Denise kassiert diese Provision auf den zu hohen Betrag. Gut, bis jetzt hat sie nicht allzuviel Schaden angerichtet – nur ungefähr zehntausend Dollar –, aber wenn die Aufträge von Kitsuné sich in den kommenden drei Monaten weiter verdoppeln, wären wir schon bei fünfzigtausend.«

»Nicht schlecht.«

»Allerdings. Ich denke, wir wissen jetzt, wieso dein junger Freund in Schwierigkeiten steckt. Denise macht krumme Geschäfte mit ...« Olivia gab ein paar Befehle in den Computer ein und las vom Bildschirm ab: »... mit Poh Kay Siong Enterprises, Ltd., besser gesagt mit der Tochtergesellschaft Kitsuné Trading in Singapur. Jack ist ein schlaues Kerlchen und hätte das in der Singapurer Niederlassung von LBTech wahrscheinlich sofort entdeckt. Also hat Denise dafür gesorgt, daß er nie einen Fuß in das Büro dieser Niederlassung setzen würde.«

»Also haben wir sie, Livy!« Gabrielle schlang die Arme um Olivia und gab ihr einen Kuß.

3

Olivia arrangierte eine Konferenzschaltung mit den anderen Vorstandsmitgliedern – mit Ausnahme von Joel Greenberg – und eröffnete das Gespräch: »Alle, die für eine außerordentliche Buchprüfung sind, stimmen bitte mit ›ja‹. Danke, der Antrag ist also angenommen. Alle, die dafür sind, daß Olivia Thatcher zur Vorsitzenden des Prüfungskomitees ernannt wird, sagen bitte ›ja‹. Ja, Charlie?« Olivia lauschte und verdrehte dabei die Augen. Dann fuhr sie geduldig fort: »Genau, Charlie, du hast mich richtig verstanden. Ich fürchte, Joel hat sich auf eine Affäre mit Miss Donald eingelassen. Ich weiß, Charlie. Danke, Charlie. Der Antrag wird also einstimmig angenommen. Gibt es sonst noch etwas zu besprechen? Nein? Gut. Das heißt, daß wir uns heute abend persönlich sehen. Ja, Charlie, ich weiß, daß du zum Essen verabredet bist. Nein, Charlie, ich glaube nicht, daß es gut wäre, wenn du die Sitzung versäumst. Na schön, Charlie, dann fangen wir also ohne dich an. Herzlichen Dank an alle, wir treffen uns um sieben. Ich denke, ich werde eine Menge zu berichten haben. Auf Wiedersehen.«

An Gabrielle gewandt sagte Olivia: »Der arme Charlie ist völlig durcheinander, aber der muß sich jetzt einfach zusammenreißen. Und nun werde ich unsere Leute von der Buchhaltung anrufen. Ein Blick in die Datenbank, und die informieren die Polizei. Wahrscheinlich wird Denise schon am Nachmittag verhaftet. Ich kenne da einen jungen, ehrgeizigen Anwalt. Wir haben uns bereits unterhalten, während du auf der Toilette warst. Es wird ihm vermutlich nicht schwerfallen, Jack zu entlasten.«

»Aber was ist, wenn Denise die Beweise vernichtet hat, Livy?«

»Dann wird er ihr einen Kompromiß anbieten – wenn sie zugibt, Jack die Drogen untergeschoben zu haben, wird das Strafmaß verringert. Aber ich bezweifle, daß es so weit kommt, denn mein junger Anwalt wird dafür sorgen, daß die Geschichte an die Öffentlichkeit kommt. Er hat mir versprochen, der Presse nicht nur etwas von Denises Unterschlagungsversuchen, sondern auch von ihrer mutmaßlichen Verwicklung in die Drogensache zu erzählen. Wenn CNN erst einmal Wind davon bekommt, gibt die Singapurer Regierung klein bei. Scott wird sich außerdem darum kümmern, daß ein paar Senatoren entrüstete Briefe nach Singapur faxen. Dann setzen die Leute da drüben Jack in den nächsten Flieger.«

»Und was ist mit Joel? Der steckt doch bis zur Halskrause mit drin.«

»Das bezweifle ich. Wahrscheinlich hat Denise seinen Computer und sein Paßwort verwendet, um die Datenbank zu manipulieren, aber wir haben keinerlei Beweise, daß Joel etwas damit zu tun hat. Ganz im Gegenteil: Ich glaube, daß sie ihm das Paßwort geklaut hat. Weißt du, meine Liebe, unser lieber Joel Greenberg ist hinter viel lukrativeren Geschäften her. Der Profit, den er aus einem Verkauf von LBTech schlagen würde, ist ihm mit Sicherheit viel wichtiger als die Peanuts, mit denen Denise sich abgibt. Damit würde er seine Zeit nicht vergeuden. Nein, Joel ist meiner Meinung nach nicht in die Sache verwickelt. Wenn doch, dann hätte er garantiert die Datenbank mit den Fälligkeiten *und* die der Lohnbuchhaltung gelöscht.«

»Und das wär's dann? – Tut mir leid, Joel, aber Ihre Freundin hat ein paar Dollar unterschlagen. Bis Montag im Büro?«

»Nein, nein, meine Liebe. Ich habe dir gestern abend gesagt, daß Joel auch noch sein Fett abbekommt. Wenn sich erst herumspricht, daß er eine Affäre mit einer Diebin hat, ist er weg vom Fenster, da bin ich mir sicher. Außerdem könnte ich mir vorstellen, daß das eine gute Schlagzeile für die erste Seite abgeben würde.«

»Oje«, sagte Gabrielle mit schwacher Stimme. »Du meinst, ich soll das erledigen?«

»Schließlich bist du Reporterin. Wenn das erstmal in den Zeitungen steht, muß Joel zurücktreten. Der Vorstand wird dafür sorgen, daß ihm keine andere Wahl bleibt. Tja, so schnell wird Joel Greenberg wohl keine vergleichbare Stellung mehr angeboten bekommen. Aber das ist jetzt nicht so wichtig. Zuerst muß ich unsere Leute von der Buchhaltung informieren und auf die Sache ansetzen. Je früher die Angelegenheit an die Öffentlichkeit gelangt, desto schneller schikken die Singapurer Jack nach Hause.«

Gabrielles Stimme wurde ganz leise: »Aber zuerst müssen sie ihn erwischen.«

Olivia brach in Gelächter aus. »Tja, bis jetzt hat er sich ja ziemlich geschickt um eine Festnahme gedrückt. Freut mich, daß er so clever ist. Es könnte natürlich auch reines Glück sein.«

Gabrielle murmelte: »Es ist Glück, sonst gar nichts. Ich kenne ihn, Livy. Jack ist wirklich ein toller Mann, aber ein Held ist er bestimmt nicht.«

»Na, vielleicht täuschst du dich da.«

»Es würde mich freuen, Livy. Wirklich.«

Olivia wandte sich dem Telefon zu. Alles in allem war der Morgen ausgesprochen zufriedenstellend verlaufen. Joel würde schon bald seinen Job verlieren. Der Skandal würde dafür sorgen, daß LBTech nicht verkauft wurde. Jack Taft würde gesund und wohlbehalten wieder nach Hause kommen. Und das beste von allem: Endlich hatte Gabrielle sich selbst gegenüber ihre Gefühle für den jungen Mann eingestanden.

Nur eins ließ Olivia keine Ruhe: Jack hatte Gabrielle den Tip gegeben, sich mit »Zollmauscheleien« zu beschäftigen, was wohl bedeutete, daß so etwas auch bei LBTech im Gange war. Aber was Denise da getrieben hatte, war beim besten Willen keine »Zollmauschelei«. Und das erschien Olivia merkwürdig, denn normalerweise war Jack in seiner Wortwahl sehr präzise.

Nun, vielleicht hat er sich versprochen. Oder Gabrielle hat ihn mißverstanden. Es ist ja auch nicht so wichtig. Olivia nahm den Hörer von der Gabel und rief die Buchhaltungsabteilung von LBTech an.

4

Denise schloß die Augen. Sie las schon den ganzen Nachmittag furchtbar langweiliges Zeug, und jetzt hatte sie Kopfschmerzen. Dabei hatte sie erst dreiundfünfzig Seiten hinter sich – achtzig lagen noch vor ihr. Es handelte sich um das Federal Register, die Vorschriften für politisch-militärische Angelegenheiten, genauer gesagt, die Neufassung der Bestimmungen für den internationalen Waffenhandel, kurz ITAR.

Es half nichts, sie mußte sich durch das langweilige Zeug

wühlen, denn darin war all das verzeichnet, worauf Poh so erpicht war. Außerdem hatte der schlitzohrige Chinese bereits versucht, einen Auftrag ohne Provision durchzukriegen – nein, nein, hatte er sich per e-mail zu rechtfertigen versucht, diese Bauteile stehen nicht auf der Liste. Es handelt sich um Standardteile, also brauche ich nicht …

Unsinn. Natürlich waren die Dinger auf der Liste. Aber sie hatte ewig gebraucht, um sie zu finden.

Denise hatte Poh ihre Meinung gesagt, und er hatte versprochen, sie nie wieder hinters Licht zu führen.

Wer's glaubt, wird selig …

Deshalb arbeitete sie sich jetzt Zeile für Zeile durch die Bestimmungen, einen gelben Textmarker in der Hand.

Da summte die Gegensprechanlage.

Verärgert drückte sie die Empfangstaste. »Was ist? Ich habe doch gesagt, daß ich nicht gestört werden möchte.«

»Tut mir leid, Ms. Donald, aber hier sind ein paar Männer, die Sie sprechen wollen.« Josephine. Tafts loyale kleine Sekretärin. Denise hatte sich bereits an die Personalabteilung gewandt, damit sie versetzt würde. »Sagen Sie ihnen, ich bin beschäftigt. Sagen Sie ihnen, sie sollen einen Termin vereinbaren, wenn sie mit mir sprechen wollen.«

»Ms. Donald, diese Männer … na ja … sie sehen so aus, als hätten sie es nicht nötig, einen Termin zu vereinbaren.«

Kapitel 3
Singapur

1

Um zehn Uhr abends drehte John den Schlüssel im Zündschloß von Chans Rover herum.

Zaitun saß mit dem Lächeln eines Botticelli-Engels neben ihm. Sie konnte es kaum noch erwarten, daß sie ihren Plan in die Tat umsetzten. Ein malaiisches Sprichwort kam ihr in den Sinn: Kuman di seberang laut mata nampak, gajah die depan, mata tak nampak. Du siehst die Insekten jenseits des Meeres, aber den Elefanten vor deiner Nase siehst du nicht.

Genau so war es in Singapur. Der kleine Staat kritisierte alle anderen Nationen, weigerte sich aber, sich seine eigenen Fehler einzugestehen.

Bis jemand den Mut aufbrachte, sie ihm deutlich vor Augen zu führen.

Werde ich das schaffen? fragte sie sich.

Sie wußte, daß sie dazu in der Lage war. Es würde riskant werden und sich für ein gutes Singapurer Mädchen überhaupt nicht gehören. Und noch weniger für eine gute Muslimin.

Um so besser. Ho sei liao! *Abgemacht. Ich tue es!*

Wenn das alles vorbei war, würde sie alle Vorschriften verletzt haben. Dann wären alle Fesseln zerrissen. Ihr Leben würde sich verändern, und sie würde es nicht bedauern.

2

Zehn Uhr dreiundvierzig abends.

Die große weiße Uhr an Chans Wand war jetzt sein Feind. Jede Minute, die verstrich, bedeutete eine Minute weniger

Zeit, Taft zu finden. Eine Minute weniger, die Chan im Revier verbringen würde.

Die Sekretärin des Einsatzleiters hatte bereits angerufen und ihm mitgeteilt, daß die Sitzung für acht Uhr morgens anberaumt sei. Der Stellvertreter des Polizeipräsidenten würde daran teilnehmen. Der Stellvertreter. Der Präsident selbst wollte offenbar nichts mehr mit Chan zu tun haben.

Außerdem hatte sich ein australischer Reporter von einer Zeitung in Sydney bei ihm gemeldet. Daß dieser Anruf von einem ausländischen Journalisten kam, bedeutete, daß man der inländischen Presse bereits das Verbot erteilt hatte, darüber zu berichten. Es würde eine offizielle Version der Taft-Geschichte geben. Das hieß, daß keine andere Version geduldet wurde. Ausländische Zeitungen, die dieser offiziellen Version widersprachen, mußten sich auf Importbeschränkungen gefaßt machen. Wer bis dahin zehntausend Exemplare in Singapur verkaufen konnte, durfte jetzt nur noch fünfzig an den Mann bringen. Nein, nein, eine Pressezensur findet in Singapur nicht statt; es geht hier ausschließlich um Import-Export-Fragen ...

Der Australier witterte offenbar eine so heiße Story, daß er gewillt war, dieses Risiko auf sich zu nehmen.

Also wurden die Buschtrommeln bereits geschlagen. Als er eine Stunde zuvor unten in der Cafeteria einen Happen gegessen hatte, mußte er feststellen, daß die Singapurer Polizei nur aus drei Sorten von Beamten bestand: erstens die wenigen, die sich unauffällig an ihn herandrückten und ihm zumurmelten, daß sie versuchen würden, ihm zu helfen, wenn sie könnten; zweitens diejenigen, die ihn hämisch angrinsten und dann einem Kollegen etwas ins Ohr flüsterten; und drittens – das war die große Mehrheit – die Beamten, die seinem Blick auswichen und ihm aus dem Weg gingen.

Zehn Uhr achtundvierzig.

Wahrscheinlich, so dachte er, hatte er bis Mitternacht, vielleicht sogar ein bißchen länger Zeit, Taft zu finden. Danach würde sich keine Zeitungsredaktion mehr für die Neuigkeiten interessieren. Aber wenn sein Plan funktionieren sollte, brauchte er Reporter und Kameraleute.

Chans Plan war gut. Es gab keine Möglichkeit für die Regierung, die Ereignisse zu vertuschen. Sie würde mit zusammengebissenen Zähnen sagen müssen: »Gut gemacht, Chan.« Natürlich war klar, daß etwas faul war an der Geschichte. Aber die Regierung würde mitspielen. Wenn Taft der Presse gegenüber den Mund hielte, wäre alles andere egal. Das einzige, was zählte, war, das Gesicht zu wahren.

Dann könnte Polizeichef Chan Gin in Ehren in Pension gehen und (das gestand er sich jetzt selbst ein) das Land verlassen, in dem es für Leute wie ihn keinen Platz mehr gab.

Aber nur, wenn jemand diesen verdammten Taft fand. Alle Polizisten in Singapur suchten nach ihm, aber keiner hatte eine Ahnung, wo er sich versteckte. Auch die Gangster hielten Ausschau nach ihm. Natürlich würden sie sofort nach Chan den Bandenchef Poh Kay Siong informieren, aber keiner würde Poh zuerst anrufen. Dafür hatte Chan mit seinen Drohungen gesorgt.

Ein Anruf, betete Chan. *Ein einziger Anruf. Bitte sagt mir, wo er ist. Bitte.*

Sobald er wußte, wo Taft sich aufhielt, würde er sich auf den Weg machen. Es war alles bereit. Hal Leung hatte die Ausrüstung besorgt, die sie brauchten. Die Autos standen bereit, die Waffen waren geladen, und Chan trug die nachtblaue Uniform von Singapurs paramilitärischen Spezialeinheiten, darüber eine kugelsichere Weste und eine schwarze Kampfjacke. In den Taschen der Jacke steckten zwei Handgranaten und jede Menge Munition; in seinen besonders leichten Dschungelstiefeln hatte er Spezialmesser und in der rechten Hosentasche eine Beretta Tomcat Kaliber .32, die auf kurze Distanz besonders effektiv war. Dazu im Schulterhalfter eine D-Max Sidewinder, die auf jeden Gangster mächtig Eindruck machte.

Die Tür ging auf. Es war Hal Leung. Auch er trug die nachtblaue Uniform und jede Menge Munition. Leung hob fragend eine Augenbraue. Chan schüttelte den Kopf. Leung ließ sich auf den Stuhl vor Chans Schreibtisch fallen. Er hatte eine Dose Cola und eine Dose Sprite in der Hand. Chan entschied sich für die Cola.

»Wie geht's den Rippen, Sir?«

»Gar nicht so schlecht. Ich trage seit heute nachmittag ein orthopädisches Korsett. Ist ziemlich eng. Das und die Weste hält alles an seinem Platz.«

»Aber Sie versprechen mir aufzupassen, ja, Sir?«

»Nein!«

Leung mußte lachen. »Warum überrascht mich das nicht?«

Chan stand auf. »Hüten Sie doch eben mal für mich das Telefon, ja? Ich muß aufs Klo. Bin gleich wieder da.«

Als Chan wieder ins Büro kam, legte Hal gerade den Hörer auf die Gabel. Er strahlte Chan an. »Was ist, Hal?«

»Wir brauchen uns keine Gedanken mehr darüber zu machen, ob wir Taft finden.«

»Was? Warum?«

»Er hat gerade die amerikanische Botschaft in die Luft gejagt.«

Chan warf einen Blick auf seine Uhr. Zehn Uhr siebenundfünfzig. »Freut mich zu hören.«

3

Zehn Uhr dreiundfünfzig.

Eine Frau stieß einen Schrei aus.

Der Schrei war lauter als die Sirenen der Feuerwehrwagen auf den Straßen.

Ghurka-Sergeant Prithvi Bahadur beobachtete vom Fenster des zweiten Stocks aus den dichten Verkehr auf der High

Street und der Loke Yew Street. Der Schrei der Frau war aus dieser Richtung gekommen.

Ein junger Constable wandte sich Bahadur zu: »Sergeant?«

Bahadur bedeutete ihm mit einer Geste zu schweigen. Er hob das Fernglas an die Augen, ein gutes Gerät, Zeiss Night Owls. Aber es war zu dunkel auf der Loke Yew Street. Bahadur sah wenig, erhaschte nur einen Blick auf ein paar Männer, die sich in den leerstehenden Gebäuden entlang der Armenian Street bewegten. Diese Männer warteten genau wie Bahadur mit den Gewehren im Anschlag hinter der amerikanischen Botschaft. Bahadur ließ das Fernglas in die Hülle zurückgleiten.

Ein Schatten huschte über die Armenian Street, und der Schatten schrie.

Bahadur riß seine österreichische 7.62 mm Steyr-Daimler SSG an die Schulter und blickte durch das Zielfernrohr mit Nachtsichtgerät, das das Licht dreißigtausendfach verstärkte und die Straße in grelles Grün tauchte.

Die Frau war halb, nein, fast ganz nackt. Sie trug keine Hose, nur einen Slip, der durch das Nachtsichtgerät grün zu leuchten schien. Der Oberkörper war mit einem lockeren Herrenhemd aus Baumwolle bedeckt. Das Hemd war zerfetzt, die Knöpfe fehlten. Bahadur sah die festen Brüste der jungen Frau, die die Straße entlanghastete.

Sie war jetzt an der Ecke Loke Yew und Armenian Street. Der Schweiß stand ihr auf der Stirn. Sie zögerte, hielt kurz inne und wandte sich um. Bahadur konnte nicht sehen, was die Frau sah. Sie schrie wieder, diesmal noch lauter. Dann lief sie auf die Loke Yew Street. Tränen rannen ihr die Wangen herunter. Ihr Gesicht war angstverzerrt.

Bahadur zischte: »Das ist Zaitun Samsudin, das Mädchen, das Taft entführt hat.« Der Constable schaute ebenfalls durch sein Zielfernrohr. »Mein Gott, ist das Mädchen schön!«

»Dieses Schwein hat versucht, ihr an die Wäsche zu gehen!«

Jetzt rannte die junge Frau die Loke Yew Street in Richtung Hill Street hinab, direkt auf Bahadur zu. Die amerikanische Botschaft lag links von ihr.

»Laufen Sie runter!« herrschte Bahadur den Constable an. »Ich gebe Ihnen Deckung.«

»Ja, Sir.«

Der Sergeant hob das Zielfernrohr wieder ans Gesicht und schaute hinunter. Die Scharfschützen in den anderen Gebäuden eilten dem Mädchen ebenfalls zu Hilfe. Bahadur wollte den Constable zurückrufen. Zu spät. Er war bereits die Stufen hinuntergelaufen.

Bahadur wandte sich wieder der Frau zu. Sie hatte jetzt den Eingang zur Botschaft passiert. Ein amerikanischer Wachmann von den Marines trat fünf Schritte aus seinem Betonhäuschen heraus, blieb stehen, ging wieder zurück und griff nach dem Telefonhörer.

Jetzt befand sie sich im Licht der Straßenlaternen. Bahadur wandte den Blick ab, weil das Licht durch das Nachtsichtgerät zu grell war.

Er hörte Männer rufen und beugte sich aus dem Fenster. Nicht nur sein eigener Constable rannte der Frau zu Hilfe, nein, auch das gesamte Scharfschützenteam aus dem ersten Stock befand sich nun unten auf der Straße. Bahadur fluchte.

Ein Feuerwehrwagen raste die Hill Street in nördlicher Richtung hinauf. Sein blau-weiß-rotes Licht erfaßte die immer noch rennende Frau.

Die beiden Scharfschützenteams, die am Ende der Loke Yew Street stationiert waren, rannten in die Mitte der leeren Straße. Drei weitere Männer in nachtblauer Uniform hasteten von der Hill Street auf sie zu. Die Frau lief schreiend in Richtung des entgegenkommenden Verkehrs.

Ein dunkelgrüner Toyota machte eine Vollbremsung. Das

Taxi dahinter krachte in seine hintere Stoßstange. Glassplitter flogen auf den Gehsteig. Ein weiterer Wagen wich nach links aus, um einen Zusammenstoß zu vermeiden. Ein junges Pärchen auf einem Motorroller wurde über die Kühlerhaube dieses Wagens geschleudert und rollte schreiend auf die Straße. Ein zweiter Feuerwehrwagen arbeitete sich die High Street hinauf. Der Fahrer sah die Scherben und die anderen Fahrzeuge vor ihm zu spät, lenkte den Wagen nach links, schrammte an dem Taxi entlang. Die Feuerwehrleiter löste sich und rutschte über die Mittellinie. Uniformierte Feuerwehrleute landeten auf dem Asphalt. Und in der Ferne war die Sirene eines dritten Wagens zu hören.

Feuer? Bahadur überlegte, wie oft in den vergangenen Minuten Alarm gegeben worden war. Drei- oder viermal. *Ist da etwas …?*

Zaitun Samsudin schien das Chaos nicht zu bemerken. Sie schlüpfte behende zwischen den Autos hindurch, nun nicht mehr schreiend. Zwei der drei Scharfschützen aus Bahadurs Gebäude befanden sich in ihrer Nähe, nahe genug, um von ihr gehört und gesehen zu werden. Doch sie schien sie nicht wahrzunehmen … oder doch, sie nahm sie durchaus wahr … und rannte absichtlich in die andere Richtung.

Sergeant Prithvi Bahadur schluckte. *Konnte es sein …?*

Er zwang sich, den Blick von dem Chaos vor der amerikanischen Botschaft abzuwenden und die Loke Yew Street hinunterzuschauen.

Genau, dort war er.

Der dunkelblaue Rover Defender mit dem weißen Dach. Ein Polizeiwagen.

Taft.

Der Drogenschmuggler hatte ihn deutlich sichtbar vor dem Seiteneingang der Botschaft abgestellt. Und niemandem war das aufgefallen. Die halbnackte Frau, das daraus resultierende Chaos, das Geheul der Sirenen und die Zusammenstöße – alle Anwesenden waren abgelenkt gewesen.

Bahadur legte sein Gewehr an und schaute durch das Nachtsichtgerät, zuerst auf das Wachhäuschen der Botschaft, in dem ein Wachmann stand und etwas zum Fenster hinaus rief. Bahadur hatte wegen des Durcheinanders auf der Hill Street keine Chance zu hören, was er rief.

Der Wachmann blickte die Loke Yew Street hinunter in Richtung jener abbruchreifen Gebäude, in denen sich bis vor ein paar Minuten noch zwei Scharfschützenteams verborgen hatten. Bahadur ließ den Lauf der Waffe von links nach rechts gleiten. Taft war irgendwo da unten, das wußte Bahadur.

Und Bahadur hatte recht.

Taft stand am anderen Ende der Loke Yew Street und preßte sich flach gegen die Mauer der heruntergekommenen Häuser in der Armenian Street. Er war durch das Zielfernrohr ganz deutlich zu sehen. Da fiel etwas vor ihm auf den Boden, ein Stück Stoff. Taft hatte offenbar die Waffe ausgewickelt, die er in der Hand trug.

Bahadur hatte so ein Ding schon einmal auf dem Schießplatz der Polizei gesehen, wo Chan Gin demonstriert hatte, welchen Schaden eine Sugg-50 anrichten konnte.

Prithvi Bahadur entsicherte seine Waffe.

Taft richtete die Sugg auf das andere Ende der Straße. *Auf was?* fragte sich Bahadur, während er seine Waffe zum Feuern bereit machte. Sein Ziel befand sich siebzig Meter entfernt. Der Sergeant richtete den Lauf seines Gewehrs auf Tafts Brust, legte den Finger auf den Abzug und drückte ab.

Der Schmerz war unerträglich, als hätte ihm jemand eine glühend heiße Nadel ins Gehirn getrieben. Mit einem Schlag war Sergeant Prithvi Bahadur blind, geblendet von einem Licht, greller als die Sonne zur Mittagszeit, greller als jedes Licht, das Bahadur jemals gesehen hatte, dreißigtausendfach verstärkt durch das Nachtsichtgerät.

Der Sergeant schrie auf und verlor das Bewußtsein, bevor schwelendes Metall vom Himmel zu regnen begann.

4

Monroe Briggs, der Sicherheitschef der amerikanischen Botschaft, hatte in seiner zwanzigjährigen Militärlaufbahn noch nie wirkliche Schwierigkeiten gehabt.

Bis zum heutigen Tag.

Auf der Fahrt von seinem Stadthaus in Bukit Timah telefonierte Briggs mit der Polizei, der Presse und einem verschreckten Wachmann der Marines, um herauszufinden, was passiert war. Der Mann, der in die Botschaft eingedrungen war, hieß John Gregory Taft. Daran bestand kein Zweifel. Die Polizei hatte Scharfschützen in den abbruchreifen Gebäuden an der Armenian Street hinter der Botschaft und auf der anderen Seite, an der Hill Street, postiert. Sie hätten sich den Mann schnappen sollen, sobald er in der Nähe der Botschaft auftauchte. Aber das hatten sie nicht.

Offenbar war plötzlich eine halbnackte Frau aus dem Nichts aufgetaucht und um ihr Leben gerannt. Die Scharfschützen hatten sich aus ihrem Versteck begeben, um ihr zu helfen. Niemand hatte mitbekommen, wie Taft plötzlich am Tor zur Botschaft aufgetaucht war.

Der Drogenschmuggler hatte, völlig verdreckt und unrasiert, gefordert, eingelassen zu werden. Der Wachmann hatte daraufhin aus seinem Wachhäuschen heraus erwidert, die Botschaft habe an Wochentagen von halb neun bis Viertel nach fünf geöffnet. »Das ist ein Notfall«, hatte Taft gesagt. »Das ist es immer«, hatte der Wachmann erwidert.

»Ich bin amerikanischer Bürger.«

»Das sagen sie alle.«

»Ich muß mit dem Botschafter sprechen.«

»Im Traum nicht.«

»Mein Gott, sehe ich denn aus wie ein fanatischer Moslem, oder was?«

»Nein, bloß wie ein etwas zu alter Hippie, dem das Geld ausgegangen ist.«

Daraufhin hatte Taft sich umgedreht und war zu dem Rover gegangen, den er an der Loke Yew Street abgestellt hatte. Der Wachmann hatte ihm nachgerufen: »Fahren Sie den Wagen da weg. Er blockiert den Eingang.«

»Der bleibt nicht lange da stehen.«

Briggs wußte nicht genau, was für eine Waffe Taft da in dem Rover gehabt hatte. Klar war allerdings, daß das Ding eine gewaltige Durchschlagskraft besaß. Taft hatte nur ein einziges Mal abfeuern müssen. Direkt in den Propangastank des Rover.

Nach allem, was Briggs bis jetzt gehört hatte, hatte das einen Höllenlärm gemacht.

Kurz darauf war Taft in der Botschaft gewesen.

Und jetzt hatte er mehrere Geiseln.

Colonel Monroe Briggs befürchtete, daß er zum erstenmal in seiner langen militärischen Laufbahn eine Schießerei erleben würde.

Briggs hatte die amerikanische Botschaft, die eher wie ein Gefängnis aussah, schon immer für das scheußlichste Gebäude der Welt gehalten. Und jetzt, wo das Tor und der Zaun weggesprengt waren, die Fensterscheiben in Scherben auf dem Boden lagen und ein ganzes Stück der Nordmauer fehlte, sah es noch scheußlicher aus.

Die Singapurer Polizei eskortierte ihn durch das Chaos. Ein paar Meter weiter wartete bereits ein Reporterteam mit Kameras und Blitzlichtern auf den Sicherheitschef. Briggs straffte die Schultern und marschierte auf die Fotografen zu. Die Aufnahmen würden im amerikanischen Fernsehen gezeigt werden. Briggs wollte, daß seine Vorgesetzten im Außenministerium beruhigt wären, wenn sie sie sähen. Briggs wußte, daß er kompetent war, aber er wollte auch so wirken.

Im Inneren der Botschaft, das genauso scheußlich war wie die Fassade, marschierte Briggs einen Flur entlang, wandte sich nach rechts und blieb vor dem Büro des Stellvertretenden Konsuls stehen. Dort atmete er tief durch, bemühte sich um einen besorgt-erleichterten Gesichtsausdruck und trat ein.

Hinter dem Schreibtisch des Stellvertretenden Konsuls saß Taft, eine Cola Light in der einen und eine schwarze Automatik in der anderen Hand. *Eine Glock 27*, dachte Briggs. *Neun Kugeln im Magazin, eine in der Kammer, genug fürs erste.*

Der Wachmann von den Marines saß mit finsterem Gesicht auf dem Boden, das Telefon, mit dem er Briggs gerufen hatte, neben sich. Er erwiderte Briggs' mißbilligenden Blick nicht. Neben dem Wachmann spielten ein Angestellter und drei FAA-Inspektoren Poker. Singapur war das Hauptquartier der Federal Aviation Administration in Südostasien; ihre Beschäftigten hatten den Auftrag sicherzustellen, daß die Sicherheitsbestimmungen bei den Flugzeugen, die aus dieser Region nach Amerika flogen, wenigstens den Mindestanforderungen entsprachen. Die FAA-Inspektoren schienen keine Angst vor Taft zu haben.

Taft wirkte, wie nicht anders zu erwarten, noch entspannter als seine Geiseln. Briggs begrüßte ihn mit einem breiten Lächeln: »Mr. Taft! Gott sei Dank haben Sie es wohlbehalten hierher geschafft!«

Taft sah ihn verwirrt an. Genau darauf hatte Briggs gehofft. Polizeichef Chan Gin hatte Briggs über Tafts fadenscheiniges Alibi informiert. Dieses Wissen versuchte Briggs jetzt zu nutzen. »Ich bin Monroe Briggs vom Außenministerium. Aber alle sagen Joe zu mir.« Unsinn, alle sagten »Sir« zu ihm. »Sie können sich gar nicht vorstellen, wie glücklich ich bin, daß Sie hier sind.«

Taft blinzelte verwirrt. Er war völlig verdreckt. Die Kleidung hing ihm in Fetzen herunter.

»Mr. Taft, ich möchte Ihnen sagen, daß die amerikanische Regierung das nicht einfach so hinnehmen wird. Der Außenminister persönlich ist gerade dabei, einen Protestbrief an die Singapurer Regierung zu verfassen.«

Tafts Blick flackerte. »Äh …«, brummte er.

»Sie sind hier in Sicherheit, Mr. Taft. Dies ist die amerikanische Botschaft, amerikanisches Hoheitsgebiet. Hier können sie Ihnen nichts anhaben. Wenn sie es versuchen würden, wäre das ein kriegerischer Akt.«

Endlich brachte Taft einen zusammenhängenden Satz heraus: »Dieser Polizist, der hinter mir her ist – der ist wahnsinnig.«

Briggs nickte. »Ja, wir wissen Bescheid über Polizeichef Chan, Mr. Taft. Den sollte man in einen Käfig sperren. Aber wie gesagt: Machen Sie sich keine Sorgen. Hier sind Sie sicher. Sie stehen unter dem Schutz der Vereinigten Staaten.«

Taft sah aus, als sei eine schwere Last von seinen Schultern genommen worden. Briggs war außer sich vor Freude. Es funktionierte! Genau, wie sie es ihm in den Kursen zum Umgang mit Terroristen beigebracht hatten. »Der Botschafter wird bald hier sein. Er bringt seinen persönlichen Anwalt mit, der wird sich um die Sache kümmern. Ach ja, und ein Reporter der New York Times ist auch schon auf dem Weg hierher. Der möchte Sie unbedingt interviewen.«

»Von der Times?«

»Sie sind eine Berühmtheit, Mr. Taft. Offen gestanden warten die New Yorker Zeitungen schon lange darauf, die Singapurer Regierung am Wickel zu kriegen. Jetzt geben Sie ihnen Gelegenheit dazu. Natürlich können wir das Interview auch verschieben, wenn Sie zu müde dazu sind. Aber ich glaube, es wäre in Ihrem Interesse, wenn wir es nicht täten. Je mehr öffentlichen Druck wir ausüben, desto besser.«

Taft lächelte. Der Idiot kaufte Briggs den Quatsch doch tatsächlich ab. »Heißt das, daß ich das Ding hier nicht mehr brauche?« Taft hob die Pistole. *Bitte,* dachte Briggs, *bitte, bitte.*

»Behalten Sie sie, wenn Sie sich damit sicherer fühlen.«

»Äh ... Mr. Briggs ... äh, Joe ... ich kenne mich nicht sonderlich gut aus mit diesen Dingern.«

»Natürlich nicht.«

»Ich könnte jemanden damit verletzen ...«

Mein Gott, was für ein begnadeter Schauspieler! Der Mann klang genau so, wie man es von einem Unschuldigen erwarten würde. »Drücken Sie den Hebel da runter. Das ist die Sicherung ...«

Taft drückte den falschen Hebel. Das Magazin der Waffe landete auf seinem Schoß. »Hoppla«, murmelte Taft. *Die beste Vorstellung, die ich je gesehen habe*, dachte Briggs. »Mr. Taft, nach allem, was ich gehört habe, haben Sie eine ziemlich harte Zeit hinter sich. Im Büro des Botschafters befindet sich eine Dusche. Möglicherweise auch ein Rasierapparat. Vielleicht treiben wir noch irgendwo andere Kleidung für Sie auf. Wäre Ihnen das recht?«

Einen Augenblick lang fürchtete Briggs, zu weit gegangen zu sein, doch Taft seufzte nur »ja«, und Briggs wußte, daß er ihn in der Tasche hatte.

Briggs wandte sich dem Wachmann zu. »Laufen Sie runter in den Umkleideraum und holen Sie ein Hemd und eine Hose für Mr. Taft.« Der Wachmann sah ihn mit ungläubigem Gesichtsausdruck an. »Ungefähr Ihre Größe. Wenn die Sachen Ihnen passen, passen sie auch Mr. Taft. Wenn Sie selbst Zivilkleidung da unten haben, dann bringen Sie sie rauf. Keine Sorge, wir ersetzen Sie Ihnen.«

Der Wachmann erhob sich und schüttelte erstaunt den Kopf. Briggs hielt den Atem an. Taft schenkte dem Wachmann kaum Beachtung. *Mein Gott, das ist doch nicht zu fassen! Es funktioniert tatsächlich!* Die ganzen Trainingsprogramme zahlten sich wirklich aus.

»Hey, John«, sagte einer der FAA-Männer plötzlich. Taft wandte sich ihm zu. »Ist es in Ordnung, wenn wir jetzt gehen?«

»Klar. Tut mir leid, daß ich euch aufgehalten habe.«

»Kein Problem. Und viel Glück.«

»Danke. Gleichfalls.«

Nun waren alle Geiseln weg. Monroe Briggs war allein mit John Gregory Taft. *Wunderbar,* dachte er.

Rasiert, geduscht und mit einer verwaschenen Jeans und einem Rugby-Sweatshirt bekleidet war Taft ein völlig anderer Mensch: ein ganz normaler amerikanischer Geschäftsmann in Freizeitkleidung. Einen Augenblick lang hatte Briggs Mitleid mit ihm.

Nachdem Taft sich ein bißchen frisch gemacht hatte, hatte Briggs ihn in einen fensterlosen Raum gelotst. Taft hatte nicht einmal etwas gesagt, als der Sicherheitsbeamte ihm die Glock 27 abnahm.

Jetzt saßen Briggs und Taft auf identischen blauen Plastikstühlen, dazwischen ein billiger Sperrholztisch. Taft hatte die Wand im Rücken. Daß es keinen Fluchtweg gab, schien ihn nicht zu stören. »Ist das hier das Befragungszimmer?« fragte er. Offenbar gefiel ihm die Schäbigkeit seiner Umgebung nicht besonders. »Ich meine, Sie lassen Fremde hier rein? Die Einrichtung sieht ja aus wie vom Sperrmüll.«

»Tja, da haben Sie leider recht, John«, sagte Briggs. »Aber Sie sagten, Sie hätten einige Fragen an mich.«

Briggs warf einen Blick auf seine Uhr. Elf Uhr achtundfünfzig. Seit elf Uhr fünfundvierzig war alles an seinem Platz. Es bestand keine Notwendigkeit mehr, die Scharade fortzuführen. »Eigentlich wollte zuerst *ich* Ihnen noch etwas sagen.« Taft beugte sich vor, ganz Ohr. »Folgendes: Fast alle Amerikaner glauben an ein Märchen. Wir Leute vom Außenministerium haben keine Ahnung, wo es seinen Ursprung hat. Und wir tun unser möglichstes, um die Leute aufzuklären. Aber irgendwie dringt die Information nicht durch. Jeder Mensch, der eine amerikanische Botschaft betritt, glaubt daran, obwohl es nicht stimmt.«

Taft runzelte die Stirn.

»Ich möchte den Irrtum nun aufklären: Amerikanische Botschaften sind *nicht* amerikanisches Hoheitsgebiet. Das gilt auch für alle anderen Botschaften dieser Welt. Das Gebäude hier ist angemietet. Es gehört der Regierung von Singapur. Wenn jemand von denen hier herein will, ohne anzuklopfen, dann hat er das Recht dazu. Vielleicht würde das zu diplomatischen Verwicklungen führen, aber es wäre sein gutes Recht.«

Taft wirkte verwirrt. Briggs sprach weiter, um Taft keine Gelegenheit zu dummen Gedanken zu geben: »Aber wenn die Singapurer anklopfen oder wenn wir ihnen die Erlaubnis geben, dann gibt es nicht die geringsten Probleme. Und wir als Diplomaten versuchen natürlich, in jeder Hinsicht mit unserem Gastgeberland zu kooperieren.« Briggs drehte sich mit seinem Stuhl herum und griff nach der Türklinke. Er drückte sie herunter, zog daran und sagte: »Sie können jetzt hereinkommen, Polizeichef.«

5

Du bist wirklich ein hoffnungsloser Fall, Sohn. Nein, bin ich nicht. Sieh dich doch nur an: Alles, was du getan hast, hat deine Situation nur noch verschlimmert. Ich habe nichts getan, was ein richtiger Mann nicht auch getan hätte. Du hältst dich also für einen richtigen Mann? Nein, ich bin einfach nur ich. Tja, und du hast dich selbst an den Galgen gebracht. Gegen dich kann man einfach nicht ankommen, was, Dad? Nicht, wenn ich recht habe, und was dich anbelangt, habe ich immer recht.

»Entschuldigung, glauben Sie nicht, daß Sie dem Gefangenen Handschellen anlegen sollten?«

»Mr. Briggs, da draußen sind Kameras. Wir wollen doch der Welt zeigen, daß wir Mr. Taft wie ein rohes Ei behandeln.«

»Und was ist, wenn er eine Dummheit macht?«

»Tja, raten Sie mal.«

Gut, Dad, ich rate: Ich denke mir, daß du Angst hast, Angst vor allem. Du hast dein ganzes Leben lang Angst vor der Welt gehabt und bist ihr aus dem Weg gegangen. Die Welt ist gefährlich, Sohn, und es gibt jede Menge Dinge, vor denen man Angst haben muß. Lieber auf Nummer Sicher – einen wichtigeren Spruch gibt es nicht. Dad, du hast nie Spaß am Leben gehabt.

»Zum Glück wird die neue Botschaft Ihres Landes bald fertig.«

»Die ist noch scheußlicher als diese hier.«

»Oje.«

Dad, ich sage dir mal was: Dir fehlt etwas, das ich habe. Als du das erkannt hast, hast du begonnen, mich zu hassen. Du hattest alles, nur nicht den Willen. Du hattest Talent, aber du hast nichts damit angefangen. Du bist fast vor Neid zerplatzt, wenn du andere gesehen hast, die was aus sich gemacht haben. Und du hast erkannt, daß ich eine Position erlangen und mir die Hochachtung erwerben konnte, die dir nie jemand entgegenbringen würde, weil du nie versucht hast, sie dir zu verdienen. Und das konntest du nicht ertragen, stimmt's, Dad?

»Du lieber Himmel! Wie viele Männer haben Sie denn da draußen?«

»Ungefähr fünfzig Uniformierte. Dazu zwei Dutzend Zivilbeamte.«

»Der Mann geht Ihnen also nicht mehr durch die Lappen?«

»Der soll lieber keinen Blödsinn versuchen.«

Versuchen? Immer wenn ich versucht habe, die Talente zu nutzen, die ich hatte, hast du mich daran gehindert. Du hast gesagt, ich bin nicht stark genug, nicht schlau genug, nicht gut genug. Die Leute würden nur denken, ich will angeben, und mich zurechtstutzen. Erinnerst du dich noch, als der Junge mich verprügelt und mir das Geld fürs Pausenbrot weggenommen hat? Du hast gesagt, daran sei ich selber schuld, schließlich hätte ich ihm ja nicht verraten müssen, daß ich Geld in der Tasche habe. Mein Gott, Dad!

»Sind das Fernsehteams, Chan? Die haben hier auf dem Botschaftsgelände aber nichts zu suchen.«

»Ich habe ihnen die Erlaubnis erteilt. Noch ein Rat, Mr. Briggs: Ziehen Sie Ihre Jacke hinten herunter. Ja, so ist's gut. Dann wirken Ihre Schultern breiter.«

»Danke.«

»Und ein Trick: Wenn Sie dem Gefangenen den Arm so nach oben drehen, muß er den Kopf senken. Dann wirken Sie größer.«

»Okay, ab jetzt kümmere ich mich um ihn. Und Sie, Taft, kommen Sie ja nicht auf die Idee, in die Kamera zu lächeln.«

»Sir, im Namen meiner Regierung bedanke ich mich dafür, daß Sie den Mann in Gewahrsam nehmen. Ich hoffe, daß er seiner gerechten Strafe zugeführt wird.«

»Aber natürlich. Und schneller, als er denkt.«

Blitzlichtgewitter. Gemurmel. Fragen der Reporter.

Halt den Mund, Dad. Du wirst mich nie loswerden. Das hättest du wohl gern.

6

Zaitun trug eine weite Fischerhose, einen lockeren Kittel und billige Sandalen. Sie hatte sich Watteballchen in die Backen gesteckt und sich ein kleines Schaumstoffkissen unter den Bund gestopft. Ein wenig schielend watschelte sie dahin und versuchte, als kurzsichtige, schwangere Muslimin so überzeugend wie möglich zu wirken. Im Licht der Straßenlaternen sah ihr nach hinten gekämmtes, feuchtes Haar fettig aus. Aufs Kinn hatte sie sich mit Augenbrauenstift ein paar Punkte gemalt, um eine Hautkrankheit vorzutäuschen.

Diese Verkleidung hatte sie sich selbst ausgedacht. Sie funktionierte – die Polizisten, die die Menschenmenge gegenüber von der Botschaft zurückhielten, würdigten sie keines Blickes.

Sie hatte die einzelnen Teile der Verkleidung im indischen Viertel gekauft, nur eine U-Bahn-Haltestelle vom Rathaus entfernt. Beim Verlassen der ruhigen Gegend hatte sie zwei Mülltonnen in Brand gesetzt und viermal den Feueralarm betätigt. Die Straßen in dem Viertel waren eng, und die Feuerwehr hatte Mühe durchzukommen.

Sie hatte sich strikt an den von ihr und John ausgearbeiteten Plan gehalten, war mit der U-Bahn zum Marina Einkaufszentrum gefahren, hatte dort brennende Streichholzheftchen in die Abfallkörbe des zweiten und dritten Stockwerks geworfen, einen weiteren Feueralarm ausgelöst und war in die pünktlich eintreffende U-Bahn gesprungen. Am Rathaus war sie wieder ausgestiegen, hatte noch einen Brand gelegt und noch einen Alarm ausgelöst. Dann hatte sie sich die Kleider vom Leib gerissen.

Sie hatte einen Blick auf ihre Uhr geworfen. Perfekt – auf die Minute genau. Wenn Allah es gut mit ihnen meinte, dann hatten die kleinen Brände und die Alarmmeldungen von Bukit Timah bis zum Stadtzentrum den Verkehr so lahmgelegt, daß Taft ohne Gefahr die Nebenstraßen benutzen konnte, die sie ihm auf einer Karte aufgezeichnet hatte. Sirenen, Polizei ... ein paar Minuten lang wären alle abgelenkt, und niemand würde nach einem gestohlenen Rover Ausschau halten. John würde unbehelligt bis zur amerikanischen Botschaft kommen.

Doch dort war eine weitere Ablenkung nötig gewesen.

Zaitun hatte im Fort Canning Park, auf einem Hügel oberhalb der amerikanischen Botschaft, in der Dunkelheit gestanden und war aus ihrer Jeans geschlüpft. Sie hatte die Zipfel ihrer weißen Baumwollbluse gepackt und mit aller Kraft daran gezogen. Die Knöpfe waren abgesprungen. Dann hatte sie ihren Büstenhalter abgestreift und bis auf den Slip nackt dagestanden.

Dreiundzwanzig Jahre lang hatte Zaitun die Gesetze ihres Landes und ihrer Religion befolgt. Aber nichts hatte ihr jemals so große Freude gemacht wie die Vorbereitungen darauf, gegen alle Vorschriften der Gesellschaft zu verstoßen, der sie bis jetzt angehört hatte.

John hatte ihr lediglich vorgeschlagen, sie solle ihre Bluse mit Schmutz beschmieren, ein paar Knöpfe öffnen und anfangen zu schreien. Sie hatte ihm ihre wahren Absichten nicht mitgeteilt. Wahrscheinlich hätte er sie nicht gutgeheißen.

Er hätte sicher auch die spätere Verkleidung nicht gutgeheißen. Schließlich hatte er ihr mit strenger Stimme erklärt, sie solle sich von der Polizei festnehmen lassen und ihr vorjammern, sie sei Opfer von Tafts Wahn geworden. Sie hatte gelächelt und es John versprochen.

Aber natürlich hatte sie es nicht getan.

Und jetzt watschelte sie inmitten der Menschenmenge vor der Botschaft auf und ab. Sie hatte die Hände vor dem Bauch verschränkt und blies die Luft durch die gewölbten Backen aus, als sei jeder Schritt eine Anstrengung. »Na, ist wohl was passiert bei den Amerikanern, was?« fragte sie mit schönstem ländlichem Akzent. Eine gutgekleidete Frau sah sie an und sagte: »Es geht um diesen Drogenschmuggler. Er ist Amok gelaufen.« Dann wandte sie sich ab und starrte wieder hinüber zur Botschaft. Zaitun fragte: »Aber jetzt haben sie ihn doch, oder?«

»Da drüben ist ja Chan Gin!« rief die Frau wie ein verzückter Teenager.

Zaitun sah zu der Stelle hinüber, auf die die Frau deutete. Ein Mann in nachtblauer Uniform und mit zahllosen Waffen behängt stieg soeben aus einem Mitsubishi Lancer GLX.

Chan drehte der Botschaft den Rücken zu, schenkte der Menge ein Grinsen und kaute auf einem Zahnstocher herum. »Das ist ein Mann, was?« fragte Zaitun. Die Frau seufzte: »Ja, und nicht mal verheiratet.«

Beim Anblick von Chan versuchte eine Handvoll Leute, sich auf die Straße zu drängen. Eine Reihe Uniformierter mit Helmen schob sie zurück. Ein paar Männer begannen zu rufen – Jubel für Chan, Flüche für den Drogendealer, der schon bald am Galgen baumeln würde.

Chan lächelte nur, wandte der Menge den Rücken zu und marschierte wie ein Cowboy durch die Truppe von Uniformierten, die die Botschaft bewachten.

Zaitun begann vor Sorge zu schwitzen. Wieso durfte Chan in die amerikanische Botschaft? Schließlich war die doch amerikanisches Hoheitsgebiet, oder? Und dort durften sich keine Polizeikräfte aufhalten.

Da wurde das Flutlicht eingeschaltet. Die zerstörte Fassade des Botschaftsgebäudes war plötzlich taghell erleuchtet. Zwei Kameraleute vom Fernsehen kletterten mit schweren Videokameras auf den Schultern auf einen Wagen, ein weiterer Reporter suchte sich zusammen mit einer Kommentatorin die beste Position – die Frau stellte sich so auf, daß der rauchende Botschaftseingang hinter ihr zu sehen war. Die Fotografen der Zeitungen traten ebenfalls näher an den Eingang heran und probierten ihre Blitzlichtgeräte aus, um sicher zu sein, daß die Batterien ausreichend geladen waren. Sie machten sich bereit für die Fotos, die am nächsten Tag auf den Titelseiten erscheinen würden.

Irgend etwas stimmte nicht. Die Leute von der Presse befanden sich innerhalb der Polizeiabsperrung, nicht außerhalb. Die Singapurer Polizei ließ so etwas normalerweise nicht zu. Doch Zaitun sah, daß der junge Corporal, der Assistent von Chan Gin, die Reporter sogar noch näher heranwinkte und die Angehörigen des Sonderkommandos anwies, beiseite zu treten, damit die Kameraleute freie Sicht hatten.

Plötzlich bekam Zaitun es mit der Angst zu tun. Wenn ausländische Journalisten sich bei einer Festnahme zu nah herandrängten, verloren sie normalerweise ihre Zulassung;

Singapurer Reporter mußten sich dann nach einem neuen Job umsehen.

Chan Gin hatte etwas Schreckliches vor, das wurde Zaitun immer klarer.

Plötzlich bahnte sich Chans Assistent einen Weg durch die Leute vom Sonderkommando und rief den Beamten, die die Polizeiabsperrung organisierten, etwas zu. Sie traten sofort zurück. Einen Augenblick lang herrschte Verwirrung. Dann schob sich die Menschenmenge näher heran. Zaitun stolperte auf die Straße.

Chan würde ihn umbringen. Das war die einzige Erklärung. Er würde dafür sorgen, daß es zu Unruhen kam. Die hatte es in Singapur seit mindestens zwanzig Jahren nicht mehr gegeben; vor ihnen hatte die Regierung am meisten Angst. Nur in so einem Fall durfte die Polizei Schlagstöcke, Tränengas und Schußwaffen einsetzen. In der allgemeinen Verwirrung würde es so aussehen, als habe John versucht zu fliehen. Dann hätte Chan die Ausrede, die er brauchte.

Die Menschenmenge drängte sich bis zur Mitte der Hill Street vor. Ganz normale Singapurer, Männer und Frauen, rannten kreischend nach vorn und schoben die anderen weg. Manche von ihnen schrien, weil es ihnen Spaß machte, andere fluchten und forderten Tafts Hinrichtung. Die Leute vom Sonderkommando, deren Augen hinter den Helmvisieren nicht zu sehen waren, schritten jedoch nicht ein.

Und all das nahmen die Kamerateams auf, genau wie Chan es wollte. Auf den Videos würde man später eine Menschenmenge sehen, die außer Kontrolle geriet, Anarchie auf den Straßen. Und einen Gefangenen, der möglicherweise versuchte zu fliehen. Sowie Chan Gin, der ihn mit einem einzigen Schuß zur Strecke brachte.

Zaitun konnte nichts dagegen tun.

Das Kissen unter ihrem Hosenbund fing an zu rutschen. Sie schob es nach oben und zurrte den Gürtel fester. Sie konnte sich nun weder nach links noch nach rechts bewegen, sondern wurde von der Menschenmenge weitergedrängt, die offenbar Blut witterte.

Früher war so etwas gang und gäbe gewesen, hieß es. Genauso wie es hieß, daß Chan Gin sich normalerweise im Zentrum solcher Ereignisse befand. Er wußte, was die Presse wollte; wenn er einen Verbrecher faßte, hatte er sie gern in der Nähe.

Zaitun stand nun direkt vor der amerikanischen Botschaft, in der vordersten Reihe der Menge.

Da erschienen drei Gestalten im Eingang der Botschaft. Ein Blitzlichtgewitter empfing Chan Gin, John Taft und einen großgewachsenen, kantigen Westler, den Zaitun noch nie zuvor gesehen hatte. Die Menschenmenge heulte bei ihrem Anblick auf. Chan bleckte die Zähne. John blinzelte, geblendet vom Licht.

Eine Handvoll Männer, einer im Anzug, die anderen legerer gekleidet, führten den Mob an. Ihre Stimmen waren schrill und das, was sie schrien, nicht zu verstehen. Chan und John befanden sich nur wenige Schritte von der Botschaft entfernt. Der großgewachsene Westler fiel zurück. Die Männer aus der Menge versuchten, sich einen Weg durch die Journalisten zu bahnen. Eine teure Nikon landete auf dem Boden, und die Beleuchtung für die Kameras kippte nach vorn. Die heißen Blitzlampen zerbarsten und verbrannten denen, die in der Nähe standen, die Beine. Eine Frau – Zaitun kannte ihr Gesicht aus den Abendnachrichten – holte mit ihrem Mikrofon aus und traf damit einen Mann über dem Ohr. Der Mann revanchierte sich mit einem Schlag gegen ihre Brust. Eine rote Cola-Dose flog durch die Luft, der Inhalt ergoß sich auf den Boden. Sie verfehlte Johns Kopf nur knapp.

Der junge Corporal begann Befehle zu brüllen. Die Männer vom Sonderkommando setzten sich mit Schlagstöcken und Schutzschilden in Richtung des herannahenden Mobs in Bewegung.

Plötzlich brach die Vergangenheit mit all ihrer Gewalttätigkeit wieder hervor.

Chan schob John in Richtung des Lancers, mit dem er gekommen war. Zaitun sah den hungrigen Gesichtsausdruck des Polizeichefs, wußte, daß er gleich seinen Plan in die Tat umsetzen würde. Sie begann zu schreien. Doch ihre Stimme ging unter im Brüllen der anderen.

Ein Dutzend Männer warf einen Pressewagen um. Die beiden Kameraleute auf seinem Dach sprangen herunter, landeten auf den Schilden der herannahenden Polizeikräfte.

Flüche. Schmerzensschreie. Das Heulen der Meute. Gleich würden die Polizisten ihre Waffen zücken, und Chan hätte genau die Situation, die er wollte.

John wurde in den Lancer geschoben. Da gab Chan vor zu stolpern, als habe ihn ein Schlag von John getroffen. Falsch, falsch, dachte Zaitun. Niemand hatte ihn berührt. John hatte nicht einmal die Arme bewegt.

John verlor das Gleichgewicht und fiel mit fragendem Gesichtsausdruck vornüber. Chan richtete seine Waffe auf ihn. Zwei Männer des Sonderkommandos ließen die Schilde fallen und hasteten auf John, Chan und den Lancer zu.

Das alles lief wie in Zeitlupe ab.

John war jetzt fast mit dem ganzen Körper im Lancer, legte die Hände aufs Lenkrad und zog sich auf den Fahrersitz. So etwas wie Hoffnung huschte über sein Gesicht, doch er hatte keine Chance: Chan hatte den Finger bereits am Abzug. Zaitun war fünf Meter von Chan entfernt, sie konnte ihn nicht rechtzeitig erreichen. Chan drückte ab.

Doch da zog es ihm plötzlich die Beine unter dem Körper weg, er war ausgerutscht und fiel rückwärts zu Boden. Die Kugel verschwand in den Nachthimmel.

John drehte den Zündschlüssel im Schloß, drückte das Gaspedal durch. Der Lancer setzte sich mit quietschenden Reifen in Bewegung. Das hintere Ende fegte schlingernd einen der Beamten des Sonderkommandos von der Straße.

Ein anderer versuchte, auf den Wagen zu zielen, doch die vielen Menschen verstellten ihm den Blick. Und John verschwand in die Nacht.

7

»Hat's funktioniert, Sir?« flüsterte Hal Leung nach einem Blick über die Schulter, um sicher zu sein, daß ihn niemand sonst hören konnte.

Chan verzog das Gesicht vor Schmerz, während er sein Korsett festzurrte, das sich bei seinem Sturz gelockert hatte. »Ja, Hal, es hat funktioniert.«

»Und was jetzt?«

»Jetzt steige ich in meinen Wagen und Sie in Ihren. Ich schalte den Transponder ein, und Mr. Taft wird zu einem phosphoreszierenden Punkt auf meinem Bildschirm.«

»Er wird den Sender doch nicht abmachen, oder?«

»Nein. Den müßte er mit Hammer und Meißel von seiner Schuhsohle schlagen.«

»Er hat das Ding nicht bemerkt?«

»Nein. Ich hab's ihm drangesteckt, als ich ihn nach Waffen abgetastet habe.«

»Gut, dann steige ich jetzt in meinen Wagen.«

»Ja. Aber lassen Sie mir ein paar Minuten Vorsprung. Sobald ich weiß, in welche Richtung dieser Dreckskerl fährt, gebe ich Ihnen die Koordinaten per Funk durch.«

»Sind Sie sicher, daß Poh Kay Siong die Funksprüche mithören wird?«

»Ganz sicher. Und ich weiß auch schon ganz genau, was er mit Taft machen wird.«

Zaitun warf einen Blick auf die Karte des U-Bahn-Netzes: zwei Haltestellen in südlicher Richtung auf der blauen Linie vom Rathaus – Outram Park. Das war die Station, die dem Hafen am nächsten lag.

Am Nachmittag hatten John und sie sich ausführlich darüber unterhalten, wie er aus Singapur fliehen könnte. Es gab nur zwei Alternativen: die Botschaft und den Hafen.

Die Sache mit der Botschaft hatte nicht geklappt, also war der Hafen von Singapur jetzt seine letzte Hoffnung. Dorthin war er unterwegs.

Sie hörte eine U-Bahn einfahren. Der Hafen. Outram Park.

Zaitun spuckte die beiden Wattebällchen aus, die sie bis dahin im Mund gehabt hatte, und hastete zu den Drehkreuzen.

Jack wußte, wohin er wollte. Zum Hafen. Auf ein Schiff. Weg aus Singapur.

Dann nach Hause.

Er würde es schaffen. Nach New York. Zurück zu Gabrielle.

Ja, zurück zu Gabrielle.

Er hatte etwas mit ihr zu besprechen.

6. Teil

Der Showdown

Es gibt zwei Methoden, sich Wissen anzueignen: mit Hilfe des Verstandes und mit Hilfe der Erfahrung. Der Verstand kommt zu Schlüssen, aber er gibt uns keine Sicherheit hinsichtlich dieser Schlüsse. Er beseitigt auch nicht die Zweifel, so daß er sich auf die Ahnung der Wahrheit verlassen könnte, wenn er diese nicht durch die Erfahrung entdeckt.
Roger Bacon, Opus Majus

Sokrates: Ich habe neue Übel entdeckt, vor denen die Wachen die Stadt schützen müssen.
Adeimantus: Welche Übel?
Sokrates: Wohlstand und Armut. Der eine ist die Mutter der Trägheit und Verschwendungssucht, die andere der Bosheit und Gemeinheit. Beide führen zu Unzufriedenheit … jede, noch die kleinste, Stadt ist letztlich zweigeteilt, in eine Stadt der Armen und eine der Reichen, und diese liegen in ständigem Krieg miteinander …
Platon, Der Staat IV

Kapitel 1
Singapur

1

Keine Angst, sondern pure Wut.

Dieses Schwein Chan hatte ihn ausgetrickst. Keine Handschellen. Schlüssel im Zündschloß. Er hatte ihn auf den Fahrersitz geschoben, nicht auf den Rücksitz. Keine Frage, Chan hatte es wie einen Fluchtversuch aussehen lassen wollen. Und was er danach vorgehabt hatte, wußte Jack genau.

Er war vor Schreck erstarrt, als er gespürt hatte, daß Chan rückwärts gestolpert war. Einen Augenblick lang hatte er keinerlei Hoffnung mehr gehabt. Dann war Chan wie durch ein Wunder ausgerutscht, so daß Jack die Gelegenheit hatte, das zu tun, was er mußte, das einzig Vernünftige und Logische, was er tun *konnte*: Er war auf den Fahrersitz gerutscht und abgehauen.

Chan ... dieses Schwein! Jack hatte ihm da draußen im Sumpf das Leben gerettet, sogar einen Arzt geholt. Und Chan? Der wollte ihn immer noch umbringen.

Dieser hinterhältige Dreckskerl hatte ihm sogar eine Waffe auf den Vordersitz des Wagens gelegt. *Ja, Euer Ehren, der Flüchtige war bewaffnet. Natürlich, Euer Ehren, habe ich mir Sorgen gemacht, daß ein Unbeteiligter verletzt werden könnte. Ja, Euer Ehren, ich hatte keine andere Wahl ...*

Verfluchter Dreckskerl! Wenn er ihn noch einmal zu Gesicht bekäme, würde er die Waffe an ihm ausprobieren.

Jack beäugte die Pistole mit argwöhnischem Blick. *Was würde ich an Chans Stelle tun? Die Frage ist leicht zu beantworten: Ich würde mir eine ungeladene Waffe geben.*

Er ließ das Magazin aus der Waffe gleiten.

Das Magazin war alles andere als leer. Jack schürzte die Lippen. *Was zum Teufel hat das Schwein vor ...* Die Patronen sahen irgendwie merkwürdig aus. Sein Gesicht wurde rot vor Zorn, als er sie sich genauer anschaute. *Das sind keine richtigen Kugeln, das sind Platzpatronen.*

Jack heulte vor Zorn auf.

Chan warf einen Blick auf den Monitor. Der grüne phosphoreszierende Punkt, Tafts Wagen auf dem Bildschirm, bewegte sich in Richtung der Auffahrt zum East Coast Parkway.

Die Tatsache, daß Singapur ein kleines Land war, machte es den Gesetzeshütern leicht. Man konnte die Karte der gesamten Insel auf eine einzige CD-ROM packen – nicht nur die Stadtautobahnen, Straßen und kleinen Gassen, sondern alles, jedes Gebäude und jeden Schuppen. So ließ sich der Aufenthaltsort eines jeden Menschen auf wenige Meter genau feststellen.

Chan freute sich schon auf Zeiten, in denen jeder Singapurer Bürger einen Transponder wie den tragen müßte, den er an Tafts Schuh befestigt hatte. Denn dann wären Leute wie Poh Kay Siong bald aus dem Geschäft.

Poh Kay Siong allerdings wäre ohnehin bald aus dem Geschäft. Schon in ein paar Stunden.

Chan lachte. Endlich lief alles nach seinen Vorstellungen.

Jack drückte auf die Bremse. Er hatte vergessen, daß in Singapur Linksverkehr herrschte, und den Wagen auf die Schnellstraßenabfahrt gelenkt.

Im Rückwärtsgang fuhr er wieder zur Straße zurück. Die Auffahrt befand sich ungefähr hundert Meter hinter ihm. Ein Pickup blendete auf, hupte, wich Jack aus. Jack zeigte dem Fahrer den Mittelfinger.

Auf dem East Coast Parkway war so gut wie kein Verkehr. Alle guten Bürger lagen um diese Uhrzeit zu Hause in ihren Betten. Jack drückte das Gaspedal durch. Der Tacho zeigte hundertsiebzig Stundenkilometer.

Jack grinste zufrieden. Chan hatte etwas übersehen: Zwar hatte er Jack von oben bis unten abgetastet und sogar in seine Schuhe und Socken gesehen, aber in seinen Taschen hatte er nicht nachgeschaut. Er hatte das Klappern von Münzen gehört und sich damit zufriedengegeben. Draußen im Mangrovendschungel hatte Jack ihm eine Waffe mit einer einzigen Kugel gegeben. Was mit den übrigen passiert war, darüber hatte Chan nicht nachgedacht.

Tja, mein Lieber, dummer Fehler.

Jack hatte die Kugeln die ganze Zeit in seiner Jackentasche herumgetragen, und bevor er in der Botschaft duschte, hatte er sie herausgenommen und sie zusammen mit dem Bargeld in die Tasche der Jeans gesteckt, die der Wachmann von den Marines ihm hatte leihen müssen.

Und jetzt lagen sie auf Jacks Schoß. Schon bald wäre die unbrauchbare Waffe, die Chan ihm auf den Beifahrersitz gelegt hatte, gar nicht mehr so unbrauchbar.

Taft eine Waffe mit Platzpatronen zu geben und ihm dann Poh und seine Gangster auf den Hals zu hetzen war ganz schön gemein, dachte Chan. Er war stolz auf seinen Einfall.

Bei dem Gedanken, wie Taft seine Platzpatronen auf Poh abfeuerte, mußte Chan kichern. Würde er ihn und seine Gangster lange genug ablenken, so daß Chan sie mit seinem Assistenten Hal würde stellen können? *Hände hoch, Sie sind verhaftet. Warum? Ganz einfach, Poh: Waffenbesitz, bewaffneter Angriff, versuchter Mord. Hal und ich sind Zeugen. Und unser Freund Mr. Taft ebenfalls. Jetzt fällt dir nichts mehr ein, was?*

Der Plan konnte nicht schiefgehen.

Auch wenn Taft dabei möglicherweise über die Klinge sprang.

Na wenn schon.

Aber wahrscheinlich würde es dazu nicht kommen. Seine Informanten von der Straße hatten ihm gesagt, daß Poh für die Ergreifung Tafts eine hohe Belohnung ausgesetzt hatte, und zwar wollte er ihn nicht tot, sondern lebendig. Vermutlich, so dachte Chan, war Poh in Sungei Buloh so sehr gedemütigt worden, daß er sich mit Tafts Tod nicht zufriedengeben würde. Bestimmt würde er sich vorher noch jede Menge Spaß mit ihm erlauben.

Gleichgültig, ob Taft die Sache überlebte oder nicht: Chans Plan würde funktionieren. Vielleicht funktionierte er sogar besser, wenn Taft das Zeitliche segnete. Dann würde Chan ihm nicht damit drohen müssen, ihn wegen Waffenbesitzes und Entführung festzunehmen. Und er würde sich auch keine Sorgen darüber machen müssen, daß diese Anklagepunkte in keinem Fall aufrechterhalten werden konnten.

Außerdem könnte man Poh dann wegen Mordes anklagen. Und das war natürlich deutlich besser als ein kleiner bewaffneter Überfall.

Chan zuckte mit den Achseln. Tafts Schicksal lag in den Händen der Götter. Solange Poh von der Bildfläche verschwand und Taft Chans cleverer Geschichte nicht widersprach, war es Chan völlig egal, ob das Schwein überlebte oder nicht.

Völlig egal?

Tja, Taft, das Leben ist nun mal hart.

Chan warf einen Blick auf den Monitor. Taft war unterwegs in Richtung Parkway. Das ergab keinen Sinn. Im Westen gab es keine Fluchtmöglichkeit, nur ein paar Touristenparks, ein Filmstudio für Außenaufnahmen, wo die Leute aus Hongkong ihre dämlichen Action-Streifen drehten, und dahinter hohe Elektrozäune, Wachhunde, militärisches Sperrgebiet.

Im Westen der Insel gab es keinen Fluchtweg. Taft mußte nach Osten. Dort befanden sich Yachthäfen und kleine Sampanfähren nach Pulu Ubin und zu den äußeren Inseln. Dort konnte man ein Boot stehlen und damit hinüber nach

Malaysia oder zu einer der Inseln vor Sumatra fahren. Das hätte ein cleverer Verbrecher getan. Aber Taft war nun mal kein cleverer Verbrecher. Er war überhaupt kein Verbrecher.

Chans Gesichtsausdruck wurde bitter.

Dort vorne war er, der hohe Maschendrahtzaun. Endlose Docks, die sich in die Dunkelheit erstreckten. Schiffe im allmählich dichter werdenden Nebel. Und Frachtcontainer, einer über dem anderen, so weit das Auge reichte.

Der Hafen von Singapur.

Es war genau, wie Jack es erwartet hatte. Die Schnellstraße führte um den Hafen herum, und zwar auf einer erhöhten Fahrbahn, die höher war als der Zaun.

Er würde es schaffen. Er würde nie mehr an sich zweifeln.

An der Abfahrt bremste Jack scharf und schlitterte über drei Spuren. Beinahe wäre er über die Abfahrtsrampe hinausgeschossen.

Der Wagen bog um eine Kurve und befand sich jetzt wieder auf normaler Straßenhöhe. Taft mußte ihn nur noch abstellen, zur Schnellstraße zurückrennen, ein paar hundert Meter laufen und springen.

Wie tief? Vier Meter? Nein, eher fünf oder sechs. Angenehm würde die Landung nicht werden.

Eine gute Nacht für so eine Flucht, dachte er. Der Nebel wurde dichter und dichter und senkte sich immer tiefer herab. Noch eine Viertelstunde, dann wäre alles wie in Watte gehüllt und er kaum noch zu sehen.

Er würde es schaffen. Er würde entkommen.

Und dann …

Dann würde er nach Hause fahren und alle ausstehenden Rechnungen begleichen. Und zwar im Stil von Chan Gin.

Zaitun sprang an der Haltestelle Outram Park aus der U-Bahn. Eine Computerstimme informierte die wenigen wartenden Fahrgäste, daß dies der letzte Zug des Abends war; fünf Minuten später würden die Drehkreuze blockieren und die Eingänge sich automatisch verschließen.

Sie rannte die Rolltreppe hinauf und auf die Straße rund um den Singapurer Hauptbahnhof. Sie kannte die Gegend, weil sie schon oft mit dem Zug gen Norden, nach Malaysia, gefahren war, um Verwandte zu besuchen, die etwa zwanzig Kilometer östlich von Kuala Lumpur wohnten.

Vielleicht, dachte sie, *vielleicht kann ich John irgendwie zu ihnen bringen. Wir könnten uns im Zug verstecken und auf den Bauernhof meiner Cousins fliehen …*

Doch die Chancen standen schlecht. Es wurden strenge Sicherheitskontrollen durchgeführt. Die Grenzbeamten sahen sich jedes Auto und jedes Zugabteil genau an. Man würde sie und John festnehmen. Außerdem gab es mitten in der Nacht keine Züge.

Ein Schiff war Johns letzte Hoffnung. Zaitun hatte vor, dafür zu sorgen, daß er es tatsächlich auf ein Schiff schaffte.

Sie wandte sich in Richtung Süden und begann mit quietschenden Turnschuhsohlen über den feuchten Boden zu laufen. Wenn überhaupt Autos auf dem Parkway unterwegs waren, dann würden sie bei diesem Nebel langsam fahren. Das gab ihr Zeit, sich zu ducken, wenn eines herankam.

In der Ferne hörte sie, gedämpft durch den Nebel, die quietschenden Bremsen eines Wagens. War das John?

Sie rannte schneller.

Im Hafen von Singapur wurde vierundzwanzig Stunden am Tag gearbeitet. Überall waren Arbeiter, Fahrzeuge und Wachleute.

John würde Hilfe brauchen, um an ihnen vorbeizukommen.

Zaitun wußte schon, wie sie ihm helfen konnte.

Chan bremste ab und lenkte den Wagen auf die Abfahrtsspur. Auf seinem Bildschirm sah er, daß Taft den Expressway verlassen hatte und sich nur noch langsam bewegte, so langsam, als wäre er zu Fuß. In diesem Teil der Stadt konnte er nur zwei Ziele haben: den Bahnhof oder den Hafen. Der Hafen war wahrscheinlicher, außerdem war er in diese Richtung unterwegs. Das ergab Sinn, denn der letzte Zug in Richtung Norden war längst abgefahren. Außerdem war Taft Logistikexperte; er kannte sich aus mit Schiffen und Häfen.

Chan preßte die Lippen zusammen. Tafts Logistikkenntnisse würden ihm im Hafen einen Vorteil verschaffen.

Chan griff nach dem Funkgerät, um Hal Leung Bescheid zu sagen ... und Poh Kay Siong.

Er hielt inne. War er fähig, einen Unschuldigen in die Höhle des Löwen zu schicken?

Hatte er denn eine andere Wahl?

Er nahm das Funkgerät aus der Halterung und drückte auf den Sendeknopf. Und sagte nichts.

Es gibt keine andere Möglichkeit. Poh verfolgt Taft. Und ich schnappe mir Poh. Seine Kumpel wandern ins Gefängnis. Und ich sorge dafür, daß Taft seinen guten Ruf wiederbekommt. Und wenn er bei der ganzen Sache ins Gras beißt, errichten sie ihm zu Ehren sicher ein Denkmal. Da können ihm die Vögel dann die nächsten hundert Jahre auf den Kopf scheißen.

»Hal, Chan Gin hier.«

»Ja, Sir.« Chan hörte das Zögern in der Stimme des Corporals. Leung wußte genausogut wie er, wie das wirkliche Ergebnis von Chans Plan aussehen würde. Sicher, sie konnten einander und sich selbst vormachen, daß Taft diese Nacht überleben würde. Aber beide wußten, daß alles dagegen sprach. Pohs Gangster würden nicht wissen, daß in Tafts Waffe nur Platzpatronen waren. Sobald er sie zückte, würden sie ihn erschießen. Deshalb würde Chan auch sich selbst etwas vormachen müssen: *Heute ist ein mutiger Mann von uns gegangen, ein Mann, der sich bereit erklärt hat, sich als*

Drogenschmuggler zu verkleiden, um uns bei der Festnahme des Tsung-li der letzten Chiu-chow-Bruderschaft zu helfen. Ich möchte zusammen mit allen anderen Polizeibeamten von Singapur das Andenken ehren von …

… das Andenken eines total unschuldigen Idioten, der mich allerdings ziemlich auf die Palme gebracht hat!

Zwanzig Autolängen entfernt konnte Corporal Leung Chans Wagen kaum noch erkennen. »Sir, sind Sie noch da?«

Der Polizeichef gab keine Antwort.

»Sir?«

Chans Bremslichter verschwanden vollends. Der Polizeichef war an der Lower Delta Road abgefahren. Hal Leung setzte den Blinker.

»Sir, bitte antworten Sie.«

Kein Ton. Leung kaute nervös an seiner Unterlippe herum, beschleunigte, fuhr von der Schnellstraße ab. Er spürte, wie die Hinterräder wegrutschten.

»Sir, Corporal Leung hier. Alles in Ordnung, Sir?«

Er hörte ein tiefes Seufzen, und dann: »Ja, Hal, alles in Ordnung.«

Leung atmete tief durch. Ihm gefiel die Sache überhaupt nicht, aber was wollte er als Untergebener des großen Chan Gin schon machen? Er riß sich zusammen und sagte die Worte, die er ein paar Stunden zuvor mit Chan vereinbart hatte: »Sir, sind Sie dem Flüchtigen John Gregory Taft auf der Spur?«

Eine lange Pause, bevor Chan antwortete. »Ja. Ich verfolge ihn auf dem Monitor.«

»Sir, können Sie mir die genauen Koordinaten nennen?« Die Worte würden den Verrat bedeuten, den Judaskuß. »Und könnten Sie bitte laut und deutlich sprechen? Ich habe ein Problem mit dem Funkgerät.«

Leung wartete auf Chans Antwort. Und wartete. Die Sicht

betrug mittlerweile nur noch zwanzig oder dreißig Meter. Noch fünfzehn oder zwanzig Minuten, dann würde man gar nichts mehr sehen.

»Sir, ich wiederhole: Können Sie mir die genauen Koordinaten des Flüchtigen sagen?«

Dort vorn stand Chans Wagen am Straßenrand. Die Bremslichter waren immer noch an. Aber die Tür war offen, und die Innenbeleuchtung brannte. Leung hielt an. Der Polizeichef saß noch immer im Wagen, Leung konnte ihn sehen.

»Sir, hören Sie mich?«

»Ja, Hal, ich höre Sie.«

»Die Koordinaten, Sir?«

»Zweiundzwanzig Komma acht vertikal, einhundertvierundneunzig Komma null horizontal.« Was der Polizeichef da eben getan hatte ... Hal Leung wurde schlecht.

Poh Kay Siongs Jade Lady durchschnitt die Wellen an der Südküste Singapurs vor dem Marina Bay Country Club. Hier an der Küste konnte sie, anders als weiter draußen, wo viele andere Schiffe unterwegs waren, Höchstgeschwindigkeit fahren.

Poh sah von der kaum erleuchteten Brücke hinaus in die Nacht. »Ich habe den Eindruck«, sagte er leise zu Teng Kwoengmi, »daß die Jahre wie eine schwere Last auf Polizeichef Chan Gin drücken. Er ist nicht mehr der Mann, der er einmal war.«

Teng zupfte ein wenig an dem Pflaster herum, das seine linke Wange zierte. »Wie kommen Sie darauf?«

»Mein Freund, denken Sie doch nur an den jämmerlichen Auftritt vor der amerikanischen Botschaft: Der große Chan Gin läßt einen Schwerverbrecher in einem Wagen fliehen, in dessen Zündschloß der Schlüssel steckt. Dann verfolgt er ihn – mit nur zwei Autos und zwei Männern. Liegt es nicht auf der Hand, was er vorhat?«

»Für mich nicht.«

»Sie haben doch den gekünstelten Dialog zwischen ihm und diesem Leung mitgehört.« Seine Stimme klang verächtlich. »Glauben Sie denn, daß er mit diesem kindischen Spielchen etwas anderes bezwecken möchte, als uns den Mann auszuliefern, an den er selbst sich nicht heranwagt?«

»Stimmt«, grunzte Teng. »Chan weiß, daß wir einen Scanner haben. Und er weiß, daß wir mithören.«

Poh seufzte. »Ich trauere um einen großen Gegner. Das Alter macht den einstmals scharfen Verstand von Chan Gin stumpf. Er ist seinen Gegnern nicht mehr überlegen. Finden Sie das nicht auch traurig?«

»Nicht besonders.«

»O doch, es ist traurig. Chan hält uns einen Köder hin und hofft, daß wir anbeißen. Sein Plan würde allerdings nur dann funktionieren, wenn wir weniger gerissen wären und er selbst weniger Skrupel hätte. Ja, er hat tatsächlich Skrupel! Weil ihn sein Gewissen plagt, gibt er uns Koordinaten, die weit von denen entfernt liegen, wo sich der Köder tatsächlich befindet. Mitleid, das schlimmste aller Laster, vernebelt sein Gehirn. Mein Freund, glauben Sie denn nicht, daß Chan, wäre er noch derselbe wie früher, wüßte, welche Hilfsmittel uns zur Verfügung stehen? Daß wir durchaus in der Lage sind, die Koordinaten selbst zu ermitteln?«

Poh fuhr sich mit den Fingern durch die silbernen Schläfen und warf einen Blick auf den Monitor des Geräts vor ihm. »Steuermann«, sagte er, »lenken Sie das Schiff in Richtung Hafen. Zu den Tanjong-Pagar-Docks.«

Chan saß zusammengesunken auf dem Fahrersitz, ein Bein im Freien. Leung hatte sich neben ihn auf den Beifahrersitz gesetzt. Chan holte zwei Zahnstocher aus der Tasche. Er steckte sich den einen zwischen die Lippen und bot den anderen dem Corporal an.

Leung schüttelte den Kopf. Chan steckte ihn in den Aschenbecher.

Chan kaute auf dem Zahnstocher herum, schob ihn in den Mundwinkel und sagte: »Scheiße.«

»Sir?«

Chan seufzte. »Ich hab's nicht geschafft, Hal. Es ging einfach nicht. Siebenundzwanzig Jahre bei der Polizei, und ich schaff's nicht. Der Kerl ist unschuldig; ich kann's nicht riskieren, daß er erschossen wird. Nicht, um meinen eigenen Arsch zu retten. Nicht mal, um Poh zu kriegen. Scheiße! Plötzlich ist da so was wie Moral. Ist das zu fassen?«

»Ja, Sir.«

»Ich habe jede Menge Männer um die Ecke gebracht, Hal, aber die hatten alle eins gemeinsam – sie hatten's verdient. Einen Unschuldigen habe ich noch nie geopfert.«

»Das weiß ich, Sir.«

»Andererseits paßt es mir überhaupt nicht, wenn dieser Poh mir wieder durch die Lappen geht. Nach all den Jahren hätte ich ihn endlich erwischt. Ich hätte bloß Taft opfern müssen. Es hätte meine Probleme gelöst, und Singapur hätte auch davon profitiert. Aber dann wäre ich einer von denen geworden, Hal! Dann wäre ich genauso wie die ganzen anderen Arschlöcher. Nein, ich bin anders, ich bin keiner von euch, ich habe euren verdammten Gesellschaftsvertrag nicht unterschrieben ...« Chan hielt inne. Er atmete schwer und kaute wieder auf seinem Zahnstocher herum.

»Und das Schlimme ist«, fuhr er mit leiser Stimme fort, »daß ich's hätte wissen müssen. Ein echter Profi hätte mich auf der Stelle erschossen, schon im Hotel oder spätestens in der Wohnung des Mädchens oder draußen im Mangrovensumpf. Aber Taft hat die ganze Zeit versucht, mich von seiner Unschuld zu überzeugen. Hat seine Waffe zwischen die Sofakissen gesteckt, mir den Rücken verbunden, mir eine Waffe gegeben, falls ein Krokodil auftaucht. So was machen Gangster nicht. Vielleicht habe ich's sogar gespürt, daß er keiner ist.« Chans Tonfall veränderte sich, klang verbittert. »Aber ich habe ihn gehaßt, Hal, so sehr, daß ich nur an Rache denken konnte ... Und ich will den Dreckskerl immer noch umbringen. Wenn mir ein echter Ganove zeigt, was 'ne Harke ist, das kann ich verkraften, aber ein Anfänger! Poh hat schon recht: Die sollten mich entsorgen!«

Chan wartete darauf, daß Leung ihm widersprach. Das tat er nicht. Er fragte nur: »Und was sollen wir jetzt machen, Sir?«

»Uns diesen Taft schnappen. Und wenn wir ihn erst mal in Schutzhaft genommen haben, lasse ich Sie irgendwo raus. Dann fahre ich ins Revier und lasse mir den Kopf waschen. Ich werd versuchen, alles in meiner Kraft Stehende für Sie zu tun, Hal, aber ...«

Leung nickte mit düsterem Gesicht. Er wußte Bescheid.

»Okay. Bringen wir's hinter uns. Ich will nicht, daß Taft bis zum Hafeneingang kommt. Die haben Kameras, mit denen sie sich die Lastwagen von oben und unten anschauen können. Wenn der Dreckskerl versucht ...«

Leung warf einen Blick auf den Monitor. »Sir, er ist jetzt fast am Eingang. Nur noch ein paar hundert Meter. ... Sir, ich glaube, wir haben ein Problem.«

Mit einem düsteren Blick auf den Bildschirm fauchte Chan: »Was ist denn jetzt schon wieder?«

»Er befindet sich oben auf der vierspurigen Schnellstraße, Sir, nicht unten.«

»Nein«, knurrte Chan. »Er geht unterm Parkway durch, rüber zum ...«

»Sehen Sie sich doch die Höhenangabe an, Sir. Er ist sechs Komma zwei Meter über dem Boden.«

Chan runzelte die Stirn. Dann streckte er die Hand aus und schlug auf den Monitor. Die Höhenangabe veränderte sich nicht. »Unmöglich!«

»Nein, Sir. Er ist auf dem Parkway! Er rennt vom Eingang weg!«

»Was zum Teufel ... Dieser verdammte Computer muß

kaputt sein. Der Elektronik kann man einfach nicht vertrauen, das hab ich Ihnen schon oft genug gesagt ...«

Leung schrie: »Der Zaun, Sir! Der Zaun rund um den Hafen grenzt an den Parkway! Da, bei der Kurve!«

Chan spuckte den Zahnstocher aus und knallte die Tür zu. Dann drehte er den Schlüssel im Zündschloß. »Das ist doch nicht zu fassen. Verdammt, ich wußte doch, ich hätte ihn umbringen sollen!«

»Mein Gott!«

»Was ist?«

»Jetzt ist er wieder auf dem Boden, Sir! Diesmal aber auf der anderen Seite des Zauns!«

Es war ein alter Film mit Errol Flynn. Jack hatte ihn als Junge im Fernsehen gesehen. In dem Streifen ging es um Fallschirmjäger, und der Drill Sergeant hatte Flynn und den anderen Auszubildenden erklärt, wie man nach einem Absprung mit dem Fallschirm auf dem Boden landete. Jack erinnerte sich nicht mehr an den Dialog, nur daran, daß man die Knie anwinkeln und abrollen mußte, sobald man auf dem Boden landete.

Der Aufprall raubte ihm die Luft. Anders als Errol Flynn rollte Jack nicht elegant ab, sondern landete hart, mit einem hörbaren Knacken, auf der linken Seite und blieb mit dem Gesicht auf dem nassen Asphalt liegen.

Da hörte er plötzlich eine junge, besorgte Frauenstimme: »John, alles in Ordnung?«

Jack schüttelte verwirrt den Kopf.

»Bist du verletzt?«

Er drehte sich um. Ein hübsches, bernsteinfarbenes Gesicht mit großen Augen und vollen Lippen tauchte vor ihm auf. Jack schloß die Augen und machte sie wieder auf. Sie war immer noch da.

»John, sag doch was.«

»Was zum Teufel machst du hier?«

Sie machte den Mund auf, sagte aber nichts.

»Mein Gott, jetzt muß ich mir um dich auch noch Sorgen machen.«

Sie kniff die Augen zu schmalen Schlitzen zusammen und atmete durch die zusammengebissenen Zähne hörbar ein. Dann warf sie die Haare nach hinten und erhob sich. Sie zischte: »Was fällt dir ein!«

»Hier ist nicht der richtige Ort für ein Mädchen.«

»Ich bin kein Mädchen!«

»Es ist zu gefährlich.«

»Ich liebe die Gefahr.«

»Verschwinde.«

»Du brauchst mich. Du brauchst meine Hilfe.«

»Ich brauche niemanden. Ich habe nie jemanden gebraucht und werde auch nie jemanden brauchen.«

Zaitun marschierte hoch erhobenen Hauptes in die Nacht.

Gut, dachte er. *Gut. Ich hab das Richtige getan. Ich hab sie gezwungen zu gehen. Jetzt kann ihr nichts mehr passieren. Gut.*

Weniger gut war allerdings, wie er es getan hatte. Weniger gut war der Zorn, der sich jetzt seinen Weg bahnte.

Die Jade Lady wurde langsamer und näherte sich auf der Backbordseite einer Betonpier.

An Deck unterhielt sich Poh leise mit Samuel Ling und Teng Kwoengmi. Der kleine, rundliche Lin hatte in den Explosionen der vergangenen Nacht beide Augenbrauen und den größten Teil seiner Haare verloren. Er sah jetzt aus wie ein kleiner Buddha. »Was ist mit Chan?« fragte er.

»Wer ihn überlebt, wird sein Andenken in Ehren halten.«

»Es wird nicht leicht sein, den Wahnsinnigen zur Strecke zu bringen«, zischte Teng und zupfte an seinem Pflaster herum.

Poh tat Tengs Bedenken mit einer Handbewegung ab.

»Ich habe von unserem Informanten erfahren, daß der Polizeichef verletzt ist. Seine Rippen sind mit Tape fixiert, und er kann sich nur langsam bewegen. Es wird nicht schwer sein, ihn endgültig zu beseitigen.«

Lin fuchtelte mit seiner Waffe herum. »Ich warte schon ziemlich lange auf eine Gelegenheit, ihn mir vorzuknöpfen.«

Poh betrachtete Lins Automatik mit Mißfallen. Er war in der Zeit der silbernen Malaiendolche aufgewachsen, die eine gewisse Nähe zum Gegner und großes Geschick erforderten. Er erachtete Schußwaffen als unpersönlich und hätte sie lieber nicht benutzt. »Wir müssen dafür sorgen«, sagte er, »daß die Waffe, die gegen Chan zum Einsatz kommt, am Tatort zurückbleibt und die Fingerabdrücke von Mr. Taft trägt. Teng, ich würde Sie bitten, den Herren das mitzuteilen.« Dabei deutete Poh auf die zwölf Männer, die an der Reling der Jade Lady standen.

»Ja, aber was ist mit den restlichen Männern?« fragte Teng.

»Die sind bereits über Funk informiert und unterwegs. Allerdings glaube ich nicht, daß wir sie noch benötigen werden. Ach, wir sind schon da. Gehen Sie, geben Sie den Herren die Instruktionen.« Poh dachte darüber nach, was Taft ihm angetan hatte. Mit seiner Beseitigung hatte er zunächst nur einer Geschäftspartnerin einen Gefallen tun wollen, doch jetzt war das Ganze zu einer persönlichen Angelegenheit geworden. Die Tatsache, daß Taft den Männern von Poh dreimal durch die Lappen gegangen war, würde die anderen Tsung-lis in Asien an Pohs Führungsqualitäten zweifeln lassen. Daß Taft ganz allein Pohs gesamten Fuhrpark, darunter auch seinen eigenen Cadillac, zerstört hatte, hatte ihnen sicher Vergnügen bereitet. Poh konnte es nicht ertragen, wenn sich jemand über ihn lustig machte. Mr. Taft mußte büßen, und zwar auf angemessene Weise. »Noch eins: Bitte sagen Sie den Leuten, daß Poh Kay Siong die Belohnung für denjenigen, der mir Mr. Taft lebend bringt, verdoppelt. Die Belohnung für seine Leiche hingegen ist nur halb so hoch.«

Chan brachte den Wagen vor dem Brani-Terminal-Tor zum Stehen. Ein Wachmann kam aus seinem Häuschen. Chan hielt ihm seinen Ausweis hin. »Polizei.«

»Ja, Sir. Sie sind doch Polizeichef Chan, stimmt's, Sir?«

Chan schaltete den Motor aus und blieb einen Augenblick lang schweigend sitzen, um zu hören, ob das Radio lief. Nein, der Wachmann war ein ordentlicher Singapurer, eine perfekt disziplinierte weiße Maus, die sich nicht durch Musik oder Nachrichtensendungen von ihrer Pflichterfüllung ablenken lassen würde. Das bedeutete, daß er keine Nachrichten gehört hatte. Das bedeutete weiter, daß er nichts von den Vorfällen an der amerikanischen Botschaft mitbekommen hatte und nicht wissen konnte, warum Chan hier am Hafen auftauchte.

»Ja. Öffnen Sie das Tor.«

Der Wachmann nickte. »Gibt es irgendein Problem, Sir? Soll ich die Hafenpolizei verständigen?«

»Ja«, sagte Hal Leung.

»Nein«, fauchte Chan, der Sicherheitskräfte von privaten Firmen noch nie hatte leiden können.

Der Wachmann blinzelte. Chan bedachte Leung mit einem wütenden Blick. Leung machte Anstalten, etwas zu sagen, überlegte es sich dann aber anders.

»Dann soll ich also keine Verstärkung rufen, Sir?« Der Wachmann fragte sich, warum Chan und sein Partner volle Kampfkleidung trugen.

»Nein. Es geht um eine Routineangelegenheit. Corporal Leung und ich kommen allein zurecht.«

»Ja, Sir«, sagte der Wachmann und salutierte. Wahrscheinlich, dachte er, trug Chan diese Kleidung immer. Dann verschwand er in seinem Häuschen und ließ die rot-weiß gestreifte Schranke hochgehen. Nach einer Weile streckte er den Kopf heraus und sagte: »Eins noch, Sir: Bitte vergessen Sie nicht, daß die Geschwindigkeitsbegrenzung im Bereich des Hafengeländes bei vierzig Stundenkilometern liegt. Es sind überall Geschwindigkeitsmesser und Alarmgeräte angebracht …«

Der Polizeichef fuhr mit quietschenden Reifen los.

Während Jack sich durch ein Labyrinth von Frachtcontainern in südliche Richtung vorarbeitete, ging er im Kopf noch einmal das durch, was er über den Hafen von Singapur wußte. Das Gelände war riesig. Jedes Jahr wurden dort achthundert Millionen Tonnen Frachtgut, dreizehn Millionen Container und hundertzwanzigtausend Schiffe be- und entladen. Damit das alles schnell abgewickelt werden konnte, war Effizienz nötig. Und effizient war Singapur. Anfang der siebziger Jahre, als Jack sich sein Geld fürs College als Hafenarbeiter verdient hatte, waren noch zwölf schwitzende Männer und ein riesiger Kran nötig gewesen, um innerhalb von zwölf Stunden alle Container von einem Schiff zu transportieren. Doch heutzutage schafften das – zumindest in Singapur – drei Männer in weniger als acht Stunden.

Automatisierung hieß das Zauberwort.

Und Automatisierung bedeutete weniger Leute.

Im Singapurer Hafen waren insgesamt siebentausendfünfhundert Leute beschäftigt, ein Großteil davon in der Verwaltung. Jack schätzte, daß sich in den nächtlichen Docks bestenfalls zwölfhundert Arbeiter aufhielten, was bedeutete, daß auf fast fünftausend Quadratmeter Fläche lediglich ein Mann kam. Da außerdem noch der Nebel so dicht war, standen die Chancen, nicht gesehen zu werden, gar nicht so schlecht.

Jack drückte sich gegen eine Metallwand. Überall standen grüne, rote und blaue Container – sechs Meter und noch länger –, von denen bis zu fünf Stück übereinandergestapelt waren. Die vertrauten Namen der Frachtgesellschaften gaben Jack ein Gefühl der Sicherheit: Mitsui, OCL, Matson, Hanjin, American President Lines, Crouos, Hyundai, Maersk. Dies war seine Welt. Hier kannte er sich aus.

Jack schaute um die Ecke des letzten Containers in seiner Reihe. Er befand sich an einer breiten Straße, die die gewaltigen Frachtbehälter voneinander trennte. Nicht weit entfernt standen deutlich sichtbar zwei Dutzend gelber Gabelstapler. Dahinter befand sich ein zweistöckiges Gebäude, das im Nebel kaum noch zu erkennen war.

Jack sah nach links und rechts und hastete dann geduckt über die Straße, an drei Gabelstaplern vorbei. Im Schatten eines vierten blieb er stehen. Er war jetzt näher bei dem Gebäude, hörte den Generator darin summen, sah den Dampf, der oben herauskam. Bei dem Gebäude handelte es sich um einen Kühlraum für Container mit leicht verderblichen Waren. Also kam es als Fluchtweg nicht in Frage. Wer sich in einem Kühlcontainer versteckte, würde als Ötzi wieder herauskommen.

Auch die anderen großen Frachtcontainer nutzten ihm nichts. Singapur war ein Hafen, in dem keine Lagerzölle erhoben wurden. Das bedeutete, daß kleine Frachtschiffe ihre Ladung aus ganz Südasien hierher brachten und sie in den sicheren Docks des Singapurer Hafens lagerten, bis größere Frachter sie abholten. Selbst wenn es Jack gelang, einen der Container zu öffnen (sie waren alle gut verschlossen), konnte er nicht wissen, wohin die Fracht geliefert werden würde und wann sie dort anlangte.

Seine einzige Hoffnung war ein Schiff.

Verborgen in den dunklen Schatten beobachtete Zaitun ihn. John versteckte sich neben einem gelben Gabelstapler. Er schien unverletzt zu sein und kam gut voran in Richtung Wasser.

Natürlich würde sie ihn nicht im Stich lassen. Sie würde

dafür sorgen, daß ihm nichts passierte, allerdings ohne daß er ihre Anwesenheit bemerkte.

Sie hörte etwas über den feuchten Asphalt rollen. Das Geräusch kam von rechts. Das, was es verursachte, verbarg sich hinter einer Reihe hoher kastanienbrauner Frachtcontainer. Es klang nach einem Fahrzeug …

»Das funktioniert einfach nicht, Hal.« Zaitun zuckte beim Klang dieser Stimme zusammen.

Chan legte den Rückwärtsgang ein. Er war wieder eine Sackgasse aus Frachtcontainern entlanggefahren, sah wieder nur eine hohe Wand aus Stahl vor sich.

»Tja, viel können wir auch nicht daran ändern, Sir.«

»In diesem Computer sind angeblich alle Straßen und Gebäude von Singapur. Warum nicht das Hafengelände?«

»Ich glaube, es liegt daran, daß es hier nur wenige unveränderliche Bauten gibt. Schließlich werden die Container ständig verschoben und da gestapelt, wo gerade Platz ist.«

Chan sah ihn mit mürrischem Blick an. »Verdammt! Taft läuft schon wieder weiter! Wenn der Dreckskerl es auf ein Schiff schafft …«

»Dann könnten wir die Schiffe dazu zwingen, im Hafen zu bleiben.«

»Vergessen Sie's! Der Hafen bringt jährlich zwei Milliarden Dollar Einnahmen. Die Regierung würde sich lieber Taft durch die Lappen gehen lassen, als die Leute von den Frachtgesellschaften und Reedereien zu vergrätzen. Wie soll ich verdammt noch mal je wieder rausfinden aus diesem Irrgarten?«

»Nach links, Sir. Zwischen den beiden Stapeln durch. Ich glaube …«

Chan ließ den Motor aufheulen. Hal Leung hielt sich am Armaturenbrett fest.

Scheinwerferlicht durchschnitt den Nebel. Die Innenbeleuchtung des Wagens war eingeschaltet, so daß Jack das Gesicht des Fahrers erkennen konnte.

Er erstarrte.

Eine Stimme meldete sich über Funk. Jemand vom Hauptrevier wollte mit Polizeichef Chan sprechen. Leung griff nach dem Funkgerät. Chan hielt ihn zurück. Die Stimme sagte etwas von Taft und Neuigkeiten aus den Vereinigten Staaten. Chan knurrte: »Es gab Probleme mit der Pistole. Ihre Waffe ist einfach losgegangen, klar, Hal?«

»Hoppla«, sagte der Corporal, als das Funkgerät in tausend Stücke zerbarst.

In der vergangenen Nacht hatte Chan ihm den Umgang mit Gewehren erklärt. Es war nicht schwierig gewesen. Man richtete einfach das Zielfernrohr auf das, was man treffen wollte. Kinderleicht.

Der Umgang mit einer Pistole war etwas anderes. Das Ding war kurz und leicht und hatte kein Zielfernrohr. Jack versuchte zu zielen.

Es funktionierte nicht. Egal wie ruhig Jack seine Hand hielt – das Ding wackelte. Schon die kleinste Bewegung, und Jack verlor sein Ziel aus den Augen.

Also ging er in die Hocke und stützte den Arm auf einen Gabelstapler. Das war schon viel besser. Jetzt blieb die Waffe ruhig.

Jack legte den Finger um den Abzug. Chan hatte ihm geraten, beim Schießen ganz langsam durch die Nase auszuatmen. Also atmete er ein und stieß die Luft dann ganz langsam wieder aus.

Du willst mich umbringen, seit ich hier auf dieser verdammten Insel bin, du Schwein. Jetzt bin ich an der Reihe. Er drückte ab.

Es riß die Pistole mindestens drei Zentimeter nach oben.

Teile von Chans Kühlergrill flogen durch die Luft. *Scheiße*, dachte Jack, *daneben*, und zielte wieder.

Poh Kay Siong wandte den Kopf in die Richtung, aus der der gedämpfte Schuß herübergedrungen war. »Meine Herren«, flüsterte er, »ich vermute, da hat soeben Polizeichef Chan seine Anwesenheit verkündet. Das heißt, Mr. Taft ist auch nicht weit. Beeilen Sie sich, aber vergessen Sie nicht meine Anweisungen: Heute nacht soll Polizeichef Chan seine Vorfahren begrüßen, und Mr. Taft soll zu mir kommen.«

»Scheiße!« fluchte Chan, der inzwischen flach auf dem feuchten Boden lag. »Jetzt hat der Kerl auch noch scharfe Munition! Das hat mir gerade noch gefehlt.«

Eine Kugel schlug nur ein paar Zentimeter von seinem Gesicht entfernt in den Boden ein. Chan holte seine eigene Waffe aus dem Halfter.

Es mußte beim Schießen mit einer Pistole irgendeinen Trick geben, den Jack noch nicht beherrschte. Er hatte dreimal abgedrückt und dreimal nicht getroffen. Dabei hatte er jedesmal genau auf Chans Kopf gezielt. Der erste Schuß hatte den Kühlergrill von Chans Wagen erwischt, der zweite einen Krater in die Motorhaube gerissen und der dritte den Asphalt hochspritzen lassen.

Jack knirschte mit den Zähnen – drei Kugeln weg, dabei hatte er insgesamt nur neun.

»Mr. Taft, bitte werfen Sie die Waffe weg«, rief Chan, der mittlerweile unter seinem Wagen Schutz gesucht hatte.

Das hättest du wohl gern, was?

»Wir müssen miteinander reden. Ich weiß, daß Sie unschuldig sind. Das Ganze war ein Irrtum.«

Das habe ich schon von diesem Briggs gehört, Chan.

»Taft, wollen Sie, daß ich es ausspreche? Na schön. Ich habe einen Riesenfehler gemacht. Ich gebe es zu. Ich entschuldige mich. Würden Sie jetzt bitte aufhören, auf mich zu schießen?«

Das Problem mit der Pistole ist, daß man ganz nah dran sein muß an seinem Ziel. Sonst ist das Ding nutzlos. Keinerlei Zielgenauigkeit. Scheiße!

»Nun machen Sie schon, Taft. Hier sind überall Leute von der Polizei. Die Hafenbehörde hat ihre eigenen Sicherheitskräfte. Insgesamt dreihundertachtzig Beamte. Die werden schnell hier sein. Sie haben keine Ahnung, daß das, was hier läuft, ein Riesenirrtum ist.«

Aber wenn ich das Ding ganz ruhig halte ... vielleicht erwische ich ihn doch. Was soll's, noch ein Schuß ... vielleicht habe ich Glück.

»Taft, seien Sie vernünftig. Würde ich denn mit einem einzigen Kollegen hier auftauchen, wenn ich nicht wüßte, daß Sie unschuldig sind?«

Gestern nacht, mein Lieber, warst du sogar ganz allein.

»Sagen Sie etwas, Taft. Sprechen Sie mit mir.«

Er ist ungefähr fünfunddreißig Meter entfernt, und ich schieße jedesmal zu tief. Jetzt weiß ich, was los ist – die Schwerkraft! In dieser Entfernung fällt die Kugel ein Stück. Ich brauche nur höher zu zielen.

»Wir müssen miteinander reden, Taft. Ich kann alles erklären. Bitte, Taft, antworten Sie mir.«

»Hey, Chan!«

»Ja.« Chans Stimme klang erleichtert. Aber nicht lange.

»Können Sie mir eine Sache verraten?«

»Ja?«

»Sagen Sie mir den schlimmsten Fluch in chinesischer Sprache.«

»Ko-pao, jih ta tsu-tsu.«

»Und wie heißt das übersetzt?«

»Grob übersetzt heißt das: Ich bumse die Leichen deiner Vorfahren.«

»Na, dann ist die hier für deine Oma!«

Poh lauschte und gebot seinen Leuten innezuhalten. Der Nebel wurde von Minute zu Minute dichter. Nun behinderte er nicht nur die Sicht, sondern schluckte auch die Geräusche fast vollständig. Hätte Poh die Ohren nicht gespitzt, hätte er den Schuß überhaupt nicht gehört.

Teng Kwoengmi war von dem kurzen Sprint den Kai herauf ganz rot im Gesicht und außer Atem. Der Mann rauchte zu viel, dachte Poh.

»Boß?« keuchte Teng. »Was ist los?«

Poh hob die Hand, um ihn zum Schweigen zu bringen, und lauschte auf einen weiteren Schuß. Der nicht kam. Er hörte auch keine Flüche oder Freudenschreie.

»Boß?«

»Ja, mein Freund, irgend etwas stimmt nicht. Wir hören vier Schüsse, nicht kurz hintereinander, sondern weit auseinander, als lasse sich jemand Zeit mit dem Zielen.«

Teng wirkte verwirrt. Lin begriff sofort und platzte heraus: »Das ist nicht Chan.«

»Genau«, seufzte Poh. »Diese Schüsse sind wirklich nicht seine Art.«

»Wer schießt dann?«

»Ich fürchte, wir müssen davon ausgehen, daß es Mr. Taft ist. Ich hätte nicht gedacht, daß er in der kurzen Zeit schon wieder an eine Waffe kommt, aber offenbar ist es ihm gelungen. Das macht unsere Aufgabe hier ein bißchen schwieriger. Informieren Sie die anderen Herren – sie sollen ausschwärmen, aber dabei Vorsicht walten lassen.«

Constable Neo Ah Aik von der Singapurer Hafenpolizei öffnete die Metalltür seines Wachhäuschens und lauschte in die Nacht. Über ihm rumpelte ein Kran in Richtung Lager. Er konnte das Brummen seines Motors kaum hören.

Dann glaubte er ein Geräusch zu vernehmen, das hier im Hafen nichts zu suchen hatte. So etwas wie der defekte Auspuff eines Autos. Vielleicht auch etwas anderes.

Nein, das konnte nicht sein. Vielleicht war irgendwo ein Kabel gerissen, oder einer der Container war zu schnell auf dem Boden aufgekommen. Der Nebel lag in den Ohren wie Watte; man hörte nicht richtig, und das Gehirn stellte sich plötzlich Geräusche vor, die überhaupt nicht existierten.

Constable Neo ging wieder in sein Wachhäuschen und schloß die Tür, damit der Nebel nicht hereinkam.

Chan sagte: »Wir werden ihn erschießen müssen, Hal.« Er klang erfreut.

Der Polizeichef lag unter seinem Wagen, die Sohlen seiner Schuhe direkt unter der hinteren Achse. Leung, der hinter dem Auto kauerte, beugte sich zu Chan herab und sagte: »Sieht ganz so aus, Sir.«

»Ich glaube, wir haben keine andere Wahl. Jetzt läuft er wirklich Amok. Diesmal hätte er mich fast erwischt.«

»Ja, Sir. Verstehe, Sir. Unter den gegebenen Umständen schießt er wirklich erstaunlich gut.«

Chan knurrte mit zusammengebissenen Zähnen: »Und ich hab dem Dreckskerl alles beigebracht, was er kann.«

»Soll ich auf seine Beine zielen, Sir?«

Chan dachte darüber nach, bevor er meinte: »Überlassen Sie das mir. Ich hab die Sidewinder. Ich muß bloß ein paar Meter näher an ihn herankommen. Dann läßt er garantiert die Waffe fallen.«

»Haben Sie einen Einfall, wie wir näher an ihn herankommen könnten, Sir?«

»Im Augenblick nicht. Ich denke, wir sollten abwarten, bis er sich selbst aus der Deckung bewegt, und dann ...«

»Sir!« Leung flüsterte jetzt nicht mehr.

Chan begann fluchend rückwärts zu kriechen. Zwischen den Containern war plötzlich das Geräusch von Motoren zu hören, und das Licht von Scheinwerfern näherte sich. Die Scheinwerfer bewegten sich direkt auf Chans Wagen zu.

Die Bedienung des Hyster-Challenger-Gabelstaplers hatte sich seit Jacks Tagen in den Docks von New Jersey kaum verändert. Es handelte sich um einen H155er, ein besonders leistungsfähiges Modell, das bis zu siebeneinhalb Tonnen Gewicht heben konnte. Als Student hatte Jack nie so schweres Gerät bewegt. Aber das System war ganz ähnlich. Dasselbe galt für die Sicherungsmechanismen, die sich ohne weiteres austricksen ließen.

Jack schlitterte über den Asphalt und setzte einen fünften Gabelstapler in Bewegung.

Der Nebel hing mittlerweile nur noch fünf Meter über dem Boden. Die Gabelstapler, die hinter den blendenden Scheinwerfern für Chan wie riesige Dinosaurier wirkten, näherten sich bedächtig, als wollten sie alles plattwalzen, was sich ihnen in den Weg stellte. Sie rollten heran, die Hebevorrichtungen ausgestreckt wie Fühler, die nach Futter tasteten.

Hal Leung saß schon wieder im Lancer und griff nach dem Schlüssel im Zündschloß. Chan brüllte ihm zu, er solle sich beeilen. Der Corporal stieß einen Fluch aus.

»Hal, kommen Sie!« Diese Gabelstapler konnten siebentausend Kilo auf die Höhe eines zweistöckigen Gebäudes hieven. Sie besaßen Masse und Wucht. Man konnte sie nicht aufhalten.

»Die Schlüssel, Sir. Wo sind die Schlüssel?«

»Vergessen Sie die Schlüssel!«

»Ich denke, wir haben noch Zeit, nach ihnen zu suchen, Sir.«

Chan tastete mit der rechten Hand seine Hosentasche ab. Nichts. Die linke? Leer. Irgend etwas stimmte nicht. Er hatte sein Kleingeld und seine Schlüssel immer in der Hosentasche ...

Münzen glänzten auf dem Boden. Sie waren herausgefallen, als er sich unter den Wagen gerollt hatte.

»Verschwinden Sie, Hal!«

»Geben Sie mir die Schlüssel, Sir!«

Hals Körper befand sich zur Hälfte in dem Lancer. Chan konzentrierte all seine Kraft in die Beine und zog ihn heraus, gerade als der erste Gabelstapler den Wagen erfaßte, nach links wegdrückte und direkt in die Bahn eines zweiten Gabelstaplers schob, der einfach über die Motorhaube hinwegrollte und den Lancer zu Schrott zermalmte.

Homi Bhave, ein kleiner indischer Gangster, der hin und wieder Aufträge für die Chiu-chow-Bruderschaft erledigte, wußte, daß das Kopfgeld für Taft höher war als das für Polizeichef Chan Gin. Poh Kay Siong hatte nicht einmal einen bestimmten Preis für den Kopf von Chan Gin genannt. Aber Homi war sich sicher, daß er ganz anständig sein würde. Und da Taft nirgends zu sehen war, Chan aber direkt vor Homis Füßen lag, schien es ihm, als sei es sein Karma, den Kopf des Polizeichefs heranzuschaffen.

Homi arbeitete viel lieber mit dem Messer, hatte sich aber in dieser Nacht Poh zuliebe mit einer Schußwaffe ausgestattet, mit einer israelischen Golan 9 mm Automatik. Als er sie entsicherte, zog Chan Gin seine Sidewinder und leerte das gesamte Magazin in den Bauch von Homi, dessen Karma letztlich etwas überraschend kam.

Mit leisem Lächeln und großer Befriedigung sagte Poh Kay Siong: »Ich glaube, jetzt höre ich den Polizeichef. Samuel, lassen Sie uns aufbrechen.«

Homi Bhaves Waffe, die dieser nicht mehr hatte abfeuern können, schlitterte mit vollem Magazin über den glatten Asphalt und verschwand zwischen zwei Containerstapeln. Eine Frau löste sich aus den Schatten, hob sie vom Boden auf und verschwand ungesehen im Dunkeln.

Frisch gewagt ist halb gewonnen. Chan erkannte den blutenden Homi von der vorhergehenden Nacht. Er gehörte zu Pohs Leuten. Also waren auch noch andere da, vermutlich sogar Poh Kay Siong selbst.

Was bedeutete, daß Poh Taft zu den Docks gefolgt war. Was für ein Glück! Chan bekam noch eine Chance. Er brauchte nur Poh zu überlisten, Taft zu retten, ein paar Gangstern das Lebenslicht auszublasen und anschließend eine Pressekonferenz einzuberufen.

Jack blieb stehen und drückte sich gegen eine Art Mast auf Rädern. Die Schüsse erklangen vor ihm, nicht hinter ihm. Er war im Kreis gelaufen. Die verdammten Container waren das reinste Labyrinth.

Er hörte Schritte auf dem nassen Asphalt, das Flüstern von Männern. Sieben oder acht von ihnen schwärmten in einer Straße zwischen zwei Containerreihen aus. Sie hatten Waffen in den Händen.

Jack sah sich um. Er hatte keinerlei Fluchtmöglichkeit, keine Chance, mit seinen verbliebenen fünf Kugeln acht Gangster zu erwischen. Es gab nur diesen einen Mast, der zu schmal war, um sich dahinter zu verstecken, und einen zweiten, ganz ähnlichen, ungefähr zehn Meter entfernt. Gleich würden ihn Pohs Revolverhelden entdecken, und der Mast würde nicht den geringsten Schutz bieten.

Jack sah auf den Boden. Der Mast stand auf Metallschienen, Eisenbahngleisen.

Er hob den Blick.

Dort oben war die Rettung.

Eine Frau platzte in Constable Neo Ah Aiks Wachhäuschen.

»Hören Sie mal ...«, sagte der Constable.

»Geben Sie mir das Telefon«, sagte sie mit stahlharter Stimme, eine Waffe in der Hand. Neo deutete auf den schwarzen Apparat.

Sie wählte eine Nummer. »Dies ist ein Notfall. Polizeibeamte sind in Gefahr. Ja. Ja. Auf dem Hafengelände. Ein Dutzend schwerbewaffneter Männer. Polizeichef Chan und Corporal Leung …«

Daß Chan Gin in die Angelegenheit verwickelt war, beschleunigte Constable Neos Entschluß. Die Sache war ihm zu gefährlich. Er hastete aus dem Wachhäuschen und floh, so schnell er konnte.

Die Schuhe in den Taschen, kletterte Jack so leise wie möglich die vierzehn Metallstufen hinauf. Dann kroch er über eine Stahlbühne mit Antirutschbeschichtung und hob die Hand zur Türklinke.

Sie bewegte sich. Die Tür war nicht verschlossen.

Jack kroch hinein.

Der Mast, an den er sich gedrückt hatte, war kein Mast, sondern gehörte zu einem Brückenkran. Dabei handelte es sich um eine Konstruktion, die aussah wie ein umgedrehtes »U« und sich ungefähr sieben Stockwerke hoch in den Himmel erhob. Von diesen Kränen gab es in diesem Teil des Hafens, dem Tanjong Pagar Terminal, insgesamt zwei Dutzend, die an arbeitsreichen Tagen ständig in Bewegung waren, sich auf ungefähr ein Meter fünfzig hohen Stahlrädern mit einer bedächtigen Geschwindigkeit von fünf Stundenkilometern über ein Gewirr aus Schienen bewegten und Container hin und her transportierten.

Der Brückenkran Nummer TT171 war strahlend gelb gestrichen und trug auf der Seite die schwarze Aufschrift »PSA – Port of Singapore Authority«.

Jack entdeckte ein Schaltpult mit Hebeln an der Wand, und ihm war klar, wo er sich befand: in der Liftvorrichtung des Krans, dem Affenkäfig. Mit Hilfe des Lifts hätte Jack auf die oberste Ebene des Krans gelangen können, was er allerdings nicht vorhatte. Also kroch er zur anderen Seite des Raums hinaus auf einen Steg. Wenn sich die Ausstattung solcher Kräne seit seiner Studienzeit nicht allzusehr verändert hatte, gab es zwei Kontrollräume, einen oben und einen unten. Er mußte es nur schaffen, in einen von ihnen hineinzukommen.

Jack schob sich über den Metallsteg. Er war feucht vom Nebel, und schon bald waren seine Socken völlig durchnäßt. Plötzlich flüsterte jemand ganz in der Nähe: »Langsam.« Jack erstarrte. »Chan ist auf der anderen Seite von dem Ding.«

Zwei Männer. Sie versteckten sich in den Schatten direkt unter Jack. »Ich schnapp ihn mir«, sagte ein kleiner, runder Mann mit Buddhaglatze. Sein schlanker, großgewachsener Partner erwiderte: »Nein, er gehört mir. Er schuldet mir noch was.«

Jack hielt den Atem an. Es waren also noch andere Jäger unterwegs in dieser Nacht. Na schön, sollten sie sich die Beute holen. *Der Feind meines Feindes ist mein Freund.*

Jack schob sich ganz vorsichtig Schritt für Schritt auf dem Metall vorwärts.

»Er hat mich letzte Woche hunderttausend Dollar gekostet. Ich sage, ich übernehme ihn.«

»Sam, ich bin der Ältere.«

Der Kontrollraum war nur noch wenige Meter entfernt. Jacks Herz pochte wie wild, und am liebsten hätte er die Luft in gierigen Zügen eingesogen, aber er zwang sich, langsam einzuatmen. Die Luft erschien ihm glühend heiß. Er schwitzte. Ein Schweißtropfen lief ihm von der Schläfe ins linke Auge. Jack wischte ihn nicht weg, um kein Risiko einzugehen, blinzelte nur. Und machte wieder einen Schritt vorwärts.

»Teng, ich will ihn. Du wirst nicht die ganzen Lorbeeren kassieren.«

»Na schön, teilen wir. Hast du ein Messer?«

»Ja.«

»Ich schieße. Und hinterher schneidest du dir ein Souvenir

ab – was auch immer deiner Meinung nach dem ehrenwerten Poh am meisten imponiert.«

»Dann jag ihm eine Kugel in den Bauch. Ich möchte, daß er noch lebt, wenn ich die Klinge zwischen seinen Beinen ansetze.«

»Gute Idee.«

Noch drei Meter, noch anderthalb Meter, dann hatte Jack es geschafft. Er drückte die Tür auf, ließ sich auf den Boden des Raumes gleiten und atmete erleichtert durch.

Teng Kwoengmi streckte sich flach auf dem Boden aus und kroch in den Schutz des vorderen Kranrades.

Er lugte hinter dem Rad hervor und leckte sich die Lippen. Dort war Chan, kaum ein Dutzend Meter entfernt. Der Dummkopf saß auf dem Boden, holte gerade eine seiner lächerlich übertriebenen Waffen aus der Tasche und machte sich daran, sie zu laden. Ein weiterer Mann, dem Aussehen nach zu urteilen ein Assistent, stand hinter Chan und bemitleidete ihn wegen seiner Rippen. Teng fragte sich, ob er den Jungen zuerst erledigen sollte. Keine gute Idee. Dazu war Chan einfach zu gefährlich.

Plötzlich spürte Teng den Boden unter sich erbeben und hörte das tiefe Dröhnen von riesigen Maschinen, die sich auf Schienen in Bewegung setzten. Das war das letzte, was er in diesem Leben hörte.

Der Brückenkran, den Jack in Bewegung gesetzt hatte, ohne zu wissen, daß Teng Kwoengmi auf den Schienen lag, war schwer genug, um alles zu zerquetschen, was ihm im Weg lag.

»Sam Lin.« Die Stimme war eisig. »Legen Sie die Waffe weg.«

Chan stand vor ihm, ein dunkler Schatten im Nebel, von hinten beleuchtet, und bedrohte ihn mit einer Waffe. Sam Lin hob seine Automatik, legte den Finger um den Abzug.

»Ich sagte, Waffe weg.«

Lin drückte ab. Der Rückstoß riß die Waffe nach oben. Lin begann zu lächeln, hörte aber sofort wieder auf – Chan stand da wie zuvor, gänzlich ungerührt. Sein Assistent war auf ein Knie gegangen und griff nach seiner Waffe.

Chan Gin beruhigte ihn: »Immer mit der Ruhe. Der gehört mir.« Lin zielte und schoß noch einmal.

Dieser Teufel stand immer noch da. Sam Lin wölbte beide Hände um den Griff der Waffe und schoß. Chan lachte nur.

»Sam, Sie Blödmann, was haben Sie da? Etwa eine alte U.S. Army .45?«

Ein vierter Schuß. Er landete in einem schiefergrauen Frachtcontainer von Mitsui-OSK, aus dem nun eine braune Flüssigkeit tropfte.

»Sam, das ist wirklich die schlechteste Waffe, die Sie benutzen können. Ein guter Schütze wie ich kann sich glücklich schätzen, wenn von fünf Schüssen ein einziger ins Schwarze trifft. Die meisten anderen sind froh, wenn sie überhaupt die Zielscheibe treffen.«

Schwitzend feuerte Lin drei weitere Schüsse kurz hintereinander ab.

»Das Ding hat einen zu dünnen Lauf, der zittert bei der kleinsten Bewegung.« Chan kam ganz ruhig auf Lin zu.

»Hal, verschwinden Sie. Holen Sie die Leute von der Hafenpolizei und sagen Sie ihnen, sie sollen alle Zivilpersonen von hier wegbringen.« Leung wollte etwas sagen. Lin richtete die Waffe auf ihn und schoß vorbei.

»Sir ...«

»Da drüben in den Schatten sind noch mehr von denen. Holen Sie Verstärkung. Sofort. Ach ja, und vergessen Sie nicht, die Fernsehsender zu informieren.«

Wie konnte der Mann so seelenruhig dastehen? Schließlich hatte Sam Lin eine Waffe in der Hand. Es war fast, als nehme Chan ihn überhaupt nicht wahr. Eine schlimmere Demütigung gab es nicht. Lin feuerte noch einen Schuß ab.

»Letzte Chance, Sam.«

Chan war jetzt nur noch acht Meter von ihm entfernt. Er mußte treffen. Da landeten zwei Kugeln in Lins rechtem Auge. Die Welt verwandelte sich für ihn in einen roten Nebel. Den Rest des Magazins leerte Chan in seine Brust.

Die Steuerung des Brückenkrans war völlig anders als früher; Jack hatte so etwas noch nie gesehen. Mit ungefähr zwanzig Jahren hatte er einen von diesen Kränen gelenkt, aber damals funktionierte das noch mit Hebeln und einem großen Lenkrad. Jetzt ging alles elektronisch.

Der Kontrollraum war aus aufgerauhtem Stahl, wie das Cockpit eines Panzers. Überall leuchteten Lampen auf; an der Decke befand sich eine einzige Neonröhre. Ein schwarzes Funktelefon hing an der Wand. Es gab kein zentrales Schaltpult, sondern nur einen grauen Computer mit einem MS-DOS-Menü. Jack nahm die Tastatur in Augenschein und drückte auf eine Taste.

Das Monster begann zu grollen. Der Kran begann zu rollen.

Jack schaute durchs Fenster hinaus: überall bewaffnete Schatten. Ihnen zu entkommen war gut. Ihnen schnell zu entkommen, war besser.

Er warf einen Blick auf das Computermenü – lauter Abkürzungen: FWRD–F1. Das war offenbar die Taste, die er eben gedrückt hatte. RVRS–F2. Hieß das »reverse« – »rückwärts«? Wahrscheinlich. GRPL↑–F3. Was zum Teufel sollte das bedeuten? Und GRPL↓–F5? Was war ein »GRPL«?

Klar, dachte er plötzlich, *»GRPL« steht für »grapple«, also »packen«*. Und LCKL bedeutete »lock left« – »links blockieren«. LCKR war demzufolge »rechts blockieren«. Das Computersystem wirkte im Grunde ziemlich simpel und sah ganz logisch aus. Obwohl Jack eigentlich nicht nach Logik zumute war.

Jack drückte auf Taste F5. Ein Motor begann zu brummen. Jack blickte durch das linke Fenster der Kabine nach draußen. Die Greifarme senkten sich durch den Nebel herab; plötzlich überzog sich das Fenster wie von einem Spinnennetz, als eine Kugel daran abprallte.

Jack ließ sich auf den Boden fallen. Wieder prallte eine Kugel ab.

Kugelsicheres Glas? dachte Jack. *Ja, natürlich.* Wie immer und überall in einem so großen Hafen. Schließlich fiel schon mal was herunter. Also mußte man denjenigen, der sich im Kontrollraum aufhielt, schützen.

Da fiel sein Blick auf ein leuchtend gelbes Schild in Bodennähe, auf dem zu lesen war: »Aufhebung der Geschwindigkeitskontrolle – Nicht ohne vorherige Absprache betätigen! Für dieses Gerät gilt: 14 km/h Maximum.«

Unter dem Schild befand sich ein in die Stahlwand eingelassener Kippschalter. Jack betätigte ihn. Mit einem Ruck beschleunigte der Kran. Jack hob den Kopf und schaute aus dem Fenster. Der Kran bewegte sich mit ungefähr zwölf Stundenkilometern Geschwindigkeit. Es waren immer noch Männer da draußen, und sie hatten immer noch Waffen in den Händen, aber sie benutzten sie nicht. *Könnt wohl nicht gleichzeitig rennen und zielen, was?*

»Danke, Taft. Ich bin Ihnen noch was schuldig«, rief eine Stimme aus dem Dunkeln. Jack wußte, wem sie gehörte.

Was soll das nun wieder?

Jack sah nach rechts. Chan Gin befand sich ungefähr zehn bis zwölf Meter von ihm entfernt. Er klammerte sich an einen Stahlträger des Brückenkrans. Während Chan für die Männer, die dem Kran voller Wut nachliefen, außer Sichtweite war, konnte Jack ihn gut sehen.

»Sie haben mir da hinten das Leben gerettet, Taft. Glauben Sie nicht, daß ich das nicht zu schätzen weiß.«

Was habe ich?

»Teng hätte mich kalt erwischt. Toll, wie Sie ihn mit dem Ding hier überrollt haben.«

Ich hab dir das Leben gerettet? Verdammt!

Ein Schuß prallte an der Außenseite des Kontrollraums ab. Jack spürte, wie ihm die Zornesröte ins Gesicht stieg. Er schob das Fenster auf und brüllte hinaus. »Chan, du Scheißkerl!«

»Keine Sorge, ich hole dich da raus.«

Jack brüllte vor Wut: »*Du!* Du willst mich hier rausholen! Wenn du Arschloch nicht wärst, wäre ich ...«

»Taft, halt's Maul und hör mir zu. Ich hab dir schon ein paarmal gesagt: Ich weiß, daß du unschuldig bist. Also leg dich auf den Boden und ... Mensch, Taft, nun ziel nicht mit dem Ding auf mich!«

Jack stützte die Waffe auf den Fensterrahmen und richtete den Lauf auf Chan. Ein bißchen zu hoch, das hatte er mittlerweile gelernt. Sein einziger Wunsch war es, dieses Schwein zu erschießen, zu sehen, wie Chan hinabstürzte, das Zeitliche segnete ...

»Du hast's wohl immer noch nicht kapiert, was, Taft? Poh hat's auf dich abgesehen, noch viel mehr als auf mich.« Eine Kugel schlug an dem Stahlträger über Chans Kopf Funken. Chan schien das nicht zu stören. »Denk doch mal nach. Du bist derjenige, auf den ein Kopfgeld ausgesetzt ist. Ohne mich kommst du nicht lebend hier raus.«

»Falsch!« rief Jack, schwang die Pistole nach rechts und zielte, und einer von Pohs Leuten fiel vornüber.

»Gut gemacht«, bellte Chan. »Fast so gut wie ich. Jetzt sind's nur noch acht. Und wie viele Kugeln hast du noch?«

»Ich brauche nur noch eine!« sagte Jack und richtete die Waffe auf Chan.

»Ich bin sicher, Pohs Leute kriegen gleich Verstärkung.«

Wieder so eine Lüge. Wenn der gottverdammte Dreckskerl sich die Mühe gemacht hätte, ihm zuzuhören, wäre das alles nicht passiert. Aber Leute wie er hörten nicht zu, die taten einfach, was sie wollten.

»Probieren wir's doch mal anders. Stell dich auf die Seite des Gesetzes. Wenn du schon früher kooperiert hättest ...«

»Dann hätte ich jetzt eine Schlinge um den Hals.«

»Tja ...«

Jack hielt die Waffe weiter auf Chan gerichtet. Er war kaum zehn Meter von ihm entfernt, ein leichtes Ziel. Jacks Hand war ruhig. Jetzt wußte er, wie's ging. *Vergiß deinen Zorn. Werd eins mit dem Ziel. Du hast das Recht auf deiner Seite, die Vergeltung fordert ihren Tribut ...*

»Alles klar, Taft?«

Doch in New York wartete eine noch größere Vergeltung. Wenn er Chan erschoß, würde er nie Gelegenheit dazu haben. Die Schuldigen würden entkommen, und er selbst würde sterben. *Verdammt!*

»Taft?«

Das Alter machte Poh zu schaffen. Es zerrte an seinen Knien, sog die Luft aus seinen Lungen, lastete schwer auf seinem Rücken. Es machte ihn schwach, wenn er stark sein wollte. Er konnte nicht mehr laufen.

Er rief seinen Leuten, die Chan und Taft verfolgten, aufmunternde Worte nach und verlangsamte selbst seine Schritte.

Solche Gebrechlichkeiten waren eben der Preis für Reife und Alter. Schon bald würde er sich zurückziehen, sich irgendwo einen hübschen Ort am Golf von Thailand suchen müssen. Nur selten würden Besucher vorbeikommen, um ihn zu ehren. Dann wäre er der alte, ehrwürdige Poh Kay Siong, allein, abgesehen von den Enkeln, die sich jeweils nur am chinesischen Neujahrsfest bei ihm blicken ließen.

Traurig, traurig.

Poh holte ein schneeweißes Taschentuch aus seiner Brusttasche und tupfte sich damit die Stirn ab. Doch diese Nacht würde die Krönung seiner Karriere sein, dachte er. Sein Traum ließe sich immer noch in die Tat umsetzen: Die Bruderschaft würde nicht nur überleben, sondern mächtiger werden, nicht eingeschränkt durch die engen Grenzen Singapurs, sondern ein eigener Staat, viel größer als die winzige Nation, die sein Rivale aus der Kindheit aufgebaut hatte.

Nur Chan und Taft standen ihm noch im Weg, und die beiden würden sich leicht beseitigen lassen. Schon sehr bald. Der Kran bewegte sich auf das südlichste Ende des Hafens – auf die Ro-ro-Rampe zu, an der Pohs wunderschöne Jade Lady lag. Noch ein paar hundert Meter, dann hatten die beiden Männer keine andere Wahl, als den Kran zum Stehen zu bringen. Dahinter befand sich nur noch das Meer, das Singapur von den äußeren Inseln Sumatras trennte. Taft und Chan saßen in der Falle. Es konnte nicht mehr lange dauern.

Der Stolz gebot es Poh dabeizusein. Er beschleunigte seine Schritte.

Auf dem East Coast Expressway wechselte ein voll besetzter Hyundai-Bus auf die linke Spur, um die Hafenabfahrt zu nehmen. Ein Fernsehwagen schoß bereits auf die Abfahrt, unmittelbar gefolgt von einem weiteren.

Sirenengeheul durchschnitt die Nacht. Der Fahrer des Hyundai sah aus dem Fenster. Das Brani-Tor war in das weiß-rot-blaue Licht der Einsatzfahrzeuge getaucht.

Der Fahrer warf seinem Anführer einen fragenden Blick zu. Der schüttelte den Kopf.

»Was ist los?« fragte einer der Männer auf dem Rücksitz.

Mit einem Blick auf das Durcheinander von Polizisten am Haupttor des Hafens sagte der Anführer der Gruppe: »Übermorgen wird die Bruderschaft einen neuen Tsung-li wählen.«

»Warum nicht morgen?«

»Morgen müssen wir Zahlungen für Poh Kay Siongs Verteidigungsfonds sammeln. Vielleicht auch für seinen Gedenkstein.«

Chan rief: »Vorsicht, Taft!«

»Was ist?«

Chan hatte ein Bein um eine Sicherungsstange geschlungen. Den Rücken preßte er dicht an einen schweren Träger an der linken Seite des Krans. »Da ist auf deiner Seite gerade ein Kerl aufgesprungen. Er ist hinter dem Affenkäfig. Ich kann ihn nicht sehen.«

Jack starrte hinaus in die Nacht. Auf seiner Seite des Krans konnte er nichts entdecken. Doch hinter Chan bewegte sich etwas. Ein geduckter Schatten, der etwas in der Hand hielt. Jack versuchte, auf den Mann zu zielen, doch der war zu schnell und ging sofort wieder in Deckung. Voller Zorn rief er: »Auf deiner Seite ist auch einer.«

»Tja, dann haben wir ein Problem. Ich glaube, der Typ hinter dir hat 'ne Ingram.«

»Was ist das?«

»Die haben die Spezialeinheiten in Vietnam benutzt. Feuert pro Minute eintausendfünfundvierzig Schuß ab.«

»Ist das so was wie 'ne Maschinenpistole?«

»Ja.«

Plötzlich durchschlug ein Kugelhagel die Wand des Kontrollraums. Zerborstenes Glas landete auf dem Stahlboden. Auch kugelsicheres Glas kann dem Aufprall von kurz hintereinander abgefeuerten Hochgeschwindigkeitsgeschossen nicht standhalten.

Jack beugte sich aus dem offenen Seitenfenster des Kontrollraums, die Pistole im Anschlag. Er konnte den Mann hinter sich nicht sehen, der gerade ein ganzes Magazin in seine Richtung geleert hatte, dafür aber den Mann, der hinter Chan lauerte und auf diesen zielte. Er gab ein wunderbares Ziel ab. Jack brauchte nur eine einzige Kugel.

Da wurde simultan zu dem von Jack ein weiterer Schuß abgefeuert. Aus Chans riesigem Revolver drang Rauch. Am anderen Ende des Krans stürzten zwei Männer leblos auf den Boden.

Poh Kay Siong hörte das Triumphgeheul der beiden Männer aus der Ferne. Es war nicht zu fassen – Chan und Taft machten die Bruderschaft zum allgemeinen Gespött.

In ganz Asien würden sich die Leute vor Lachen krümmen. Seine Kollegen würden sich lustig machen über Poh Kay Siong, diesen unfähigen Tattergreis aus Singapur, diesen Tsung-li, dessen gesamte Armee nichts gegen einen einzelnen Polizisten und einen etwas übergewichtigen Geschäftsmann aus dem Westen hatte ausrichten können. Wer wollte noch Geschäfte machen mit einem Narren wie Poh? Wer wollte sich noch mit ihm verbünden? Wer wollte noch das Risiko eingehen, illegale Elektronikgeräte zu schmuggeln, wenn dieser Poh nicht einmal auf seinem eigenen Gebiet für Ruhe und Ordnung sorgen konnte?

Niemand.

Sie würden ihn ausstoßen. Alle seine Träume wären zerstört, er wäre der letzte Singapurer Tsung-li, der die einst großen Bruderschaften in den Ruin stürzte. Schande seinem Namen.

Poh wurde rot vor Scham. Jetzt konnte ihn nur noch Blutvergießen retten.

»Taft!«

Jacks Puls raste. Er fühlte sich großartig! Es war, als hätte er Drogen genommen. Er hatte das Gefühl, als sei er zwanzig Jahre jünger und dreißigmal stärker als sonst. Er hatte die Grenze zum Wahn überschritten, fühlte sich allmächtig. Er war ein Werwolf bei Vollmond, ein Tiger, der auf seine Beute lauerte …

»Achtung, Taft! Wir haben ein Problem!«

Mit gebleckten Zähnen sah Jack zum Fenster hinaus. Immer noch rannten Männer hinter dem Kran her. Der vorderste war ungefähr zehn Meter entfernt. Jack zielte. Kein Problem …

»Nicht in die Richtung. Vorne!«

Jack drehte sich um, schaute, runzelte die Stirn. Er sah das Problem nicht. Vor dem Kran war nichts, überhaupt nichts. Und genau das war das Problem.

Poh zählte die Leichen der Männer, die Chans Weg pflasterten. Hier lagen gute Männer, treue Männer. Einer, mit dem er seit dreißig Jahren befreundet war. Neben ihm der Sohn eines Mannes, den er selbst widerwillig beseitigt hatte und für dessen Jungen er daraufhin wie ein Stiefvater gewesen war. Und dort: der dumme, aber zuverlässige Lin.

Poh, der selten Emotionen zeigte, weinte.

Jack starrte den Computerbildschirm an. Das Menü bot ihm eine ganze Reihe von Wahlmöglichkeiten. »Stop« war nicht darunter.

Er sah aus dem vorderen Fenster. Der Nebel hing nun noch tiefer, ungefähr auf der Höhe des Kontrollraums. Es war, als befinde er sich in einem Flugzeug, das unter einer Wolke dahinglitt und sich schon bald in luftigere Höhen erheben würde. Keine zwanzig Meter entfernt markierte eine kleine rot-weiß gestreifte Schranke, wo die Schienen des Brückenkrans endeten. Dahinter waren nur noch ein Betonplateau, eine unangenehm steile Kante und jede Menge Wasser.

»Taft, versuchst du da oben was zu machen oder was?«

»Ich arbeite dran!«

Jack ließ die schweißnassen Finger über die Tastatur gleiten, Taste F1 bis F15. Ein Motor und die Lichter schalteten sich ein, aber der Kran wurde kein bißchen langsamer. Er bewegte sich weiterhin unerbittlich mit vierzehn Stundenkilometern vorwärts, höchstens noch achtzehn Meter vom Ende der Schienen entfernt.

Der Schweiß trat Jack auf die Stirn, tropfte seine Wangen herunter. Wo zum Teufel war die Bremse?

Metall traf auf Metall. Jack schaute aus dem linken Fenster. Er hatte durch seine Steuerversuche die Hebevorrichtungen gesenkt. Die Greifarme schleiften über Frachtcontainer mit der Aufschrift »OOCC«.

»Nun mach schon, Taft, ich werde allmählich nervös.«

Ich auch. Aber jetzt hatte er eine Idee, durch die sie ein paar Sekunden gewinnen würden ...

Fünfzehn Meter...

Jack zögerte einen Augenblick und drückte dann gleichzeitig auf die Tasten F6 und F7 – »linken und rechten Greifarm schließen«. Von den riesigen Zangen packten zwei, wie Jack gehofft hatte, den oberen Teil eines OOCC-Containers. Zwei griffen ins Leere. Jack fluchte wie noch nie in seinem Leben.

Der Container, der normalerweise vorsichtig und gleichmäßig und vor allen Dingen an vier Ecken zugleich angehoben wurde, kippte ächzend vom Stapel und pendelte in der Luft. Der Arm des Krans, der nicht dafür geschaffen war, fünfzehn Tonnen schwankendes Gewicht in zwanzig Metern Höhe zu transportieren, knickte ein. Ein Motor begann zu rauchen, es kam zum Kurzschluß.

Wie Jack gehofft hatte, wurde der Kran langsamer. Weniger erhofft war, daß er heftig auf den Schienen hin und her zu schwanken begann ...

... noch elf Meter ...

... da drückte Jack auf die »rückwärts«-Taste.

Der schwankende Container löste sich aus den Greifarmen, drehte sich langsam im Fallen und traf aus ungefähr zehn Metern Höhe mit der einen Ecke auf den Boden. Völlig versteinert sah Jack, wie fünfzehn Tonnen Metall einen Krater in den Asphalt gruben, dann auf den Stahlträger zukippten, an den sich der vor Schreck erstarrte Chan Gin klammerte, und sich dann schließlich mit einem Höllenlärm nach hinten neigten. Die Männer, die sich darunter befanden, hatten nicht einmal mehr Zeit zum Schreien.

Ein Rad des Krans sprang aus der Schiene. Der Sturz des

Containers und die plötzliche Rückwärtsbewegung hatten ihn aus dem Gleichgewicht gebracht …

… noch sieben Meter …

Der brennende Motor krachte auf den Boden; Benzin ergoß sich über den Asphalt; Menschen wurden vom Feuer erfaßt.

Jack sah hinüber zu Chan. Der stand wie ein Wahnsinniger auf dem Rollenkasten des Krans und grinste wie der Teufel. In der Hand hatte er zwei Handgranaten, deren Sicherung er mit dem Mund abzog und die er in Richtung der wenigen Männer warf, die von Pohs Truppe überlebt hatten. Da erreichte der Kran das Ende der Schienen, zermalmte die kleine Holzschranke und taumelte auf das Betonplateau der allersüdlichsten Pier im Hafen von Singapur.

Der Steuermann der Lady Jane sah, wie der mächtige Kran auf ihn zukippte, über den Rand des Betonplateaus. Sekunden später stürzte er auf das Schiff herab.

2

Chan stand an der Kante des Betonplateaus, schüttelte den Kopf und versuchte, sich auf seinen Puls zu konzentrieren, seine Atmung zu kontrollieren. Das mußte man nach so einem Kampf. Das war wie ein Drogenrausch. Allerdings hielt er nicht lange vor. Und wenn man hinterher wieder runterkam, das war schrecklich. Sogar Chan, der das alles schon kannte, bekam weiche Knie. Und jetzt spürte er auch seine Rippen wieder.

Er hörte humpelnde Schritte hinter sich und Tafts erstaunte Stimme: »Scheiße, Mann, Scheiße.« Chan sagte, immer noch mit Blick auf das Wasser, in bewunderndem Ton: »Weißt du was, Taft, ich hab ja auch schon ganz schönen Schaden angerichtet. Aber so was hab ich noch nie fertiggebracht. Ich muß zugeben, ich bin beeindruckt.« Er lächelte.

Taft war gar kein so schlechter Kerl. Er hatte bewiesen, daß er ein richtiger Mann war. Chan fragte sich, wie er Taft das alles erklären sollte. *Nun, Taft, ich muß dich um einen Gefallen bitten.* Nein, so ging das nicht. Betteln würde er nicht. *Hör mal zu, Taft, ich kann dich immer noch wegen 'ner ganzen Menge Sachen drankriegen ...* Ja, Einschüchterung war immer der bessere Weg. *Aber wenn du mitspielst, dann kriegen wir das schon wieder hin.*

Während Chan noch überlegte, wie er die Sache anpacken sollte, starrte Taft mit leerem Blick hinaus aufs Meer, und nach ein paar Sekunden des Schweigens flüsterte er: »Hey, Chan, hast du mal 'ne Waffe für mich?«

Chan wandte sich um. Taft bot einen erschreckenden Anblick. Sein Gesicht war rauchgeschwärzt, das Hemd hing ihm in Fetzen vom Leib, und das rechte Hosenbein war von oben bis unten zerrissen. Er hatte eine tiefe Schnittwunde am Oberschenkel und eine blutende Stelle an der Wange. Taft würde wahrscheinlich bald in sich zusammensinken und sich übergeben müssen. Chan hatte fast ein bißchen Mitleid mit ihm. »Aber klar, warum nicht.« Die Sidewinder war irgendwo verlorengegangen, vermutlich, als er vom Kran gesprungen war. Aber er hatte immer noch die Beretta Tomcat. Er reichte sie Taft. »Wofür brauchst du die denn?«

Taft bleckte die Zähne. Seine Augen waren rot, der Wahn blitzte aus ihnen. Chan wünschte sich jetzt, daß er diese Augen früher gesehen hätte. »Um dich umzulegen, du Schwein.« Dabei richtete Taft die Waffe direkt auf Chans Nase.

Doch Poh Kay Siong sagte mit viel lauterer Stimme: »Lassen Sie die Waffe fallen, Mr. Taft.«

Chan wandte den Blick von Tafts Gesicht ab. Poh stand oben auf dem Kai, vielleicht sechs Meter entfernt. Offenbar hatte er die Sidewinder gefunden. Schlechte Nachrichten, denn Chan war sich ziemlich sicher, daß noch ein paar Kugeln darin waren.

Tafts Hand begann zu zittern. Er war immer noch ganz weggetreten von der Hitze des Gefechts. Der Idiot würde versuchen, sich umzudrehen und Poh niederzustrecken. »Tu, was er sagt, Taft. Er zielt direkt auf deinen Kopf, und er ist so nahe, daß er mit Sicherheit nicht danebenschießt.« In Tafts Augen war das Weiße zu sehen. Dem Mann war nicht mehr zu helfen. Chan hatte so etwas schon früher erlebt und wußte, daß der Zustand gefährlich war. »Tu, was er sagt, Taft, sonst bist du ein toter Mann.« Doch Taft hörte nicht.

Chan spuckte. Der Speichel landete auf Tafts rechter Backe. Taft zuckte zusammen. Einen Augenblick lang fürchtete Chan, daß er auf ihn schießen würde. »Was ...?« flüsterte Taft dann. »Laß die Waffe fallen, du Arschloch. Tu, was er sagt, und laß sie fallen.« Ein kaum zu hörendes »Oh«, und die Beretta fiel klappernd auf den Asphalt.

Taft wandte sich mit leerem Gesichtsausdruck um. Poh trat einen Schritt zurück. Chan atmete tief durch. »Poh«, sagte er so freundlich er konnte, »die halbe Singapurer Polizei wird in ein paar Minuten hier sein. Wenn Sie abdrücken, können Sie nicht mit der Nachsicht des Richters rechnen.«

Poh schüttelte den Kopf. Seine Stimme war genau wie die von Chan ruhig und höflich. »Nein, Sir. Ich gewinne dadurch etwas anderes. Gerade Sie sollten wissen, was es ist.«

»Was?« Chan warf einen raschen Seitenblick auf Taft. Der Amerikaner stand wie versteinert da.

»Etwas, das Sie viel zu oft gekostet haben und ich viel zu selten: Rache.«

»Das ist es nicht wert, Poh.« Taft zitterte. Chan konnte fast hören, wie ihm die Knie schlotterten. Allmählich dämmerte ihm, was er in dieser Nacht getan hatte. *Na, wie fühlt man sich, wenn man Menschen umgebracht hat, Taft? Besonders, wenn man weiß, daß man das gut kann?*

»Vielleicht nicht. Aber alles andere existiert nicht mehr, Sir. Mir bleibt nur noch die Rache.«

Chan zuckte mit den Achseln. Endlich fand Taft seine

Stimme wieder. Er flüsterte heiser: »Mein Gott, so tun Sie doch was!«

Chan zischte: »Keine Sorge. Ich trage eine kugelsichere Weste.«

»Und was ist mit mir?« sagte Taft krächzend.

»Dir geht's jetzt an den Kragen«, antwortete Chan, der Taft nun plötzlich überhaupt nicht mehr leiden konnte. »Hey, Poh«, sagte er. »Bevor Sie abdrücken, könnten Sie mir aber wenigstens noch verraten, warum Sie den Kerl unbedingt unter die Erde bringen wollten.«

»Drogen. Das habe ich doch gestern nacht schon gesagt.«

»Unsinn. Das Zeug in Tafts Aktentasche war Stoff von der Straße. Völlig wertlos.«

»Das paßt«, murmelte Taft. Wieder ein Teil des großen Puzzles, das sich einfügte.

Poh seufzte bedauernd. »Ach, wie unprofessionell. Aber sie ist ohnehin ziemlich schludrig, finden Sie nicht auch?«

Jack blinzelte. »Sie?« Das war das letzte Teil des Puzzles. »Sie meinen Denise Donald, stimmt's?«

»Genau, Mr. Taft. Ich gratuliere Ihnen zu Ihrem scharfen Verstand. Sie sind tatsächlich so klug, wie Miss Donald mir gesagt hat. Vielleicht sogar noch klüger, wenn ich es mir recht überlege.« Poh richtete seine Waffe auf Jack, den er für die größere Bedrohung hielt.

»Was hatten Sie mit ihr zu tun?« fragte Jack.

»Ach, das war eine rein geschäftliche Angelegenheit.«

»Elektronikartikel, die eigentlich nicht von Amerika exportiert werden dürfen? Unter ganz normale Lieferungen gemischt? Umgeleitet zu den Chinesen oder Irakern oder wem auch immer?«

Poh nickte. »Es gibt Interessenten, die bereit sind, Spitzenpreise für Dinge zu zahlen, die sie unbedingt wollen.«

»Also geht's ums ganz große Geld?«

»Mir ist Geld nicht so wichtig. Es ging mir eher um Freundschaft. Ich hatte die Hoffnung, daß ich meinen Erben mächtige Freunde im Ausland hinterlassen könnte. Statt dessen hinterlasse ich ein Trümmerfeld. Und dafür mache ich Sie verantwortlich. Miss Donald ist dumm. Hätte sie meinen Fähigkeiten nicht mißtraut und Ihnen Drogen in die Aktentasche geschmuggelt, hätte der Polizeichef nichts mit der Angelegenheit zu tun gehabt, und meine Leute hätten Sie bereits in Ihrem Hotelzimmer beseitigt. Dann stünden wir jetzt alle nicht hier. Wissen Sie, fast hätte ich die Frau jetzt lieber vor der Flinte als Sie.«

»Sie war's aber nicht.«

Poh fragte verwirrt: »Wer war's dann?« Grelle Lichter gingen hinter ihm an. Chan rief: »Er war's selber!« Poh begann sich umzuschauen. Jack kreischte. »Was haben Sie gesagt?« Poh wandte sich wieder seinen beiden Gegnern zu. Chan lachte. »Er war die ganze Zeit auf meiner Seite. Das Ganze war eine Falle, Poh. Und Sie sind drauf reingefallen.«

»Sie Lügner ...«

»Schnauze, Taft!«

Da durchschnitt ein Schuß die Nacht, nicht der laute Knall von Chans Sidewinder, sondern das flache Geräusch eines langläufigen Revolvers. Poh wandte sich wieder um, diesmal ganz, und sah Zaitun Samsudin, eine schwarze Silhouette vor den Lampen eines Kamerateams vom Fernsehen. Und sie schoß noch einmal. Chan stöhnte auf, als ein Querschläger in seiner rechten Wade landete. Tat höllisch weh. Die Knie knickten ihm weg. Leute, die nicht mit Waffen umgehen konnten, waren wirklich gefährlicher als solche, die's konnten. Taft lag bereits auf dem Boden. Ein dritter Schuß pfiff durch den Nebel. Poh fauchte »Weiber«, und Taft sprang auf, die Beretta in der Hand.

»Gib mir die Waffe, Taft!«

»Ich denke nicht dran!«

»Live vom Singapurer Hafen. Alexandria Wu für TCS Channel Five. Hinter mir der Verbrecherkönig Poh Kay Siong ...«

Poh richtete seine Waffe auf Zaitun. Dann fiel ihm ein, daß er nur noch zwei Kugeln hatte, und richtete sie wieder auf Jack und Chan.

»Sie sind drauf reingefallen, Poh!« Am liebsten hätte Chan »Sie Arschloch« hinzugefügt, aber vor laufender Kamera machte sich das nicht so gut. »Es ist genauso gelaufen, wie Taft und ich es geplant hatten.«

Taft stieß einen unverständlichen Fluch aus und rannte geduckt und mit ausgestreckten Armen, die Pistole in den Händen, direkt auf die Mündung von Pohs Waffe zu. So etwas Mutiges hatte Chan noch nie gesehen, und er haßte Taft mehr denn je. Warum schoß der verdammte Idiot nicht? Da wurde Chan klar, daß Taft das zwar vorhatte, aber nicht wußte, wie man die Waffe entsicherte. Er war jetzt nur noch etwa zwei Meter von der Mündung der Sidewinder entfernt. Da drückte Poh ab. Der Schuß landete im Nachthimmel. Poh stolperte nach hinten, denn endlich hatte Zaitun Samsudin ihr Ziel getroffen, und Chan liebte sie mehr, als er je eine Frau geliebt hatte. Poh sank auf ein Knie, stand wieder auf, stolperte vorwärts, aber Taft, dieser Idiot, hatte immer noch nicht herausgefunden, wie die Waffe entsichert wurde. Doch – jetzt, und Poh geriet ins Wanken. Die letzte Kugel aus seiner Waffe schlug in den Boden ein. Betonsplitter spritzten in die Luft.

»Wer?« flüsterte Poh, gekrümmt vor Schmerz. »Chan lügt. Sie waren's nicht. Sagen Sie mir, wer.«

»Maul halten, Taft!«

Jetzt rannten die Kameraleute heran. Die Szene wurde über Satellit live übertragen. Die ganze Welt konnte sie sehen. Poh sank auf Hände und Knie, kroch noch ein Stück weiter und brach dann zusammen.

»Wer?«

»Taft, halt den Mund.«

Noch einmal fragte Poh: »Wer?« Und mit einer Stimme, die, wie Chan hoffte, nicht laut genug für die Mikrofone war, antwortete Taft: »Sie kennen den Kerl nicht. Nur jemand, der meine Freundin gebumst hat.«

»Das ist wahre Poesie. Sie wären jetzt nicht am Leben, wenn Ihnen nicht zwei Leute den Tod gewünscht hätten.«

»Drei«, flüsterte Taft dem sterbenden Poh zu und überlegte, wie er die Rechnung mit Chan begleichen könnte. Doch Chan stand bereits hinter ihm. Er drückte die eine Hand auf sein blutendes Bein und drückte Jack mit der anderen die Spitze eines Messers in den Rücken. »Da kommen die Reporter«, zischte er. »Du wirst von dir aus kein Wort sagen. Wehe, du widersprichst mir, kapiert?« Jack zuckte müde mit den Achseln. »Okay.« Dann sank er in sich zusammen und begann sich zu übergeben. Aber das machte nichts, weil die Kameras sich bereits auf das Gesicht von Chan richteten, der, eine Hand auf der Schulter seines Kampfgefährten, zu lügen begann – genauso geschickt wie immer.

7. Teil

Liebe

Vier Monate später

So brüst dich nicht, er kämpft für dich;
Es ist nicht Mut, nicht Liebe, Haß.
Doch tun wir Dinge, die wir tun;
Denn Stolz erst macht das Herz so groß.
Robert Graves, To Lucasta on Going to the War for the Fourth Time

Sokrates: Siehe auch den versöhnlichen Geist der Demokratie, die Toleranz gegenüber Nichtigkeiten … Solche und andere Wesenszüge sind der Demokratie eigen, einer reizenden Staatsform voller Vielfalt und Unordnung. Sie gewährt Gleichen und Ungleichen gleichermaßen Gleichheit.
Platon, Der Staat VIII

Olivia Thatcher tupfte sich die Augen mit einem Taschentuch ab. Bei Hochzeiten mußte sie immer weinen.

Die strahlende Braut trug ein weißes Kleid und einen weißen Rosenstrauß im Arm. Der Bräutigam wirkte in seinem Smoking ausgesprochen männlich. Olivia gefiel besonders, daß er weit weniger gehetzt aussah als die meisten anderen Männer bei solchen Anlässen. Außerdem fand die Hochzeit in einer richtigen Kirche vor einem richtigen Geistlichen statt. Es war die perfekteste Hochzeit, die Olivia je erlebt hatte.

Abgesehen von einer kleinen Dreistigkeit von Jack Taft.

Er hatte die Braut weit leidenschaftlicher geküßt, als es sich schickte. Und länger. Olivia spürte, daß Chan wütend wurde. Sie sah seine Finger zucken, als würde er sie am liebsten um Jacks Hals legen. Auch Gabrielle hatte nicht sonderlich erfreut gewirkt.

Doch Jack hatte nur süffisant gegrinst. Wirklich, er war ein anderer Mann geworden. Er bestand jetzt sogar darauf, daß die Leute ihn »John« nannten. Nun ja, das würde Olivia schon irgendwie regeln.

Obwohl der neue Name irgendwie zu ihm zu passen schien. Er war jetzt schlanker, man konnte ihn fast schon schmal nennen. Ausgesprochen attraktiv sah er aus in seinem Smoking mit der Auszeichnung an der Brust – der gleichen, die auch Chan trug.

Olivia hoffte, daß die Bilder gut werden würden. Tags zuvor, als Senior Minister Lee Kuan Yew sowohl Jack als auch Chan die Auszeichnungen verliehen hatte, hatte sie ein Foto nach dem anderen gemacht. Vor der Verwaltung der Singapurer Regierung hatte sie die beiden dann dazu bringen wollen, einander vor der Kamera die Hand zu geben. Aber aus irgendeinem Grund waren die beiden in entgegengesetzte Richtungen verschwunden.

Nun, sie würde noch andere Gelegenheiten haben, die beiden attraktiven Jungen zusammen zu fotografieren. Wenn Chan und seine hübsche Frau wieder aus den Flitterwochen zurück wären, würde der Ex-Polizeichef als Kulturattaché seines Landes zu den Vereinten Nationen nach New York kommen. Das war zwar ein merkwürdiger Posten für einen früheren Polizisten, aber soweit sie wußte, hatte die Singapurer Regierung Chan Gin diese Stellung geradezu aufgedrängt.

Olivia schaute zu Chan hinüber und nickte ihm zu. Er lächelte zurück. Zaitun löste ihren Arm von Chans und winkte ihr zu.

Sie würden sich gut machen in New York, dachte Olivia. Mit *dem* Aussehen! Sie nahm sich vor, in ihrer Stadtwohnung am Sutton Place so bald wie möglich eine kleine Dinner Party mit ein paar sorgfältig ausgewählten Gästen zu veranstalten, um Mr. und Mrs. Chan in die richtigen Gesellschaftskreise einzuführen. Das war das mindeste, was sie für zwei so reizende junge Leute tun konnte.

Dann sah sie sich nach Jack – nein, John – und Gabrielle um. Eigentlich sollte der Trauzeuge dem Bräutigam nicht von der Seite weichen. Das hatte man Olivia jedenfalls früher beigebracht. Aber Jack und Gabrielle befanden sich am anderen Ende des Raumes. Mein Gott, was waren die beiden doch für ein schönes Paar: er ein stolzer, besitzergreifender Löwe, sie seine gehorsame Löwin.

Olivia versuchte Jack einzuschätzen. Er hatte sich verändert, daran bestand kein Zweifel. Er hatte jetzt bedeutend mehr Rückgrat und setzte sich bei LBTech besser durch. Da taten sich neue Möglichkeiten auf. Nach dem Skandal und Joels Rücktritt waren die Zeiten für LBTech nicht gerade rosig. Das Unternehmen hatte keinen Leiter. Jack wäre sicher keine schlechte Wahl.

Joel hatte schnell seine gerechte Strafe bekommen. Sobald seine Affäre mit Denise ruchbar geworden war, hatte seine Frau die Scheidung eingereicht und eine zehnstellige Abfindungssumme gefordert. Kurz nach Gabrielles Artikel in EPS hatten die Aktionäre von LBTech ein eigenes Verfahren gegen ihn angestrengt. Der Mann würde den Rest seines Lebens vor Gerichten verbringen – anders als Simon Burton.

Das war ein Schauspiel gewesen! Olivia würde niemals vergessen, wie Jack, verletzt und zerknittert wie er war, vom Flughafen direkt zu Gabrielles Wohnung gefahren war und sie angeknurrt hatte: »Nur eine Frage, Gabrielle: Hat dieses Schwein Burton gewußt, daß ich nach Singapur wollte?« Gabrielle hatte sofort begriffen und etwas ausgesprochen Undamenhaftes von sich gegeben. Dann war Jack verschwunden. Sie und Gabrielle waren ihm noch nachgerannt. Aber er hatte ein Taxi herangewinkt und war bereits über alle Berge gewesen. Natürlich hatten sie gewußt, wohin er wollte. Allerdings war ihnen nicht klar gewesen, wie extrem Jack reagieren würde: Vor Simons Haus lagen überall Glasscherben; die Tür zu seiner Wohnung hing in den Angeln, und den ziemlich übel zugerichteten Bewohner hatte Jack aus dem Fenster gestoßen. Es war gar nicht so leicht gewesen, ihn am Weitermachen zu hindern.

Simon war auch nicht sonderlich dankbar für ihre Intervention gewesen. Aber was konnte man von so einem Mann schon erwarten – einem Mann, der dem Freund seiner Exfreundin ein Schwerverbrechen in die Schuhe zu schieben versuchte, weil er glaubte, daß Gabrielle wieder zu ihm zurückkehren würde, wenn Jack erst einmal aus dem Weg geräumt wäre.

Arme Gabrielle, dachte Olivia. Sie war wütend auf sich selbst, weil sie nicht gemerkt hatte, daß Simon hinter der Angelegenheit steckte. Sie verfluchte sich dafür, daß sie einiges übersehen hatte: Simon, der eigentlich nichts von Jacks Reiseplänen hätte wissen dürfen, hatte sie zum Essen eingeladen, weil »ihr Expedient« doch nach Singapur geflogen sei. Außerdem hatte er beiläufig zugegeben, von der Aktentasche zu wissen, die Gabrielle Jack geschenkt hatte. Spätestens da hätte Gabrielle sich denken können, daß Simon sich in ihrem Büro umgesehen und dort nicht nur die Brieftasche, sondern auch eine Notiz von Gabrielle an Jack gefunden hatte, in der sie ihm eine gute Reise nach Singapur und in die anderen asiatischen Länder wünschte.

Doch erst als Jack in ihre Wohnung gestürmt war, hatten sich alle Teile zu einem Ganzen gefügt. Später hatte Jack dann mit seiner unnachahmlichen Logik noch einmal alles erklärt. Erste Prämisse: Ein Verbrecher von Poh Kay Siongs Kaliber würde ohne finanziellen Anreiz keinen Killer ins Raffles schicken. Zweite Prämisse: Das einzige Geld, mit dem Jack zu tun hatte, gehörte LBTech. Schlußfolgerung: Die einzige Person bei LBTech, die in der Lage war, Poh entsprechende Geldbeträge anzubieten, war die Leiterin der Asienabteilung, eine Frau, die Jack ohnehin haßte. Folglich mußte sie hinter Pohs Angriff auf Jack stecken.

Dritte Prämisse: Wenn Denise tatsächlich Poh auf ihn gehetzt hätte, hätte sie sicher ihre Zeit nicht damit vergeudet, Drogen in Jacks Aktentasche zu schmuggeln. Mit Poh als Verbündetem bestand dazu keine Notwendigkeit. Vierte Prämisse: Sie hatte nie Gelegenheit gehabt, an seine Aktentasche heranzukommen. Schlußfolgerung: Niemand bei LBTech hatte Methode, Motiv oder Gelegenheit, ihm eine Falle zu stellen.

Fünfte Prämisse: Die Drogen konnten nur in die Aktentasche gelangt sein, bevor Gabrielle sie ihm geschenkt hatte. Sechste Prämisse: Nur jemand, der Zugang zu Gabrielles Büro hatte, hatte auch die Gelegenheit, die Aktentasche zu manipulieren. Schlußfolgerung: Jemand bei EPS hatte ein Motiv, Jack Taft beseitigen zu wollen.

Wer konnte das sein? Und warum?

Das Warum sprach Jack nie aus – obwohl Olivia sich sicher war, daß er sich mit Gabrielle unter vier Augen darüber unterhalten hatte. Ausführlich. In Anbetracht von Gabrielles schuldbewußtem Verhalten nahm Olivia an, daß sie sich vor kürzerer Zeit mit Simon eingelassen hatte, als sie es bis dahin zugegeben hatte. Und genau das war das Motiv gewesen, warum Simon Jack ausschalten wollte.

Die ganze Angelegenheit sollte im großen Stil vertuscht werden. Ziemlich schnell waren Herren vom Außenministerium aufgetaucht und hatten Olivia, Gabrielle, Jack und Simon untersagt, auch nur ein Wort darüber zu verlieren, was tatsächlich passiert war. Sie hatten die üblichen Formulierungen verwendet: »Nationales Interesse«, »strengste Geheimhaltung«, »unser wichtigster Partner in Südostasien« und ähnlichen Unsinn. Dann war da noch ein anderer Satz gefallen, kurz nachdem man Simon ins Krankenhaus gebracht hatte: »Überlassen Sie Mr. Burton bitte uns.«

Es war nicht so ganz klar, was sie mit ihm vorhatten, bis Simon ziemlich überstürzt beschloß, nach Australien zurückzukehren. Eine höchst unglückliche Entscheidung, denn sein Flugzeug hatte plötzlich über dem Pazifik mit Triebwerksproblemen zu kämpfen und wurde nach Singapur umgeleitet, wo ein junger Mann namens Harold Leung entdeckte, daß Simon ein Fläschchen mit einhundertfünfzig Ecstasy-Pillen in seinem Gepäck versteckt hatte. In den Zeitungen hieß es, er könne damit rechnen, daß seine Strafe erst in fünfzehn Jahren zur Bewährung ausgesetzt werde ...

Olivia lächelte. *Ende gut, alles gut*, dachte sie und hob ein Glas Champagner an die Lippen.

Gabrielle zischte zwischen zusammengebissenen Zähnen: »So hättest du sie nicht zu küssen brauchen.«

»Das habe ich bloß getan, um Chan zu ärgern«, log Taft. In letzter Zeit fiel es ihm nicht mehr so schwer zu lügen.

»Na ja, mich hast du damit aber auch geärgert.«

Gut, dachte er im stillen. »Na schön, tut mir leid. Aber bitte erwarte nicht von mir, daß ich mich bei dem Dreckskerl entschuldige.«

»John! Ihr solltet euch wirklich nicht mehr in die Wolle kriegen. Versuch die Dinge, die du mir über ihn erzählt hast, zu vergessen. Außerdem ist er kein Polizist mehr. Er kann dir nichts mehr anhaben.«

»Ach? Hast du gesehen, was seine Kollegen ihm zur Pensionierung und zur Hochzeit geschenkt haben?«

»Nein.«

»Eine lebenslange Mitgliedschaft bei der National Rifle Association. Für sie und ihn.«

Gabrielle prustete los. Der Champagner stieg ihr in die Nase und trieb ihr die Tränen in die Augen.

Taft fragte: »Alles in Ordnung?«

»Ja.«

»Sieht aus, als ob du weinst. Mußt du bei Hochzeiten immer weinen?«

»Nein. Ja. Manchmal.«

Taft verschränkte die Hände hinter dem Rücken und wippte auf den Fußballen vor und zurück. »Tja, was das Thema Hochzeiten anbelangt, Gabrielle: Ich wollte dich was fragen.«

Gabrielle lächelte. »John, du willst doch nicht etwa versuchen, mir einen Heiratsantrag zu machen, oder?«

Er hatte die Spitze verstanden. »Natürlich nicht.«

»*Was!*« fauchte Gabrielle ihn an. »Was zum Teufel soll das heißen?«

John Taft duckte sich, um dem Champagner auszuweichen, den sie ihm ins Gesicht hatte schütten wollen. *Hoppla*, dachte er, *das war die falsche Antwort.*

DANKSAGUNG

Sokrates: Als erstes wird man dann eine Zensur der Schriftsteller einführen. Die Zensoren sollen alle Geschichten willkommen heißen, die gut sind, und die schlechten verwerfen; die Mütter und Ammen sollen den Kindern nur die autorisierten erzählen.

Platon, Der Staat II

Ich bin der Regierung von Singapur zu großem Dank für die Unterstützung meiner Recherchen zu dem vorliegenden Buch verpflichtet. Mein besonderer Dank geht an das Singapore Tourist Board, an das Parks Department, das Housing Development Board, die Polizei sowie die Hafenverwaltung. Herzlichen Dank auch an alle Angestellten des Raffles Hotels und der amerikanischen Botschaft sowie an etliche Journalisten, Geschäftsleute und Freunde vor Ort, die mir behilflich gewesen sind – und mich gebeten haben, ihre Namen an dieser Stelle nicht zu erwähnen.

Wenn sie sich mit mir über die Eigentümlichkeiten ihres Landes unterhielten, senkten sie alle die Stimme. Die Herrschenden in Singapur nehmen Kritik alles andere als wohlwollend auf, auch wenn sie noch so gut gemeint ist. Schade, denn letztlich nützt Kritik uns allen – Einzelpersonen wie Regierungen. Daß Singapurs Herrscher nicht zwischen Kritik und offener Konfrontation unterscheiden können, könnte schlimmere Folgen haben als jene, die sie durch die Unterbindung jeglicher Kritik zu verhindern suchen.

Doch es steht mir nicht zu, mich als Kritiker aufzuspielen. Es steht mir noch weniger zu, einem asiatischen Land unsere westlichen Werte aufzudrängen. Wir Amerikaner haben uns in dieser Hinsicht schon mehrmals die Finger verbrannt.